Nick Drake

ANCHESENAMUN

DAS BUCH DES CHAOS

Historischer Roman

Aus dem Englischen von
Diana Beate Hellmann

BASTEI
LÜBBE
TASCHENBUCH

BASTEI LÜBBE TASCHENBUCH
Band 17377

Dieser Titel ist auch als E-Book erschienen

MIX
Papier aus verantwortungsvollen Quellen
FSC® C014496
FSC
www.fsc.org

Vollständige Taschenbuchausgabe

Deutsche Erstausgabe

Titel der englischen Originalausgabe: »Egypt: The Book of Chaos«

Lektorat: Judith Mandt
Textredaktion: Heike Rosbach, Nürnberg
Kartenillustration: Markus Weber, Guter Punkt ¦ Thinkstock
Titelillustration: © www.masgrafica.com
Umschlaggestaltung: Massimo Peter
Satz: Urban SatzKonzept, Düsseldorf
Gesetzt aus der Garamond
Druck und Verarbeitung: GGP Media GmbH, Pößneck
Printed in Germany
ISBN 978-3-404-17377-8

5 4 3 2 1

PERSONEN

Rahotep – Der Wahrheitssucher, Kriminalbeamter bei der thebanischen Medjai (Polizeieinheit)

Seine Familie und Freunde:
Tanefert – seine Ehefrau
Sekhmet, Thuju, Nedjmet – seine Töchter
Amenmose – sein kleiner Sohn
Thot – sein Pavian
Kheti – Kollege bei der Medjai
Nacht – Adliger, Königlicher Gesandter für das gesamte Ausland
Minmose – Nachts persönlicher Diener

Die königliche Familie
Anchesenamun – Königin, Mitte zwanzig, Tochter von Echnaton und Nofretete
Eje – König

Hofbeamte und weitere Offizielle
Simut – Kommandeur der Palastwache
Nebamun – Leiter der thebanischen Medjai
Panehesi – Unteroffizier der thebanischen Medjai
Khay – Oberster Schreiber

Die Hethiter
Hattusa – Botschafter
Schuppiluliuma I. – König
Kronprinz Arnuwanda – sein ältester Sohn
Prinz Zannanza – sein vierter Sohn
Königin Tawananna

Erlöse mich von dem Gott, der die Seelen raubt. Der nach Verderbtheit giert. Der sich von Kot und Unrat ernährt. Der über die Finsternis befiehlt. Der in der Dunkelheit lauert, und vor dem die Toten erzittern.

Wer ist er?
Er ist Seth.

Das Totenbuch
Spruch 17

ERSTER TEIL

Du sollst mit einem Messer enthauptet werden,
das Gesicht soll dir vom Schädel geschnitten werden.
Dein Kopf gehört dem, der in seinem Land ist.
Deine Knochen sollen dir gebrochen werden.
Deine Gliedmaßen sollen dir abgehackt werden.

Das Totenbuch
Spruch 39

1

Jahr 4 der Herrschaft von König Eje, Gottesvater,
Der das Rechte tut

Theben, Ägypten

Ich starrte auf die fünf abgeschlagenen Köpfe, die vor mir im Staub lagen. Auf dieser gottverlassenen Straßenkreuzung. In der letzten Dunkelheit kurz vor Sonnenaufgang.

Es war kalt, und ich zog mir meinen alten syrischen Wollumhang enger um den Körper. Der Himmel war schwarz, es war eine mondlose Nacht. Die Stadt bestand nur aus Schatten. Türen und Fenster waren geschlossen. Keiner der Arbeiter, die so früh schon auf den Beinen waren, um irgendwo wieder einen ganzen Tag lang Schwerstarbeit zu verrichten, blieb stehen, um sich die Tragödie anzusehen. Sich einer solchen Stelle zu nähern, hätte niemand gewagt. Nicht in diesen düsteren Zeiten. Ohne es zu wollen, erinnerte ich mich plötzlich an den alten Spruch: »Die Erde liegt im Dunkel wie im Tod ...« Nur die streunenden Hunde Thebens heulten einander quer durch die Stadt an, aus den Elendsvierteln der Armen und den Villengegenden der Reichen, ganz so, als wollten sie den *ka*-Seelen dieser ermordeten nubischen Jungen, die nach Hilfe und Beistand hungerten, während sie von dieser Welt in die nächste flogen, eine Stimme geben.

Unter den allmählich verblassenden Sternen, die im Ozean der Himmel schimmerten, liefen ein paar unbekümmert plaudernde Beamte der städtischen Medjai im flackernden Licht ihrer Fackeln umher, sodass ihre Schatten über die Lehmziegelmauern der nahe gelegenen Behausungen schwebten. Einige der Männer nickten mir zu, andere nicht. In ihrer Achtlosigkeit waren sie mit ihren Sandalen bereits über den gesamten Tatort getrampelt und hatten damit alles an Beweisen vernichtet, was andernfalls vielleicht noch zu finden gewesen wäre. Nicht dass das eine Rolle gespielt hätte, denn dieses Verbrechen würde ohnehin, im besten aller Fälle, nur oberflächlich untersucht werden. Massaker wie dieses hier waren zu einer Alltäglichkeit geworden, und die Banden, die sie ungestraft anrichteten, schienen in den armen Stadtbezirken das Heft in die Hand genommen zu haben. Sie handelten mit Opium, Gold und Menschen, verschleppten und verkauften junge Mädchen und Jungen in die Prostitution, aus der es kein Zurück mehr gab. Zu ihren Opfern zählten sogar Beamte der Medjai, die übelst gefoltert und anschließend enthauptet und zerstückelt wurden, weil sie sich weigerten, die einmalige Gelegenheit beim Schopfe zu packen und sich bestechen zu lassen. Rivalisierende Banden rechneten miteinander ab, indem sie unter den anderen ein Blutbad anrichteten und diese mitsamt ihren kreischenden Freundinnen abschlachteten; die Kinder hochrangiger Beamter, Söhne und Töchter im Teenageralter, wurden auf brutale Weise ermordet, *nachdem* das Lösegeld für ihre Freilassung gezahlt worden war; und deshalb fühlte sich trotz all der Sicherheitsmaßnahmen und hohen Mauern, die man sich mit Gold erkaufen konnte, niemand sicher in Theben.

Die geköpften Toten hier waren aber einfach nur Straßenkinder – junge Nubier mit tätowierter Haut, geflochtenen Haaren und Lederschnüren um den Hals, an denen kleine Anhänger hingen, die die Form eines Pfeils hatten und sie als Mitglieder ihrer Bande auswiesen. In deren Hierarchie hatten ihre älteren Brüder sie sicherlich nur mit den Opiumverkäufen auf unterster Ebene betraut. Sie stammten aus dem ärmsten und erbärmlichsten Elendsviertel der Stadt; ohne Schulbildung, ohne Arbeit und ohne Aussicht darauf, jemals Arbeit zu finden, waren sie dem blödsinnigen Nimbus der Gesetzlosigkeit erlegen. Alle hatten sie alte Wunden, die von Kämpfen auf der Straße herrührten; Messernarben auf den Wangen, zugeschwollene und eingeschlagene Augen, unförmige Nasen und Ohren, die bei Schlägereien verunstaltet worden waren. Keiner war älter als sechzehn – die meisten waren jünger. Ihre kindlichen Gesichter hatten jetzt den leeren Ausdruck der Enttäuschung, der bei frisch Verstorbenen so häufig zu sehen ist.

Die Köpfe der Jungen hatte man in einer schnurgeraden Reihe vor die Füße ihrer Leichen gestellt, die nebeneinander ausgelegt waren, sodass sie aussahen wie unschuldige Freunde, die gemeinsam träumten. Ihre staubigen Hände und Füße waren gefesselt, grob und fest und mit billigem Seil – doch bei genauerem Hinsehen stellte ich verblüfft fest, dass die Knoten ungewöhnlich fachmännisch gemacht waren. Außerdem wurde das Blut eines Menschen, der enthauptet wurde, in hohem Bogen aus der Halswunde gepumpt; da aber nirgendwo im Staub der Straße weitere Blutlachen zu sehen waren, mussten diese Jungen anderswo hingerichtet und erst hinterher hier entsorgt worden sein, vermutlich als Warnung von einer Straßenbande an die andere.

Ich bückte mich, um die Wunden genauer zu inspizieren: Bei jedem der Jungen waren die Nackenmuskeln und die Halswirbelsäule mit einem einzigen, kraftvollen Schlag durchtrennt worden; was auf Übung, eigentlich sogar auf meisterhaftes Können schließen ließ. Des Weiteren musste der Mörder eine qualitativ hochwertige Klinge benutzt haben; möglicherweise ein *chepesch*, ein zeremonielles Sichelschwert, oder aber ein langes, gelbes Feuersteinmesser, wie Metzger es benutzten, um mit der extrem scharfen Klinge Vieh auszunehmen. Messer besitzen die Macht, zu beschützen und Rache zu nehmen. Die Hüter der Unterwelt tragen Messer und ebenso die untergeordneten Götter dieses trostlosen Orts, die mit den Furcht erregenden Gesichtern und den nach hinten gedrehten Köpfen; und das Gleiche traf zweifellos auf diesen Mörder zu. Ich konnte mir seine hervorragende Technik ebenso bildhaft vorstellen wie seinen außerordentlichen Stolz auf sein Können. Das hier sah nicht danach aus, als sei es das typische Werk der brutalen Henkersknechte von Banden gewesen.

Im Laufe meiner Jahre bei der Thebaner Polizei hatte ich bereits jede Form von sinnloser Brutalität gesehen, die man einem menschlichen Körper zufügen kann. Grausamkeit, Zorn, Trauer – und etwas, was andere einfach das Böse nennen – können die merkwürdige Mischung aus Vulgarität und Schönheit, die einen jeden von uns ausmacht, in einen leblosen Klumpen verwesenden Fleisches verwandeln. Ich hatte in düsteren Hinterzimmern vor den verkrümmten Leichen von Kindern gekniet, die man zu Tode geprügelt hatte. Ich hatte vor den übel zugerichteten Überresten junger Frauen gestanden, die mit den Gesichtern nach unten in den noch warmen Lachen ihres eigenen Blutes lagen. Ich hatte Hirnmasse gesehen – diese eigenartige, elfenbeinfarbene Gallerte, von der einige behaupten, sie sei der Speicher unserer Gedanken und Erinnerungen –, die an Lehmziegelmauern klebte. Ich hatte das rohe Fleisch unserer menschlichen Leiber freigelegt vor mir gesehen wie in einem Metzgerladen; ich wusste, wie schnell Jugend und Schönheit aufdunsen und stinken, sobald die *ka-* und *ba-*Seelen entflogen sind.

Ich hatte schon sehr viel Schlimmeres gesehen als die fachmännisch geköpften Häupter dieser fünf nubischen Jungen.

Und trotzdem erfüllte mich der Anblick mit ungeheurer Wut. Vielleicht, weil er unsere Machtlosigkeit, dieser Woge der Gewalt ein Ende zu bereiten, so offensichtlich machte. Vielleicht, weil es das Desinteresse der Medjai, die Armen zu beschützen, so offenkundig machte. Vielleicht wurde ich aber auch einfach nur alt. Die Haare auf meinem Kopf waren inzwischen grau, das glänzende Schwarz meiner Jugend nur noch eine ferne Erinnerung; schlank war ich nach wie vor, hatte keinen dicken Bauch, aber frühmorgens, wenn ich aufstand, um mich dem neuen Tag zu stellen, spürte ich jetzt manchmal, wie meine Knochen knackten, spürte das Gewicht der Haut auf meinem Gesicht und eine seltsame Langsamkeit in meinem Blut.

Ich schüttelte den Kopf, um diese unnützen Gedanken zu vertreiben. Und dann entdeckte ich plötzlich etwas, zwischen den blutleeren Lippen eines der nubischen Jungenköpfe. Ich schob meinen Finger zwischen seine weißen Zähne und zog im nächsten Moment ein zusammengefaltetes Stück Papyrus heraus. Es war von Blut und Speichel verklebt. Vorsichtig klappte ich es auseinander. Mit schwarzer Tinte war säuberlichst ein seltsames Symbol darauf gezeichnet: *ein schwarzer Stern mit acht pfeilförmigen Zacken*. Die Banden hinterließen häufig Botschaften bei den abgehackten Körperteilen ihrer Opfer – das war ein fester Bestandteil des grauenvollen Rituals dieser blutigen Zurschaustellung ihrer Macht. Doch diese Botschaften waren zumeist nur einfach so dahingekritzelt, was von minimalen Schreibkenntnissen zeugte, und inhaltlich waren sie im Allgemeinen banal: *Lerne Respekt; Halt den Mund; Fürchte dich*. Das hier war anders. Zum einen handelte es sich nicht um eine ägyptische Hieroglyphe, denn unsere Sterne haben fünf Zacken und sehen ganz anders aus als das, was ich hier vor mir hatte.

Plötzlich klapperte ein Streitwagen die Straße herauf, der von zwei müden, kleinen Pferden gezogen und von einem daneben herrennenden Leibwächter eskortiert wurde. Ihm entstieg Nebamun, der Chef der Thebanischen Medjai. Seine Beamten, die sich bis dahin wie gewöhnlich in morbidem Geplänkel ergangen hatten, wurden schlagartig still und nahmen eine stramme Haltung an. Nebamun schaute in meine Richtung. Ich wusste, dass er diesen Tatort geräumt und die Leichen fortgeschafft haben wollte, bevor die Sonne aufging und die Stadt erwachte. Ein ordnungsgemäßes Ermittlungsverfahren würde es selbstverständlich nicht geben. Stattdessen würde man ein paar mutmaßliche Übeltäter von den Straßen ihrer Elendsviertel zerren, sie foltern, damit sie gestanden, und dann flugs hinrichten, um damit der ganzen Welt vor Augen zu führen, dass die städtische Medjai immer noch in der Lage war, ihre Arbeit zu tun. Gleichgültig, welcher Bagatelldelikte diese toten Jungen sich schuldig gemacht haben mochten: Sie waren Mordopfer und hatten Anspruch auf Gerechtigkeit. Da sie jedoch arme Nubier waren, würde ihnen die nicht zuteilwerden; Nebamun – ›ein Mann von heute‹, wie er immer wieder gern behauptete, um zu rechtfertigen, dass er auf Abkürzungen zur Gerechtigkeit gelangte, leicht zu korrumpieren war und gnadenlos brutal vorging, wenn es gerade praktisch war – würde schon dafür sorgen.

Von Gerechtigkeit zu sprechen galt heutzutage als überholt, altmodisch und lächerlich. Er kam auf mich zu. Wider die Vorschriften und mit einem entsprechenden Anflug von Wonne versteckte ich das Papyruszettelchen rasch in meinem Lederbeutel, damit ich es mir später noch einmal genauer ansehen und weiter darüber nachdenken konnte.

»Scheiße fließt immer den Berg runter, Rahotep. Stimmt's, oder habe ich recht?«, tönte Nebamun. Dabei nickte er mit dem Kopf in Richtung der toten Jungen und lachte mit grimmiger Miene über seinen abgedroschenen, alten Witz. Er schlang sein langes, fein plissiertes Leinengewand dichter um seinen behäbigen Leib. Wie immer trug er seinen goldenen *schebiu*-Ehrenkragen, um uns damit ständig an seine irdischen Erfolge zu erinnern. Während er früher beeindruckend muskulös gewesen war, war sein stämmiger Körper jetzt zu dem weichen Leib eines Mannes mittleren Alters zusammengefallen, der in seinem Beruf erfolgreich war. Sein Gesicht hatte die Konturen verloren, und er hatte nicht mehr die gleiche ruhige Hand wie früher, aber aus seinen Augen funkelte nach wie vor das Vergnügen, Macht zu haben. Sein Atem wehte zu mir herüber, und ich roch den süßen Duft von Bier. Geschmacksnerven für einen anständigen Wein hatte er nie entwickelt. Instinktiv trat ich einen Schritt zurück. Er grinste, bleckte seine schlechten Zähne, und dann spuckte er einen dicken Klumpen Schleim in den Staub. Das Ding landete um Haaresbreite auf meinen Sandalen, und Thot, mein Pavian, knurrte Nebamun leise an.

»Fünf weitere tote nubische Straßenkinder. Wen interessiert das schon?«, meinte er und trat dabei mit seinen Sandalen gegen die Leichen.

Ich hütete mich, etwas darauf zu erwidern.

»Lasst uns das hier wegschaffen«, ordnete er an. »Es bringt nichts, die anständigen und hart arbeitenden Bürger von Theben mit einem ekelhaften Anblick wie diesem hier zu beunruhigen. Stimmt's, oder habe ich recht?« Per Handzeichen bedeutete er seinen Beamten, sich an die Arbeit zu machen. Im nächsten Moment drehte er sich wieder zu mir um, als sei ihm ganz plötzlich etwas aufgefallen.

»Was treibst du hier, Rahotep?«, wollte er wissen.

»Ich konnte nicht schlafen.«

Was der Wahrheit entsprach.

Zwischen Nebamun und mir hatte die Chemie noch nie gestimmt. Er hatte den Vorzug bekommen und war Chef der Thebanischen Medjai geworden. Sofort hatte er seine angeborene Dummheit unter Beweis gestellt, indem er sich zu einem kleinkarierten Tyrannen entwickelte, der seine besten Leute einschüchterte, statt ihnen den Freiraum zu geben, den sie brauchten, um ihre Arbeit zu tun. Vor allem hatte er seine Macht dazu benutzt, mich in eine Nebenrolle zu drängen, und das hatte er so weit getrieben, dass man mich bei Mordfällen nicht mehr an den Tatort rief, sondern lediglich an Bagatelldelikten arbeiten ließ, mit denen eigentlich jüngere und untergeordnete Kollegen hätten betraut werden sollen. Und indem er das tat, nahm er mir das Einzige, was mir mehr bedeutete als das meiste andere auf der Welt: meine Arbeit als Wahrheitssucher. Zweimal war es in der Vergangenheit vorgekommen, dass man über seinen Kopf und seine Autorität hinweg von allerhöchster Stelle des Landes nach mir geschickt hatte, um Fälle zu lösen – beim ersten Mal hatte Nofretete mich rufen lassen, Jahre später waren es ihre Tochter Anchesenamun und deren Gemahl, König Tutanchamun. Zweimal hatte man mich geholt und unabhängig von seiner Befehlsgewalt eigenständig ermitteln lassen. Und beide Male, wie er schadenfroh bemerkte, wann immer sich ihm eine Gelegenheit bot, hatte ich versagt. Denn Nofretete war verschwunden, und Tutanchamun war tot. Und obwohl ich mich hätte rechtfertigen können, durfte ich ihm die wahre Geschichte, die sich hinter diesen Ereignissen verbarg, nicht erzählen, denn ich hatte versprochen, über diese Dinge Stillschweigen zu bewahren.

Plötzlich rannte eine Nubierin auf die Straße. Sie war außer Atem und außer sich. Die Beamten wollten sie aufhalten, aber Nebamun schüttelte den Kopf und gab ihr damit die Erlaubnis, sich ihrem toten Kind zu nähern. Sie sank vor einem der abgeschlagenen Köpfe auf die Knie und begann zu wehklagen, indem sie schrille, verzweifelt und untröstlich klingende Heultöne ausstieß.

»Mein Beileid zum Tod deines Sohnes«, flüsterte ich.

Mit zutiefst erschütterter Miene schaute sie zu mir auf.

»Wie war sein Name?«, erkundigte ich mich so leise wie möglich, aber Nebamun fiel mir trotzdem sofort ins Wort.

»Du hast hier nichts verloren, Rahotep. Du ermittelst nicht in diesem Fall.«

»Niemand wird in diesem Fall ermitteln«, entfuhr es mir. »Wie du schon sagtest: fünf weitere tote nubische Jungen? Wen interessiert das schon? Schluss – aus – fertig!«

»Genau«, blaffte er zurück. »Warum verpisst du dich also nicht nach Hause, bevor ich dir so in den Hintern trete, dass du am Ende der Straße landest?« Mich zu provozieren schien ihn glücklich zu machen.

Er nickte seinen Männern zu. Sie packten die trauernde Mutter bei den Armen, zogen sie weg, und ihr heulendes Wehklagen schallte durch die dunklen, stillen Straßen.

Früher wäre das hier mein Tatort gewesen. Früher galt ich als der beste Wahrheitssucher der Stadt. Das hier wäre mein Fall gewesen, und vielleicht wäre es mir gelungen, dieser Mutter am Ende etwas zuteilwerden zu lassen, was wenigstens nach Gerechtigkeit aussah. Vielleicht hätte ich herausgefunden, warum die Seile so fachmännisch verknotet waren, vielleicht hätte ich den Mörder gefunden, der so auffallend geschickt darin war, nubische Teenager zu köpfen.

Ich schützte meine Augen gegen das Licht der Morgendämmerung und schaute mich ein letztes Mal um. Schon bald würde die Hitze des Tages die Stadt in ihren Klammergriff nehmen. Theben würde unter dem zornigen Auge von Re flirren und kochen. Es würde ein weiterer Tag sein, der von den neuen Göttern dieser Welt regiert wurde: dem Gold und der Macht.

Ich nahm Thot an die Leine, und langsamen Schrittes machten wir uns in den letzten Schatten auf den Weg.

2

Groß, schlank und elegant, wie er war, stand der edle Nacht auf der obersten Stufe der Treppe, die in sein herrschaftliches Stadthaus führte, und begrüßte seine reichen, der Führungsschicht angehörenden Freunde, die nacheinander eintrafen und die prunkvolle Empfangshalle betraten. Er trug ein Gewand aus feinstem, plissiertem Leinen und einen prächtigen *schebiu*-Kragen – zwei Stränge Ringe aus purem Gold. Diese Kragen waren Geschenke des Königshauses, Zeichen großer Gunst und hoher Stellung, und sie waren auffallend schön und sehr schwer. Dass er mit seinem äußeren Erscheinungsbild, das bisher immer eher asketisch gewesen war, einen derartigen Pomp trieb, war eine relativ neue Entwicklung; sein Aufstieg zu noch größerer Berühmtheit und noch höherer Stellung – er war jetzt Königlicher Gesandter – schien ihn zu einer offeneren Zurschaustellung seines Reichtums animiert zu haben, und darüber durfte man sich, wie er unmissverständlich klargemacht hatte, nicht mokieren. Nacht war jetzt einer der mächtigsten Männer im Land: der oberste Beamte, der über die Beziehungen zwischen der Justiz, der Priesterschaft, der Regierung und des Palastes wachte und Ägypten als Königlicher Gesandter im Ausland vertrat. Kurzum: Er war der Schlüssel zur Macht. Ich konnte das allerdings nie so ganz mit dem Mann in Einklang bringen, den ich kannte und der sich mehr dafür interessierte, die Geheimnisse der Sterne und die ominösen Mysterien alter Schriften zu enträtseln, als sich mit dem vulgären Alltag von Macht und Politik zu befassen. Ich erlebte ihn in Aktion, aus der Perspektive des Leibwächters an seiner Seite. Sein ebenmäßig geschnittenes Gesicht mit den weichen Zügen spiegelte immer genau die richtige Gefühlspalette, wenn er die einzelnen Würdenträger namentlich (er war berühmt für sein außerordentlich gutes Gedächtnis) und gemäß ihrem Rang begrüßte: die Aristokraten und Priester mit huldvoller Selbstsicherheit, die Behördenvorsteher mit einem listigen, kooperativ subversiven Zwinkern, die neuen Magnaten mit Respekt. Und dennoch schienen seine topasfarbenen Augen, aus denen die Intelligenz nur so strahlte, den Pomp des Ganzen und im Grunde den Pomp des menschlichen Daseins überhaupt nur wie ein Spektakel zu beobachten, das sich irgendwo in der Ferne abspielte. Er hatte die hochkonzentrierten Jägeraugen eines Falken und die sanften Gesichtszüge eines eleganten Herrn.

Als Freunde waren wir ein ungleiches Paar. Wir hatten einander kennengelernt, als wir noch jünger gewesen waren, und zwar anlässlich eines großen Empfangs in Achet-Aton, der neuen Tempelstadt, die Echnaton und Nofretete auf halbem Weg zwischen Theben und Memphis hatten erbauen lassen. Nacht war in eine Welt aus Gold und Privilegien hineingeboren worden, aber trotz der Unterschiede in unser beider Herkunft hatten wir einander sofort gemocht.

Und jetzt, all die Jahre später und trotz seiner Berühmtheit und hohen Stellung in der Politik und im Geistesleben, schien er immer noch etwas an mir amüsant und interessant zu finden. Mich persönlich faszinierten nach wie vor sein so wacher Geist, seine messerscharfe Intelligenz und vor allem die liebevolle Zuneigung, die er meinen Kindern entgegenbrachte. Vielleicht lieh er sich bei mir das Einzige, was in seinem Leben fehlte – eine Familie. Und ich teilte sie gern mit ihm.

Früher war ich häufiger schon mal Gast auf Nachts berühmten Gesellschaften gewesen. Heute war ich hier, um zu arbeiten. Nacht hatte angefangen, mich ab und an als seinen persönlichen Leibwächter zu beschäftigen, und behauptete, das zu tun, weil er sich auf meine Diskretion in einer Weise verlassen dürfe, wie er das bei niemand anderem konnte. Auf diese Weise hatte er es mit dem ihm eigenen Taktgefühl so aussehen lassen, als sei ich derjenige, der ihm einen Gefallen tat. Und angesichts der unsicheren und immer geringer werdenden Bezahlung für meine Arbeit als Medjai sowie der Tatsache, dass selbst die Preise für die einfachsten Grundnahrungsmittel immer weiter in die Höhe schossen, war ich auf jede nur erdenkliche Einkommensquelle angewiesen, um meine Familie ernähren zu können. Viele meiner Kollegen bei der Medjai hatte die steigende Zahl von Beamtenmorden und die immer schlimmer werdende Gewalt in der Stadt dermaßen verängstigt, dass sie in den Sektor der privaten Sicherheitsdienste gewechselt hatten: Sie schützten jetzt entweder die Häuser reicher Männer oder die Grabkammern wohlhabender Familien, die voller Gold und Schätze waren und damit stets Gefahr liefen, brutal ausgeraubt zu werden. Manche verdienten ihr Geld auf beiden Seiten, indem sie obendrein mit den Grabräuberbanden gemeinsame Sache machten. Andere hatten sich aus wirtschaftlicher Not oder persönlicher Schwäche heraus zu Erpressung, Protektion und Schutzgeldforderungen verleiten lassen. Ich bereute oft, dass ich das Angebot, das die Königin mir vor fünf Jahren gemacht hatte – das Angebot, ihr persönlicher Leibwächter zu werden –, nicht angenommen hatte; der Palast war jedoch nie meine Welt gewesen. Ich war ein Wahrheitssucher, und gleichgültig, wie hoch der

Preis war, und ganz egal, wie lächerlich es erschien, ich hatte keine andere Wahl, ich musste mir selbst treu bleiben.

Oben auf der Dachterrasse ruhten auf Ständern zahllose Tabletts, auf denen sich in protzigen Mengen die feinsten Speisen häuften: ganze Enten mit dicker Glasur; riesige gebratene Gazellenkeulen, die man hauchdünn aufgeschnitten hatte, damit das rosafarbene Fleisch zur Geltung kam; gerösteter Kürbis und Schalotten; Brötchen; Honigwaben; Oliven, die auf dekorierten Platten im Öl schimmerten; glänzende Rispen von Weintrauben, die im Licht der Abendsonne funkelten; und bergeweise Feigen und Datteln. Diener schenkten edlen Wein aus der Dachla-Oase aus. Ich hätte liebend gern einen Kelch anständigen Wein getrunken, denn zu Hause konnte ich mir einen solchen Luxus nicht mehr erlauben. Mir lief das Wasser im Mund zusammen; ich musste mich zurückhalten, keine Hand voll Mandeln aus einer der Schalen zu stibitzen. Sobald die letzten Gäste gegangen waren, würde Nacht darauf bestehen, dass ich von den Speiseresten so viel für die Kinder mit nach Hause nahm, wie ich wollte. »Andernfalls wird es weggeworfen«, pflegte er immer zu behaupten, um sein Almosen akzeptabel zu machen, und dabei drängte er mir so ganz nebenbei auch noch ein Fass eines ganz hervorragenden Weins auf. Die nächsten paar Tage würden wir essen wie die Könige; und für kurze Zeit mal nicht die immer gleichen alten Zwiebeln, den Knoblauch, den grätigen Fisch und das grobkörnige Brot ertragen müssen, die wir mittlerweile tagtäglich zu uns zu nehmen gezwungen waren.

Während Nacht elegant eine geistreiche Unterhaltung mit einem reichen Ehepaar führte und sie einander hofierten und mit Schmeicheleien überhäuften, blickte ich nieder auf die Stadt, die im strahlenden Abendlicht lag. Die grauen, roten und gelben Flachdächer Thebens, die vollgestopft waren mit trocknendem Gemüse und kaputten Möbeln, erstreckten sich in sämtliche Richtungen. Gen Norden verlief die Straße der Sphingen – der weitläufige, schnurgerade und gepflasterte Prozessionsweg – bis zum Tempel von Karnak und dem Südtempel, dessen hohe, bemalte Lehmziegelmauern daneben aufragten. Ich konnte beobachten, wie Tempelsoldaten in geschlossener Linie auf dem offenen Gelände vor dem riesigen Pylon umständlich die Übergabe an die Nachtwachen vollzogen. Im Westen wand sich der Große Fluss, der Quell allen Lebens, wie eine braune und grüne Schlange, die jetzt, da das Licht des Sonnenuntergangs auf ihrer sich ständig verändernden Wasserfläche spielte, silbern glänzte. Weiter dahinter, jenseits der bebauten Flächen am Westufer und jenseits der krassen Grenze zwischen dem Ackerland des Schwarzen Landes und der Wüste des Roten Landes, lagen lang gestreckt die steinernen Totentempel; und hinter denen befanden sich die jetzt in die Schwarz-, Gelb- und Rottöne des Sonnenuntergangs getauchten Hügel und Täler, in denen in den königlichen Grabkammern die großen Herrscher in steinernen Sarkophagen und goldenen Särgen konserviert wurden, versteckt und auf ewig. In südlicher Richtung, ebenfalls am Westufer, konnte ich so gerade noch die niedrigen Umrisse des Malqata-Palastes ausmachen, der Residenz der königlichen Familie, die im Herzen eines weitläufigen Labyrinths aus Wohnhäusern für Aufseher, Verwalter und Beamte verborgen lag. Und hinter den Grenzen der Stadt, hinter den grünen und schwarzen Feldern, hinter all den Monumenten und Statuen, die Menschen auf diese Erde gebaut hatten, erstreckte sich das Große Unbekannte, das Rote Land, jene so ganz andere Welt aus Staub und Sandstürmen und gefährlichen Geistern und Tod, die von jeher eine solche Faszination auf mich ausgeübt hatte.

Die Abendsonne stand inzwischen niedrig und färbte den Himmel türkis, indigo, blutrot und golden; der süße Nordwind der Abendstunden hatte angefangen, die Luft abzukühlen. Auf ein diskretes Kopfnicken von Nacht nahmen die Diener die edel bestickten Sonnensegel herunter und entzündeten jede Menge kleiner Öllampen. Die Gäste nahmen auf Stühlen Platz – die Damen auf niedrigen Chaiselongues –, die man nach draußen gestellt hatte, damit alle es bequem hatten. Ich schaute in ihre Wohlstandsgesichter und auf ihre prachtvollen Gewänder, die in den letzten Strahlen des Abendlichts golden glitzerten. Sie lebten in einer ganz anderen Welt als all die anderen in den umliegenden Straßen.

Ich folgte Nacht, der sich zu einem kleinen Kreis enger Freunde gesellte, die häufig in seiner Villa zu Gast waren. Wie gewöhnlich redete Hor, der Dichter, unterhielt seine Freunde auf geistreiche und zugleich gehässige Weise mit skurrilen Berichten über Fehltritte und Skandale, die sich auf höchster Ebene ereignet hatten und zumeist sexueller Natur waren. Ich hatte immer geglaubt, Dichter seien Träumer, die in einer anderen Welt leben und dort von Wahrheit und Schönheit träumen. Hor war jedoch pummelig und selbstgefällig, den weltlichen Dingen zugetan und erfolgreich. Seine kleinen Finger waren von den vielen kostbaren Goldringen ganz schwer. Er war berühmt für eine Reihe von Versen, die vor einigen Jahren anonym die Runde gemacht hatten, und sehr gewagt Eje verspottet hatten, der einstmals Wesir gewesen und jetzt der König war. Heutzutage würden Hor solche Worte die standrechtliche Hinrichtung einbringen.

»Freunde, ich habe ein neues Gedicht geschrieben«, prahlte er. »Es ist nur ein belangloses Werk, aber vielleicht darf ich es euch aufdrängen ...«

Es folgte höflich aufmunterndes Gemurmel.

»Hoffentlich ist es ein heiteres Gedicht«, rief jemand.

»So etwas wie ein heiteres Gedicht gibt es nicht«, erwiderte er. »Das Glück schreibt mit Wasser, nicht mit Tinte.«

Alle nickten, als habe er da etwas sehr Weises von sich gegeben. Er baute sich in der Pose auf, die er immer innehatte, wenn er rezitierte, legte den Kopf zur Seite, hob die rechte Hand, reckte die Finger, und als er zufrieden feststellte, dass er die ungeteilte Aufmerksamkeit aller Anwesenden genoss, hob er an:

Wem kann ich heute noch trauen?
Brüder sind boshaft, und Freunde haben kein Mitleid.
Die Herzen sind von Gier erfüllt,
Und jeder stiehlt
Seines Nächsten irdisch' Gut.
Das Mitgefühl ist tot,
Die Gewalt geht um,
Das Böse greift um sich
Im ganzen Land –
Böses, unendlich Böses …

Und so weiter und so fort. Als es zu Ende war, wurde sein düsteres Klagelied – das ich zwar für wahrheitsgetreu und ehrlich hielt, allerdings auch für monoton und nicht gerade originell – zunächst mit besorgtem Schweigen quittiert, erst danach begann das Publikum hastig zu applaudieren. Nacht spürte, dass die Stimmung des Abends in die falsche Richtung zu kippen drohte.

»Bemerkenswertes Gedicht«, sagte er. »Prägnant, einprägsam und ehrlich.«

»Ich sehe, dass ich euch alle ein wenig schockiert habe«,

meinte Hor. »Ein Dichter hat aber auch die Pflicht, die Wahrheit auszusprechen! Gleichgültig, wie hoch der Preis für meine persönliche Sicherheit ist.« Und dann nahm er einen großen, stärkenden Schluck von seinem Wein.

»Deine Beziehung zur Wahrheit ist immer sehr anpassungsfähig und entgegenkommend gewesen«, meinte Nebi, ein bekannter Architekt, der eine teuer bestickte Tunika trug.

»Natürlich ist sie das immer gewesen, wenn es um Fragen ging, die sich um die Menschen und diese Welt rankten«, erwiderte Hor. »Ich bin zwar ein Dichter, aber kein kompletter Trottel ...«

»Aber die Wahrheit an sich ist dieser Tage so kompliziert geworden«, warf ein anderer ein.

»Die Wahrheit ist immer die Wahrheit«, entgegnete Nacht und musste selbst lächeln, weil das so abgedroschen war.

Hor machte eine abwinkende Geste in Nachts Richtung. »Ich kann Plattitüden nicht ertragen«, sagte er. »Tatsächlich verletzen sie meine Gefühle.«

Dieses ganze Gerede über Wahrheit löste in mir das Bedürfnis aus, loszuziehen und irgendetwas Praktisches zu tun.

»Ich habe jedoch eine interessante Neuigkeit gehört, Freunde«, sprach Hor weiter und grinste dabei sein böses kleines Grinsen. Die anderen rückten ein wenig dichter zusammen und schauten kurz über die Schulter, um sicherzustellen, dass niemand sie belauschte. Und dann, nach einer sorgsam abgepassten Pause, beugte der Dichter sich vor, als seien sie nun alle Verschwörer, und wisperte in theatralischem Ton: »*Er* wird bald mit den Göttern vereint sein.«

Jeder wusste, was er damit meinte, aber nicht aussprechen durfte. Eje, der verhasste Tyrann, der über die Beiden Länder herrschte, hatte seine normale Lebenserwartung bereits weit überschritten.

»Das ist aber nicht gerade *neu*. Und wenn er wirklich sterben sollte, woran ließe sich das dann feststellen? Er sieht doch schon seit Jahren tot aus …«, witzelte Nebis Gemahlin und erntete kurzes Gelächter dafür.

»Lasst es euch gesagt sein. Ich weiß es aus zuverlässiger Quelle: Es kann sich nur noch um Wochen handeln. Und dann wird keiner von uns mehr lachen.«

Die Gäste sahen einander an und erschauerten, als fegten plötzlich seltsam eisige Böen durch die milde Abendluft.

»Das heißt, der Moment, vor dem wir uns alle schon so lange fürchten, steht unmittelbar bevor!«, stieß ein anderer mit trauervoller Stimme aus. »Das Ende dieser großen Dynastie – und das Ende des Zeitalters von Frieden und Wohlstand!«

»So schlägt denn schließlich General Haremhabs Stunde«, sprach Nebi. »Und läutet zugleich das Ende der Welt ein, die wir bisher kannten.«

»Der General wird mehr haben wollen als nur die Doppelkrone. Er wird alles für sich beanspruchen. Und dann wird er mit uns machen, was ihm beliebt …«, sagte ein älterer Mann, dessen elegante und wunderschöne, junge Frau devot hinter ihm saß.

»Ich habe gehört, dass er eine geheime Schriftrolle besitzt, auf der die Namen all seiner Feinde aufgeführt sind sowie die Namen all derer, die sich ihm über die Jahre in den Weg gestellt oder ihn nicht unterstützt haben«, flüsterte Nebi.

»Wie viele von uns auf dieser Liste sein werden!«, erwiderte der ältere Mann und schaute dabei in die Runde.

»Die Aussichten sind trübe«, pflichtete Hor den anderen bei. Dann hob er seine Hand mit den Stummelfingern Richtung Westen und deklamierte im Ton eines großen Tragöden:

»Wie eine Armee der Schatten werden seine unzähligen Soldaten in ihren Einheiten aus ihren langen Kriegen gegen unsere Erzfeinde, die Hethiter, zurückkehren und stattdessen ihre gewaltige Streitkraft gegen ihr eigenes großartiges Volk richten, um uns die Freiheit zu nehmen, uns zu dominieren und zu unterdrücken. Ich sehe, wie seine Schiffe unter blutroten Segeln aus der Finsternis der Nacht auftauchen. Ich sehe, wie seine Soldaten die Straßen unserer Stadt besetzen. Ich sehe, wie die besten Männer zur Hinrichtung geführt werden. Ich sehe Katastrophen. Ich sehe Blut durch die Straßen fließen. Ich sehe, dass die ganze Welt aus den Fugen gerät.«

Das Publikum schien fasziniert zu sein von seiner Prophezeiung. Ich schaute zu Nacht hinüber, der den Dichter beobachtete. Wir sahen einander kurz an und hoben beide unmerklich die Brauen über die orakelhafte Melodramatik dieser Vorstellung. Aber Hor meinte das alles ganz ernst.

»Ich habe euch alle in Erstaunen versetzt. Aber Haremhab ist berühmt für seine Grausamkeit und seine Rachsucht. Ich habe eine Geschichte gehört, von jemandem, der persönlich dabei gewesen ist, und danach hat der General einmal befohlen, einen gefangengenommenen hethitischen Kommandeur bei lebendigem Leibe zu kochen, vor seinen Augen, zu seiner Unterhaltung … *während er selbst zu Abend aß.*«

Einige in der Runde schrien angewidert auf. Inzwischen hatten sich weitere Gäste um uns herum versammelt, um mit ihren Kelchen und Tabletts in der Hand zu lauschen. Aber an diesem Punkt griff Nacht ein.

»Komm jetzt, mein Freund«, sagte er. »Deine dichterische Fantasie ist eine große Gabe, aber als Prophet ergehst du dich zu sehr in deinen Untergangsvisionen. Die Zukunft ist stets ungewiss. Und sie ist auch nicht zwangsläufig düster. Kein Orakel kann mit Sicherheit voraussagen, was passieren wird.

In Wirklichkeit gibt es gute Gründe, sich eine gänzlich andere Zukunft auszumalen.«

»Und was für eine Zukunft soll das sein? Die Thronbesteigung Haremhabs, die uns ›Ordnung‹ bringt und ›eine Rückkehr zu den alten Werten‹ und so weiter …?«, erkundigte Hor sich in sarkastischem Ton.

»Seine Thronbesteigung wäre in jedem Fall völlig illegitim: Es fließt nicht ein Tropfen königlichen Blutes in seinen Adern. Selbst Eje konnte sich auf eine Blutsverwandtschaft mit der königlichen Familie berufen, so umstritten die auch ist. Haremhab hat indes einfach nur in die Familie eingeheiratet, seine bedauernswerte erste Frau wie ein Wahnsinniger in den Tod getrieben und sich dann die Königin, die Letzte der wahren Dynastie, zur Erzfeindin gemacht«, sagte Nacht.

Er erhob sich und stellte sich in die Mitte der kleinen Menschenansammlung. »Leben, Wohlstand und Gesundheit seien der Königin beschieden«, sagte er treu ergeben und zum anerkennenden Gemurmel der meisten Anwesenden. Und dann sprach er weiter. »Freunde, ist Haremhab wirklich so mächtig? Hat er selbst keine Gegner? Ja, er ist der General der Armee der Beiden Länder Ägyptens; aber verfügen wir, die führenden Männer Thebens, über keinerlei Glauben an unsere eigene Macht und Autorität? Haben Intellekt und Moral keinerlei Bedeutung im Hinblick darauf, wie die Zukunft sich entwickelt? Hat Amun, der Gott unserer großartigen Stadt und der Gott der königlichen Familie, nicht die Macht, uns zu retten? Können wir uns nicht selbst retten?«

Nachts Ansprache wurde von den Gästen mit beipflichtendem Gemurmel bedacht. Aber nur Hor sprach aus, was allen durch den Kopf ging.

»Wir würden uns gar nicht in dieser Lage befinden, wenn König Tutanchamun nicht unter so tragischen Umständen gestorben wäre. Er hätte regiert, vielleicht sogar glorreich. Es hätte Erben gegeben. Unser Reich wäre vielleicht wieder mächtig geworden. Ein neuer König, der Sohn von Königen, hätte sich hervortun und eine strahlende Zukunft einläuten können. Stattdessen …«

Er hob seine gedrungenen Hände mit den vielen goldenen Ringen und zuckte hilflos mit den Achseln.

»Der Tod des Königs war ein Unfall. Den hätte niemand voraussehen oder verhindern können«, entgegnete Nacht in einem Ton, der jeden warnte, ihm zu widersprechen oder das Thema noch weiter zu vertiefen.

Nur einer in der Runde machte danach noch den Mund auf: »Es ist wahr, dieses Land steckt in einer Krise. Außerhalb dieser Seifenblase aus Wohlstand und Illusion regiert die Verzweiflung. Armut, Brutalität und Ungerechtigkeit haben die Leute zu dem gemacht, was sie heute sind; statt Gerechtigkeit gibt es für die Armen heute nur noch das Verderben, und Würde, harte Arbeit und Unbescholtenheit werden nicht mehr respektiert, sondern verachtet. Die Gier ist unser König, und die Korruption ist ihr Diener.«

Alle drehten sich erstaunt um und starrten mich an, denn die wütend und bitter klingende Stimme war meine. Nacht starrte mich mit auffallend unfreundlich distanzierter Miene an. Alle anderen glaubten ohne jeden Zweifel, dass ich den Verstand verloren hatte und man mich jetzt auf der Stelle entlassen würde. Ein Diener wagt es, den Mund aufzumachen! Doch einer begann, langsam zu applaudieren. Das war Hor.

»Ich erinnere mich an Euch, mein Herr; Ihr seid dieser Wahrheitssucher von der Medjai, der in der Unschuld seiner Jugend Gedichte geschrieben hat.«

»Ich bin Rahotep«, gab ich zurück.

»Es steckt Wahrheit in dem, was Ihr sagt. Wahrheit ist eine gefährliche Muse. Man stirbt für die Wahrheit.«

Er nahm von einem der Tabletts einen Silberkelch mit Wein und drückte ihn mir in die Hand.

»Auf die Wahrheit! Und das viele Gute, das sie uns tun wird«, gab er in sarkastischem Ton von sich und trank darauf. Dann nickte er mir zu und entfernte sich, rasch gefolgt von den anderen Gästen.

»Auf die Wahrheit«, brummelte ich leise und nahm einen Schluck aus dem Kelch. Gleich bekam ich den nächsten Schock. Der Wein war großartig und hatte eine düstere, melancholisch schöne Schwere. Das waren die Annehmlichkeiten des Wohlstands.

Als ich aufschaute, sah ich, dass Nacht mich auf eigentümliche Weise anstarrte, doch bereits im nächsten Moment wandte er mir den Rücken zu und unterhielt sich mit einem seiner Gäste.

3

Ich hätte mit der Tasche voller Essensreste für die Familie schnurstracks durch die dunklen Straßen nach Hause gehen sollen. Nacht hatte am Ende des Abends demonstrativ kein Wort über meinen Ausbruch verloren. Als er mich für meine Dienste bezahlte – eine kleine Vergütung in Form von Gold – und mir das Paket mit Essen und Wein überreichte, trug er mir lediglich auf, ihn am nächsten Mittag zu einem wichtigen Treffen zu begleiten, und das in einem Ton, der jede weitere Unterhaltung ausschloss. Ich wollte gerade versuchen, mich auf die mir eigene ungeschickte und plumpe Art zu entschuldigen, aber er wünschte mir nur noch kurz eine gute Nacht und schloss danach sofort die Tür.

Der Abend hatte bewirkt, dass ich nun schlechter Laune war. Das Letzte, was ich jetzt noch brauchen konnte, war, meine Wut an meiner Frau und meinen Kindern auszulassen. Also nahm ich Thot an die Leine und machte mich mit ihm auf den Weg zu einer Schänke in einer der Seitengassen, ein alter Schlupfwinkel, den ich aufsuchte, wenn ich ungestört nachdenken wollte. Ich bestellte mir einen kleinen Krug Wein und setzte mich auf einen klapprigen Stuhl in der Ecke, wo die Schatten mir Gesellschaft leisten konnten und mich niemand ansprach. Thot ließ sich zu meinen Füßen nieder. Es wurde aufgrund der späten Stunde aber sowieso schon langsam leer;

die einzigen anderen Gäste waren Handwerker und Hilfsarbeiter. Ihre erschöpften Gesichter wirkten verhärmt im flackernden Licht der Öllampen; sie hielten ihre Trinkschalen mit Händen, die von der Arbeit so ruiniert waren, dass sie sich je nachdem, welcher Tätigkeit sie nachgingen, zu entsprechenden Klauen verformt hatten. Mein Wein wurde serviert, und er schmeckte genau so, wie ich mich fühlte: minderwertig, primitiv und bitter.

Ich holte das Papyruszettelchen hervor, faltete es auseinander und zerbrach mir den Kopf über den schwarzen Stern. Alle Banden haben ihre Zeichen und Symbole. Sie definieren ihre Identität und unterscheiden sich von ihren Rivalen mittels spezieller Gesten und Kleidungsstücke und indem sie in einem speziellen Code miteinander kommunizieren oder bestimmte Handlungen vollführen – einander auf besondere Art die Hand schütteln, Spitznamen füreinander haben, drei kurze Klopfzeichen benutzen, so was eben. Die persönliche Unterschrift einer bestimmten Bande war, dass sie ihren Opfern kreuzweise die Gesichter zerschnitt. Dieser schwarze Stern war vermutlich auch nur so ein Zeichen, das man sich aus Effekthascherei ausgedacht hatte. Als ich in der Dunkelheit so dasaß mit meinem billigen Wein, konnte ich mich allerdings des Gefühls nicht erwehren, dass hinter dieser Sache etwas Finstereres und Seltsameres steckte. Ich ermahnte mich, mich am Riemen zu reißen. Ich maß dem Ganzen viel zu große Bedeutung bei; das Ganze war sicher nichts weiter als das Werk eines Verrückten, der ein Faible für originelle Symbole hatte.

Plötzlich fiel mir auf, dass mich jemand beobachtete.

»Was hast du da?«

Es war mein alter Kollege, Kheti. Wir hatten jahrelang zusammengearbeitet, er als mein Gehilfe, bis eine Beförderung ihm andere Möglichkeiten des Vorankommens eröffnete und meine inoffizielle Degradierung ihn zwang, seinen Weg ohne mich weiterzugehen. Ich hatte miterlebt, wie er sehr schnell Karriere gemacht hatte. Eine eigentümliche, leicht unangenehme Distanz hatte sich zwischen uns entwickelt, die seit einiger Zeit keiner von uns beiden mehr zu überwinden versuchte. Und trotzdem war er jetzt auf einmal da. Er sah immer noch frappierend jung aus – sein Haar war nach wie vor schwarz, sein offenes Gesicht hatte immer noch die so lebendigen Züge, und vom Augenschein her war er nach wie vor fit und geschmeidig wie ein Jagdhund.

»Ich brauche dich bloß anzuschauen, und schon fühle ich mich alt.«

Er grinste.

»Heiteren Gemüts wie eh und je«, erwiderte er.

»Was treibst du hier?«, fragte ich ihn.

»Ich bin zufällig vorbeigekommen«, antwortete er.

»Wer's glaubt, wird selig.«

Er ließ Thot an seiner Hand schnüffeln und streichelte ihm dann über den Kopf.

Ich schob einen Stuhl in seine Richtung und schenkte ihm etwas von dem Wein ein. Er nahm einen Schluck, verzog das Gesicht, sagte aber nichts; stattdessen starrte er in den sauren Wein, als sage der ihm alles, was er wissen musste.

»Wenn ich geahnt hätte, dass du kommen würdest, hätte ich etwas Edleres bestellt«, sagte ich.

Er sah mich an. »Es ist eine Schande.«

»Ich weiß ...«, pflichtete ich ihm kopfnickend bei und goss noch mehr schlechten Wein in meine Trinkschale.

»Ich rede von dir – du siehst so jämmerlich aus wie ein Packesel.«

»Du hast offenbar gute Laune.«

Er nickte und lief lässigen Schrittes zum Wirt. Mit einem anderen Krug voller Wein kam er zurück und schenkte uns neue Schalen ein. Es war der beste Wein, den diese Schänke zu bieten hatte.

»Du bist aber doch sicher nicht nur hergekommen, um meinem Selbstmitleid zu schmeicheln«, vermutete ich.

Er rückte dichter an mich heran und hob seine Trinkschale. Die Freude sprühte förmlich aus seinen Augen.

»Wir bekommen noch ein Kind.«

Ich spürte, wie ich vor Freude aufrichtig zu lächeln begann. »Meine Gratulation an dich und meine besten Wünsche für das Kind.« Ich hob meine Schale, um mit ihm anzustoßen.

»Ich wusste, dass du dich mit mir freuen würdest. Es hat lange gedauert. Ich fing bereits an zu glauben, es würde nie wieder passieren. Aber die Götter waren gütig ...«

Dazu sagte ich nichts, denn ich mag nicht über die Götter reden; mit ihren Versprechungen verhöhnen sie uns, und wenn sie uns enttäuschen, haben wir das immer hinzunehmen.

»Nicht doch!«, meinte er. »Sei bloß nicht allzu begeistert.«

»Tut mir leid. Ich hatte einen merkwürdigen Abend. Die Welt, in der wir leben, ist schlecht, im Grunde zu schlecht, um ein Kind hineinzusetzen, aber ich werde mich bemühen, dich nicht weiter mit meiner üblichen Schwermut zu belasten.«

Und dann stießen wir mit dem besseren Wein auf das ungeborene Kind an.

»Was hast du dir da angeschaut, als ich zur Tür hereinkam?«, erkundigte er sich in beiläufigem Ton.

»Nichts.«

»Ach so.«

Er hatte es schon immer verstanden, Worte mit einer perfekten Prise Sarkasmus zu würzen. Ich zeigte ihm den Papyrus. Die Sache schien ihn überhaupt nicht zu erstaunen.

»Wo hast du den gefunden?«

»Im Mund eines enthaupteten nubischen Jungen«, antwortete ich, »ganz früh heute Morgen.«

Er nickte.

»Diese Enthauptungen werden langsam zu einer Epidemie«, meinte er.

»Und sie werden immer besser darin«, fügte ich hinzu. »Und jetzt hinterlassen sie auch noch seltsame Zeichen ...«

Er beugte sich vor und gab mir den Papyrus zurück. Und dann fügte er in nachdenklichem Ton hinzu: »Glaubst du ernsthaft, dass das hier lediglich das Werk von einer der städtischen Banden ist?«

»Wahrscheinlich ist es das«, gab ich vorsichtig zurück.

Er sah mich an.

»Das kann ich mir nicht vorstellen.«

»Warum nicht?«, wollte ich wissen.

Er stützte seine Arme auf die Knie.

»Die Thebanischen Banden sind allesamt Familien. Sie benehmen sich wie Familien: Sie lieben einander, und sie hassen einander; sie wollen haben, was die anderen besitzen; sie bringen einander um; dann versöhnen sie sich und tun so, als würden sie einander wieder lieben; sie bilden sich ein, sie seien Könige, die Imperien aufbauen und Dynastien gründen, und deshalb verheiraten sie ihre Söhne mit den Töchtern ihrer Rivalen und so weiter und so weiter. In Wahrheit besteht aber eine mörderische Konkurrenz zwischen ihnen, denn sie kämpfen um die gleichen Dinge: um Arbeitskräfte, Ressourcen, Handelsrouten, politischen Einfluss, Schutz, um die Belieferung mit Opium. Manchmal werden die Spannungen zu groß, und dann rasten sie aus, und es kommt zu einem absehbar ekligen Blutbad, und danach wird gewehklagt und getrauert und wütend geflucht und mit Rache gedroht; und dann versuchen sie sich wieder zu vertragen, denn letzten Endes verfügt keiner von ihnen über die Macht, die anderen zu beherrschen«, sagte er.

»Und? Schmuggel und Schwarzhandel sind so alt wie die Welt. Warum sie jetzt so wunderbar florieren, ist kein Geheimnis; so was passiert halt, wenn der Regierungsapparat derartige Mängel aufweist und so schwach ist wie unserer. Und offen gesagt, die da oben lassen sie einfach weitermachen ... Wir leben in einem gescheiterten Land, und sie sind der lebende Beweis dafür«, gab ich zur Antwort.

»Sicher, alle sind korrupt. Alle haben Angst vor den Banden. Aber etwas ist anders geworden. Wir haben es hier nicht mit dem üblichen Kleinkram zu tun. Wir haben es hier mit etwas zu tun, das ganz plötzlich völlig neue Dimensionen erreicht hat.« Er hielt inne und schaute mich vielsagend an. »Eine mysteriöse neue Bande hat vor Kurzem damit angefangen, die Konkurrenten zu übernehmen und auszuschalten ...«

Kheti hatte sich seit jeher sehr viel mehr für Verschwörungen und Geheimnisse begeistert als ich, während ich, der sture Wahrheitssucher, immer nur auf das schauen konnte, was direkt vor mir lag, um daraus meine entsprechenden Schlüsse zu ziehen. Aber jetzt stellten sich mir die Nackenhaare auf.

»Ist das hier wieder mal eine deiner großen Verschwörungstheorien?«, fragte ich ihn.

Er sah sich prüfend um und rückte dichter an mich heran.

»Das ist keine Theorie. Ich habe Untersuchungen angestellt und ein paar Dinge herausgefunden. Keiner weiß etwas über die Bande, die hinter diesen Morden steckt. Die anderen Banden – die bekriegen sich wie Katzen, die man zusammengesperrt hat, denn sie haben keine Ahnung, wer ihnen das antut. Zuerst sind sie davon ausgegangen, dass es die jeweils anderen waren, und so kam es da zu den typischen Racheaktionen im Stile von Auge um Auge, Zahn um Zahn. Inzwischen wissen sie, dass sie alle angegriffen werden. Man hackt ihnen ihre Organisationen systematisch kaputt, und es rollt im wahrsten Sinne des Wortes ein Kopf nach dem anderen. Dafür ist eine ganz andere Bande verantwortlich. Und das macht ihnen ernsthaft Angst. Wer immer die Neuen auch sein mögen, sie versuchen anscheinend, den gesamten Opiumhandel in Theben an sich zu reißen.«

»Was für Beweise hast du dafür?«, fragte ich vorsichtig.

»Der Straßenpreis für Opium ist enorm gefallen«, gab er mir zur Antwort. »Und trotzdem ist die Qualität besser denn je – alle sind ganz verrückt auf das Zeug. Und der entscheidende Punkt ist: Zum ersten Mal ist es in jeder gewünschten Menge verfügbar. Das bedeutet, dass sich diese unbekannte Bande einen neuen Nachschubweg erschlossen hat, und bei diesem Weg kann es sich nur um den Fluss handeln.«

»Also benutzen sie die Häfen ...«

»Möglicherweise Bubastis an der nordöstlichen Grenze. Und die Lieferungen müssen durch Theben kommen. Nicht durch Memphis; dort ist überall die Armee, und deshalb wäre das zu gefährlich. Also müssen sie Leute bestechen, und zwar nicht nur die Grenzposten, die Beamten, die für den Import zuständig sind, die lokale Polizei und die Leute auf der unteren Ebene. *Das Ganze kann nur funktionieren, wenn sie auf höchster Ebene Einfluss haben.*«

»Das ist eine reine Hypothese«, sagte ich mit der vollen Absicht, ihn zu provozieren. »Jeder weiß, dass die Korruption von den Banden bis zu den Aristokraten reicht. Beide Grüppchen werden reich, während alle anderen immer ärmer werden. Was ist daran neu? Es gab vor Jahren sogar mal das Gerücht, dass Haremhabs Armee irgendwie in so einen geheimen Handel verwickelt war, aber das ließ sich nie beweisen. In jedem Fall gibt es nichts, was irgendeiner von uns dagegen tun könnte – du oder ich ganz sicher nicht.«

Schockiert starrte er mich an.

»Das könnte der größte Fall sein, an dem wir je gearbeitet haben. Damit könnten wir Karriere machen. Er könnte dich wieder ganz nach oben bringen. Wenn wir den lösen können, wenn wir eine Verbindung zwischen den Banden und den Aristokraten über ein neues Opiumkartell herstellen können, das die Drogen illegal einschmuggelt, dann würde Nebamun auf die Knie sinken und dich anflehen müssen, wieder für ihn zu arbeiten. Du könntest hier wirklich etwas bewirken. Einen echten Wandel herbeiführen, etwas ändern an dem, was hier abläuft. Was so schrecklich schiefläuft in dieser Stadt ...«

Ich spürte, wie die alte, so vertraute Erregung in mir aufwallte. Ein neuer Fall. Ein neues Geheimnis, das es zu ergründen galt. Ich kämpfte jedoch erfolgreich dagegen an.

»Hör mir gut zu, Kheti. Wenn du mich fragst, gebe ich dir hier jetzt einen guten Rat. Vergiss die neue Opiumbande. Vergiss das Ganze. Geh nach Hause. Arbeite an etwas anderem, an etwas, bei dem die Wahrscheinlichkeit, dass man dir den Kopf abhackt, geringer ist. Nichts, was du oder ich tun könnten, würde an dem Ganzen etwas ändern. Das wird alles auf Machtebenen entschieden, die du und ich niemals erreichen werden. Und überhaupt«, fragte ich schließlich, »bringen die Leute einander in dieser Stadt nicht auch immer noch auf die ganz altmodische Art und Weise um?«

Vor Enttäuschung verfinsterte sich sein Gesicht.

»Ich werde das nicht auf sich beruhen lassen ...«, murmelte er.

Ich hob die Hand.

»Glaubst du ernsthaft, wir könnten das allein bewerkstelligen? Wir hätten nicht die geringste Chance. Wir können niemandem trauen. Die Stadt ist korrupt, die Medjai sind korrupt – schau dir Nebamun an, der wälzt sich in Gold. Auf den Kopf gefallen ist der nicht; zweifellos streicht auch er dicke, fette Schmiergelder ein, wann immer sich ihm die Möglichkeit bietet. Setz dein Leben nicht für etwas aufs Spiel, was du nicht ändern kannst.«

Jetzt wurde er wütend.

»Was ist mit dir passiert? Ich meine, früher hättest du dich auf einen Fall wie diesen geradezu gestürzt. Der hätte dich *in Aufregung versetzt*«, sagte er.

»Vielleicht habe ich endlich die bittere Lektion gelernt, dass ich sie auch dann nicht schlagen kann, wenn ich mich nicht mit ihnen verbünde. Ich werde aber nicht das Einzige verlieren, was nach wie vor mir gehört: mein Leben. Und du solltest Vernunft annehmen und das Gleiche tun, vor allem jetzt, da ein weiteres Kind unterwegs ist ...«, erwiderte ich.

Ich schüttete den Bodensatz meines Weins auf den rohen Lehmboden, griff nach Thots Leine und lief mit ihm zur Tür. Kheti folgte mir nach draußen in die dunkle Gasse.

»Ich werde es tun, weil ich es tun muss«, sagte er einfach. »Und ich möchte es zusammen mit dir tun. Es wird wieder so sein wie früher. Du und ich, gemeinsam arbeiten wir an einem Fall, der wichtig ist. Ich weiß, dass dir das fehlt. Du bist ein großartiger Wahrheitssucher. Der allerbeste.«

Mein Herz verkrampfte sich zu einem Knoten aus Stolz und Zweifel. Seine Liebenswürdigkeit verletzte mich irgendwie mehr als sämtliche Beleidigungen Nebamuns. Mit denen konnte ich umgehen; so war das Leben halt.

»Geh nach Hause. Nimm deine Frau fest in die Arme. Denk

an euer ungeborenes Kind. Vergiss das Ganze. Rede dir ein, es sei einfach nur ein böser Traum gewesen«, sagte ich.

Er schüttelte den Kopf.

»Was für eine Art von Mensch wäre ich, wenn ich jetzt einfach so tun würde, als wäre da nie etwas gewesen? Was für eine Art von Vater wäre ich dann meinen Kindern? Ihnen schulde ich das. Ich will nicht, dass sie in einer Welt aufwachsen, in der Teenager mitten auf der Straße entführt oder Nacht für Nacht abgeschlachtet werden. Und ich glaube keine Sekunde, dass du das willst. Ich weiß, dass dir das Ganze längst nicht so gleichgültig ist, wie du tust. Das sehe ich dir an.«

Er wusste, dass er mich damit herumkriegen konnte.

»Gute Nacht, Kheti. Meine Glückwünsche an dich und deine Frau. Danke für den Wein ...«

Rasch drehte ich mich um und ging in dem Bewusstsein davon, dass er mir hinterherschaute.

4

Ich schlief schlecht. Unter Umständen war der miese Wein daran schuld. Vielleicht lag es aber auch daran, wie Kheti mich angeschaut hatte, als ich ihn in der dunklen Seitenstraße zurückließ. Sein Gesichtsausdruck verfolgte mich. Allerdings hatte ich andere, dringendere Sorgen. Im Allgemeinen war ich es, der in unserer Familie morgens als Erster aufwachte, doch das Licht und der Lärm von der Straße hinter dem Haus verrieten mir, dass ich heute spät dran war. Neben mir war das Bett leer, aber immer noch warm. Ich legte kurz meine Hand darauf und wünschte mir, Tanefert läge noch dort. An manchen Tagen kam es mir so vor, als würden wir einander kaum sehen. Ich spürte auf einmal eine tiefe Traurigkeit in mir aufsteigen, wie aus dem Nichts heraus. Um mich ihr zu entziehen, warf ich mich förmlich aus dem Bett. Dann rieb ich mir mit den Händen über das Gesicht, um es dazu zu bringen, sich wieder lebendig anzufühlen, und machte mich bereit, mich einem neuen Tag zu stellen.

Als ich den Raum betrat, wechselten meine drei Töchter – Sekhmet, Thuju und Nedjmet – rasch wissende Blicke.

»Guten Morgen, Vater!«, riefen sie im Chor und fanden es offenbar amüsant, dass ich so spät dran war. Ich hob meinen Sohn Amenmose, der inzwischen fünf Jahre alt war, auf meinen Schoß, wo er glücklich in meiner Armbeuge saß. Die

Mädchen ergötzten sich gerade an den Kostbarkeiten aus Nachts Essenspaket.

»Guten Morgen, meine holden Damen.«

Sie kicherten über meinen ungeschickten väterlichen Versuch, Frühstückskonversation zu machen. Tanefert gab mir einen Kuss auf die Stirn. Sie hatte sich ihr schwarzes, von silbernen Strähnen durchzogenes Haar im Nacken zusammengebunden und war gutgelaunt wie immer; aber in ihrem Gesicht konnte ich die Müdigkeit und die Angst sehen.

»Mädchen, seid lieb zu eurem Vater.« Sie stellte eine Schale mit Milch neben mich auf den Tisch. Ich bot Amenmose etwas davon an, aber er schüttelte den Kopf, und so trank ich sie selbst.

Die Mädchen verzehrten ihre süßen Frühstücksbrötchen und starrten mich dabei die ganze Zeit an.

Als Thuju die Stille nicht mehr ertragen konnte, fing sie plötzlich an zu lachen. »Du siehst aus wie Thot, wenn er schlechte Laune hat.«

»Und weißt du, was Paviane tun, wenn sie schlechter Laune sind?«, entgegnete ich.

»Dann ziehen sie eine Flappe«, meinte Nedjmet, unsere Jüngste, die selbst zu solchen Anwandlungen neigte.

»Sie kämpfen. Das ist grausam«, riet Sekhmet, die mit einundzwanzig Jahren unsere Älteste und – da waren wir uns alle einig – auch die Klügste von uns war.

Ich schüttelte den Kopf.

»Sie weinen«, klärte ich sie auf.

Das schien die Mädchen zu erstaunen.

»Was ist denn?«, fragte ich. »Habt ihr etwa noch nie einen Pavian weinen sehen?«

»Nein, zeig es uns«, forderte Thuju mich heraus.

Ich verzog mein Gesicht zu einer Grimasse, die so parodistisch wie möglich verdeutlichen sollte, wie ein deprimierter Pavian aussah.

»Das sieht nicht anders aus als sonst«, erklärte Nedjmet. »So siehst du immer aus.«

»Wenn du nicht aufpasst, bleibt dein Gesicht so stehen«, warnte Sekhmet.

»Ihr habt recht, groß ist der Unterschied nicht«, meinte Tanefert im Vorübergehen. »Aber jetzt lasst euren Vater in Frieden und macht zu.«

Geräuschvoll küssten die Mädchen mich zum Abschied und machten sich dann auf den Weg in ihren Tag, während Amenmose und ich zufrieden in der Stille zurückblieben, die sich daraufhin im Haus ausbreitete.

»Vater«, sagte er in ernstem Ton zu mir.

»Ja«, erwiderte ich und fragte mich, was für eine tiefgründige Unterhaltung über die Vergänglichkeit des Menschen und das Leben jetzt wohl beginnen würde.

»Großvater ist ja jetzt tot, nicht wahr?«

Es war inzwischen fast ein Jahr her, dass mein Vater friedlich zu Hause gestorben war. Es war das gewesen, was wir einen guten Tod nennen. Seither beschäftigten die Kinder sich nahezu zwanghaft mit seinem Dahinscheiden ins Jenseits und den Ereignissen, die dem folgten. Sie sorgten sich um seine Wiederauferstehung im Totenreich, überwachten, dass die Rituale genau nach Vorschrift vollzogen wurden, lernten, was sie lernen konnten über die *ka*-, *ba*- und *ach*-Elemente seiner Seele, und ihre jeweiligen Hieroglyphen zu zeichnen: die beiden erhobenen menschlichen Arme für das *ka*, die Lebenskraft; der Vogel mit dem Menschenkopf, der das *ba* darstellte, den Teil, der bei jedem von uns anders ist, jede Form annehmen kann, die ihm beliebt, und zwischen der Welt der Lebenden und der Welt der Toten hin- und herreisen kann; und den

Ibis des *ach*-Seelenelements, den unsterblichen Teil von uns, der nach unserem Tod zu den Sternen zurückkehrt. Ich hatte ihnen natürlich nicht erzählt, dass der Einbalsamierer so teuer gewesen war, dass dieser zusammen mit dem, was die Priester für ganz normale Rituale verlangt hatten, und dem, was das Begräbnis an sich gekostet hatte, unsere gesamten mageren Ersparnisse aufgezehrt hatte und wir uns zu einem erschreckenden Zinssatz Geld hatten leihen müssen, um die, offen gesagt, sehr gewöhnliche Grabkammer fertigzustellen und auszustatten, in der der Leichnam meines Vaters jetzt neben dem meiner Mutter lag, wie es sein Wunsch gewesen war. Wenn ich beruflich nicht in eine solche Flaute geraten wäre, hätten wir uns eine wesentlich elegantere Grabkammer für ihn leisten können, und ich wünschte, es wäre so gewesen.

»Was tut er da denn jetzt?«

»Nun, er hat gerade gefrühstückt und überlegt nun, wie er den Tag verbringen will. Wahrscheinlich wird er fischen gehen. Im Jenseits hat man jede Menge Zeit zum Fischen ...«

In meiner Kindheit und Jugend hatte mein Vater mich immer und immer wieder auf seinem Schilfboot zum Fischen mitgenommen, und es hatte ihm großes Vergnügen bereitet, das Gleiche mit meinem Sohn zu tun; stundenlang genossen sie es, sich in Geduld zu üben. Geduld gehörte nicht zu den Tugenden meines Sohnes; trotzdem machte er nie einen glücklicheren Eindruck als dann, wenn er mit seinem Großvater in einem Boot saß. Gemeinsam beobachteten sie das geschäftige Treiben auf dem Fluss: die Boote und die Fischer, die wie aufgereiht nebeneinanderstehenden armen Frauen in den leuchtend hellen Gewändern, die am Ufer ihre Wäsche wuschen; die Tiere, die grasten oder die Köpfe senkten, um zu trinken; und die großen Vogelschwärme, die hoch über ihnen zu ihren Nestern in den Schilfsümpfen zurückflogen und dabei immer wieder ins Wasser tauchten, um Fische zu fangen. Er vermisste die Ausflüge, und er vermisste meinen Vater.

»Können *wir* fischen gehen?«

Sein Gesicht hatte einen ernsten und hoffnungsvollen Ausdruck.

»Heute nicht. Aber bald.«

Zappelnd kletterte er von meinem Schoß.

»Warum nicht?«, wollte er wissen und verzog auf einmal wütend das Gesicht und ballte seine kleinen Fäuste.

»Weil ich heute arbeiten muss«, sagte ich. »Wir gehen aber bald mal fischen, das verspreche ich dir.«

»Das sagst du immer, aber wir gehen nie!«, schrie er.

Und dann rannte er nach draußen auf den Hof.

Ich rieb mir das Gesicht. Tanefert schüttelte nur den Kopf.

»Geh und sag ihm, dass du nachher mit ihm gehst.«

»Das kann ich nicht. Ich habe Nacht versprochen, ihm bei etwas zu helfen.«

Sie sah mich an.

»Er braucht dich …«

»Ich weiß. Und wir brauchen das Geld, das ich bei Nacht verdiene. Wie wollen wir sonst Essen auf den Tisch bekommen? Was soll ich tun?«

Angespannt starrten wir einander einen Moment lang an.

»Du und dieser Pavian habt einander verdient. Ihr entwickelt euch beide zu zornigen alten Männern«, sagte sie und verschwand mit dem Korb voller sauberer Wäsche, die sie gerade zusammengelegt hatte.

Ich ließ mich im Hauptquartier der Medjai sehen, was ich täglich tat, das war mir wichtig. In Begleitung von Thot schritt ich unter dem in Stein gemeißelten Bildnis unserer Standarte –

dem Wolf Upuaut, dem Öffner der Wege – hindurch und betrat das Gebäude. Im Innenhof war es ruhig; nur ein paar Leute – Bevollmächtigte und Bittsteller sowie Frauen, die mit Speisen auf ihre inhaftierten Söhne oder Ehemänner warteten, oder aber auf Wachen, um die mit den Speisen zu bestechen – standen oder hockten im immer kleiner werdenden Schatten des Morgens. Schon jetzt herrschte sengende Hitze. Die Tür zu Nebamuns Amtsstube war geschlossen. Ein paar Medjai-Kollegen nickten mir im Vorübergehen zu, und Panehesi, der nubische Unteroffizier, bedeutete mir mit einem Handzeichen, an der morgendlichen Besprechung teilzunehmen, die er gerade mit den anderen Beamten abhielt. Ich respektierte Panehesi, weil er an sich die Fähigkeit besaß, seine Beamten vor den schlimmsten Auswüchsen der Bürokratie, der wir alle unterstanden, zu schützen, aber dieser Tage blieb ihm nur, sich strikt an die Verhaltensregeln zu halten, Unterwürfigkeit zu zeigen und die grauenvollen Kompromisse einzugehen, die im Umgang mit Nebamun vonnöten waren.

»Ein weiterer Tag zum Entspannen und Genießen«, erklärte er ungeniert, während er den Beamten die einzelnen Aufgaben zuteilte. Mir gab er, was er mir geben konnte: Im Allgemeinen schickte er mich auf den Straßen auf Streife. Das war auch heute wieder so. Es war schon lange her, dass ich mich an einem guten, soliden Mordfall hatte festbeißen dürfen. Ich wusste, dass das nicht Panehesis Schuld war. Ich fühlte mich aber wie ein Fremder in meiner eigenen Haut.

»Was war mit gestern Abend?«, fragte ich.

»Fünf haben wir erledigt, fünfundfünfzigtausend haben wir noch vor der Brust«, witzelte ein junger Beamter und erntete damit kurzes Gelächter von den Kollegen. »Was nicht respektlos gemeint ist«, fügte er mit einem Kopfnicken in Panehesis Richtung hinzu.

»Das will ich hoffen«, erwiderte der kühl.

»Sollen die Banden sich ruhig gegenseitig abschlachten«, meinte ein anderer, »dann brauchen wir uns nicht mit ihnen abzugeben.« Die Männer nickten beipflichtend.

»Hast du irgendwelche andere Ideen im Hinblick auf gestern Abend?«, wollte Panehesi von mir wissen. Die anderen warteten auf meine Antwort.

»Nein«, erwiderte ich. »Nur, dass die Banden diese Stadt eines Tages regieren werden, wenn wir weiterhin ignorieren, was da draußen abläuft.«

»Und was können wir da deines Erachtens tun?«, fragte der erste Beamte.

Ich zuckte mit den Achseln.

»Unsere Arbeit?«, schlug ich dann vor.

Die Männer sahen aus, als würde sie das verärgern.

»Unsere Arbeit besteht darin, auf den Straßen der Stadt für Ordnung zu sorgen. Nicht darin, uns in Bandenkriege einzumischen, die wir nicht gewinnen können«, warf Panehesi schnell ein. »Und überhaupt, die Täter sind verhaftet worden. Sie haben heute Morgen gestanden.«

»Dass sie das getan haben, glaube ich gern«, erwiderte ich. »Und gehe ich recht in der Annahme, dass man sie auch schon hingerichtet hat?«

Ich sah Panehesi an. Er besaß den Anstand, als Erster wegzuschauen.

5

Während ich im kühlen Innenhof seines Stadthauses auf Nacht wartete, nahm ich das Stück Papyrus mit dem schwarzen Stern wieder in die Hand und begutachtete es von allen Seiten. Ich liebe nichts so sehr wie Beweisstücke. Sie sind der allerwichtigste Bestandteil der heiligen Dreifaltigkeit, die über den Erfolg eines jeden Ermittlungsverfahrens entscheidet – die beiden anderen sind die Zeugen und die Geständigen. Auf Zeugen lege ich persönlich jedoch keinen allzu großen Wert und auf Geständige schon gar keinen. Unerbittliche Verhördramen sind nicht mein Ding. *Die Wahrheit* ist für mich der Tatort. Deshalb habe ich es mir zur Gewohnheit gemacht, jeden Tatort wie besessen nach dem abzusuchen, was dort ist, was dort zu sein scheint und – am allerwichtigsten – was dort sein sollte, aber fehlt. Die meisten sind gar nicht so mysteriös. Ein paar wenige haben indes eine ganz eigentümliche Atmosphäre, die seltsame Aura eines Rätsels mit besonderer Aussagekraft, die ich nur *schwer definierbar* nennen kann. Die liebe ich.

Die Stelle, an der man die geköpften Jungen gefunden hatte, war ein solcher Tatort. Die Todesursache war Enthauptung gewesen. Todeszeit: in den frühen Morgenstunden. Getötet hatte man sie woanders. Zeugen: keine. Aber sobald man einen Schritt weiterdachte, wurde das Ganze zu einem Mysterium. Warum hatte man diese kleinen nubischen Straßendealer auf diese so höchst rationelle, dreiste und fachmännische Weise ermordet? Warum hatte man ihre Leichen an einer Stelle entsorgt, an der man sie rasch auffinden würde? Warum hatte man die Straße so sorgfältig gefegt, um Sandalenabdrücke, Radspuren und sämtliche Indizien, die auf einen Kampf hätten hindeuten können, zu beseitigen? Das sprach gegen die städtischen Banden, die für ihre stümperhafte Brutalität berüchtigt waren und dafür, leichtfertig aus dem Affekt heraus und mit entsprechend vielen Fehlern vorzugehen wie zornige Kinder. Aber wenn sie es nicht gewesen waren, wer dann? Und vor allem: warum dieser mysteriöse schwarze Stern? Warum hatte man dem toten Jungen den in den Mund gesteckt? Wer hatte ihn finden sollen? Andere Banden? Die Medjai? Ich? Ich versuchte mir vorzustellen, was sich dort zugetragen hatte; ich versuchte mir die Männer vorzustellen, die diese Morde in Auftrag gegeben hatten. Wie Bandenmitglieder kamen sie mir nicht vor, aber sie blieben so ungreifbar wie Schatten.

Plötzlich stand Nacht auf der Lehmziegeltreppe. Wie lange hatte er mich bereits beobachtet?

»Worüber hast du nachgedacht?«, wollte er wissen.

»Nur darüber, dass man sich in deinem Haus immer fühlt wie in einer ganz anderen Welt; so nah am Chaos der Stadt, die gleich hinter diesen hohen Mauern liegt, und trotzdem weit weg«, erwiderte ich. »Zwei grundverschiedene Welten ... so unterschiedlich wie Licht und Finsternis ... Ordnung und Chaos ...«

Und das stimmte. Hier herrschten Ruhe und Ordnung: Die Vögel in den Käfigen sangen vergnügt; die Pflanzen in den Tontöpfen und seichten Teichen blühten und gediehen. Diener gingen rücksichtsvoll schweigend ihren jeweiligen Aufgaben nach, weil offenbar jeder seinen oder ihren Platz in dem großen geordneten System von Nachts Leben kannte und respektierte. Heute hatte er sich, wie ich feststellte, mit seinem Äußeren beträchtliche Mühe gegeben. Er trug ein prächtig plissiertes weißes Gewand und den goldenen *schebiu*-Kragen, den er auch bei dem Fest getragen hatte. Er begutachtete mit kühlem Blick meine Aufmachung und sah, in welch schäbigem, staubigem Zustand meine Kleidung und ich waren.

»Ordnung und Chaos? Nun ja, du siehst selbst recht chaotisch aus«, bemerkte er mit einem flüchtigen Lächeln.

»Gehört alles zu meinem Dienst, der Herr«, erwiderte ich und stellte fest, dass meine Leinentunika inzwischen richtig abgerissen aussah.

»Nicht, wo wir hingehen«, antwortete er.

Er ging mit mir nach oben und sah mir dabei zu, wie ich mich an einer Schüssel mit kaltem Wasser wusch, und dann bestand er darauf, mir eine saubere und sehr elegant plissierte, hauchdünne, lange weiße Leinentunika zu leihen, die kurze Ärmel mit plissiertem Saum hatte, und dazu einen mit Fransen besetzten kurzen Rock und eine normal breite Kette – alles aus seiner umfangreichen Garderobe. In so feiner, im wahrsten Sinne des Wortes edler Kleidung kam ich mir selbst wie fremd vor. Die Sachen passten mir nicht perfekt, denn Nacht ist groß und schlank wie Papyrus und ich bin untersetzter.

»Wie sehe ich aus?«, fragte ich.

Er musterte mich eingehend. »Besser«, meinte er zufrieden und nahm noch ein paar winzige Änderungen vor.

»Wohin gehen wir denn?«, wollte ich von ihm wissen. »Warum muss ich mich feinmachen?«

»Lass dich überraschen«, gab er zurück. Dann nahm er die Standarte seines Ranges in die Hand – eine lange, an der Spitze gebogene Straußenfeder an einer wunderschön bemalten Stange – und hielt sie an seine Schulter. Als wir die Sicherheit seines Hauses verließen, befahlen seine Leibwächter den Menschen auf der Straße, sofort Platz zu machen, und bildeten eine Gasse zwischen den Eingangstüren der Häuser und seinem traumhaften, sehr leichten, vergoldeten und extrem teuren Streitwagen, der von zwei eleganten schwarzen Pferden gezogen wurde. Wir stellten uns nebeneinander auf den Boden aus geflochtenem Leder. Effizient nahmen die Wachen ihre Positionen ein, rannten vor beziehungsweise hinter uns her und herrschten jeden in gebieterischem Ton an, der es wagte, sich uns in den Weg zu stellen; und so begaben wir uns mitten hinein in den Lärm der Stadt.

Auf den Straßen drängten sich Packesel, die Lehmziegel oder Gemüse schleppten, junge Dienerinnen, die ihre häuslichen Besorgungen machten, und bettelnde Straßenkinder. Minmose, Nachts persönlicher Diener, hielt sich am Heck des Streitwagens fest und versuchte, uns mit einem Sonnenschirm vor der gleißenden Mittagssonne zu schützen. Die Leute blieben stehen und starrten den großen, edlen Nacht an, der da mit seiner offiziellen Standarte seinen so bedeutenden Geschäften nachging und sich in seinen plissierten weißen Gewändern durch das Meer der Menschheit bewegte wie ein makelloser Gott.

Nacht hatte mir immer noch nicht gesagt, wohin wir fuhren, doch als wir uns der Hafenanlage näherten, hegte ich einen gewissen Verdacht. Der sich bestätigte, als wir ein offizielles Schiff des königlichen Palastes bestiegen. Nacht ging in die Hauptkabine, wo er außer Sichtweite war; ich inspizierte das Schiff und seine aus Palastangestellten bestehende Besatzung und stellte mich dann vor den Kabineneingang, um Wache zu halten. Auf den Befehl des Steuermanns an den zwei Steuerrudern legten die Ruderer los, und wir glitten vorüber an den Anlegeplätzen, an denen jede Menge größerer Schiffe und Barken vor Anker lagen, und aus dem großen Hafenbecken hinaus.

Als wir die Hauptströmung des Großen Flusses erreichten, spürte ich, wie die Luft leichter und frischer wurde. Ich hob das Gesicht und ergötzte mich am intensiven Geruch des Flusses und an der schlichten Reinheit der Wüstenluft, die aus der Ferne jenseits der großen Steintempel und Totenstädte herüberwehte. Ich wusste nun, dass wir auf dem Weg zu der gewaltigen Anlage des Königspalastes von Malqata waren. Ich erinnerte mich an das letzte Mal, als ich diese Fahrt unternommen hatte. Damals hatte ich weder eine geliehene Tunika getragen, noch war ich der Angestellte eines anderen Mannes gewesen. Damals war ich Rahotep gewesen, der Wahrheitssucher, den eine lebende Gottheit – die Königin von Ägypten höchstpersönlich – hatte rufen lassen, um dem Begräbnis Tutanchamuns beizuwohnen. Und jetzt fuhr ich wieder dorthin.

In der Kabine studierte Nacht eine Reihe offizieller Papyrusrollen. Als er sah, dass ich hereinschaute, forderte er mich jedoch auf, zu ihm in den Schatten zu kommen, und so setzte ich mich neben ihn auf die hübsche Bank.

»Für einen Besuch im Malqata-Palast brauchst du meine Dienste als Leibwächter eigentlich gar nicht«, stellte ich fest.

»Nichtsdestotrotz«, erwiderte er mit ausdrucksloser Miene, als sei er im Kopf mit ganz anderen Dingen beschäftigt.

»Ich habe den Eindruck, dass ich mich für meine Tirade auf deinem Fest entschuldigen sollte«, fing ich widerwillig an.

»Das waren nicht nur unpassende Bemerkungen, sie waren auch deiner Rolle nicht angemessen«, erklärte er, während er zügig weiter durch den handschriftlichen Text auf seinem Papyrus ging. »Du warst offenbar zornig über etwas, was im

Grunde genommen allgemein bekannt ist. Es war ziemlich unziemlich.«

Ich zuckte mit den Achseln, denn ich kam mir auf einmal vor wie ein launischer Schuljunge vor der kalten Macht eines Lehrers.

»Ich habe jedwede Toleranz für das seichte Geplänkel der Elite verloren«, erwiderte ich.

»Also siehst du als weiser Mann in den besten Jahren deine Rolle jetzt darin, den großartigen, verbitterten Weisen zu spielen, der die Wahrheit kennt.« Er schaute auf und sah mir prüfend ins Gesicht.

»Glaub mir«, antwortete ich, wenn auch vielleicht ein wenig steif, »ich sehe mich selbst ganz anders.«

Fast hätte er gelächelt.

»Alter Freund. Ich weiß, dass du die Realität auf den Straßen siehst, und das Elend der Menschen, und das ist eine nützliche Perspektive. Aber vergiss darüber nicht, dass die Welt der Reichen, Priester und Aristokraten ebenfalls gefährlichen Problemen ausgesetzt ist. Das eine schließt das andere nicht aus. Heutzutage steht für jeden viel auf dem Spiel. Wer als Nächster den Thron besteigt, ist eine Frage, die uns alle verwirrt und quält. Die Zukunft scheint sehr ungewiss, und das allein sorgt schon für gefährliche Unruhe.«

»Während alle reden und jammern«, sagte ich, »wird nur die Welt, die wir zu kennen glaubten und an die wir geglaubt haben, um uns her zerstört.«

Irgendwie ungeduldig sah Nacht mich an, und dann schrieb er plötzlich mit seiner Rohrfeder etwas nieder, zügig formte sich die schwarze Tinte zu fließenden Zeichen. Ich beneidete ihn darum, wie schön er schreiben konnte. Ich selbst war über plumpe und schwerfällige Krakel nie hinausgekommen.

»Und sehe ich das richtig, dass du dir einbildest, der einzige

Mensch zu sein, dem das auffällt? Sehe ich ebenfalls richtig, dass du bereits einen Vorschlag hast, wie man uns alle vor dem drohenden Desaster retten könnte, das uns deines Erachtens bevorsteht? Vermute ich richtig, dass du weißt, wie sich das Problem der Thronfolge lösen lässt? Vermute ich richtig, dass du weißt, wie das Gleichgewicht herzustellen ist zwischen der unverzichtbaren Autorität der königlichen Familie und den persönlichen Interessen und der Macht der Priesterschaft wie des Adels, und wie beide Seiten gegen den sich aufbäumenden Ehrgeiz der Armee unter General Haremhab zu schützen sind? Oder würdest du lieber einfach nur dabeistehen und dabei zuschauen, wie alles auseinanderfällt, um dann sagen zu können: ›Seht ihr? Was habe ich euch gesagt?‹«

Er konnte manchmal so frustrierend sein. Zum einen, weil seine Sprachgewandtheit schnell zu einer Falle wurde, in der ich meinte, ich hätte etwas völlig Albernes von mir gegeben. Zum anderen aber auch, weil er häufig recht hatte. Ich war aber noch nicht bereit, es einfach dabei bewenden zu lassen.

»Damit hast du natürlich recht«, hob ich an. »Aber du und deine adligen Freunde«, fügte ich hinzu, »ihr sitzt da alle in euren herrlichen Villen, in euren sauberen, extravaganten Gewändern und behangen mit euren kostbaren Juwelen und schreibt eure Gedichte und pflegt eure Liebesbeziehungen und treibt eure politischen Spielchen. Ihr habt keine Ahnung, was da draußen, gleich hinter den Mauern eurer Villen, vorgeht. Der Rechtsstaat ist zahnlos, er ist machtlos. Vorgestern habe ich fünf nubische Straßenjungen gesehen, bloß kleine Schieber, die auf unterster Ebene mit Opium gehandelt haben …«

»Und?«

»Und irgendjemand hatte ihnen auf sehr effektive und gnadenlose Art die jungen, törichten Köpfe abgehackt.«

Er schaute auf und sah mich mit seinen topasfarbenen Augen an.

»Was soll ich dazu sagen?«

»Erinnerst du dich an Kheti«, fragte ich ihn, »meinen früheren Gehilfen?«

Er nickte.

»Natürlich.«

»Er hat mich besucht. Wir haben uns unterhalten. Ich hatte zu Anfang gedacht, das Ganze sei der übliche Krieg zwischen den Banden. Er hat jedoch ein paar Ermittlungen angestellt. Und er hat einige Dinge herausgefunden, die mir Sorgen machen«, sagte ich.

»Was zum Beispiel?«

Nacht legte seine Rohrfeder nieder. Nun glaubte ich, einen Anflug von Interesse in seinem Blick aufflackern zu sehen.

»Wie zum Beispiel, dass es plötzlich noch mehr Opium gibt. Auf einmal ist es in rauen Mengen verfügbar. Und es ist von hoher Qualität. Der Preis liegt unter dem der eingesessenen Bandenfamilien, die beseitigt werden.«

»Und was ist daran so schlimm?«, entgegnete er. »Diese Bandenfamilien machen die Stadt extrem unsicher ...«

»Das sagt jeder. Was ich wissen will, ist: Wer sind diese neuen Verbrecher, die ungestraft mit solcher Expertise töten? Wie viel Macht streben sie an? Sind sie die neuen Gesetzeshüter dieser Stadt?«

»Woher soll ich das wissen?«, meinte er.

Sein gleichgültiges, blasiertes Getue ging mir plötzlich auf die Nerven. Wir kannten einander nun schon so lange. Wenigstens in meiner Gesellschaft hätte er mal ein wenig lockerer sein können.

»Du bist der Königliche Gesandte. Du bewegst dich im Zentrum der Macht. Du weißt alles.«

Er beäugte mich mit seinem so seltsamen, leidenschaftslosen Blick. Ich konnte nie sagen, was er wirklich dachte.

»Den Gesichtsausdruck habe ich schon lange nicht mehr bei dir gesehen«, meinte er dann in nahezu amüsiertem Ton.

»Was für einen Gesichtsausdruck?«

»Den, mit dem du aussiehst wie eine Katze, die einen Vogel beobachtet. Fasziniert. Gezwungen, weiter hinzustarren, gegen ihren Willen.«

»Nun ja«, erwiderte ich, »es ist wichtig ...«

»Das ist es in der Tat. Was schlägst du also vor?«, wollte er wissen.

»Kheti hat mich gebeten, mit ihm zusammen neue Ermittlungen anzustrengen. Herauszufinden, wer sich hinter dieser neuen Bande verbirgt.«

»Und was hast du dazu gesagt?«

»Ich habe gesagt, dass ich erst darüber nachdenken müsste«, erwiderte ich.

Er ließ sich das einen Moment durch den Kopf gehen.

»Du solltest vorsichtig sein«, meinte er dann. »Das Ganze hört sich extrem gefährlich an.«

Er schien das noch weiter ausführen zu wollen, als wir von einem Ruf des Kapitäns unterbrochen wurden. Wir glitten inzwischen über die nahezu regungslos daliegenden, unnatürlich stillen Wasser des Birket Habu, des riesigen künstlichen Sees vor dem Malqata-Palast, und näherten uns dem langen Steinpier, an dem all jene anlegten, die in Regierungs- oder diplomatischen Angelegenheiten kamen. Dahinter befanden sich die königlichen Residenzen mit den Wasserbecken und dem Vergnügungssee, dem unübersehbaren Labyrinth von Regierungsbehörden und der gigantischen Unterwelt aus Küchen, Bäckereien, Kornkammern, Lagerhäusern und Ställen, die diese Stadt im Herzen einer Stadt versorgten.

Nacht rollte seine offiziellen Schriftstücke zusammen, strich seine Gewänder glatt, schulterte seine Standarte und machte sich bereit, an Land zu gehen.

»Ganz egal, was jetzt passiert«, sagte er unerwartet, »vertrau mir bitte. Und kein weiteres fahrlässiges Gerede. Auf dem Fest war das relativ ungefährlich. Hier wäre es Insubordination.«

Und dann trat er leichtfüßig vom Boot auf die Steinplatten des Palastpiers.

6

Ich wartete vor der Audienzhalle auf einem langen Korridor, auf dem ein reges Kommen und Gehen herrschte. In weißes Leinen gehüllte Beamte, Verwalter und Priester ergingen sich in dünkelhaftem Getue und kommunizierten im Flüsterton in der scheußlichen Stille, die das gesamte Labyrinth dieses Palastes unter ihrer Knechtschaft zu halten schien. Vorgedrungen waren wir zu diesem heiligen Ort, indem man uns durch einen Saal und ein Prunkzimmer nach dem anderen geführt hatte, und jeder Raum war bombastischer und übertriebener dekoriert gewesen als der vorherige, passend zu den jeweils dort versammelten Würdenträgern, die von Raum zu Raum immer bedeutender wurden, Priester und Beamte, die sich vor uns verneigt und wie Schakale dabei beobachtet hatten, wie wir uns unseren Weg ins Herz des Palastes bahnten. Die grandiosen Gemälde, die den Fußboden, die Wände und sogar die Decken zierten, vermochten die düstere Stimmung nicht zu lindern. Unter meinen Füßen schwammen anmutige Fische. Aus dem Papyrusbett des Großen Flusses schwangen sich Wildenten in die Lüfte. Das aufgemalte Wasser war sauber, und die ebenfalls aufgemalten Blumen waren makellos. Das Ganze sah nach Wunschdenken aus.

Da mir nichts weiter zu tun blieb, als zu warten, nutzte ich die Zeit, um mich an eines der letzten Male zu erinnern, da ich diesen Palast betreten hatte. Ich war von der königlichen Jagd zurückgekehrt – mit dem Leichnam von Tutanchamun, der bei einem Unfall ums Leben gekommen war. Damit hatte ich Ejes Zorn und immerwährende Feindschaft auf mich gezogen. Und Anchesenamun, die junge Gemahlin des Königs und Tochter von Nofretete, hatte sofort erkannt, dass sich ihr eigenes Schicksal für alle Zeiten geändert hatte. Statt dem Reich eine neue Zeit der Aufklärung zu schenken, wie sie und Tutanchamun es beabsichtigt hatten, war sie gezwungen gewesen, den bösartigen alten Wesir Eje zu ehelichen. Seinen Aufstieg zu absoluter Macht hatte sie hinnehmen müssen, um noch Schlimmeres zu verhindern: einen Militärputsch durch General Haremhab. Und jetzt, da Ejes Ableben unmittelbar bevorstand, sah es so aus, als sei diese riesige Katastrophe nur aufgeschoben worden und würde uns nun doch bald ereilen.

Während ich mir über diese Dinge den Kopf zerbrach, näherten sich Schritte. Ich schaute auf und erblickte ein vertrautes Gesicht. Es gehörte Simut, dem Kommandeur der Palastwache. Er war Nubier, von standbildartiger Statur mit breiten Schultern, und sein Gesicht spiegelte makellose Rechtschaffenheit. Wir waren beide bei König Tutanchamun gewesen, als dieser starb.

»Hast du zugenommen?«, fragte er mich mit prüfendem Blick.

»Vermutlich«, gab ich zur Antwort. »Ich wünschte, ich könnte von dir das Gleiche behaupten. Du siehst immer so krankhaft fit und gesund aus.«

Er lachte leise und forderte mich auf, mich mit ihm auf eine der ganz in der Nähe stehenden vergoldeten Bänke zu setzen.

»Was bringt dich nach all dieser Zeit in den Palast zurück?«, wollte er wissen.

»Ich begleite den Königlichen Gesandten, Nacht. Aber sozusagen als Privatperson. In Wahrheit ist das alles nur Show …«

»Ah«, stieß er taktvoll aus, und gab mir damit zu verstehen, dass er begriff, was ich unterschwellig damit sagen wollte. »Nun, es ist schön, dich wiederzusehen. Wie lange ist es her?«

»Eine Weile«, gab ich vorsichtig zurück.

»Es ist am besten, sich nicht allzu sehr mit der Vergangenheit zu befassen«, erwiderte er. »Obwohl die Gegenwart auch nicht gerade vielversprechend ist. Und was die Zukunft angeht …«

Er zuckte mit seinen breiten Schultern. Und dann fügte er leise hinzu: »Weißt du, sie fragt nach wie vor von Zeit zu Zeit nach dir.«

Zu hören, dass die Königin sich immer noch an mich erinnerte, befriedigte mich in einem nahezu lächerlichen Maße.

»Ich hoffe, es geht alles gut für sie aus«, sagte ich.

Er schaute den Korridor hinauf und hinunter, um sicherzustellen, dass wir allein waren.

»Die Lage der Königin ist prekär. Sie wird sehr bewundert, und viele lieben sie nach wie vor mit derselben Hingabe wie früher. Doch sobald Eje stirbt, wird sie extrem angreifbar werden. Die Leute, die Machtpositionen innehaben, wägen ab, welche Alternativen sich ihnen bieten. Ohne Eje wird sie nicht in der Lage sein, die Armee unter Kontrolle zu halten – Tatsache ist, dass niemand das könnte. Haremhab ist regelrecht auf dem Kriegspfad …«

»Ich dachte, der wäre weit weg«, entgegnete ich. »Ist der nicht in den nördlichen Ländern und führt Krieg gegen die Hethiter?«

»Da sollte er eigentlich sein. Nur …«, er beugte sich dichter zu mir herüber und senkte seine Stimme zu einem Flüstern, »… niemand weiß *ganz genau*, wo er ist. Er könnte in Memphis sein, er könnte aber auch bei seinen Bataillonen sein. Weißt du, die Dinge haben sich verändert, ganz besonders das Kriegsgeschäft. Er hat alles selbst in die Hand genommen, hat sich ein neues Netzwerk aus Garnisonen aufgebaut und die Art und Weise geändert, wie der Konflikt insgesamt gehandhabt wird. Die guten alten Zeiten, in denen sich heldenhafte, mächtige Armeen auf dem Schlachtfeld blutige und tapfere Gefechte lieferten, gehören der Vergangenheit an. Heute wird eine neue Strategie verfolgt – es werden nur noch Städte und Dörfer besetzt. Die Garnisonen kontrollieren die Straßen und die Handelsrouten. Und ...«, er senkte die Stimme noch mehr, »er hat eine sehr gut funktionierende neue Organisation aufgebaut: Armeekuriere. Im Grunde hat er sich damit seinen eigenen Geheimdienst geschaffen, unabhängig vom Palast ...«

Ich wollte Simut gerade weitere Fragen dazu stellen, als plötzlich die riesigen, goldenen Prunktüren geöffnet wurden. Beide sprangen wir auf und nahmen Habachtstellung an. Nacht trat in den Türrahmen, aber statt zu gehen, wie ich erwartet hatte, ließ er die kleine Szene, die sich ihm bot, da ich mich mit Simut unterhielt, auf sich wirken; und im nächsten Moment bat er mich zu meinem Erstaunen in die große Audienzhalle.

»Leben, Wohlstand und Gesundheit.«

Ich entbot den königlichen Gruß, auf den Knien und mit gesenktem Kopf.

Leise schallten meine Worte von den Säulen der großartigen stillen Halle wider.

»Steh auf, Rahotep.«

Herzliche Freude schwang in ihrer Stimme mit, als Anchesenamun, Die für den Amun lebt, die Königin von Ägypten, meinen Namen aussprach.

Ich blickte auf. Sie saß auf einem goldenen Thron, der auf einem Podest am anderen Ende der Halle stand. Ihr Gesicht hatte sich verändert. Die weichen, zarten, leicht unkonzentriert wirkenden jugendlichen Züge, an die ich mich erinnerte, waren zu außerordentlicher Schönheit herangereift, waren markanter und souveräner geworden, ohne das charismatische Feuer zu verlieren, das ihr so gut stand. Ihr Blick verriet, dass sie viel dazugelernt hatte. Sie trug eine äußerst modische schwarze Perücke, die meisterhaft gelockt und im Nacken akkurat kurzgeschnitten war und ihr Gesicht perfekt umrahmte. Die Frisur unterstrich nicht nur ihre Schönheit, sie verlieh ihr auch eine wirkungs- und stilvolle Strenge. Ihr lichtdurchlässiges plissiertes Gewand war elegant und kunstvoll gearbeitet, unter der linken Brust verknotet, eine Schulter war entblößt. Um ihre königliche Macht zu verdeutlichen, trug sie um den Hals eine grandiose, mit Schmucksteinen besetzte Goldkette mit dem königlichen Geier und auf der Stirn die sich aufbäumende Kobra, die Uräusschlange. An ihrem Handgelenk prangte ein großer Skarabäus aus Lapislazuli. Sie machte einen beherrschten und majestätischen Eindruck. Anchesenamun war in ihre Rolle hineingewachsen. Sie war die Königin geworden. Überraschenderweise berührte mich das, als sei sie jemand, den ich als junges Mädchen bewundert hatte und jetzt als berühmte und fähige Erwachsene wiedertraf. Doch als ich in ihre Augen blickte, wurde mir klar, dass sie neben allem anderen sehr nervös und von Angst erfüllt war, was sie zu verbergen suchte.

Und wir waren nicht allein. Auf dem anderen Thron, der auf dem Podest stand, lag ein seltsames Stoffhäufchen. Bis mir schließlich auffiel, dass das Häufchen lebendig war. Es war

Eje, Der das Rechte tut, König von Ägypten. Als ich ihn das letzte Mal gesehen hatte, litt er unter elenden Zahnschmerzen und lutschte eine Pastille. Jetzt sah er in seinem Totenhemd aus weißem Leinen mit dem edlen goldenen Anch-Anhänger, der an seinem dürren Hals baumelte, aus wie etwas, das die Grenze zwischen den Lebenden und den Toten schon vor langer Zeit hätte überschreiten sollen. Ich sah mir die nackten Fakten an: seinen knochigen Schädel, seinen vorspringenden, zitternden Unterkiefer und seine verkrüppelten Finger. Eje wirkte geschrumpft und zerbrechlich wie ein flügelloser, gerupfter Vogel. Seine dünne, trockene Haut war fleckig und spannte sich über den Knochen; die Zeit hatte sie violett und braun verfärbt. Ich spürte aber auch eine unerbittliche Anspannung, eine verbissene Kraft, die ihn nach wie vor zusammenhielt, und da wurde mir mit einem Mal klar, dass es sich bei dieser Urgewalt um akute körperliche Schmerzen handelte. Denn seine linke Gesichtshälfte war von einem ekelhaften Geschwür völlig entstellt. Es schien ihn bei lebendigem Leib aufzufressen. Es war rosa, rot und schwarz und an manchen Stellen blutig. Es verströmte einen Geruch, der nicht mit dem von verwesendem Fleisch vergleichbar war, sondern noch schärfer, noch widerlicher und noch brutaler stank. Ich wusste, dass dieser Gestank mich für den Rest des Tages verfolgen würde. Eje keuchte leicht, rang um jeden einzelnen Atemzug. Und er konnte nicht sprechen. Nur sein rechtes Auge schien noch zu funktionieren, und aus dem blitzte sein gebündelter Hass auf die Schmerzen, die seinen Körper zugrunde richteten. Es hatte einmal eine Zeit gegeben, da dieses eingefallene Monstrum alle Macht der Erde in seinen Händen gehalten hatte; er hatte Könige im Griff gehabt, bedeutende Feinde vernichtet, Kriege gegen andere Reiche geführt und danach gestrebt, den Status und die Macht eines Gottes auf

Erden zu erlangen. Und jetzt bestand er nur noch aus Haut, Knochen und diesem grauenvollen, schwarzen Geschwür, das ihn bald vernichten würde.

Ehrlich gesagt wirkte die Rache, die die Zeit an diesem Tyrannen genommen hatte, wie irdische Gerechtigkeit. Doch sogar ich war schockiert, als ich sah, dass in den offenen Wunden des Geschwürs winzige weiße Eier lagen – und dass trotz der Aufmerksamkeit des Fächerträgers, der teilnahmslos hinter dem Thron stand und den kunstvoll gearbeiteten königlichen Fächer aus Straußenfedern schwenkte, unaufhörlich winzig kleine, schwarze Fliegen wie eine nahezu lautlose Wolke um Ejes Kopf herumschwirrten. Er bedeutete mir, näher zu treten, als wolle er mir etwas sagen. Mit aller Macht versuchte er zu sprechen, aber seiner zusammengeschnürten Kehle entfleuchten nur schwache Grunzlaute. In einem Anfall von ohnmächtigem Zorn hob er langsam den Arm und zeigte mit einem seiner zitternden, knorrigen Finger auf mich, als lägen in dieser einen Geste alle Macht und aller Sinn. Im nächsten Moment wanderte sein Blick zu Nacht, als wolle er etwas sagen; doch dann sank er plötzlich kraftlos nach hinten und plumpste ermattet auf die Armstütze seines goldenen Throns.

Mit überraschendem Mitgefühl legte Anchesenamun ihre warme, wunderschöne Hand auf seine ekelhafte Klaue. Diese schlichte Geste schien ihn wieder zu Bewusstsein zu bringen, und er erholte sich ein wenig. Da war ein bisschen Schaum auf seinen vertrockneten Lippen. Er schnappte nach Luft wie ein erstickender Fisch. Eje hatte sich so sehr gewünscht, irdische Unsterblichkeit zu erlangen und auf ewig in dieser Welt zu leben, und wurde jetzt mit der schlichtesten Wahrheit konfrontiert, die es gab: Er würde sterben, und das sehr bald. Die Wasseruhr seines Lebens war nahezu leer; die letzten Tropfen fielen, langsam, sehr langsam. Bald würde er in seiner prächtigen Gruft liegen, eingeschlossen in seinem aus Gold und Gestein bestehenden Nest von Särgen und dem Sarkophag, und auf das Leben nach dem Leben warten. Man hatte zweifellos schon alles vorbereitet.

Anchesenamun nickte. Vier Diener hoben den Thron mühelos vom Podest und trugen ihn weg, aus der Halle hinaus und in die angrenzenden Privatgemächer. Ich wusste, dass ich ihn niemals wiedersehen würde. Und ich konnte nicht umhin zu denken, dass die Welt ohne ihn besser dran war, ganz egal, was als Nächstes kam.

Ich fragte mich, warum man gewollt hatte, dass ich diesem grotesken Spektakel beiwohnte. Ich schaute zu Nacht hinüber, den das, was sich da gerade abgespielt hatte, nicht im Geringsten zu berühren schien und der lediglich darauf wartete, dass sich die Türen hinter Eje schlossen. Dann verneigte er sich vor der Königin und wartete. Sie schien mir etwas sagen zu wollen. Sie begann, durch die große Audienzhalle zu laufen, und bewegte sich zwischen den eleganten Säulen hindurch, hielt sich dabei jedoch von dem grellen Licht fern, das aus den Obergadenfenstern fiel, und in den dunklen Schatten, die auf den wunderschön bemalten Fußboden fielen. Sie ließ ihren Blick über die Wände schweifen, die mit bunten Mosaiken belegt waren, die Ägyptens Siege über gefangengenommene Feinde darstellten – reihenweise Syrer, denen man die Arme auf dem Rücken gefesselt hatte, kniende Libyer sowie lockenköpfige Nubier, die sich bäuchlings auf den Boden geworfen hatten.

»Weißt du noch, Rahotep? Vor einigen Jahren saßen wir dort draußen im Garten, und ich habe dir anvertraut, was meine Mutter mal zu mir gesagt hat. Erinnerst du dich daran?«

Ihre Stimme war sehr leise in der riesengroßen Halle.

»Sie sagte, wenn Ihr Euch jemals ernsthaft in Gefahr befinden würdet, solltet Ihr nach mir schicken lassen«, antwortete ich. »Und das habt Ihr getan.«

Sie trat näher. Ich sah Furcht in ihren Augen.

»Es war richtig, das zu tun. Ich habe dir vertraut. Meine Mutter hat dir vertraut.«

Ich fühlte mich plötzlich verunsichert. Ich hatte keine Vorstellung, worauf das hier hinauslief.

»Es war mir eine Ehre, Euch zu dienen«, sagte ich.

Prüfend sah sie mich an. Im nächsten Moment wandte sie sich ab, setzte sich auf ihren goldenen Thron und nahm neuerlich die Haltung der Königin ein. Die Vertrautheit und Nähe waren aus ihrem Gebaren verschwunden. Nun ging es um Offizielles.

»Was ich dir gleich sagen werde, ist absolut geheim. Und so muss es bleiben, oder es wird mit dem Tode geahndet. Wenn du mein Vertrauen enttäuschst, kann und werde ich dich nicht verschonen. Ist das klar?«

Meine Zweifel müssen mir vom Gesicht abzulesen gewesen sein, denn sie schaute zu Nacht herüber, der ihre Worte erläuterte.

»Die Königin benötigt deine Dienste. Du wirst nicht gefragt, ob du etwas tun möchtest. Tritt dichter an die Königin heran«, befahl er mir, und beide näherten wir uns ihr. Ich verneigte mich. Selbst wenn Spione durch geheime Ritzen in den Wänden lauschten, konnten sie uns jetzt nicht mehr hören.

»Rahotep, ich habe den edlen Nacht gebeten, dich herzubringen, weil ich dich wieder einmal brauche. Ich hätte es nicht getan, wenn es nicht unbedingt erforderlich wäre. Ich habe dich nicht aus persönlichen Gründen rufen lassen«, sagte sie leise und in vertraulichem Ton. »Ich bedarf einmal mehr deiner Loyalität in meiner Funktion als Königin von Ägypten.«

Ich nickte so loyal, wie ich eben konnte.

»Seit Eje und ich das Reich gemeinsam regieren, habe ich eine ganze Menge über Macht gelernt und darüber, was Männer alles tun, um sie an sich zu bringen. Er wird jetzt natürlich nicht mehr lange leben. Dem Reich zuliebe, damit die Werte der Zivilisation erhalten bleiben, die mir wichtig sind, und um die Fortdauer meiner Dynastie zu gewährleisten, werde ich nach seinem Tod allein als Königin weiterregieren. Der edle Nacht und ich haben Pläne für eine stabile Thronfolge geschmiedet. Ich bin zwar eine Frau, habe aber Anhänger, die mich unterstützen. Viele hochrangige Männer – und Frauen – haben ihre Loyalität unter Beweis gestellt. Ich muss aber auch den freimütigen Hinweis berücksichtigen, den andere mir gegeben haben: Es gibt da Leute, deren politische und finanzielle Interessen besser gewahrt würden, wenn ein anderer auf den Thron käme. Ich bin sicher, du weißt, von wem ich rede. General Haremhab zeigt schon seit Langem nur zu deutlich, was für Ambitionen er hat. Ich weiß, dass es in den Ministerien und in der Priesterschaft viele gibt, die sich auf seine Seite schlagen werden, falls sie zu der Ansicht gelangen, dass er ihnen und den Beiden Ländern etwas Besseres bieten kann als ich – oder, was wahrscheinlicher ist, falls sie genug Angst bekommen. Ich muss mir die Situation in aller Deutlichkeit vor Augen führen. Die Aristokraten und Priester wollen ihre Macht und ihren Besitz schützen. Haremhab hat die Armee unter seinem Befehl, und das ist eine große Streitmacht. Ohne die Unterstützung der großen Bataillone der Armee wird es mir schlichtweg unmöglich sein, Ägypten zu regieren.«

Sie hielt einen Moment inne und sah mich an.

»Ich bin mir des großen Mankos meiner Situation vollauf bewusst. Ich bin eine Frau ohne Erben. Die Thronfolge muss gesichert werden. Ich muss Erben gebären. Ich muss meinen

Stammbaum fortsetzen. Ich muss meine Dynastie erhalten. Aber *ich* werde mir aussuchen, wer der Vater meines Kindes wird. Mit Eje war das natürlich nicht möglich. Der General überlegt vielleicht, welche politischen Vorteile es ihm bringen könnte, mir die Ehe anzubieten. Aber ich werde ihn niemals als Gemahl akzeptieren. Zu gut kenne ich seinen gnadenlosen Ehrgeiz und seine herzlose Grausamkeit. Ich erinnere mich noch daran, wie er meine Tante behandelt hat, nachdem er sie geheiratet hatte. Selbst wenn ich mich dazu durchringen würde, ihn neben mich auf den Thron zu lassen, weiß ich, dass ich nicht lange leben würde ... irgendein Unfall oder ein raffiniertes, unsichtbares Gift würden mich mit Sicherheit umbringen ...«

Sie erschauderte bei dem Gedanken daran.

»Wäre ich ein Mann, würde ich mir einfach eine edle Gemahlin nehmen. Ich bin aber eine Frau, und ich bin allein. Einen Gemahl habe ich bereits verloren, und einen zweiten, der alt genug ist, um mein eigener Großvater zu sein, habe ich ertragen. Wen könnte ich also heiraten? Wie kann ich meine große Dynastie retten? Ich zermartere mir das Hirn, und das Einzige, was ich höre, sind die Stimmen meiner Eltern und die Stimme meines Großvaters, und die sagen: ›Du bist die Letzte, du musst unsere Dynastie davor bewahren, der Vergessenheit anheimzufallen‹, denn Haremhab würde mit Sicherheit alle Zeichen unserer Herrschaft auslöschen. Unsere königlichen Namen würden aus den Steinen gemeißelt, und die großartigen Bauwerke unserer Regierungszeit würden zerstört werden. All das Glorreiche, das wir vollbracht haben, würde zerstört und unsere königlichen Namen würden niemals wieder ausgesprochen werden. Die Götter würden uns nicht kennen. Es wäre, als hätte es uns nie gegeben. Ich darf aber nicht nur an meine Familie denken, sondern muss auch an das denken, was sie repräsentiert: *Wir sind Ägypten.* Wir haben es zu seiner Größe geführt. Wir haben diesem Reich Stolz, Stabilität, Wohlstand und Frieden gebracht. Und was wird Haremhab mit dieser Hinterlassenschaft tun, mit diesem glorreichen Erbe? Wir wissen alle, dass er es zugunsten seines eigenen Ruhms zerstören wird. Seine Herrschaft wäre grausam und tyrannisch …«

Sie stockte und erhob sich vom Thron, als sei sie plötzlich überwältigt von der Vision einer solchen Katastrophe. Wieder begann sie, in den breiten Schatten der Audienzhalle auf und ab zu gehen, und Nacht und ich folgten ihr mit gebührenden Abstand. Nacht knüpfte schließlich an ihre Worte an.

»Es gibt aber heftigen Widerstand gegen Haremhab. Er besitzt keinen Tropfen königliches Blut. Die Götter haben ihn noch nicht auserwählt. Die Orakel haben sich noch nicht zu seinen Gunsten geäußert. Viele in der Priesterschaft würden ihn niemals freiwillig als König akzeptieren. Viele sind loyal«, fügte er abschließend noch hinzu, und dann verneigte er sich auf eine Weise, die ich ziemlich großtuerisch fand.

Prompt drehte sie sich wieder zu uns um.

»Warum schmeichelst du mir mit schonungsvollen Worten, edler Nacht?«, sagte sie in dringlichem Ton. »Du weißt ebenso gut wie ich, dass er gewaltige Macht besitzt, und wenn er beschließt, in Theben einzumarschieren, um die Stadt zu erobern und mir die Krone zu nehmen, werden viele das einfach als den Willen der Götter bejubeln. Irgendeines der Orakel wird man dann schon so auslegen, als habe es seine Herrschaft vorausgesagt und sie damit göttlich gebilligt. Es ist kein Sakrileg, wenn ich sage, dass man Orakel ohne großes Problem kaufen kann …«

Auf diese Binsenweisheit gab es nichts zu erwidern. Und diese seltsame Unterredung schien auch in keine andere Richtung fortsetzbar zu sein. Aber dann wandte sie sich neuerlich an mich. Diese lebende Gottheit, die Königin von Ägypten, war mir plötzlich so nah, dass ich das zarte Duftöl riechen konnte, das sie auf ihren schimmernden Schultern und an ihrem schlanken Hals trug. Und plötzlich hellte sich ihre Stimmung auf und sie flüsterte mir mit der alten Tatkraft in der Stimme ins Ohr: »Ich habe aber einen Plan. Ich habe Nacht befohlen, dir alles zu erklären und dir zu umreißen, was ich von dir verlange. Er genießt mein uneingeschränktes Vertrauen, und was er sagt, ist das, was ich befehle.«

Nacht kniete nieder, und ich tat es ihm gleich.

»Noch einmal brauche ich dich, Rahotep«, sagte sie. »Ich weiß, dass du mich nicht enttäuschen wirst.«

Unsere Audienz schien zwar zu Ende zu sein, doch sie blieb stehen, wo sie war, zögerte. »Es war schön, dich wiederzusehen. Nacht hätte dir meine Befehle übermitteln können, aber ich gebe zu, dass ich dich persönlich sehen wollte. Ich habe dich vermisst.«

»Und ich habe Euch vermisst, Euer Majestät«, erwiderte ich.

Zum ersten Mal lächelte sie.

»Wie geht es deiner Familie? Deinen drei Mädchen? Sie müssen inzwischen wunderschöne junge Frauen sein. Und deinem kleinen Sohn? Ich schätze, der ist auch kein Baby mehr.«

»Es geht allen gut, den Göttern sei Dank«, antwortete ich. »Meine Älteste studiert Medizin. Sie träumt davon, Ärztin zu werden.«

»Oh, das ist fantastisch! Ägypten wird schon viel zu lange von Männern beherrscht. Gerade ich kann ein Lied davon singen. Die Frauen sind immer unterschätzt worden. Dabei brauchen wir starke, gebildete Frauen, damit sie uns helfen, eine bessere Welt zu schaffen. Wenn bei uns alles gut geht, wird sie unter meiner Herrschaft eine vielversprechende Zukunft haben. Dafür werde ich persönlich sorgen.«

»Möge es so kommen«, sagte ich leise.

»Ich hoffe, ihren Erfolg mitzuerleben. Sag ihr, dass sie auf meine Unterstützung bauen kann.«

»Das werde ich tun«, antwortete ich.

Sie sah mich an. Dieses private Geplänkel schien ihr enormes Vergnügen zu bereiten, als sei sie froh, sich endlich mal über Dinge des normalen Lebens austauschen zu können.

»Verwöhn dich ein bisschen, Rahotep«, sagte sie, drückte mir zu meinem Erstaunen einen kleinen Beutel mit Gold in die Hand und wandte sich ab, bevor ich noch irgendwelche Dankesworte stammeln konnte.

7

Als Nacht und ich vom Palast in den Hafen von Theben zurücksegelten, veränderte sich das Licht des Nachmittags zusehends; hinter uns, im Westen, jenseits der steinigen Hügel, ging die Sonne unter und verwandelte den Himmel in ein Farbenmeer aus Gold-, Rot- und Blautönen. Wir saßen allein in der Kabine. Ich kam mir vor wie ein Hund, der darauf wartete, dass sein Herrchen ihn fütterte; ich sah Nacht dabei zu, wie er seine Schriftstücke ordnete und sich an seinem erfrischenden Getränk labte, sah, wie perfekt sein Leinengewand saß. Als er endlich gewillt war, das Wort an mich zu richten, war ich vor lauter Spannung dermaßen gereizt, dass ich ihn am liebsten erwürgt hätte.

»Bevor ich beginne, muss ich dich bitten, mir nicht ins Wort zu fallen, bis ich mit meinen Ausführungen fertig bin. Wir sind alte Freunde. Aber glaub mir, ich werde nicht zulassen, dass unsere Freundschaft dem, was ich dir hier jetzt gleich erzählen werde, irgendwie in die Quere kommt. Es geht um eine äußerst ernste Angelegenheit. Eine Staatsangelegenheit von höchster Wichtigkeit. Ist dir das klar?«

»Natürlich ist es das«, erwiderte ich.

Er schwieg eine Weile und flüsterte schließlich: »Die Königin hat dem Großkönig der Hethiter einen offiziellen, aber geheimen Brief geschrieben. In diesem Brief hat sie ihn gebeten, ihr einen seiner Söhne zu schicken, damit er ihr Gemahl wird und an ihrer Seite auf dem Thron von Ägypten regiert.«

Ich dachte, er mache Spaß.

»Das kann ja wohl nicht dein Ernst sein.«

»Es liegt mir nicht, über das Schicksal der Beiden Länder Witze zu machen«, entgegnete er.

Zutiefst erschüttert stand ich auf und versuchte mir vor Augen zu führen, welche Konsequenzen diese Enthüllung hatte.

»Das ist aber doch unmöglich. Es gibt niemanden in Ägypten, der einen Ausländer auf dem Thron der Beiden Länder akzeptieren würde, ganz egal, aus welchem Land er kommt – und erst recht nicht, wenn es sich bei dem Ausländer um einen Sohn unseres Erzfeindes handelt ...«

»Sprich nicht so laut«, fauchte er mich an. »Und setz dich hin!« Auf einmal war er zornig auf mich. Er baute sich vor mir auf und wisperte in eindringlichem Ton auf mich ein.

»Ich hatte dich gebeten zuzuhören, ohne irgendwelche Kommentare abzugeben. Der Vorschlag ist radikal, birgt aber viele Vorteile.«

»Und was für Vorteile sollen das sein?«, fragte ich.

Er fühlte sich plötzlich unwohl in der kleinen Kabine, in der sich nicht mit Sicherheit ausschließen ließ, dass man uns belauschen konnte. Also liefen wir draußen an Deck auf und ab und debattierten dort im Abendlicht weiter.

»Erstens wird das Haremhab auf dem komplett falschen Fuß erwischen. Dieser Schritt war für ihn nicht vorhersehbar. Zweitens wird das die strittige Frage der Thronfolge lösen. Auf dem Gebiet des Königreiches gibt es sonst einfach niemanden, den die Königin heiraten könnte. Jetzt wird sie einen Gemahl haben, den wir kontrollieren können, und sie wird Söhne in die Welt setzen«, behauptete er beharrlich.

»Zur Hälfte werden das aber die Söhne unserer *Feinde* sein!«, hielt ich dagegen.

»Und *das* ist der Geniestreich! Mit dieser Ehe wird der Krieg zwischen Ägypten und den Hethitern zu einem spektakulären Abschluss gebracht, mit einem Frieden, der in jeder Hinsicht zu unserem Vorteil ist. Dieser Krieg dauert schon viel zu lange. Er ist sinnlos, unnötig und extrem kostspielig. Hier im Land findet man ihn nicht gut, und auf internationaler Ebene bringt er uns keine nennenswerten Gewinne mehr ein. Kurzum verschwenden wir Zeit und Ressourcen an einen nicht zeitgemäßen Konflikt, der jetzt rasch zu Ende gebracht werden sollte. Eine Abmachung auszuhandeln ist im Interesse beider Parteien«, argumentierte er, und dabei strahlte Entschlossenheit aus seinen Augen. Bekräftigend hob er den Zeigefinger und fügte hinzu: »Es profitieren ja nur die Gegner einer internationalen Stabilität von dem Krieg und die …«

»Wen meinst du damit?«, unterbrach ich ihn.

Sichtlich frustriert über meine Dummheit schüttelte er den Kopf.

»Ich habe nicht die Zeit, dir das alles zu erklären«, sagte er, »du musst einfach tun, was man dir befiehlt.«

»Wenn du mir befiehlst, Teil von etwas zu sein, schuldest du mir eine vollständige Darlegung der Gründe, warum ich mein Leben riskieren soll.«

Er starrte mich an.

»Also gut. Aber *hör zu* und *schalte dein Gehirn ein*. Die Königreiche und die Stadtstaaten der Levante mit ihren Warlords, ihren kleinkarierten Tyrannen und ihrer desaströsen Politik sind die Ursache für die große internationale Unsicherheit. Als das bedeutendste Reich der Welt können und werden wir das nicht tolerieren. Eine friedliche Beziehung zu den Hethitern ist nicht nur aus wirtschaftlicher Sicht für beide Seiten von Vorteil, sondern wird darüber hinaus zur Folge haben – und das ist die Konsequenz, die, wie ich annehme, dir ganz besonders gefallen wird –, *dass die Armee keinen erklärten Feind mehr haben wird.*«

Nun starrte ich ihn an.

»Du meinst also, Haremhab könnte die gewaltige Macht der Armee und die hohen finanziellen Aufwendungen nicht länger beanspruchen, wenn es keinen Konflikt mehr gäbe, der diese rechtfertigen würde?«, hakte ich nach.

»Ja! Endlich beginnst du zu begreifen. Es wird ihm seinen zentralen Lebensinhalt rauben, und das wird seine persönliche Macht und Autorität untergraben. Staaten definieren sich über militärische Konflikte. Feinde rechtfertigen Armeen. Kriege verhelfen Generalen zu Ruhm und Ehre. Ohne seinen großen Feind, der ihm eine Aufgabe und Bedeutung gibt, wird Haremhab erheblich schwächer sein. Dann wird er sich mit uns arrangieren müssen. Und nicht mehr in der Lage sein, sich der Königin entgegenzustellen.«

Nacht stand da, im Licht der Abendsonne, mit einem Gesicht, das aussah wie das eines gescheiten Schuljungen; die Dreistigkeit des Plans verlieh seinen ebenmäßigen Zügen einen Ausdruck höchster Verzückung. Ich musste gestehen, dass es ein außerordentlicher Plan war. Daneben kam er mir aber auch unglaublich riskant vor. Doch hatte Nacht hier irgendwie eine Idee genommen, die absurd klang, und sie in etwas verwandelt, was nach brillanter Politik aussah. Erwartungsvoll sah er mich an.

»Wenn das hier eine Runde *Senet* wäre«, erklärte ich ihm ruhig, »würde ich dir prophezeien, dass man dich sehr bald vom Brett hauen und ins Maul eines Krokodils stoßen wird.«

Verärgert, aber auch enttäuscht sah er mich an.

»Deine Spiel-Metapher ist plump. Aber wenn du darauf bestehst, sie zu benutzen: Ja, wir setzen alles auf einen letzten Wurf der Zählknochen. Und um es geradeheraus zu sagen: Bleibt uns eine andere Wahl?«

»Du könntest hier, in Ägypten, in Theben, einen offenen Kampf gegen Haremhab um die Thronfolge führen«, schlug ich vor.

»Das würde nicht funktionieren. Haremhab befehligt beide Heeresabteilungen, sowohl die von Ober- als auch die von Unterägypten, das heißt die Ta-, die Re-, die Seth- und die Amun-Division, und jede besteht aus fünftausend Soldaten. Die Kommandeure der ersten drei Divisionen sind ihm treu ergeben. Spielen wir das einfach mal durch: Haremhab stammt aus dem Delta, die Seth-Division stammt aus seiner Heimat, schuldet ihm die größte Loyalität und hätte am meisten zu gewinnen, wenn sie ihn unterstützt. Sagen wir mal, er zieht sie aus dem Krieg im Norden ab und befiehlt ihnen zurückzukommen. Eine einzige Division würde wahrscheinlich schon genügen, um die Kontrolle über Theben zu übernehmen. Memphis kontrolliert er bereits. Und wenn er die Möglichkeit hätte, noch ein, zwei weiteren Divisionen zu befehlen, Theben anzugreifen, was würde dann aus uns allen?«

Kopfschüttelnd wandte ich mich ab und lief auf den Bug des Schiffes zu, versuchte zu verarbeiten, was ich da gerade gehört hatte. Ich sah, dass wir uns der Stadt näherten.

»Wenn du glaubst, es stünde jetzt schon schlecht«, sprach er weiter. »Unter Haremhabs Herrschaft gäbe es standrechtliche Exekutionen, Ausgangssperren und ein allgemeines Massaker innerhalb der Palasthierarchie und der Priesterschaft! Die

Königin und ihre Anhänger würde er hinrichten lassen. Private Besitztümer würde er einfach beschlagnahmen und für sich selbst einstreichen, und sollte die Priesterschaft sich gegen ihn auflehnen, ließe er jeden Zehnten hinrichten. Das Blut würde durch die Gossen strömen«, meinte er, als wolle er mir weiter gut zureden. »Es wäre das Ende von allem.«

»Jetzt sprichst du wie Hor«, sagte ich.

»Hor hatte recht.«

Schweigend standen wir einander von Angesicht zu Angesicht gegenüber. Wir waren beide wütend und innerlich aufgewühlt.

»Selbst wenn dein Plan aufgeht, selbst wenn der Hethiterkönig auf diesen Vorschlag und auf einen Friedensvertrag eingeht und selbst wenn Haremhab keinen militärischen Putsch durchführt, eine Frage bleibt«, sagte ich zu ihm. »Warum erzählst du mir das alles? Warum werde ich in dieses große Geheimnis eingeweiht?«

Rasch ließ Nacht seinen Blick umherwandern, um sicherzustellen, dass niemand uns hören konnte, und dann griff er nach meinem Arm und flüsterte mir ins Ohr.

»Mir ist die Ehre zuteilgeworden, mit der außerordentlich großen Verantwortung betraut worden zu sein, der diplomatischen Mission in die Hauptstadt der Hethiter vorzustehen, um den Ehevertrag auszuhandeln. Es wird eine geheime Mission werden. Wir reisen inkognito. Es ist von essentieller Bedeutung, dass Haremhab keinerlei Informationen über uns oder unseren jeweiligen Aufenthaltsort erhält. Wir werden als Kaufleute reisen und die Straße des Horus nehmen, so bald wie möglich. In Ugarit werden wir ein Handelsschiff chartern und damit an die Südküste des Hethiterreiches segeln. Sobald wir in der hethitischen Hauptstadt Hattuscha eingetroffen sind, werde ich die Bedingungen des Friedens- und die des

Ehevertrages aushandeln. Wenn uns Erfolg beschieden ist, werden wir danach die Verantwortung dafür tragen, den Hethiterprinzen sicher nach Ägypten zu bringen. Begleiten werden uns Simut und ein Gefolge aus Palastwachen, allesamt Elitesoldaten, die im Hinblick auf ihre Loyalität einer Überprüfung unterzogen wurden«, sagte er.

»Nur weiß ich immer noch nicht, was das mit mir zu tun hat«, bohrte ich weiter.

»Die Königin befiehlt dir, die Mission als mein persönlicher Leibwächter zu begleiten. Simut und seine Männer werden die Sicherheit der königlichen Dokumente und der Goldgeschenke garantieren, die wir dem Hethiterkönig bringen werden, und sie werden sich allgemein um die Sicherheit der Mission kümmern. Du wirst indes für meine persönliche Sicherheit verantwortlich sein. Lass es uns klar aussprechen: Falls es sich als erforderlich erweisen sollte, wirst du dein Leben für mich opfern müssen. Ich sollte hinzufügen: Das ist nicht meine Idee. Die Königin besteht darauf. Und vielleicht hat sie recht, denn nur ich kann die Verhandlungen führen. Auf der Rückreise wird dann außerdem auch noch die persönliche Sicherheit des Hethiterprinzen deiner Verantwortung unterliegen.«

Mein Herz trommelte wie wild. Ich wusste nicht, was ich darauf erwidern sollte.

»Du hast mich in eine Lage gebracht, in der ich nicht Nein sagen kann«, sagte ich.

Nachts Gesichtszüge verhärteten sich.

»Nicht ich, sondern die Königin. Ich kenne dich aber sehr gut, mein Freund. Ich kann in deinen Augen lesen, dass du erregt bist. Ich sehe da wieder so etwas wie ein Funkeln, das Glitzern des Abenteuers, das viel zu lange gefehlt hat. Leugne es nicht. Du genießt es, wenn es aufregend wird. Du brauchst das Mysterium. Je mysteriöser es wird, desto mehr läufst du zu Hochform auf. Das hält bei dir Leib und Seele zusammen. Und wenn ich mir noch eine sehr persönliche Bemerkung erlauben darf«, meinte er und hielt einen Moment inne, bevor er weitersprach. »Du wirst auch die äußerst üppige Belohnung zu schätzen wissen, die dich erwartet, wenn wir Erfolg haben. Die du dann noch zusätzlich zu dem Gold bekommst, das man dir bereits gegeben hat.«

Ich starrte auf den Großen Fluss, der sich vor mir auftat, ohne irgendetwas zu sehen. Er hatte recht. Ich war aufgeregt. Nach all diesen Jahren der Frustration, der Demütigung und der Langeweile hier in der Heimat war die Aussicht auf eine solche Reise, auf derart große Verantwortung und auf ein Abenteuer in fremden Ländern wie kühles, kristallklares Wasser für einen Mann, der sich in der Wüste verirrt hat.

»Ich kann meine Familie nicht einfach allein lassen«, wandte ich ein. »Das *weißt* du. Was soll aus ihnen werden, wenn …?«

»Wenn wir nicht zurückkehren? Darüber habe ich mir bereits Gedanken gemacht. Wenn wir unser Ziel erreichen, bin ich befugt, dir anzubieten, die Leitung der thebanischen Medjai zu übernehmen.«

Ich spürte, wie mein Herz für einen Schlag aussetzte.

»Nebamun ist der Leiter der thebanischen Medjai«, erwiderte ich so beiläufig, wie es mir eben gelingen wollte.

»Die Königin stimmt mit mir überein, dass es an der Zeit ist, dass diese Stadt einen Polizeichef bekommt, dessen Würde und Verdienste der Macht seiner hohen Stellung entsprechen; jemanden, der in der Lage ist, die Medjai in eine Organisation zu verwandeln, die besser geeignet ist, ihre eigentliche Aufgabe zu erfüllen, die darin besteht, die Gesetze des Landes durchzusetzen. Nebamun wird seine Pensionierung huldvoll hinnehmen; das tut man, wenn man eine dicke Abfindung in Form von Gold erhält und eine königliche Erklärung abgegeben wird, in der einem offiziell Dank bekundet und Respekt gezollt wird«, meinte er in äußerst überzeugendem Ton.

Nichts in dieser Welt würde mich mehr befriedigen, als wieder meine rechtmäßige Stellung bei der Medjai einzunehmen und meinen arroganten, eitlen Rivalen auszubooten.

»Du lockst mich hier mit etwas, was ich mir mehr wünsche als alles andere«, erwiderte ich. »Du weißt aber, dass ich meiner Frau versprochen habe, die Familie nie wieder allein zu lassen.«

Nacht senkte den Kopf.

»Hör mir gut zu. Würde ich morgen sterben, hätte ich keine Familie, die die Rituale für mich vollziehen würde. Meine Grabkammer erhielte keine Besuche von meinen Nachfahren, denn ich habe keine. Ich bilde mir aber ein, dass deine Familie mich vermissen würde. Glaub mir, ich liebe sie wie meine eigene. Und ich habe ihr Wohlergehen nicht außer Acht gelassen. Ich bin mir der lebensbedrohlichen Risiken bewusst, die die bevorstehende Reise für uns birgt. Es steht viel auf dem Spiel, auf dem gesamten Weg lauern Gefahren. Wir begeben uns in die Hochburg unserer Feinde. Wir müssen durch unbekannte und in höchstem Maße unsichere Gebiete, die für schlimmste Barbarei berüchtigt sind. Es ist möglich, dass wir nicht zurückkehren.«

Er hielt einen Moment inne und ließ den Blick über die Anlegestege des Hafens gleiten, in den wir gerade einfuhren. Seine Augen registrierten alles, als erstelle er im Geiste eine Liste, in der jedes einzelne Schiff und jede Ladung aufgeführt wurden, die in die Stadt kamen. Sein Gedächtnis kam mir plötzlich vor wie ein riesiges, stilles Skriptorium mit Regalen, auf denen sich Gedanken und Erinnerungen stapelten, die alle wie Papyrusschriften zusammengerollt und mit Laufzetteln versehen waren.

»Also schlage ich Folgendes vor«, sprach er schließlich weiter. »Deine Familie wohnt während unserer Reise in meinem Stadthaus. Dort wird es ihnen an nichts fehlen, und sie sind sicher und geschützt.«

»Aber was, wenn ich nicht zurückkehre?«, warf ich ein. »Wer wird sich dann um sie kümmern? Wie sollen sie essen? Was soll aus ihnen werden?«

Er drehte sich zu mir um und sah mich mit einem sehr ernsten Gesichtsausdruck an.

»Im Falle deines Todes, mein Freund, werde ich für sie sorgen wie ein Vater. Ich werde großzügig sein. Darauf hast du mein Wort. Und sollte ich ebenfalls sterben, werden sie meinen gesamten Besitz erben. Es wird ihnen niemals wieder an irgendetwas mangeln. Was das angeht, habe ich die entsprechenden Papiere bereits vor Jahren aufsetzen lassen. Die Königin ist nicht der einzige Mensch in Ägypten, der sich Gedanken über seine Nachfolge machen muss.«

Ich war dermaßen überrascht, dass mir fast nicht auffiel, wie unser Schiff mit einem leichten Bums gegen den Pier stieß.

»Da hast du es«, sagte er. »Vergiss nur nicht: Es steht alles auf dem Spiel. Die Welt, die wir kennen, steht auf dem Spiel. Es ist keine Übertreibung, wenn ich sage, dass die Zukunft Ägyptens vom Erfolg unserer Mission abhängt. Wir müssen tun, was in unserer Macht steht, um für einen erfolgreichen Abschluss zu sorgen. Begleite mich also nicht nur, weil die Königin es befiehlt; tu es auch, damit deine Kinder die Chance bekommen, in einer anständigen Welt aufzuwachsen.«

Und schnellen Schrittes stieg er vom Boot und in seinen bereitstehenden Streitwagen.

»Kann ich dich irgendwohin mitnehmen?«, fragte er fürsorglich an.

Ich schüttelte den Kopf. Ich musste mich jetzt bewegen.

8

An jenem Abend erzählte ich Tanefert nichts über meine Audienz bei der Königin. Den kleinen Beutel mit Gold gab ich ihr auch nicht. Die ganze Nacht lag ich wach und ließ mir immer und immer wieder das Gespräch mit Nacht durch den Kopf gehen, zermarterte mir das Hirn wie ein Skarabäus, der versucht, seine Dungkugel ins Licht zu schieben. Und als das Morgenrot auf dem Fußboden unserer Schlafkammer schimmerte, fühlte ich mich, als hätte ich einen stundenlangen Kampf gegen mich selbst geführt. Manchmal wachte ich morgens auf und die Lösung eines hartleibigen Falles, für den ich bis dahin lange keine Erklärung hatte finden können, war einfach da, ganz so, als habe sie nur auf mich gewartet. An jenem Morgen waren meine Gedanken jedoch nach wie vor ein einziger Wust aus Puzzleteilen.

Tanefert stand auf, steckte sich ihr langes, von Silbersträhnen durchzogenes schwarzes Haar auf dem Kopf fest und sah mich dabei an.

»Du hattest eine unruhige Nacht.«

»Habe ich dich gestört?«, fragte ich sie.

Ich war immer noch verliebt in meine Frau, auch noch nach all den Jahren, die wir jetzt verheiratet waren, Kinder großgezogen und die Unsicherheit meines Berufslebens durchgestanden hatten. In letzter Zeit war ich jedoch zu der Erkenntnis gelangt, dass sie mehr von mir brauchte, als ich in der Lage war, ihr zu geben. Nahezu unbemerkt hatte sich eine gewisse Distanz zwischen uns aufgebaut, die wir uns nur selten eingestanden. Sex hatten wir kaum noch. Nach anstrengenden Tagen war das Bett zum Schlafen da. Ich vertraute mich ihr nicht mehr so häufig an. Vielleicht ist dies das Schicksal aller Ehen.

»Du kannst mir alles sagen«, sagte sie leise. »Ich hoffe, dass du das weißt.«

Ich steckte eine lose hängende Strähne ihrer glänzenden Haare hinter ihr zierliches Ohr. Draußen waren die Mädchen damit beschäftigt, sich ihr Frühstück zu machen und sich um ihren kleinen Bruder zu kümmern. Ich konnte ihr herzliches Geplapper hören, das Klappern der Teller und die frühmorgendlichen Proteste meines Sohnes. Schnell schlang ich die Arme um meine Frau, küsste sie und zog sie mit einem aufrichtigen Bedürfnis, das sie erstaunte, wieder zurück aufs Bett.

»Du fehlst mir«, sagte sie plötzlich und legte ihre Hand auf meine Brust, ganz in die Nähe meines Herzens. Ihre Augen glänzten.

»Du fehlst mir auch«, erwiderte ich und küsste sie erneut.

Bis wir die Küche betraten, wo Tanefert sich noch einmal die Haare auf dem Kopf feststeckte und ich mir das Gesicht rieb, um den Eindruck zu erwecken, ich sei gerade erst aufgewacht, waren die Mädchen so weit, dass sie zum Unterricht gehen konnten, und ich war spät dran. Sie nahmen sich die Freiheit heraus, über mich zu kichern – denn die beiden älteren waren keine unschuldigen Mädchen mehr. Ich wusch mir das Gesicht im Waschbecken auf dem Hof, und dann holte ich Thot von seiner Schlafstatt, legte ihm Halsband und Leine an, und gemeinsam machten wir uns mit den Mädchen auf den Weg durch die Schatten unserer Gasse und über die Obstallee, wo es an den Marktständen bereits munter zuging und Verkäufer buntes Obst und Gemüse unter die Leute brachten.

An der Kreuzung küsste ich die Mädchen und sah ihnen dabei zu, wie sie fröhlich allein weiter die Straße hinuntergingen, sich unterhielten, lachten und diskutierten, bis sie in der Menschenmenge verschwanden. Ich blieb noch einen Moment stehen und genoss das warme Licht eines neuen Tages. Ich hatte diese Familie gegründet, ich liebte meine Frau, und jetzt sah ich dank Nacht endlich eine Zukunft für uns alle. Ich spürte, dass sich etwas in mir regte, was mir fremd war: ein Gefühl der Vitalität und Zuversicht. Erheitert über meine eigene Torheit schüttelte ich den Kopf, und dann lief ich mit Thot an meiner Seite los und nahm federnden Schrittes und innerlich aufgeregt und gespannt einen anderen Weg als sonst, hinein in einen neuen Tag.

In dem Moment, da ich das Hauptquartier der Medjai betrat, wusste ich jedoch sofort, dass irgendetwas nicht stimmte; mehrere der Männer warfen mir Blicke zu, schauten aber gleich wieder weg. Ich eilte zu Panehesi hinüber.

»Was ist passiert?«

Das Mitleid in seinen Zügen gab mir die Antwort: das Schlimmste.

Man hatte die Leiche in einer verdreckten Seitengasse des Elendsviertels abgelegt, in der die Anwohner ihre stinkenden Abfälle auskippten. Es war ein trostloser Ort für die sterblichen Überreste eines Menschen, eine Beleidigung der Totengeister. Zwei jüngere Medjai blickten voller Ehrfurcht in die Gasse. Als sie mich sahen, versuchten sie mich davon abzuhalten, auch nur noch einen Schritt weiter zu gehen. Aber ich schob sie zur Seite. Ich musste es sehen.

Man hatte Kheti den Kopf abgeschlagen. Der stand teilnahmslos da in einer kleinen Lache aus geronnenem Blut. Mit der abgestumpften Routine eines ganzen Lebens registrierte ich die Details: die blutroten, verklebten Spuren von Hunde- und Katzenpfoten im umliegenden Staub der Straße. Er musste in den frühen Morgenstunden getötet worden sein. Seine Lippen waren blau, seine Haut war erschlafft, seine toten Augen waren halb geöffnet. Wenn ich ein Mordopfer untersuche, denke ich über die Art von Messer nach, das die Wunden beigebracht haben könnte, aber nicht über die Qualen, die diese Wunden verursacht haben. Das ist so, weil ich es dem Opfer schuldig bin, produktive Arbeit zu leisten; ich bin nicht dazu da, mich in meinen eigenen Gefühlen zu suhlen. Ich bin ausschließlich dazu da, so gut ich kann, Zeugnis abzulegen über die letzte Wahrheit ihres Todes.

Also drückte ich die sinnlosen Tränen, die mir in die Augen stiegen, zurück und schluckte die Schreie, die mir die Kehle zusammenschnürten, herunter. Tief in meinem Inneren war irgendeine Kraft, die mich mit aller Macht schüttelte, aber ich ging dagegen an, um die erforderliche Arbeit tun zu können. Ich konzentrierte mich, Kheti zuliebe und zu Ehren, und erwies ihm damit meine letzte Respektsbezeugung. Ich sah, warum die Klinge, mit der die Enthauptung vorgenommen worden war, extrem scharf gewesen sein musste: Die Schnitte, die sein Fleisch durchtrennt hatten, waren präzise und gekonnt geführt. Da war kein Zögern, kein Ausweichen, keine Unsicherheit gewesen. Khetis Kopf war ebenso fachmännisch abgeschlagen worden wie die Köpfe der jungen Nubier. Und im Hinblick auf die Inszenierung hatte der Mörder eine an Besessenheit grenzende Akkuratesse an den Tag gelegt; hinter dem Kopf befanden sich die anderen Teile des Leichnams meines Freundes, zerlegt wie der Kadaver eines Tieres. Seine Arme und Beine waren auf seinem Brustkorb aufgestapelt, wie Holzscheite aus Fleisch und Knochen. Die Hände und Füße hatte man ihm ebenfalls abgeschnitten; auch die Finger, die obendrauf lagen wie eine schauderhafte Dekoration. Und auf diese hatte man widerlicherweise die verschrumpelten Überreste seines Penis gelegt. Mit den Extremitäten hatte der Mörder angefangen. Ich machte mir klar, dass Kheti aller Wahrscheinlichkeit nach während eines großen Teils des Gemetzels am Leben gewesen war. Die Welt um mich her begann sich zu drehen. Hastig wandte ich mich ab und lief in geduckter Haltung tiefer in die Dunkelheit der Gasse, wo ich mich auf dem verdreckten Boden übergab. Ich reiherte wie ein Tier.

Ein Grüppchen faszinierter kleiner Straßenkinder hatte sich versammelt, um mich zu beobachten. Ich grapschte nach ein paar Steinen und Kieseln und warf damit nach ihnen, als seien sie Hunde. Brüllend und lachend stoben sie auseinander.

Dann ging ich zurück zum verstümmelten Leichnam meines Freundes. Khetis Augen nahmen nichts mehr wahr. Ich griff nach seinem Kopf und umfasste ihn mit beiden Händen so vorsichtig, wie ich eben konnte. Ein toter Kopf ist schwer. Ich verspürte den lächerlichen Drang, ihm Fragen zu stellen, ihn zu verhören, ja sogar den Drang, ihm in sein dummes Gesicht zu schlagen, bis er die Augen aufschlug, sein Kiefer sich knirschend in Bewegung setzte und er wieder sprach, selbst wenn er mich dann nur dafür verfluchte, ihn von den Toten auferweckt zu haben. Wie ein Wahnsinniger küsste ich seine kalte Stirn, flüsterte meine sinnlosen, versöhnlichen Entschuldigungen. Vorgestern Abend hatte mein Freund mich um Hilfe gebeten. Und ich hatte ihn im Stich gelassen. Jetzt hatte man ihn brutal abgeschlachtet. Vielleicht hätte ich ihn von seinem Leichtsinn abhalten können. Ihn retten können. Die Schuldgefühle kauerten sich auf meinen Rücken wie bösartige Affen, die ihre scharfen Krallen in mein Fleisch gruben und begannen, mir ihre aggressiven Schuldzuweisungen in die Ohren zu wispern.

Ich litt Höllenqualen, aber selbst dabei kam mir plötzlich etwas in den Sinn: Obwohl der Kiefer meines Freundes infolge der Totenstarre bereits steif war, schob ich so vorsichtig, wie ich eben konnte, die Zähne auseinander und griff ihm in den toten Mund. Und da war er: ein weiterer Papyrus. Liebevoll stellte ich den Kopf meines Freundes wieder auf den Boden. Ich schlotterte jetzt, allerdings nicht vor Kälte; doch ich zwang meine Hände zu tun, was ich wollte, und das dünne Zettelchen auseinanderzufalten. Darauf war der schwarze Stern mit den bösen Pfeilen, die in sämtliche Richtungen zeigten.

Ich hörte Schritte. Nebamun lief geradewegs auf mich zu. Ich versteckte den Papyrus in meinem Beutel. Er schaute auf Khetis Leiche und schüttelte den Kopf, mit nicht mehr Respekt und Gefühl, als er sie beim Anblick eines toten Hundes an den Tag gelegt hätte. Dann holte er tief und dramatisch Luft, als habe er etwas Bedeutsames zu verkünden.

»Was für eine Welt«, rang er sich ab.

Seine abgedroschenen hohlen Plattitüden hatten mich schon immer auf die Palme gebracht.

»Er war ein guter Polizist. Ich weiß, er war dein Freund. Ich kann jedoch nicht zulassen, dass du wie ein Wahnsinniger durch die Stadt rennst und versuchst, seinen Mörder ausfindig zu machen. Ich erteile dir hiermit die Anweisung, nach Hause zu gehen und dort zu bleiben. Ich werde einen anderen mit diesem Fall betrauen …«

Ich wandte mich zu ihm um.

»Betrau von mir aus deinen Arsch«, tönte ich. »Er war mein Partner. Der Fall gehört *mir*. Das ist *mein* Fall.«

Nebamun kniff die Augen zusammen und spuckte auf den Boden.

»Ich habe versucht, in dieser für dich so schweren Stunde nett zu sein und dir meine Anteilnahme zu zeigen und all das … und so dankst du mir das? Hör mir also aufmerksam zu, Rahotep. Sollte mir zu Ohren kommen, dass du dich hier einmischst, werde ich dich verhaften und in die finsterste Zelle sperren lassen, die ich finden kann, dich da für alle Zeiten verrotten lassen und dafür sorgen, dass einige der einsatzfreudigeren und weniger pingeligen Mitglieder der Medjai sich über dich hermachen. Kapiert?«

Es zuckte mir in den Fingern.

»Du hast nicht die Absicht, diesen Mord zu untersuchen, genau wie du auch die anderen Mordfälle nie ›untersucht‹ hast«, sagte ich. »Warum eigentlich nicht?«

Ich sah, dass die dünnen blauen Venen unter der faltigen Haut um seine Knopfaugen herum zu zucken begannen.

»Für das, was du da jetzt gerade behauptet hast, wirst du teurer bezahlen, als dir klar ist«, sagte er und starrte mich dabei eisig an.

»Ich habe nichts mehr zu verlieren«, fügte ich hinzu. »Was habe ich an mir, was dich so beängstigt, dass du die letzten Jahre damit zugebracht hast, mir alles abzuerkennen, was mir rechtmäßig zustand?«

»Das ist passiert, weil du dir einbildest, du wärest so was

verdammt Besonderes, Rahotep. Du scheinst der Ansicht zu sein, du würdest nach irgendeinem Ehrenkodex verfahren, der dich über den Rest von uns erhaben macht. Aber weißt du was? Du bist nichts Besonderes. Deine Ehre ist nur Heuchelei. Du bist ein Versager. Ich brauchte da gar nichts zu tun. Ich brauchte lediglich dabei zuzusehen, wie du deine Karriere in eine Lachnummer verwandelt hast. Ich habe das Spektakel genossen. Aber jetzt langweilst du mich nur noch; und wenn du anfängst, Anschuldigungen gegen mich zu erheben, dann ist das heute der Tag, an dem du zu weit gegangen bist«, schnauzte Nebamun mich an.

»Das glaubst auch nur du«, sagte ich mit voller Absicht.

Er hielt mir seinen Stummelfinger vor die Nase.

»Du bildest dir ein, du wärest immer noch ganz großartig, nicht wahr? Die Wahrheit ist, dass das niemanden schert. Du stehst allein da. Ein schöner Partner musst du gewesen sein; du selbst hast keinen Finger gekrümmt, die eigentliche Arbeit hat er geleistet, und trotzdem endet er so?« Er machte mit dem Kopf eine ruckartige Bewegung in Richtung von Khetis Leiche.

Was ich getan hatte, wurde mir erst bewusst, als er nach hinten taumelte und sich mit der Hand seine blutende Lippe abtupfte. Die anderen Beamten trabten herbei und blökten wie blöde Ziegenböcke, was ich da Verrücktes angestellt hätte. Nebamun winkte sie weg. Wie ich aber äußerst befriedigt feststellen durfte, war er außer sich vor Wut.

»Einen Vorgesetzten zu schlagen ist Grund für eine fristlose Entlassung. Bemüh dich also nicht, noch einmal ins Hauptquartier zu kommen. Weder heute noch sonst jemals. *Verpiss dich einfach!*«

Er drehte sich um, ging und rief im nächsten Moment, als sei ihm das gerade erst eingefallen, nach hinten: »Oh, das hätte ich jetzt fast vergessen. Eine letzte Sache kannst du noch tun. *Überbringe Khetis Frau die Nachricht.*« Und dann lachte er.

9

Als Kija mich draußen stehen sah, erstarb schlagartig ihr Lächeln. Sie drückte die Tür wieder halb zu und murmelte »Nein, nein, nein, nein, nein«, immer und immer wieder. Als sie damit aufhörte, stand ich da und horchte in die grauenvolle Stille auf der anderen Seite der Tür. Leise rief ich ihren Namen.

»Ich kann dich nicht hereinlassen. Wenn ich dich hereinlasse, wird es wahr«, sagte sie irgendwann. »Geh bitte weg.«

»Das kann ich nicht tun. Ich werde hier warten, bis du bereit bist«, antwortete ich durch die Tür.

Als ich so dastand und ruhig wartete, kamen mir die Leute, die auf der Straße ihren alltäglichen Verrichtungen nachgingen, plötzlich klein und nichtig vor. Ich dachte darüber nach, wie wenig sie doch über die Düsternis des Todes hinter und unter und in allem ihres eigenen Lebens wussten. Wie wenig sie sich doch ihrer eigenen Sterblichkeit bewusst waren, wenn sie ahnungslos Tag für Tag vor sich hin lebten, entzückt über neue Kleider, gestillte Gelüste und amüsante Liebesaffären. Sie hatten vergessen, dass einem jeden von uns jeden Moment alles, was wir lieben, alles, was wir für selbstverständlich halten, alles, was wir schätzen und in Ehren halten, entrissen werden kann.

Irgendwann wurde die Tür lautlos geöffnet. Ich saß mit Kija in dem kleinen Zimmer im vorderen Teil des Hauses. Kheti und ich hatten uns privat nur selten getroffen; und obwohl ich wusste, wo er wohnte, hatte ich ihn nie in seinem Haus besucht. Jetzt sah ich die andere Seite seines Lebens: den Zierrat und den Nippes, die kleinen Götterstatuetten, das mittelmäßige Mobiliar, die Bemühung, dieses Haus besser aussehen zu lassen, als es war. Ein Paar Haussandalen warteten neben der Tür auf seine Heimkehr.

Ich teilte Kija die schlichten Fakten mit. Ich hörte mich fluchen und wie ich ihr versprach, Khetis Mörder aufzuspüren und seiner gerechten Strafe zuzuführen. Diese Worte bedeuteten ihr aber nichts. Sie starrte geradewegs durch mich hindurch. Nichts, was ich hätte tun können, konnte ihr zurückgeben, was auf ewig verloren war.

Plötzlich schien ihr Blick aus den schwarzen Untiefen der Verzweiflung aufzutauchen.

»Du warst sein bester Freund. Er war nie so glücklich wie dann, wenn er mit dir zusammengearbeitet hat.«

Ich musste den Kopf wegdrehen. Draußen tobte der Straßenlärm weiter. Irgendwo sang ein Mädchen beiläufig und mit sanfter Stimme eine Strophe aus einem Liebeslied.

»Ich muss dich etwas fragen«, sagte ich und hasste mich dafür. »Hat er dir erzählt, wohin er gestern Abend wollte?«

Sie schüttelte den Kopf.

»Er hat mir nie etwas erzählt«, erwiderte sie. »Er meinte, das sei besser so. Das war es nicht. Zumindest nicht für mich.«

Eine Weile saßen wir schweigend da.

»Dieses Kind wird seinen Vater niemals kennenlernen«, sagte sie und blickte dabei nieder auf ihren Leib.

»Ich werde mich um das Kleine kümmern, als wäre es mein eigenes«, antwortete ich.

Kija schaukelte vor und zurück, als versuche sie das ungeborene Kind in ihrem Bauch über den Tod seines Vaters hinwegzutrösten. Dann schaute sie plötzlich auf.

»Ihr zwei habt euch vorgestern Abend gestritten, nicht wahr?« Es schwang keine Anschuldigung in ihrer Stimme mit. Nur Trauer.

Erleichtert, das beichten zu können, nickte ich. Daraufhin sah sie mich mit einem äußerst seltsamen Gesichtsausdruck an, einer Mischung aus Mitleid und Enttäuschung; bevor ich die Sache weiter ausführen konnte, wurde jedoch die Tür geöffnet und ihre Tochter trat ein. Sie spürte die befremdliche Stimmung im Raum. Alle Fröhlichkeit schwand aus ihrem feingeschnittenen Gesicht, und das Mädchen riss die Augen auf. Der Anblick des Kindes brachte auf der Stelle Kijas Tränen zum Fließen. Sie riss die Arme auseinander, und das Kind warf sich ihr verwirrt und verzweifelt an die Brust, während seine Mutter schluchzte und das kleine Mädchen so fest hielt, wie sie eben konnte.

Ich stand draußen, im sinnlosen Licht der Sonne, und fühlte mich so leer wie ein Tonkrug. Ziellos lief ich los. Jeder Ruf und jedes Lachen eines Straßenverkäufers, jeder Ton eines singenden Vogels, jedes freundliche Wort, das der eine Nachbar dem anderen zurief, rief mir in Erinnerung, dass ich nicht mehr zum Land der Lebenden gehörte, sondern ein Schatten geworden war. Irgendwann fand ich mich am Großen Fluss wieder und sah mich mit seiner glitzernden Gelassenheit konfrontiert. Ich setzte mich nieder und starrte auf seine unaufhörlich dahinfließenden grünen und braunen Wasser. Ich blickte empor in die Sonne, die schien, als sei gar nichts geschehen. Ich dachte an den Nilgott in seiner Höhle, daran, wie er aus seinen Krügen die Wasser des Großen Flusses ausschenkte. Ich dachte an die anhaltende Sinnlosigkeit der unerträglichen Tage, die vor mir lagen. Und ich spürte, wie sich eine neue Härte meiner bemächtigte: ein unbeirrbarer Drang, eine reine Absicht, wie eine Klinge aus Hass. Ich würde Khetis Mörder finden. Und dann würde ich ihn umbringen.

10

Allein schon der Gestank des Abfalls und der Dreckhaufen auf der Straße hätte gereicht, um ein Maultier zu töten. Während der *peret*-Monate, der Zeit des Wachsens nach der Aussaat, kann es brütend heiß werden, und im überbevölkerten Elendsviertel am falschen Ende der Stadt, weit weg vom Fluss, an dem immer ein sachter Wind ging, regte sich kein Lüftchen. Die Gassen schienen alle ineinander verschachtelt zu sein und ins Nichts zu führen. Ich stand an der Straßenecke im Schatten und beobachtete die Umgebung. Es war später Vormittag; die Leute mieden die Hitze der Sonne, als sei sie tödlich. Alte Männer und Frauen dösten oder nuschelten in trostlosen, dunklen Hauseingängen vor sich hin. Streunende Hunde lagen hechelnd auf der Seite im Staub. Ausgemergelte, dreckige Katzen rekelten sich in jedem kleinen Streifen Schatten, den sie finden konnten. Junge Mütter fächelten sich träge Luft zu, während ihre Kinder in dem Dreck und dem Abfall spielten, der sich überall häufte, und in den dickflüssigen Schmutzbächen, die durch die Gassen mäanderten. Und ab und an schlenderten junge Nubier vorbei – die meisten noch halbe Kinder, aber bereits großgewachsen und auffallend gutaussehend –, strichen durch die Schatten, sahen alles, bewachten ihr Revier.

Das hier war eine der Straßen des Elendsviertels, die für den

Opiumhandel berüchtigt war, eine von denen, auf denen die unteren Chargen der Banden den Stoff an die verzweifelteren Süchtigen verkauften – an jene, die sich trotz der Gefahren hierher wagten, weil sie von einer Besessenheit getrieben wurden, die größer war als ihre Furcht. Bewohnt wurden die Elendsviertel von Immigranten aus Punt und Nubien, die es ursprünglich wegen der lukrativen südlichen Handelsrouten in die Stadt gezogen hatte, auf denen Gold und Kupfer, Ebenholz, Elfenbein, Weihrauch, Sklaven und seltene Tiere wie Leoparden, Giraffen, Panther, kleine braune Affen und Strauße aus den Ländern hinter ihrer früheren Heimat nach Theben transportiert wurden. Andere hatte der Traum von einem besseren Leben hergelockt; wer Glück hatte, endete als Tagelöhner auf einer der großen Baustellen oder wurde wegen seiner hervorragenden handwerklichen Fertigkeiten als Metallarbeiter beschäftigt. Im Verlauf der vergangenen Jahre hatte man die letzten königlichen Bauprojekte – wie die Große Säulenhalle, die unter Tutanchamun eingeweiht worden war – jedoch fertiggestellt oder im Zuge von Ejes Sparpolitik aufgegeben. Es wurde als ein Zeichen für die Schwäche der Dynastie gewertet, dass keine neuen Monumente oder Tempel in Auftrag gegeben worden waren – denn derartige Triumphe aus Stein waren Symbole für Macht und Ehre. Und so flüchteten sich die Kinder jener Immigranten, die keine Aussicht auf Arbeit hatten, wohl aber ein sehr klares Gespür für die Kluft, die zwischen ihnen und den Reichen der Stadt bestand, in die einzige Alternative, die ihnen offenstand: die Kriminalität. Da das Grabräuber-Gewerbe Überwachung, Organisation und Mühe erforderte, kam das für sie nicht in Frage, und außerdem war es auch die Domäne der etablierteren Diebesfamilien. Diese Teenager arbeiteten als Botenjungen und Kuriere für die Opiumbanden und gelegentlich auch als Mörder.

Während ich wartend dastand und alles um mich herum im Blick behielt, flackerte immer wieder Khetis totes Gesicht vor meinen Augen auf. Ich musste daran denken, wie Kija sich an ihre Tochter geklammert hatte, als hänge ihr Leben davon ab. Und ich erinnerte mich an Taneferts verzweifelte Miene, als ich endlich den Mut gefunden hatte, nach Hause zu kommen, und auf dem Hof vor ihr auf die Knie sank und sie mich zu trösten versuchte. Das Herz in meiner Brust fühlte sich an wie zersprungenes Glas. Würde das jetzt für immer so bleiben? Ich hatte Mühe, mich auf das Spektakel zu konzentrieren, das sich mir bot: verhärmte Schatten, arrogante Jugendliche, zerlumpte Süchtige mit gelben Zähnen und stumpfem Blick. Einer davon, augenscheinlich ein reicher Jüngling, torkelte mit einer Überheblichkeit über die Straße, die von seiner Furcht und seinem Verlangen schwer beeinträchtigt wurde. Er hatte Entzugserscheinungen: Seine Beine zitterten wie wild, und er kratzte sich die Arme, dass sie zu bluten anfingen. Er war gut angezogen, trug goldene Ringe an den Fingern und hatte ordentlich geschnittenes Haar. Es war, als beobachte man eine Antilope, an die sich Löwen heranpirschten. Schnell waren die nubischen Jungen ihm auf den Fersen, liefen ihm nach und pfiffen einander zu. Einer von ihnen sprach den reichen Jüngling keck an. Er war vielleicht vierzehn oder fünfzehn Jahre alt, aber obwohl er bereits recht groß war, hatte er immer noch den knochigen dünnen Körperbau und die linkische Ausstrahlung eines Kindes; der Junge trug einen kurzen weißen Rock, Lederschuhe mit Quasten und goldene Ohrringe, und sein Haar war perfekt geflochten. Er strotzte nur so von gespielter Tapferkeit. Während er sich die ganze Zeit in den Schatten hielt, nickte und winkte er dem reichen Jüngling zu, er solle ihm in eine Seitengasse folgen. Der reiche Junge nickte zurück. Daraufhin kicherten die nubischen Knaben und begaben sich hinten herum auf den gleichen Weg. Diese Ringe würden bald nicht mehr an den Händen des reichen Jünglings sein, aller Wahrscheinlichkeit nach ebenso wenig wie die Finger, die diese Ringe immer noch trugen.

Ich schlich mich in die Gasse. Sie standen dicht beieinander, aber der junge Nubier hatte seinen Dolch gezückt und bedrohte den reichen Jüngling. Ich packte mir den Kerl von hinten. Klappernd fiel der Dolch zu Boden. Wie eine Wildkatze wand er sich in meinem Klammergriff.

»Verschwinde«, fauchte ich den reichen Jüngling an. »Auf der Stelle.«

Er zitterte, allerdings nicht vor Angst.

»Nein – ich brauche es, ich muss es haben ...«

Zu meiner Verwunderung hob er doch tatsächlich den Dolch vom Boden und wedelte mir unsicher damit vor dem Gesicht herum. Mit unverblümter Verachtung lachte der junge Nubier uns beide aus.

»Du dämlicher Idiot«, brüllte ich ihn an. »Gib ihn her!«

Ich schaute ans Ende der Gasse. Dort sammelten sich die anderen nubischen Jungen. Der Kleine, den ich im Klammergriff hielt, biss mir fest in die Hand. Ich schlug ihm mit Wucht gegen die Schläfe.

»Ich bin Medjai, und wenn du mir dieses Messer nicht gibst und abhaust, landest du im Gefängnis«, sagte ich zu dem reichen Jüngling. Mit mitleiderregender Miene sah er mich an, gab mir den Dolch und stand niedergeschlagen da.

»Hau ab!«, brüllte ich. Endlich machte er sich aus dem Staub. Ich presste die Dolchklinge gegen die zart pochende Halsschlagader des jungen Nubiers. Er trug ein Amulett, einen aus Holz geschnitzten Pfeil, das Symbol, das ihn als Mitglied seiner Bande auswies und beschützte. Das gleiche Symbol, das die toten Jungen am Hals getragen hatten.

»Was willst du, Medjai?«, wollte er wissen.

»Ich will, dass du mich zu deinem Boss bringst«, antwortete ich.

Mit einem geübten Grinsen, aus dem Hohn, Spott und Verachtung troffen, lachte er mir ins Gesicht.

»Was glaubst du eigentlich, wer du bist?«, meinte er.

Ich schlug ihm mehrmals mit Wucht ins Gesicht.

»Hältst du dich für einen Soldaten, einen der ganz Großen, für einen Krieger?«, fragte ich ihn und drückte ihm die Klinge nur noch fester gegen die Haut. Ungläubig starrte er mich an und leckte sich dabei das Blut von den Lippen. Jetzt entdeckte ich einen Anflug von Furcht in seinen Augen.

»Für diese Respektlosigkeit werde ich dich töten«, sagte er mit Blick auf seine Kollegen, die zusehends näher kamen. Ich schubste ihn herum.

»Ich bin ein Mann, der Fragen hat«, brüllte ich sie alle an. »Und ich will Antworten. Und glaubt mir, wenn ihr auch nur noch einen Schritt näher kommt, schneide ich ihm die Augen heraus, bevor er noch ein letztes Mal blinzeln kann.« Ich hob den Dolch, um zu verdeutlichen, dass es mir ernst damit war.

Der Junge schnalzte mit der Zunge. Er versuchte zu planen, was als Nächstes zu tun war; dabei huschte sein Blick hin und her.

»Lebend wirst du hier nicht mehr rauskommen. Die Schatten werden dich töten. Man wird dich in kleine Fetzen zerstückeln!«, kommentierte er frech meine Lage.

Ich schlug ihm mit aller Kraft in die Nieren. Er krümmte sich, und daraufhin traten seine Kumpel spuckend, fluchend und kopfschüttelnd ein paar Schritte zurück.

»Ihr habt die Wahl. Entweder ich verhafte euch wegen Opiumbesitzes, was bedeutet, dass ihr im Gefängnis landet und ich dann persönlich dafür sorgen werde, dass ihr da nie wieder herauskommt, oder aber ihr bringt mich zum Anführer eurer Bande.«

Der Junge lachte nur verächtlich.

»Du bist ein Irrer. Bildest du dir ein, du kannst da einfach reingehen und mit dem Boss reden? Du? Du würdest es nicht einmal lebend durch die Tür schaffen.«

»Das ist mein Problem«, erwiderte ich. »Zeig mir die Tür. Oder ich werde dir das Auge hier ausstechen …«

Und dann stach ich ihm mit der Spitze des Dolches dicht neben dem Auge ins Fleisch, dass es zu bluten begann, um ihm zu zeigen, dass ich es ernst meinte. Plötzlich schwand sein Heldenmut, und er wisperte: »Nicht, nicht, nicht …«

Dass meine Hand zitterte, fiel uns beiden auf.

»Dann sag deinen kleinen Freunden jetzt, dass sie sich verpissen sollen, es sei denn, du möchtest, dass sie mitbekommen, wie du dir in die Hose machst«, erwiderte ich leise und ruhig.

Er bedeutete den anderen Jungen zu verschwinden, und sie verzogen sich in die dunklen Gassen.

Die primitive Holztür, zu der er mich führte, verriet nichts über die Geschäfte, die dahinter getätigt wurden. Man hatte das Zeichen des Pfeils daraufgemalt, groß und plump. Irgendjemand hatte das Symbol noch mit einem Paar gigantischer Hoden bestückt. Aus dem Inneren waren raues Gelächter und wildes Kreischen zu hören.

Er klopfte ein geheimes Klopfzeichen. Irgendjemand sagte etwas, fluchte wegen der Unterbrechung, und im nächsten Moment knarrten die Scharniere und die Tür wurde ein Stück weit geöffnet – gerade genug, dass ich sie weit aufstoßen und eintreten konnte. Im Inneren ging es schäbig und abstoßend zu: Nackte junge Mädchen im Opiumrausch lagen in lustlosen Posen auf Liegen oder auf dem Fußboden, und Gruppen junger Männer brüllten aggressiv und triumphierend vor sich hin, während sie wie in Ekstase *Senet* spielten, sich Witze erzählten oder einander mit Beleidigungen bedachten. Doch als sie mich erblickten, sprangen die Männer sofort auf. Provokativ johlend vollführten sie drohende Gebärden mit ihren Messern und pornographische mit den Fäusten und Zungen und liefen dabei grölend auf mich zu. Hinter ihnen sah ich ein paar kleine, langhalsige Gefäße mit Opiumsaft. Diese Knaben hier waren die Vorgesetzten des Jungen, der mich hergeführt hatte. Alle trugen sie die ledernen Halsbänder mit dem Pfeil-Amulett. Alle hatten sie die Haare auf die gleiche Art geflochten. Ich presste den Dolch fester gegen die Kehle des Jungen. Auf einmal war er wütend und bösartig, denn ihm wurde bewusst, dass ich ihn schlimm blamiert hatte und er fürchten musste, dass sein Leben seiner Bande noch weniger bedeutete als meines. Ein paar der kräftigeren, ranghöheren Kerle traten vor und schwenkten ihre protzigen Messer.

»Meine Herren, ich weiß, dass es sich hier um einen unangemeldeten Besuch handelt, aber ich möchte mit eurem glorreichen Anführer sprechen. Über das hier ...«

Ich hielt den Papyrus mit dem Zeichen des schwarzen Sterns hoch. Sie starrten darauf. Einer riss mir das Zettelchen mit funkelnden Augen aus der Hand.

»Wo hast du das gefunden?«, wollte er wissen.

»Im Mund eines toten Drogenhändlers«, erwiderte ich. »Wir wissen beide, was das bedeutet, und ich habe Informationen. Ich werde aber nur mit eurem Anführer sprechen.«

Man verband mir die Augen und ließ mich auf einem niedrigen Schemel warten. Ich hörte das Gebrüll, das Gezänk und die Sticheleien, die allesamt mir galten. Aber keiner der jungen

Männer tat mir irgendetwas zuleide. Schließlich zerrte man mich auf die Füße, und in Begleitung des Jungen, der mich hergebracht hatte, machten wir uns auf den Weg. Grob schoben mich drei von ihnen durch Gassen und Seitenstraßen. In der Ferne hörte ich die Alltagsgeräusche der Stadt und wusste, dass wir uns aus dem Elendsviertel heraus und in eine bessere Gegend bewegt hatten. Jedes Mal, wenn uns Leute entgegenkamen, warnte man sie, sich besser gleich wieder zu verziehen. Irgendwann erreichten wir unser Ziel. Ich wurde in ein Haus geführt. Die Luft war kühl und roch sauber, und ich hörte Wasser fließen und platschen und das verführerische Kichern von Mädchen. Man nahm mir die Augenbinde ab.

Ich befand mich in einem Badehaus, in einem der Privaträume, die mit Liegen ausgestattet waren, auf denen man sich ausruhen konnte. Vor mir stand ein großer, schlanker Nubier. Er sah mich an. Die Intelligenz blitzte nur so aus seinen gefühllosen Augen. Er trug unzählige goldene Halsketten und Armreifen. Dramatisch ließ er seinen Nacken knacken und schlenderte zu mir herüber, um mich genauer in Augenschein zu nehmen. Dabei strich er mit seinem langen, protzig gezahnten goldenen Dolch an mir längs, als sei ich ein Sklave, den er entweder zu kaufen oder aber zu töten gedachte.

»Wer hat diese Person uneingeladen in unser Haus gebracht?«, erkundigte er sich in ruhigem Ton.

Der nubische Junge war in Panik und starrte auf den Fußboden. Nahezu zärtlich hob der Mann sein Kinn.

»Du hast einen Fehler gemacht, Dedu. Einen schlimmen Fehler. Du hast uns alle verraten. Ist dir das klar?«

Langsam nickte der Junge. Jetzt zitterte seine Unterlippe.

»Bitte ...«, hauchte er.

»Bitte was?«, entgegnete der Mann.

»Bitte, Herr. Tötet mich nicht.«

Nachdenklich sah der Mann den Jungen an.

»Bleib hier stehen«, meinte er dann. »Denk über deinen Fehler nach.«

Der Junge nickte und verneigte sich demütig. Mir blieb nicht die Zeit, Mitleid für ihn zu empfinden.

»Normalerweise treffe ich mich nur nach vorheriger Absprache mit Beamten der Medjai, in der Nacht. Ist das hier ein geschäftlicher oder ein privater Besuch?«, erkundigte der große Nubier sich.

»Ein bisschen von beidem«, gab ich zur Antwort.

Er lachte in sich hinein und begann, mit seinem Messer zu spielen, was da hieß, dass er komplexe Bewegungsabläufe damit vollführte, die er perfektioniert hatte, um andere damit zu beeindrucken und einzuschüchtern.

»Du besitzt enorme Dreistigkeit, einfach so hier aufzutauchen. Ich muss jetzt entscheiden, ob ich dich töte oder dir zuhöre. Ich glaube, ich werde dir zuerst zuhören und dich dann töten. Also kann ich nur hoffen, dass du eine gute Geschichte zu erzählen hast. Wer weiß? Die könnte dein Leben sogar verlängern – für eine Weile.«

Er warf die Männer hinaus, die mich hergebracht hatten, und auch die hübschen jungen Mädchen, die auf den Liegen lagen. Als sie dann alle fortgetrottet beziehungsweise davongehuscht und nur noch er, Dedu und zwei Leibwächter im Raum waren, bot er mir mit übertriebener Höflichkeit einen niedrigen Stuhl an.

»Ich werde stehen bleiben. Ich bin hergekommen, um über das hier zu reden.«

Ich hielt ihm den Papyrus hin. Nonchalant schaute er darauf.

»Und?«

»Ich habe das hier im Mund meines besten Freundes gefunden. Man hat ihm den Kopf vom Körper geschlagen.«

»Uh, dein bester Freund«, grunzte er mit sarkastischem Mitgefühl. »Der Tod ist leider überall. Der Gott Seth, der Herr über Chaos und Verderben, läuft sicher wieder einmal durch die Straßen dieser Stadt. Jetzt verschont er nicht einmal mehr die vornehmen Gesetzeshüter der Medjai. Was soll nur werden aus der Welt? Und was willst du von mir?«

»Ich bin sicher, dass du dieses Symbol hier ebenso gut kennst wie ich. Es wurde auch in den Mündern anderer gefunden – toter Rauschgifthändler, die meiner Überzeugung nach für dich gearbeitet haben.«

»Und?«

»Und deshalb haben wir etwas miteinander gemein«, sagte ich.

Plötzlich stieß er sein Messer haarscharf an meinem Gesicht vorbei, genau neben meinem Auge in die Wand, wo es jetzt vor sich hin vibrierte. Ungerührt starrte ich ihn an.

»Du und ich haben nichts miteinander gemein«, sagte er. »Und ich weiß immer noch nicht, warum du hier bist. Ich denke und denke, kann aber keine Antwort darauf finden. Du gibst mir also besser eine, und zwar schnell.«

»Ich vermute mal, dass du wissen willst, wer deine Jungs abschlachtet und dir deine Kunden stiehlt.«

»Und was willst du?«, fragte er.

»Ich will wissen, wer meinen Freund ermordet hat. Und ihn töten.«

Entzückt über diese Antwort, nickte er.

»Ah«, meinte er, »Rache ist etwas Herrliches. Was ich mich allerdings frage, ist: *Was kannst du für mich tun, das ich nicht für mich selbst tun kann?*«

»Ich biete dir einen Handel. Gegenseitigen Nutzen. Wir

teilen unser Wissen. Ich bin Kriminalbeamter der Medjai. Das gibt mir Befugnisse und gewährt mir Zutritt zu Orten, die dir niemals offen stünden. Du wirst mir jedoch den Rücken stärken. Du wirst mir erzählen, was du über diese neue Bande weißt. Die Informationen, die jedem von uns zugespielt werden, tauschen wir aus. Falls und wenn der Augenblick kommt, rückst du mit deinen Männern an. Und dann kannst du deine Rache nehmen. Aber unter einer wichtigen Bedingung: Der Mörder meines Freundes gehört mir, und ich kann mit ihm tun, was mir beliebt.«

Behutsam legte er die Spitzen seiner Finger aneinander und lächelte.

»Hältst du das für witzig?«, fragte ich ihn. »Meinst du, ich wäre hier, um mich zu amüsieren?«

Er nickte, als sei er irgendwie beeindruckt von meinem leichtsinnigen Benehmen.

»Du bist wirklich zornig, mein Freund, und ich bewundere deine Rachgier. Vielleicht hast du dein Erscheinen hier aber nicht sorgfältig genug bedacht. Vielleicht hast du nicht an *Respekt* gedacht.«

»Ich habe alles sorgfältig bedacht«, erwiderte ich. »Du weißt, wer ich bin. Wenn du wolltest, könntest du mich mit Leichtigkeit töten. Warum sollte ich also ein solches Risiko eingehen, wenn ich nicht – *aufrichtig* wäre?«

Er lachte bei dem Wort leise auf und wiederholte es flüsternd, als sei es die Pointe eines Witzes. Dann griff er nach einem Krug mit Wein und schenkte uns beiden ein.

»Setz dich, mein aufrichtiger Freund«, forderte er mich in einem herzlicheren Ton auf. »Ich werde dir etwas über mich erzählen.«

Und so kam es, dass ich den Ausführungen eines der berüchtigtsten und skrupellosesten Kartellbosse der Stadt lauschte. Ich empfand ihn als einen harten, intelligenten Geschäftsmann mit einem ausgeprägten Sinn fürs Theatralische; er hielt seine persönliche, in so großem Stil praktizierte Brutalität für einen unerlässlichen Teil seiner Arbeit. Sie war ein Ausdruck von Macht und die Einforderung von Respekt. Selbstverständlich war er bereit, sie anzuwenden, wann immer es ihm beliebte, und das war häufig der Fall. Er war aber kein Psychopath. Tatsache war, dass er sich selbst für einen Wohltäter hielt, denn die Männer, die ihm unterstanden, waren jung und hätten woanders keinerlei Aussichten gehabt, und er bildete sich ein, ihre Gesetzlosigkeit zu etwas Nützlicherem umzuformen. Dass er mit seinem Handel so gewaltige Gewinne erzielte, betrachtete er als eine angemessene Umverteilung des Reichtums. Er verstand sich einfach nur als Geschäftsmann, der von einer neuen Verbrauchergruppe profitierte – der wohlhabenden Jugend Ägyptens, die sich den Luxus Opium leisten konnte, und wenn sich das Vergnügen in Abhängigkeit verwandelt hatte, auch der Sucht frönen konnte. Er hatte sich sogar ein Sonderangebot ausgedacht: Der erste Rausch war kostenlos. Danach kauften sie den Stoff von ihm. Ihr Wohlergehen interessierte ihn nicht; nach seiner Moralvorstellung waren sie dafür selbst verantwortlich.

Mir wurde allmählich klar, dass ich es hier mit einem Mann zu tun hatte, der seine Handlungen für akzeptabel und prinzipientreu hielt; er betrachtete sein Kartell als eine Familie oder eine Art Brigade, und seine Regeln fußten nicht auf Gewalt, sondern auf Vertrauen. Die meisten Kinder, die zu ihm kamen, waren entweder Waisen, oder aber sie kamen aus Familien, die durch Armut und Gewalt so zerrüttet waren, dass sie so besser dran waren. Er gab ihnen eine Aufgabe, etwas, über das sie sich definieren konnten, sowie strikte Vorschriften, deren Befolgen belohnt wurde. Das Seltsamste war vielleicht, dass er stolz war, sowohl auf die Stadt als auch auf seine Stellung.

Als – nunmehr – ehemaliger Beamter der Medjai stand ich auf der genau entgegengesetzten Seite von allem, was er repräsentierte, und allem, was er sagte. Und trotzdem sah ich mich bei einigen seiner Äußerungen außerstande, den Wahrheitsgehalt seiner Argumentation in Frage zu stellen. Es lag aber ohnehin nicht in meinem Interesse, ihn zu den weniger appetitlichen Aspekten seiner angeblich so mildtätigen Unterwelt-Tyrannei zu befragen. Ich musste lediglich wissen, was er mir über die Schwarzsternbande sagen konnte.

»Sie sind ein Mysterium, und sie stellen ein großes Problem dar. Die verfügbaren Opiummengen sind begrenzt, und es ist schwierig ranzukommen; deshalb hat der Stoff einen hohen Wert, und deshalb haben sämtliche thebanischen Banden immer darum gekämpft. Dass es äußerst schwierig ist, an Nachschub zu kommen, ist allgemein bekannt. Selbstverständlich wird die Droge mit Schiffen über den Großen Fluss geschmuggelt. Es ist nicht schwierig, die richtigen Männer zu bestechen, um die Lieferungen durch den Hafen zu schmuggeln. Und die Kapitäne streichen ihren Anteil mit Freuden ein. Manchmal werden fantastische Mengen geliefert – drei, vier Schiffsladungen innerhalb eines Monats. Es gibt aber auch immer wieder Zeiten, in denen gar nichts kommt. Einige von uns haben versucht, Versorgungskanäle zu erschließen, die eine bessere und beständigere Belieferung gewährleisten, aber das war unmöglich. Die Entfernungen waren zu groß. Die Kontakte waren undurchsichtig. Die Krüge sind schwer, und der Transport des Opiumsafts ist umständlich. Das da hinten, jenseits unserer Grenzen, ist eine seltsame Welt, und die meisten unserer Händler und Mittelsmänner kehren nicht zurück.«

»Und jetzt?«, fragte ich.

»Jetzt ist in der Stadt plötzlich wieder ein Bandenkrieg ausgebrochen. Zu Anfang haben wir uns gegenseitig verdächtigt. Aber bald erkannte auch der unerbittlichste meiner Rivalen, dass das hier die Arbeit einer anderen Gruppe war. Die ist ganz anders als wir.«

»Erzähl mir, was du weißt.«

Er seufzte und fing an, im Raum auf und ab zu gehen.

»Diese Mörder sind wie die Geister der Toten«, sagte er einfach nur. »Sie bewegen sich lautlos. Sie zerstören alles. Sie gehen, wohin sie wollen ... und niemand entkommt ihnen oder überlebt.«

»Aber wie machen sie das?«, fragte ich mich.

Er zuckte mit den Achseln.

»Das ist ihr Stil. Ein sehr eleganter Stil. Und weißt du, im Gegensatz zu uns anderen weiten sie ihre Geschäfte nicht aus. Glücksspiel, Prostitution, illegaler Handel mit seltenen Gütern, Entführungen – das sind alles potentiell lukrative Geschäftsbereiche. Aber soweit mir bekannt ist, haben sie für nichts davon Interesse gezeigt und ...«

»Wie vertreiben sie das Opium? Es zu importieren und die Konkurrenz auszuschalten ist eine Sache«, sagte ich. »Ein neues Vertriebssystem aus Dealern aufzubauen ist aber eine ganz andere.«

Beipflichtend hob er mit den Handflächen nach oben die Arme.

»Ich habe keine Ahnung. Ich hoffe, das wirst du mir verraten. Wenn sie den Rest ihrer Gegenspieler auch noch aus dem Weg geräumt haben, werden sie uns diesbezüglich vielleicht einen Handel anbieten. Dass die Bedingungen nicht gerade akzeptabel sein werden, steht außer Frage.«

Er sah mich an, und im nächsten Moment warf er den Kopf in den Nacken und begann, schallend zu lachen.

»Weißt du was?«, meinte er. »Vielleicht könnte ich dich mögen, es fühlt sich fast so an. Den Nerv, den du hast, hierherzukommen und so mit mir zu reden.«

Ich ignorierte ihn.

»Gibt es sonst noch etwas, was du mir erzählen kannst?«, bohrte ich stattdessen weiter. »Selbst das winzigste Detail könnte nützlich sein.«

Nachdenklich schaute er auf den Papyrus mit dem schwarzen Stern.

»Hier in Theben bilden wir das Schlusslicht eines langen Weges, das Ende einer langen Reise, wir sind das letzte Glied einer Kette miteinander verbundener Unternehmen. Wirtschaftlich ist das nie gewesen, es war aber nicht zu vermeiden. Es kommt mir allerdings so vor, als habe diese neue Bande das Problem gelöst. Ich weiß nicht, wie sie es tun, glaube aber, dass sie den gesamten Prozess unter sich haben, von der Beschaffung neuer Ware bis hin zur Auslieferung. Vielleicht solltest du darüber mal nachdenken. Darüber, wo die Kette beginnt, und darüber, wo sie endet.«

»Und wo ist das?«

Er lächelte.

»Im Norden.«

»Jeder weiß, dass das Opium im Ödland zwischen Ägypten und dem Hethitischen Reich angebaut wird. Vielleicht also in Kanaan? In Amurru? In Kadesch?«, sagte ich und zählte damit die Gebiete auf, um deren Kontrolle Ägypten im Zuge der schon so lange währenden Hethiterkriege gekämpft hatte.

»Ein Wort werde ich dir verraten, das ich immer wieder höre und das von ganz weit weg zu mir dringt.«

Er winkte mich dichter an sich heran.

»*Obsidian.* Das ist …«

»Ich weiß, was Obsidian ist. Das ist das Material, das für

Augengläser und unsere schärfsten Messer verwendet wird«, fiel ich ihm ins Wort.

Im nächsten Moment erinnerte ich mich an die mustergültige Metzgerarbeit, mit der die Enthauptungen vorgenommen worden waren. Was, wenn der Mörder ein Messer aus Obsidian benutzt hatte?

»Obsidian ist ein *Name*«, sagte er leise. Ich sah ihn an in der Hoffnung, er würde das weiter ausführen.

Er streckte sich durch. Ganz plötzlich hatte sich in seinem hageren Gesicht etwas verändert. Jetzt war er wieder gefährlich.

»Du solltest jetzt gehen. Ich werde dich aber im Auge behalten. Bilde dir also nicht ein, damit hätte es sich jetzt für dich. Tu du jetzt deinen Teil. Andernfalls werde ich dir zeigen, dass das, was unseren Jungs passiert ist, auch dir passieren könnte.«

Und mit diesen Worten rollte er den Papyrus mit dem schwarzen Stern zusammen, grinste mich an und verschluckte ihn. Im nächsten Moment drehte er sich ruckartig um und schnitt dem immer noch wartenden Dedu mit seinem Messer die Kehle durch. Dedu röchelte in seinem Blut und brach vor meinen Füßen zusammen. Der Nubier wischte sein Messer an meinen Wangen ab, das warme Blut tropfte über mein Gesicht.

»Du hast dich bereits mit Blut befleckt. Vergiss das nicht.«

11

Ich hatte noch nie erlebt, dass Nacht die Worte fehlten. Gerade hatte ich ihm von Khetis Tod erzählt. Er umarmte mich leicht und tätschelte mir die Schulter – was mich verwunderte, denn er neigte nicht zu Gefühlsausbrüchen und Intimitätsbekundungen und duldete nur sehr selten, dass man ihn berührte. So standen wir einen Moment da, steif und unsicher, und dann lösten wir uns hölzern wieder voneinander. Wir waren im Erdgeschoss seines Stadthauses, im Empfangsraum. Er führte hinaus in den Garten, in dem die Vögel in ihren Käfigen trällerten und Wasser durch ein Netz von steinernen Kanälen rann und die Pflanzen nährte.

»Immer dann, wenn wir Worte am dringendsten brauchen, um unsere Gefühle zum Ausdruck zu bringen, verschlägt es uns die Sprache«, sagte er.

»Schweigen ist in Ordnung«, gab ich barsch zurück. »Was gibt es auch zu sagen?«

Er sah mich an, aber mir war nicht danach zumute, mich zu entschuldigen. Er ging zu einem Tablett und schenkte in zwei schöne Kelche Wein für uns ein. Er bot mir an, auf dem mit Intarsien verzierten Sofa Platz zu nehmen, und wir setzten uns hin.

»Liege ich richtig mit meinem Verdacht, dass du fest entschlossen bist, mit irgendeiner Art von Vergeltungsschlag auf diese grauenvolle Tragödie zu reagieren?«

»Und wenn?«, erwiderte ich.

»Dazu möchte ich dir einen Rat geben. In Momenten wie diesem tendieren wir dazu, uns vom animalischen Teil unserer Natur beherrschen zu lassen. Und das ist ein Fehler.«

»Warum?«, blaffte ich.

»Weil Rache einen Menschen mit derselben Sicherheit zerstören kann wie die Pest. Sie kommt einem vor wie ein Gott, so rein und so wahrhaftig, so durchtränkt von Gerechtigkeit und Berechtigung. In Wahrheit ist sie jedoch ein Untier. Sie ernährt sich fortwährend von ihrem eigenen Schmerz und allem anderen Schmerz, den sie finden kann. Und sie ist erst befriedigt, wenn alles komplett zerstört ist.«

»Und woher willst du das wissen?«, fuhr ich ihn an.

Für einen Moment machte sich eine unangenehme Stille zwischen uns breit. Mit abgeklärtem Blick sahen seine topasfarbenen Augen mich an. Mit ihm zu streiten war zuweilen, als versuche man, Wasser zu verhauen. Es brachte nichts. Und er wusste, dass ich Streit suchte, und würde es nicht dazu kommen lassen.

»Der Tod macht Fremde aus uns«, sagte er in versöhnlichem Ton. »Er bewirkt, dass wir uns selbst nicht wiedererkennen.«

Dann stand er auf und ging zur Tür, um nach draußen, auf die wunderschöne Welt seines eigenen Zuhauses zu blicken.

»Du hast natürlich recht«, räumte er ein. »Ich habe nur wenig Erfahrung mit Trauer. Was das angeht, habe ich Glück gehabt. Das Schicksal ist gütig zu mir gewesen. Vertrauen kann man darauf natürlich nicht. Pech kann jeder von uns haben.«

»Das war kein Pech. Das war Mord. Und ich werde herausfinden, wer ihn begangen hat, und dann ...«

»Ja?«, fiel Nacht mir ins Wort. »Und dann was?« Er setzte

sich wieder neben mich. »Gehe ich recht in der Annahme, dass du dir eingebildet hast, ich würde dich in deinen rechtschaffenen Rachegelüsten unterstützen und bestärken?«, fuhr er fort. »Erstmals ist in deinem Privatleben eine Tragödie passiert, und von einer Sekunde auf die andere vergisst du all deine Werte und ergehst dich in blutrünstiger Barbarei.« Ohne zu blinzeln, sah er mich mit seinen Falkenaugen an.

Nun reichte es mir. Ich leerte mein Glas bis zum letzten Tropfen, dann stand ich auf und lief zur Tür, um zu gehen. Er folgte mir und legte mir sanft die Hand auf die Schulter, um mich zurückzuhalten.

»Setz dich bitte wieder hin, mein Freund. Du hast mein aufrichtiges Mitgefühl. Ich verstehe dich. Du versuchst, seinem Tod einen Sinn zu geben. Was richtig und anständig ist. Aber du musst deinen Zorn und deine Trauer besser bündeln.«

»Wie?«, fragte ich verzweifelt.

»Ergeh dich nicht in selbstmitleidigen und selbstbefriedigenden Rachegelüsten. Höchstwahrscheinlich würdest du dabei nur selbst zu Tode kommen. Und denk auch über den Preis nach, den jene zu zahlen hätten, die dich von ganzem Herzen lieben. Ich könnte es beispielsweise nicht ertragen, dich zu verlieren«, sagte er.

Ich stand immer noch da, stumm und völlig verwirrt von dem Gefühlschaos, das in mir tobte, und diesem Schmerz, der mich überall fand.

Ruhig führte Nacht mich zurück zum Sofa, und ich setzte mich wieder hin, wie ein Kind.

»Man kann die Sache auch aus einem ganz anderen Blickwinkel betrachten«, sagte er zu mir.

»Und wie?«

»Dir war großes Glück beschieden, einen Freund gehabt zu haben, dessen Verlust dich so sehr schmerzt«, sagte er. »Würde er wollen, dass du dich in Selbstanschuldigungen und Rachgier suhlst? Das bezweifle ich.«

Ich wollte nicht ablassen von meiner Verbitterung. Ich wollte diese philosophischen Argumente nicht hören. Er sah meine Frustration und sprach weiter: »Ich hoffe, dass du im Falle meines Todes das Gleiche für mich tätest. Dass du meinem Tod einen Sinn geben würdest, indem du dich an mich erinnerst. Indem du mich zu meinem Grab geleitest, um mir deine letzte Ehre zu erweisen und mir deine Liebe zu beweisen. Das ist es, was die Toten von ihren Freunden erbitten«, sagte er.

Nebeneinander saßen wir da, im Licht der Sonne, das schräg in den Raum fiel, und ich ließ mir seine Worte durch den Kopf gehen. Für einen kurzen Moment schien das Ganze sogar möglich zu sein. Und ich schwor mir, dass ich Kheti, sofern ich lebend nach Theben zurückkehrte, eigenhändig in seine Grabkammer legen würde, mit sämtlichen Ritualen. Aber vorher würde ich meine Rache nehmen.

»Wann machen wir uns auf den Weg in die hethitische Hauptstadt?«, fragte ich ihn.

Skeptisch sah Nacht mich an.

»Unter den gegebenen Umständen«, sagte er, »bezweifle ich, dass du den gewaltigen Ansprüchen der Mission gewachsen wärest.«

Ich musste ihn aber davon überzeugen, dass ich sehr wohl in der Lage war, die Reise auf mich zu nehmen. Sie bot mir jetzt die einmalige Gelegenheit, den Ausgangspunkt des Opiumhandels im Norden zu erforschen und den Weg nach Theben und vielleicht zu »Obsidian« persönlich zurückzuverfolgen. Irgendetwas sagte mir, dass ich ihn, wenn ich in der Stadt blieb, nie finden würde. Ich würde ihn im Sand des Ödlands jenseits von Ägyptens Grenzen aufspüren müssen. Aber ich würde ihn finden.

»Erst gestern hat die Königin mir befohlen, dir als dein Leibwächter Beistand zu leisten, und ich werde gehorchen. Und du hast mir große Motivation und sehr viel Ansporn gegeben. Und mir versprochen, dass meine Familie in deinem Haus in Sicherheit wäre. Ist es nicht besser, wenn ich Theben verlasse? Wenn ich bliebe, hätte ich keinen Frieden, bis ich Khetis Mörder gefunden hätte.«

Prüfend sah er mich mit seinen topasfarbenen Augen an.

»Unsere Mission ist von lebenswichtiger Bedeutung für das Reich. Nichts darf das Erreichen unseres Ziels gefährden«, sagte er. »Ich brauche dein volles Engagement, weniger werde ich nicht tolerieren. Sollte ich zu irgendeiner Zeit zu der Ansicht gelangen, dass dein emotionaler Zustand ein Problem darstellt, werde ich dich auf der Stelle nach Hause schicken. Niemand ist unersetzlich. Nicht einmal du. Hast du das verstanden?«

»Ich verstehe«, erwiderte ich.

Ich spürte, dass plötzlich etwas zwischen uns stand. Für einen endlos scheinenden Augenblick fürchtete ich, er würde sich weigern, mich mitzunehmen. Aber dann erhob er sich und umarmte mich, förmlich, kurz und ohne große Herzenswärme.

»Dann sagst du Tanefert und den Kindern jetzt besser Bescheid. Wir reisen morgen ab.«

Ich lief durch die Gasse auf das Tor meines Hauses zu. Respektvoll nickte ich der kleinen Statue des Hausgottes in seiner Nische zu, und ausnahmsweise bat ich ihn mal um seinen Segen. Im Haus saßen die Mädchen in trauter Eintracht auf dem Fußboden; Sekhmet, die Medizin studierte, arbeitete an einem Schriftstück, beschrieb einen Papyrus, während die anderen sich mit ihren Pinseln bemühten, genauso fließend zu schreiben wie sie. Kaum dass ich den Raum betreten hatte, rannten sie herbei, drückten sich an mich und weinten wegen Khetis Tod. Tanefert musste es ihnen erzählt haben. Ich strich ihnen über die Haare und trocknete ihre Tränen.

»Es tut mir so leid«, sagte ich.

Sie nickten und schnieften, und ich empfand es als Erleichterung, sie zu trösten und ihren Schmerz zu teilen.

»Kommt«, sagte ich, »lasst uns alle zusammen zu Abend essen.«

Ich bemühte mich zu reden, durch Khetis Tod nicht in das Schweigen der Trauer zu verfallen. Während die Mädchen im Hof die Teller spülten, bedeutete ich Tanefert mit einem Handzeichen, in unsere Schlafkammer zu kommen. Die Mädchen beobachteten uns neugierig, sie wussten, dass irgendetwas los war, also winkte ich sie weg und zog den Vorhang zu, damit wir etwas mehr unter uns waren. Tanefert nahm an, dass ich mit ihr über Kheti sprechen musste.

»Wie geht es dir, mein Liebling?«, fragte sie und schlang ihre Arme um mich.

Ich küsste sie. Sie sah mir ins Gesicht. Und im nächsten Moment löste sich etwas von mir.

»Es ist noch etwas passiert«, meinte sie, »habe ich recht?«

Ich zögerte. Jetzt musste ich heraus mit der Sprache.

»Ich stehe nicht mehr im Dienst der Medjai, man hat mich entlassen.«

Ihr Gesichtsausdruck nahm verzweifelte Züge an, und sie legte sich die Hände auf die Wangen.

»Oh, nein …«

»Man hat mir aber eine andere Arbeit angeboten. Es ist ein sehr gutes Angebot«, begann ich und legte ihr den kleinen Beutel mit Gold in die Hand.

Sie bedachte mich mit einem ihrer berühmten vielsagenden Blicke.

»Wenn das, was du zu sagen hast, gute Neuigkeiten wären, würdest du nicht so reden müssen und mich auch nicht mit Gold bestechen«, erwiderte sie. »Woher hast du das hier? Und was hast du getan, um es dir zu verdienen?«

»Lass mich doch erst einmal aussprechen«, gab ich zurück. Sie seufzte und nickte.

»Nacht hat mir Arbeit angeboten. Nicht nur als Leibwächter. Dafür wird man mich nicht nur großzügig mit weiterem Gold entlohnen, er hat mir darüber hinaus versprochen, etwas noch wesentlich Wichtigeres für mich zu tun. Er wird mich befördern. Wenn wir Erfolg haben, werde ich Nebamuns Stelle übernehmen. Dann wäre ich der Leiter der Medjai.«

Ihr entging nichts, ihr Blick spiegelte alles, jede Halbwahrheit, jede Nuance, jede unsichere Rechtfertigung und Beteuerung in meiner Stimme.

»Nacht ist ein sehr mächtiger Mann«, sagte sie, »aber ein derartiges Versprechen muss einen sehr hohen Preis haben.«

»Ja.«

»Dann sag mir, welchen«, drängte sie. »Ich kann es nicht ertragen, wenn du mir immer nur die Hälfte erzählst.«

»Ich muss ihn auf eine lange Reise begleiten. Und ich kann dir weder sagen, wohin sie mich führt, noch, wann ich wieder zurück sein werde.«

Ihre Augen begannen zu lodern. Ich dachte, sie würde mir ins Gesicht schlagen.

»Du hast mir versprochen, uns niemals wieder allein zu lassen. Du hast es versprochen!«

Und dann warf sie den Beutel mit dem Gold auf den Boden, lief aus der Kammer und verschwand im Hof.

Ich hob den Beutel wieder auf und legte ihn vorsichtig aufs Bett. Innerhalb eines Tages war meine Welt in Stücke gegangen. Ich betrat die Küche, wo die Mädchen und Amenmose gespannt warteten.

»Was ist passiert?«, fragte Sekhmet.

»Hör mit der Fragerei auf«, fuhr ich sie an und setzte mich ans Kopfende des Tisches. Fassungslos verstummte Sekhmet. Amenmoses Unterlippe fing an zu zittern, das Vorspiel zu einem Drama aus Tränen und gegenseitigen Schuldzuweisungen. Ich zog ihn auf meinen Schoß und küsste sein Gesicht.

»Kommt her. Nicht weinen. Ich brauche euch, ihr müsst mir helfen.«

Mein Sohn wog seine Alternativen ab, und im nächsten Moment nickte er und entschied, dass es besser war, neugierig zu sein, als zu weinen.

Die anderen rückten dichter an mich heran.

»Euer Onkel Nacht und ich müssen auf eine lange Reise gehen, und während ich fort bin, müsst ihr euch gut um eure Mutter kümmern.«

Die beiden jüngeren Mädchen begannen sofort trauernd aufzuheulen und zu betteln, ich solle sie nicht verlassen. Nur Sekhmet reagierte anders.

»Wohin reist ihr, Vater?«, wollte sie wissen.

»Genau kann ich es dir nicht sagen. Es geht aber ganz bis zum nördlichen Meer und dann sogar noch weiter Richtung Norden.«

Ihre Augen weiteten sich.

»Wenn du mit Onkel Nacht reist, müsst ihr in einer sehr wichtigen offiziellen Mission unterwegs sein«, schlussfolgerte sie. »Hat sie mit den Kriegen zu tun?«

»Das kann ich dir nicht sagen. Sie ist aber sehr wichtig und streng geheim. Du darfst also niemandem davon erzählen.

Versprichst du mir das?« Sie nickte, und dabei glänzten ihre Augen, so aufregend fand sie es, Mitwisserin um dieses große Abenteuer zu sein. Ich legte meinen Arm um ihre Schultern, drückte sie an mich und gab ihr einen Kuss auf die Stirn.

»Gescheites Mädchen. Du musst mich während meiner Abwesenheit vertreten, auf deine Schwestern aufpassen, auf deinen Bruder und auf deine Mutter.«

Sie nickte. »Ich bin eine erwachsene Frau, Vater. Du kannst dich auf mich verlassen.«

»Ich weiß, dass ich das kann.« Ich strich ihr übers Haar. Ich bewunderte ihren Glauben an sich selbst.

»Kein Wunder, dass Mutter das nicht gut verkraftet«, meinte sie und fügte mit einem Seitenblick hinzu: »Du hattest versprochen, nie wieder fortzugehen.«

»Das habe ich versprochen. Und ich würde dieses Versprechen nicht brechen, wenn es nicht extrem wichtig für mich wäre. Es steht mehr auf dem Spiel, als ich erklären kann. Ich will aber, dass ihr in einer sicheren Welt lebt. Und deshalb werde ich gehen.«

»Ich weiß, Vater«, antwortete sie. »Ich habe nur Angst, dass dir etwas Schlimmes passiert. Dann würde ich auch sterben wollen.«

Um meine Bestürzung über ihre Worte zu verbergen, drehte ich mich rasch zu den anderen Mädchen um, die ihre Trauer bereits mühelos überwunden und meine Unterhaltung mit Sekhmet verfolgt hatten.

»Nun, es gibt noch weitere Neuigkeiten, und das sind gute. Nacht hat euch alle eingeladen, während meiner Abwesenheit in seiner Villa zu wohnen. Wie hört sich das an?«

Während die vier begannen, vor lauter Begeisterung auf und nieder zu springen, und verzückt über die Aussicht, in derartigem Luxus zu wohnen, durch die Küche rannten, lief ich nach draußen. Tanefert saß unter dem Feigenbaum in der Dunkelheit. Ich pflückte eine reife Frucht vom Baum und bot sie ihr an; sie tat so, als würde sie mich gar nicht wahrnehmen. Schweigend saßen wir eine Weile da. Ich ließ die nutzlose Leckerei über meine Handfläche rollen.

»Es tut mir leid«, war das Einzige, was mir einfiel.

»*Es tut mir leid*, das ist einfach«, höhnte sie. »Das sind nur Worte. Deine Entscheidung hast du ja bereits getroffen. Es hat also überhaupt keinen Sinn, noch weiterzureden.« Sie sprang auf und wollte davonlaufen.

Ich griff nach ihrer Hand. Sie wand sich und versuchte, sich aus meinem Griff zu lösen, aber ich ließ sie nicht los.

»Du tust mir weh«, jammerte sie.

»Geh – geh nicht einfach weg. *Sprich mit mir*«, flehte ich sie an. Ich küsste ihre Hand in der Hoffnung, meine Gefühle würden sich ihr, da mir die Worte fehlten, dadurch offenbaren.

»Ich habe solche Angst«, sagte sie nach einer Weile. »An manchen Tagen habe ich das Gefühl, die Welt stürzt ein. Und dann weiß ich nicht, wie ich unser Leben zusammenhalten soll.«

»Alles wird gut werden«, erwiderte ich sinnloserweise.

»Was soll ich den Kindern sagen, wenn du nicht wiederkommst? Was soll ich mir selbst dann sagen?«

»Ich werde wiederkommen, das verspreche ich dir«, sagte ich. »Und dann wird alles anders. Dann wird alles wieder besser.«

»Ich weiß, dass du so etwas nur tun würdest, weil du meinst, damit das zu tun, was für uns alle das Beste ist. Aber manchmal bist du besessen von einer Idee, und dann vergisst du uns. Mir wäre ein lebender Ehemann ohne Arbeit und ohne Gold sehr viel lieber als ein toter. Es interessiert mich nicht, wie viel Nacht dir geboten hat; dein Leben ist das Risiko einfach nicht wert. Und ich weiß, dass es riskant sein muss, denn andernfalls würdest du ja nicht gehen müssen.«

»Ich habe keine andere Wahl«, antwortete ich. Das war das Ehrlichste, was ich bisher von mir gegeben hatte.

»Man hat immer eine Wahl«, behauptete sie. »*Immer.* Und in einem Augenblick, in dem du trauerst, solltest du eine derartige Entscheidung gar nicht treffen. Ich kenne dich, mein Gemahl. Du wirst getrieben von Zorn und Schuldgefühlen. Khetis Tod war aber nicht deine Schuld.«

»Doch, das war er.«

Unbeirrt sah sie mich an. »Und deshalb sind dir dein Zorn und deine Rachsucht jetzt wichtiger als deine Familie?«

Deutlicher hätte sie die Wahrheit nicht formulieren können. Ich spürte, wie mir die kalte Klinge der Schuld ins Herz fuhr. Ich wollte ihr sagen, dass ich meine Meinung geändert hatte. Aber da war noch etwas anderes in mir, und das ließ das nicht zu. Ich zwang mich, mich nicht unterkriegen zu lassen.

»Ich verspreche dir, dass ich in spätestens drei Monaten zurück sein werde. Und dann wird alles gut werden.«

Eine ganze Weile schwieg sie.

»Wann musst du aufbrechen?«, fragte sie irgendwann in einem seltsamen Ton.

»Morgen früh«, erwiderte ich.

»Morgen?«

Sie wollte es fast nicht glauben.

»Wir sind deine *Familie*. Und du hast dich gegen uns entschieden. Ich weiß nicht, wie ich dir das je verzeihen soll.«

Und damit lief sie zurück ins Haus und ließ mich allein in der Dunkelheit zurück. Ich schmiss die Feige hinter mich auf den Boden.

ZWEITER TEIL

Diese Grenze im Norden ist so fern
wie dieser umgekehrte Fluss, auf dem man beim
Südwärtsfahren abwärts fährt …

Thutmosis I. auf der Stele von Tombos

12

Re erklomm den dunklen Horizont, und augenblicklich spiegelte der Große Fluss die Pracht des ersten Lichts auf seiner gewaltigen, geheimnisvollen Oberfläche wider und erwachte glitzernd zu grandiosem Leben.

Ich stand an Deck des Schiffes und blickte auf Theben, wo für die Menschen gerade ein weiterer Tag begann, der aus Hitze und Arbeit bestand. Ich schaute auf das Gedränge im Hafen; auf die hohen Tempelmauern und die langen flatternden Fahnen an den Masten; auf die Wohnbezirke mit den Villen der Reichen; und jenseits des Großen Flusses auf den Malqata-Palast, in dem die Königin jetzt sicher wach lag und vielleicht Amun, den Gott Thebens, Den Verborgenen, mit einem Gebet um den Erfolg unseres Unternehmens bat. Ich würde meine Stadt erst in vielen Monaten wiedersehen. Wenn wir scheiterten, würde ich vielleicht nie mehr zurückkehren. Seltsamerweise stellte ich fest, dass ich mich über diese Vorstellung nicht mehr aufregte; es war eher so, dass mich die Möglichkeit, zu Tode zu kommen, innerlich betäubte. Ich dachte an unsere Hieroglyphe für das Wort ›Expedition‹: ein kniender Mann mit einem Bogen in der Hand, gefolgt von dem Zeichen für Boot. Genau wie dieser Mann fühlte ich mich, nur dass die Waffe ein Dolch war. Ich griff an seinen Knauf; er war auf meiner Brust festgebunden, und dort würde er bleiben, immer, allzeit einsatzbereit.

Ich blickte nach unten auf die elegant geschwungenen Holzleisten, die am gesamten Schiff entlangliefen. Beide Seiten des Bugs waren auffallend mit dem Horusauge bemalt, das zusammen mit den auf Sockeln sitzenden Falken den Schutz des Himmelsgottes bot. Den Schiffsrumpf zierten ineinander übergehende Muster, die stilisierte Pflanzen zeigten, und lange, kräftig rote und blaue Linien, die bis zum hohen Heck reichten, wo die Göttin Maat, die Hüterin der Gerechtigkeit und Harmonie, in einer Pose dargestellt war, in der sie mit ausgebreiteten Flügeln unter dem Podest des Steuermanns kniete. Die geräumige Kabine in der Mitte des Schiffes war mit einem schwarz-weißen Schachbrettmuster dekoriert. Die großen Planken des Kiels, des Rumpfes, der Querbalken und des Schiffdecks waren stabil und sauber. Es war ein gutes Schiff, und zusammen mit meinem Dolch tröstete mich das.

Nacht und sein persönlicher Diener Minmose überwachten in der Kabine die Anlieferung und das Aufstellen seiner versiegelten Reisetruhen, von denen ich annahm, dass sie die Tontafeln mit den geheimen Briefen der Königin an den Großkönig der Hethiter enthielten, sowie offizielle Geschenke aus Gold sowie die Zahlungsmittel, Dokumente und Ausweise, die für unsere Reise vonnöten waren. Plötzlich war auf den Steinen des Piers das Klappern von Hufen zu hören, und aus den Schatten der Morgendämmerung fuhr ein prächtiger Streitwagen vor. Nacht eilte an Land, um den Ankömmling zu begrüßen: einen großgewachsenen, gediegen wirkenden Ausländer, der einen ungewöhnlichen, kunstvoll bestickten Umhang aus feinster dunkler Wolle trug und von einem kleinen Soldatengefolge eskortiert wurde. Zusammen eilten sie aufs Schiff und verschwanden in der Kabine, als seien sie ängstlich darauf bedacht, nicht gesehen zu werden. Das leuchtete mir ein, denn dies hier waren der hethitische Botschafter

Hattusa und seine Entourage, die mit uns in ihr Heimatland zurückkehrten.

Die Seeleute trafen ihre letzten Vorbereitungen für die Abreise. Die Blätter der beiden riesigen Steuerruder, die mit blauen und weißen Lotosblumen und *udjat*-Augen bemalt waren, wurden vom Dach der Kabine gehoben, wo man sie lagerte, wenn sie nicht benutzt wurden, zum Heck getragen, dort in Lederschlaufen gesteckt und an den senkrechten Pfosten festgebunden, die ihnen während der Reise nach Norden Halt geben würden. Der Mittelmast ragte aus der Kabine nach oben; die Segel würden für die Reise nach Norden eingerollt bleiben, da die Strömung des Flusses die gesamte Arbeit tun würde. Die Matrosen überprüften das verästelte Geflecht der Takelage, vergewisserten sich, dass alles ordentlich und fest verknotet war. Und dann, auf einen lauten Befehl des Kapitäns, eilten alle, die nicht mitreisten, an Land, die Ruderer auf dem Deck unter uns stimmten den Takt an, und wir segelten langsam, vorüber an Hunderten anderer Schiffe, aus der Hafenanlage hinaus. Wir überragten die Ruderboote der Fischer, die in der Nacht gefischt hatten und jetzt zurückkehrten. Sie teilten sich wie Schwärme kleiner Fische, um uns Platz zu machen. Dann bekam uns der Fluss in seinen festen, kraftvollen Griff und zog uns geschwind gen Norden, fort von der Stadt, als habe er die gleiche Eile wie wir. Obwohl ich fast nie bete, erwischte ich mich plötzlich dabei, wie ich ein Gebet flüsterte, wie ein Sterbender, der sich an die nötigen Zaubersprüche erinnerte, um in der Finsternis des Jenseits überleben zu können.

Von den Kindern hatte ich mich am Vorabend verabschiedet. Ich hatte mich so früh wie möglich aus dem Haus schleichen wollen, um einen dramatischen oder tränenreichen Abschied zu vermeiden. Tanefert hatte ihre wütende Distanz den Abend und die ganze Nacht hindurch beibehalten. Wir lagen nebeneinander, wach und nicht in der Lage zu reden. Ich drehte den Kopf zur Seite, um mir in der Dunkelheit ihr Gesicht anzusehen, aber sie hielt die Augen fest geschlossen. Ich flüsterte ihren Namen, doch sie drehte sich einfach nur auf die Seite und rollte sich zusammen.

Heute Morgen, im allerletzten Moment, nachdem ich mich von Thot verabschiedet hatte, ihm mit den Händen durch seine braune Mähne gefahren war und leise auf ihn eingeredet und mir dabei eingebildet hatte, dass er meinen Auftrag, meine Familie zu bewachen, wirklich verstand, und nachdem ich seine Leine an meine Frau übergeben hatte, hatten wir schweigend dagestanden und beide gewusst, dass wir an einem Punkt angelangt waren, an dem es kein Zurück mehr gab. Selbst da hatte sie sich geweigert, mir zu gestatten, sie in die Arme zu nehmen. Schnell küsste ich sie auf den Kopf, sagte ihr, dass sie die Liebe meines Lebens war. Sie sah mich an, als sei das eine bittere Wahrheit. Ich verzehrte mich nach irgendeinem Zeichen der Zuneigung von ihr; doch sie war gefangen in ihrer Trauer und konnte es mir nicht geben. Einen Augenblick lang war ich fast so weit, auf die Knie zu sinken und ihr zu sagen, dass ich nicht gehen würde, dass ich sie und unser Zuhause nicht verlassen würde. Doch ich kämpfte dagegen an, und als ich mich umdrehte und Richtung Tür ging, spürte ich, das schwöre ich, wie mein Herz in zwei Teile zerbrach.

Ich machte mich auf den Weg, lief in der kalten Finsternis vor Sonnenaufgang die staubige Straße hinunter. Als ich mich noch einmal umdrehte, wollte ich, dass sie vor dem Hoftor stand, die Öllampe in der ausgestreckten Hand hielt und mich dabei beobachtete, wie ich in der Düsternis verschwand. Ich wollte, dass die Kinder sich neben sie stellten, eines nach dem anderen, und dass auch sie ihre Öllampen hielten wie winzige Sterne in der Dunkelheit. Ich wollte, dass sie einander fröstelnd mit den Armen umschlangen und winkten und winkten. Aber die im Dunkel liegende Tür war und blieb geschlossen. Ich schaute ein letztes Mal zurück und winkte, obwohl dort niemand war, der diese Gebärde hätte sehen können, dann bog ich um die letzte Ecke. Und im nächsten Moment empfand ich trotz allem, das gebe ich zu, eine seltsame Erleichterung, endlich auf meiner Mission zu sein und mich ihr konsequent verschrieben zu haben, gleichgültig, wie hoch der Preis war.

Nacht forderte Simut und mich auf, dem Botschafter Hattusa in der Kabine unsere Aufwartung zu machen. Dieser trug sein ergrauendes Haar lang und war glattrasiert, wie alle Hethiter. Sein Gesicht hatte hochmütige Züge, und sein Blick war so durchdringend wie der eines Schakals. Seine gesamte Erscheinung machte einen ungeheuer würdevollen Eindruck.

»Euer Exzellenz«, begrüßte ich ihn und verneigte mich tief.

»Simut ist Kommandeur der Palastwache«, stellte Nacht uns vor, »und Rahotep ist mein persönlicher Leibwächter. Er genießt das Vertrauen der königlichen Familie. Die Königin persönlich hat befohlen, dass er diese Mission begleitet.«

Hattusa nahm mich peinlich genau in Augenschein, als suche er nach Makeln, dann nickte er, offenbar ausreichend befriedigt.

»Gehe ich recht in der Annahme, dass der Königliche Gesandte euch den wahren Grund unserer Mission anvertraut hat?«, fragte er leise und in einwandfreiem Ägyptisch.

»Das hat er«, antwortete Simut.

»Und hat er unmissverständlich klargemacht, dass Geheimhaltung unerlässlich ist?«

»Ja, Euer Exzellenz«, sagte Simut.

Erwartungsvoll sah Hattusa mich an.

»Ja, Euer Exzellenz«, antwortete ich.

»Lasst es mich ganz klar aussprechen. Eure Aufgabe besteht ausschließlich darin, für die unbedingte Sicherheit des Königlichen Gesandten zu sorgen. Ohne ihn scheitert diese Mission. Nur er kann für die Königin von Ägypten sprechen. Ich erwarte von euch, dass ihr euer Leben für ihn opfert, falls das erforderlich wird. Ist das klar?«

»Völlig, Euer Exzellenz«, sagte ich.

Nickend entließ er uns und winkte Nacht zu.

»Kommt, ehrwürdiger Freund«, sagte er. »Ziehen wir uns zurück. Wir haben viel zu bereden.« Nacht verneigte sich, was wir zum Anlass nahmen, den kühlen Schatten der Kabine zu verlassen, gefolgt von Hattusas zwei Leibwächtern, die zu beiden Seiten des Eingangs ihren Wachdienst antraten.

Simut und ich standen am Bug des Schiffes und schauten nach vorn, auf die breite, schimmernde Weite des Großen Flusses und über die grüne und gelbe Pracht des Ackerlandes.

»Diese Botschafter sind alle gleich. Sie haben die Augen von Anubis. Und ich fühle mich in ihrer Gegenwart immer wie ein Diener. Wie ein *uschebti* in einer Grabkammer. ›Hier bin ich. Ich werde es tun!‹«, sagte ich und benutzte damit die Antwort der kleinen Grabfiguren, die zusammen mit ihren toten Herren beigesetzt wurden.

Simut lachte.

»Man gewöhnt sich daran«, sagte er. »Das gehört alles zu der Art, wie die Dinge laufen. Sie sind die Produkte ihrer gesellschaftlichen Klasse und haben gewisse Erwartungen. Es stimmt aber, sie kommen einem häufig regelrecht blutleer vor.«

»Traust du ihm?«, wollte ich wissen.

»Selbstverständlich nicht, er ist ein Hethiter. Einem Skorpion würde ich ebenso wenig trauen.«

Mit einem gehörigen Maß an Verachtung schaute er zu den beiden hethitischen Leibwächtern hinüber. Sie würdigten ihn keines Blickes. Simuts Männer waren etwas weiter unten auf dem Deck, im Schatten ihres offenen Lagerplatzes, mit ihren Vorbereitungen beschäftigt.

»Ich denke mir, dass der hethitische Großkönig diesen Heiratsantrag für eine goldene Falle halten könnte«, sagte ich. »Ich nehme an, Hattusa benötigte Zusicherungen, dass der Hethiterprinz, wenn er erst einmal hier in Theben ist, nicht einfach beiseitegeschoben wird oder einem Meuchelmord zum Opfer fällt.«

»Nun ja, darüber würde er sich zu Recht Sorgen machen. Sie müssen sich aber arrangiert haben, denn hier sind wir, am Anfang unserer großen Reise. Ich muss zugeben, dass ich nie gedacht hätte, mich mal auf einem Schiff wiederzufinden, das auf dem Weg in die Hauptstadt unserer Feinde ist.«

»Ich auch nicht«, pflichtete ich ihm bei.

Wir schauten flussaufwärts, Richtung Norden.

»Was weißt du über die Hethiter und ihr Land?«, fragte ich.

»Sie behaupten, sie hätten tausend Götter«, erwiderte Simut. »Sie behaupten, ihr oberster Gott sei der Sturmgott. Sie behaupten, sie hätten viele Gesetze und dass niemals jemand hingerichtet würde, nicht einmal wegen Mordes ...«

»Sie behaupten sicher auch, dass sie sich mit Eseln paaren und ihre eigenen Kinder verspeisen«, witzelte ich.

»Hethiter sind zu allem fähig«, gab er ohne jede Ironie zurück, und dann spuckte er in die tiefen grünen Wasser, die unter uns hindurchströmten.

Die hethitischen Wachen blieben für sich. Sie bereiteten ihre Speisen separat vor, aßen auch nicht mit den anderen und schliefen vor der Kabine, in der ihr Botschafter untergebracht war. Nacht, Simut und ich speisten ebenfalls allein und nicht mit den zwölf ägyptischen Wachmännern – das war ihre, nicht unsere Entscheidung gewesen. Sie waren körperlich in Bestform, hochgradig diszipliniert, gut mit qualitativ hochwertigen Krummsäbeln, Speeren, Pfeil und Bogen ausgerüstet, und sie waren stumm, ganz so, als könnten sie sich bereits durch Worte verraten. Sie verströmten eine ungewöhnliche Intensität und Konzentration, und Simut dirigierte sie mit absoluter Autorität. Er riet mir, sie nicht in eine Unterhaltung zu verwickeln, denn das widersprach ihrer Ausbildung; und Tatsache war, dass sie sogar jeden Blickkontakt vermieden.

Da es sonst nichts gab, womit ich mich hätte beschäftigen können, wenn man von meinen regelmäßigen Kontrollgängen über das Schiff absah und davon, dass ich immerzu die Küste im Auge behielt, um sicherzustellen, dass sich in den Feldern oder Bäumen am Flussufer keine Meuchelmörder mit Pfeil und Bogen versteckt hielten, verbrachte ich die ersten Tage der Reise damit, den Großen Fluss zu beobachten. Seine düsteren Wasser passten zu meiner düsteren Stimmung, und ich sah, wie die Wasseroberfläche sich in einer niemals endenden, reflektierenden Umarmung von Licht und Dunkelheit wand, sich zusammen- und wieder auseinanderrollte und Spiegelbilder des immer gleichen Himmels sammelte wie sonderbare, ferne Erinnerungen. Manchmal hemmte etwas den klaren Fluss der Wasser, dann zögerten sie und stritten mit Knoten und Kringeln, bis sie das Problem gelöst hatten und ruhig weiterströmten. Ich meinte, der Fluss versuche unaufhörlich, sich selbst und die Welt, die er spiegelte, zu beschreiben. Und die kleinen Dramen des Alltags – Punkte und Striche aus Farbe und Bewegung: arme, schwerst arbeitende Frauen in Leinengewändern; Kinder, die im Schlamm spielten; Vögel, die in den

Himmel aufstoben; Krokodile, die in den Papyrussümpfen lauerten – waren sein vorübergleitender Tagtraum. Aber während ich mir all das anschaute, dachte ich zumeist an die Toten. Ich sah ihre kalten, enttäuschten Gesichter, die unter mir im Wasser auftauchten und mich anblickten – die Gesichter der toten nubischen Jungen und das Gesicht meines Freundes Kheti. Ich sah auch meinen Vater, und nur sein Gesicht hatte den Ausdruck unerbittlicher Abwesenheit, der den friedlich Gestorbenen eigen ist. Aber nirgendwo in den sich ständig verändernden Wassern konnte ich das Gesicht des Mannes sehen, den ich töten würde. Und das quälte mich.

Fünf Tage nach unserer Abreise segelten wir an den nicht sichtbaren alten Pyramiden und Monumenten des Hochplateaus vorüber und auf Memphis zu, die Armeestadt. Auf dem Fluss ging es plötzlich wieder geschäftig zu, und am Ufer standen dichtgedrängt kleine Lehmziegelhäuser; und dann, in der Ferne, inmitten von Hunderten von Schiffen, deren Segel sich im Nordwind blähten, erhaschten wir den ersten Blick auf den gewaltigen Hafen der großartigen Hauptstadt – Haremhabs Stadt, die deshalb in höchstem Maße gefährlich für uns war. Majestätische Kriegsschiffe, auf deren Bug plakativ das Horusauge gemalt war, und deren Segel sich immer noch dem Nordwind hingaben, der sie nach Hause gebracht hatte, bahnten sich langsam ihren Weg in die ungeheuer große Hafenanlage. Simut und ich standen an Deck und beobachteten, wie Hunderte von Gefangenen in Ketten von jedem einzelnen der Schiffe geführt und in Stellungen, die klägliche Unterwerfung symbolisierten, auf die Knie gezwungen wurden. Kistenweise entlud man die Kriegsbeute auf den Pier. Tausende von Soldaten stiegen aus den Schiffen und wurden in ihren Bataillonen zu den in der Ferne liegenden Gebäuden kommandiert; derweil standen weitere Tausende wartend bereit, um auf die Schiffe zu gehen, die inzwischen repariert, gereinigt und mit neuen Vorräten bestückt worden waren, und von Neuem in den Kriegen zu kämpfen.

»Die gehören zur Ptah-Division«, sagte Simut und nickte in Richtung der riesengroßen Gruppe von Soldaten, die diszipliniert in schnurgeraden Reihen standen.

Ich schaute auf das gewaltige Spektakel der modernen Kriegsmaschinerie. Der Anblick hinterließ ein Gefühl der Kälte und Machtlosigkeit in mir.

»Wenn Haremhab eine derartige Streitmacht aufbieten kann, welche Hoffnung besteht da für die Zukunft, selbst wenn es uns gelingt, den Hethiterprinz nach Theben zu bringen?«, sagte ich und dachte dabei an das, was Nacht mir über die Divisionen des Generals erzählt hatte.

Simut zuckte mit den Achseln.

»Das stimmt schon. Sein Erfolg kann aber nicht allein auf seiner Streitmacht fußen. Die ermöglicht es ihm unter Umständen, die Macht an sich zu reißen, wird ihm aber nicht unbedingt dabei helfen, die staatliche Ordnung aufrechtzuerhalten. Und er würde immer noch etwas mit den Priestern aushandeln müssen, denn denen gehört alles ...«

»Glaubst du, dass Haremhab hier ist«, fragte ich ihn. »In Memphis?«

Simut schüttelte den Kopf.

»Die Kriegssaison geht bald zu Ende. Er wird in den nördlichen Ländern sein und die Truppen befehligen.« Er hielt einen Moment inne. »Er wird aber trotzdem genau wissen, was hier und in Theben vorgeht«, sagte er dann. »Er hat ein neues militärisches Kuriersystem eingeführt – jetzt erfährt er die aktuellen Neuigkeiten aus der Stadt binnen weniger Tage.«

»Wenn er überall Augen und Ohren hat, ist das schlecht für uns. Wenn er von dieser Mission weiß, kann er uns einfach aufhalten. Er wird uns alle umbringen«, sagte ich.

»Ja«, erwiderte er. »Aber zum Glück ist er nicht der Einzige, der in den Genuss von geheimdienstlichen Informationen kommt.«

»Was meinst du damit?«

Er schaute kurz über die Schulter und senkte die Stimme.

»Komm, Rahotep. Wie, meinst du denn, kommt der Königliche Gesandte Nacht an Informationen über Dinge, die im Norden und im Krieg passieren? Die Armee hat ihren Geheimdienst, und der Palast hat seinen eigenen. Die Zeiten, in denen eine Invasion oder ein Angriff stattfanden und monatelang niemand davon erfuhr, sind lange vorbei. In diesem Krieg hier geht es nur um Schnelligkeit und Informationen, und du darfst sicher sein, dass Nacht da über ein äußerst effizientes System verfügt. Das Problem ist, dass jedes System ständig versucht, das andere zu infiltrieren. Und deshalb besteht immer die Gefahr von Spionen.«

»Aber doch sicher nicht in unserem Lager«, sagte ich, »oder doch?«

»Ich hoffe, nicht. Meine Männer sind überprüft worden. Jeder in der Mannschaft dieses Schiffes wurde einer Sicherheitsüberprüfung unterzogen. Ich weiß alles über sie: Ich weiß, was sie essen, wen sie lieben, mit wem sie schlafen und wovor sie Angst haben. An ihrer Loyalität besteht nicht der geringste Zweifel.«

»Aber was ist mit den anderen? Es muss im Palast in Theben doch auch noch andere Leute geben, die von unserer Mission wissen. Allein schon die Tatsache, dass der hethitische Botschafter im Palast war, muss alle möglichen Spekulationen ausgelöst haben.«

»Vielleicht«, erwiderte Simut. »Es ist aber dafür gesorgt worden, dass seine Anwesenheit möglichst wenig Aufsehen erregte, und als offizieller Grund für seinen Besuch wurden Kriegsverhandlungen angegeben. Wir können davon ausgehen, dass Nacht das alles bedacht und die nötigen Vorkehrungen getroffen hat.«

Einige Stunden später fuhren wir dicht an Heliopolis vorbei, der Sonnenstadt, in der die ältesten Tempel der Beiden Länder standen. Sie war bekannt als eine Stadt der Rätsel und Wunder, aber nichts, was ich gehört hatte, hätte mich auf das überwältigende Bild vorbereiten können, das sich vor mir auftat: In der Ferne, jenseits der bebauten Flächen, in der harschen Wüste im Osten, erstrahlten die gleißenden Elektronspitzen zahlloser Obelisken aus schwarzem Granit, glühten heller als Re, die Sonne persönlich. Ich erlebte das gleißende Licht, in das kein Mensch schauen konnte, ohne geblendet zu werden. Hattusa und Nacht standen neben uns auf dem Seitendeck und schützten staunend ihre Augen gegen die Helligkeit. Nacht hielt uns einen Vortrag über die Stadt, über ihren grenzenlosen Reichtum und über ihre fünf gewaltigen, alten Sonnentempel, die die Könige unserer Dynastie – einschließlich Echnaton – mit ihren eigenen monumentalen Bauwerken zu Ehren des großen Herrn der Sonne bereichert hatten. Ich hielt unseren Tempel von Karnak für den größten der Welt; aber Nacht versicherte uns, die Tempel von Heliopolis seien doppelt so groß.

»Einer der Tempel hat einen Fußboden, der derart makellos ist, dessen Steine von der Zeit dermaßen geglättet wurden, dass der Nachthimmel sich so deutlich darin spiegelt, als sei der Boden Wasser. Gehe ich recht in der Annahme, dass ihr zwei mit der Entstehung von Ägyptens großartiger Theologie vertraut seid?«, fragte er wie nebenbei. Wir schüttelten beide die Köpfe wie Schuljungen, die nun gleich gerügt werden würden.

Sogleich mokierte er sich.

»Atum, der Schöpfer des Universums, hatte sich selbst erschaffen, selbst gezeugt, war aber allein in seinem Universum. Deshalb erschuf er die Enneade, die Neunheit, die die Quellen und die große Macht verkörperte, aus denen diese Welt und das Jenseits bestehen. Er befahl, dass jeder König durch die gerechte und verdiente Ordnung dieser Kräfte regiere. In einem der Tempel befindet sich eine Säule, der Benben, auf der dem Himmel der göttliche Stein dargeboten wird. Er ist das dunkle Samenkorn allen Seins. Er ist nichts Geringeres als ein Stern, der auf die Erde gefallen ist. Und an die gleiche heilige Stätte kehrt der graue Vogel zurück – der, wie euch sicher bekannt ist, in unserem Totenbuch als der Reiher dargestellt wird, weil er sowohl die Verkörperung von Re als auch die von Osiris ist. Dort wird er aus seiner Asche wiedergeboren als eine Schwalbe, die bei Sonnenaufgang auf dem Stein zu singen beginnt, nach dem Sirius-Kalender, das Jahr und die Welt erneuert und mit ihrem Gesang eine neue Ära einläutet.«

»Wann hat der Vogel seinen nächsten Termin, Euch mit seiner Gegenwart zu beehren?«, erkundigte sich Hattusa, und ich hätte nicht zu sagen vermocht, ob die Frage ernst oder ironisch gemeint war.

»Das ist leider Geheimwissen«, erwiderte Nacht. »Man könnte natürlich sagen, dass seine baldige Rückkehr sehr erwünscht wäre. Die Priester von Heliopolis können berechnen und vorhersagen, wann die großen Sterne auf- und untergehen. Sie führen den heiligen Kalender des Universums. Man könnte behaupten, sie beherrschen die Zeit persönlich. Aber das ist alles Geheimwissen …«

»Aber der große und gelehrte Nacht verfügt doch sicher über dieses Wissen, oder nicht?«, fragte Hattusa, und dieses Mal schwang etwas mehr Wärme in seiner Stimme mit.

»Leider nein. Es war immer ein Traum von mir, hier zu studieren. Die weltlichen Erfordernisse haben mir diese Möglichkeit jedoch versagt. Viele kommen, um das Wissen und die Weisheit der Himmelskörper zu studieren und das, was wir die Geometrie der heiligen Zeit nennen.« Nacht hielt inne und blickte auf die in der Ferne liegenden, gleißenden Türme. »Es wird behauptet, Thot selbst habe ein geheimes Buch hier versteckt, das die Zaubersprüche enthält, mit denen sich der Himmel, die Erde, das Jenseits, die Berge und das Wasser beschwören lassen. Es wird behauptet, es gäbe Zaubersprüche, die es dem Menschen ermöglichen, die Sprache der Vögel zu verstehen. Und es wird behauptet, der geheimste all dieser Zaubersprüche führe zu einer Vision der Lebenden und der Toten, mit dem Urgott, der den neuen Mond in seiner Hand hält, inmitten der Neun Götter.«

»Und wo kann man dieses Wunderbuch finden, und wer darf seine Geheimnisse lesen?«, fragte Hattusa.

Nacht lächelte, und dann zitierte er:

»In der Mitte des Wassers ist eine Schatulle aus Eisen. In der Schatulle aus Eisen ist eine Schatulle aus Kupfer, und in dieser ist eine Schatulle aus Zedernholz; darin ist eine Schatulle aus Elfenbein und Ebenholz, und in der ist eine Schatulle aus Silber. Darin ist eine Schatulle aus Gold, und in der ist das Buch. Aber die Schatulle ist voller Skorpione, und um die Schatulle windet sich auf ewig eine gewaltige Schlange. Und selbst wenn ein Mensch sämtliche Schatullen öffnet und die Skorpione vernichtet und die Schlange tötet und das Buch liest und die Weisheiten lernt, die darin enthalten sind – selbst dann ist es so, dass

Thot sein Buch zudem mit einem Fluch belegt hat und dem Leser den Tod verspricht.«

Nur das Geräusch des Kiels, der das Wasser durchschnitt, folgte diesen außerordentlichen Worten. Nacht hatte mit einer seltsamen Wehmut gesprochen. Hattusa machte dem Schweigen ein Ende.

»Das ist höchst interessant«, sagte er. »Ich glaube allerdings, dass dies hier nicht der richtige Zeitpunkt ist, um über geheime Bücher und Flüche nachzudenken. Wir sind in diesen eigenartigen und wechselvollen Tagen sicher schon von genug Schlangen und Skorpionen umgeben. Bringen wir also zuerst unser großes Unternehmen zum Abschluss, und danach können wir uns dann weiter über diese anderen, eher wundersamen Mysterien unterhalten.«

Ich lief an Deck auf und ab. Stunde um Stunde hatte ich nichts anderes zu tun, als mir immer und immer wieder das Gleiche durch den Kopf gehen zu lassen und mich dabei zu fühlen wie ein Hund, der in der Falle saß, und da dem so war, stellte ich fest, dass ich Hattusas Worten beipflichtete. Die Dämonen dieser Welt waren meine Feinde – die in der nächsten konnten warten. Nachts Neugier im Hinblick auf die nächste Welt war töricht, und ich spürte, wie mich eine seltsame Wut auf ihn erfasste. Natürlich, er war jetzt mein Herr, und ich war sein Diener. Ich hielt mich aber so weit, wie meine Pflichten es erlaubten, von ihm fern, und das musste ihm aufgefallen sein, denn er machte keine Anstalten, diese neue Kluft, die zwischen uns entstanden war, zu überbrücken.

Und vor meinen Augen veränderte sich nun auch die Landschaft: Der Große Fluss hatte begonnen, sich in fünf Läufe zu teilen, die sich ihrerseits in viele kleinere Flüsse verzweigten, die sich in die fruchtbaren Felder und das weite Marschland des Deltas ergossen. Die uralte Grenze zwischen dem Schwarzen Land des Tales und dem Roten Land der Wüste, die große Trennlinie zwischen Leben und Tod, war verschwunden; der Unterschied zwischen Land und Wasser war kaum noch zu erkennen. Dahinter lag das Meer, diese geheimnisvolle Grenze, an der die Beiden Länder Ägyptens enden und das beginnt, was nicht Ägypten ist. Ich freute mich darauf, sie zu überqueren.

13

Am folgenden Tag erreichten wir Bubastis, die Handels- und Tempelhauptstadt des achtzehnten *Gaues* von Unterägypten. Sie war berühmt für ihre Märkte und die Verehrung von Bastet, der Katzengöttin, was zur Folge hatte, dass hier mehr Katzen beigesetzt waren als irgendwo sonst in den Beiden Ländern. Aufgrund ihrer Lage genau zwischen unseren ägyptischen Großstädten im Süden und den im Nordosten liegenden Handelsstraßen, die nach Kanaan, Kadesch und Byblos und weiter in die dahinter liegenden Reiche von Babylon und Mitanni führten, besaß Bubastis als Handelsstadt eine geographische Schlüsselposition.

Ich konnte es kaum noch erwarten, endlich wieder festen Boden unter den Füßen zu haben. Allerdings verstärkte Bubastis das Gefühl von Fremdheit nur noch weiter, das mich zu plagen begonnen hatte und das ich nicht abzuschütteln vermochte. Obwohl der Stadtkern für seine Pracht berühmt war, war das, was ich von dem Ganzen sehen konnte, von überwältigender Scheußlichkeit: ein aus Lehm, Wasser und Sonne zusammengebasteltes Städtchen, das von einer entsetzlich feuchten Hitze beherrscht wurde, die uns auf der Haut klebte. Im Hafen stank es nach Abfall und Dreck. Inmitten von Chaos und Lärm lagen riesige Berge aufeinandergestapelter Waren; Tagelöhner und Hafenarbeiter, Tausende an der Zahl, von denen einer aussah wie der andere, verschmolzen zu einer brodelnden Menschenmenge, die sich in der schwülen Hitze abrackerte und herumbrüllte. Und die Fliegen und Mücken! Nacht bestand darauf, dass wir knollenweise frischen Knoblauch mit uns führten und immerzu welchen kauten, um gegen die Fieberkrankheit geschützt zu sein. Ihr unaufhörliches Brummen und ihre aggressiven Angriffsflüge machten mich aber völlig kirre, sodass ich keine Ruhe fand; ohne Unterlass schlug ich nach ihnen und drosch dabei auf mich selbst ein wie ein Wahnsinniger.

Ich bat Nacht um die Erlaubnis, mir die Stadt ansehen zu dürfen. Da er davon ausging, dass ich mir die Sehenswürdigkeiten anschauen wollte, gestattete er es mir und meinte, Bubastis habe ›viele interessante Tempel und Monumente‹ und deshalb freue er sich schon, was ich ihm beim Abendessen alles darüber zu erzählen hätte. Dass ich nicht das geringste Interesse an Tempeln oder Monumenten hatte, behielt ich für mich. Wenn man Krüge mit Opium über den Großen Fluss nach Theben transportierte, fand der Import ins Land bestimmt nicht in Memphis statt, denn das war die sicherste, weil bestkontrollierte Militärstadt in ganz Ägypten. Es machte mehr Sinn, die Gefäße hier in Bubastis ins Land zu bringen und auf kleinere Schiffe zu verladen, auf denen man sie zwischen der übrigen Ladung verstecken konnte. Ich beschloss, einfach mal zu schauen, was ich finden würde. Doch als ich mich gerade auf den Weg machen wollte, tauchte Simut auf und fragte, ob er sich mir anschließen könne. Ich versuchte abzulehnen, aber er lächelte nur und begleitete mich trotzdem.

Kaum dass wir das Schiff verließen, befanden wir uns mitten im Chaos der Hafenanlage. Augenblicklich brach mir am ganzen Körper der Schweiß aus. Für unseren Weg in die Stadt besorgten wir uns das beste Transportmittel, das wir finden konnten: einen klapprigen Streitwagen aus grob behauenem Holz, ein schmuckloses Teil, das über keinerlei Federung verfügte und von einem zahnlosen Einheimischen gezogen wurde, der unverständlich daherredete. Verwundert und beglückt starrte er uns an, als seien wir Götter, die zu Besuch gekommen waren, um sich auf Erden von ihm ausnehmen zu lassen. Wir setzten uns in Bewegung, fuhren auf das Tor des Hafens zu, und bei jeder Erschütterung knirschten die Knochen in unseren Gelenken. Derweil ließ der Mann in seinem unverständlichen Akzent Salven vulgärer Flüche auf die Menschenmenge niedergehen.

Im gleichen Moment, da wir das große Hafentor passierten, erklang ein Wehklagen. Mit einem geübten Klagelied, in dem sowohl Hoffnung als auch Verzweiflung schwangen, verlangte eine gewaltige Horde erbarmungswürdiger Bittsteller und Bettler, junger wie alter, unsere Aufmerksamkeit und unser Mitleid. Verzweifelte und größtenteils unattraktive junge Mädchen und Jungen lächelten uns aufreizend zu und boten sich uns an; weinende Mütter hielten uns ihre ausgemergelten, quäkenden Säuglinge entgegen; vorsätzlich verkrüppelte Kinder, die auf Kommando lächeln oder weinen konnten, bettelten um milde Gaben und flehten kreischend um Barmherzigkeit, um der Götter willen. Alle wurden sie von den Hafenwächtern, die lässig mit ihren Schlagstöcken zwischen ihnen umherliefen, aus dem Weg geknüppelt, und so kamen wir zügig voran.

Die Hauptstraße der Stadt erstreckte sich bis in die vor Hitze flirrende Ferne. Durch die feuchte Luft konnten wir die Mauern eines viereckigen Tempels sehen, der sich über den herrschaftlicheren Häusern erhob, die in seiner Umgebung standen. Grüne Baumspitzen ragten über die Tempelmauern –

ein willkommenes Bild inmitten des trockenen Schmutzes. Ich trug dem Fahrer jedoch auf, abzudrehen und in Richtung der weniger gesunden Stadtviertel zu fahren. Erstaunt spuckte er aus, grinste mich an und bog in eine staubige und enge Straße ein, die zu den Armenvierteln führte, von denen es am Flussufer so viele gab. Zu beiden Seiten der Straße standen dicht an dicht gedrängt düstere, mehrere Etagen hohe Hütten aus wackeligen, bröselnden Lehmziegeln, die sich nur wenig von den verwesenden Haufen aus Kot und Unrat unterschieden, die überall herumlagen, den Spielplätzen für dreckige Kinder, Wildkatzen, streunende Hunde und bösartige Vögel.

»Ich dachte, du wolltest dir die Sehenswürdigkeiten anschauen«, meinte Simut.

»Das tu ich doch. Ich fand, wir sollten die landschaftlich ansprechendste Route nehmen.«

Misstrauisch sah er mich an.

»Was hast du vor, Rahotep?«, wollte er wissen.

»Ich will lediglich meine persönliche Neugier stillen«, gab ich zur Antwort.

Enge Gassen führten zu einem dunklen Gewirr von Hütten und trostlosen Mietshäusern. In winzigen düsteren Geschäften wurde Gemüse verkauft, das in Haufen auf gewebten Matten lag – aber das hier waren nicht die hübschen Früchte, die wir aus Theben gewohnt waren. Das hier waren die minderwertigsten Reste; das Gros war bereits angeschlagen oder verfaulte unter einer Wolke aus Fliegen, sodass es nicht für den Verkauf auf den großen Märkten der großen Städte geeignet war. Und in jedem zweiten Laden und in fast jedem engen Durchgang verkauften junge Menschen ihre Körper. Zahllose junge Mädchen entblößten sich vor uns, riefen uns Angebote und Verwünschungen zu, und sobald wir weitergingen, ohne darauf zu reagieren, brüllten sie uns die originellsten und schlimmsten Beleidigungen nach, die ich je gehört hatte, in denen es zumeist darum ging, dass Hunde potentiell bessere Liebhaber wären als Simut und ich.

Simut schrie gegen den Straßenlärm und das Knarren des Streitwagens an: »Ich habe gehört, dass man diese Ecke hier die Straße der Scham nennt. Jetzt weiß ich, warum! Ich schätze, die meisten stammen aus den kleinen Dörfern im Delta und landen für den Rest ihres Lebens in diesem von Fliegen verseuchten Sumpf.«

»Die meisten sind von ihren Familien ausgesetzt oder verstoßen worden«, erwiderte ich. »Und da sind sie nun, verkaufen das Einzige, was sie noch haben ...«

In unseren feinen Leinengewändern boten wir einen ungewohnten Anblick in diesem Ghetto. Kinder rannten uns hinterher, riefen oder brüllten uns Kraftausdrücke nach, und derbe Frauenstimmen kommunizierten in sarkastischem Ton von einer Hütte zur anderen miteinander, lachten und spotteten. Wir fuhren weiter, und ich sah nichts von dem, wonach ich suchte, bis ich plötzlich in der Nähe einer Taverne einen Blick auf etwas erhaschte. Ich befahl dem Fahrer anzuhalten. Augenblicklich belagerten uns weitere junge Frauen und Mädchen, zeigten uns mit übertrieben verführerischem Lächeln ihre nackten Brüste, was lediglich zur Folge hatte, dass wir jetzt auch noch die verfaulten Zähne in ihren Mündern sahen. Viele von ihnen hatten die schwarzen Male auf der Haut, die Symptome der Krankheiten ihres Gewerbes. Simut schrie sie an, aber die Frauen hatten keine Angst; sie lachten nur noch lauter, stellten ihre Leiber nur noch mehr zur Schau, spielerisch, aber energisch.

»Wir können hier nicht stehen bleiben!«, erklärte Simut.

»Warte du im Streitwagen«, sagte ich zu ihm. »Ich brauche nicht lange.«

»Ich bin dafür, dass wir auf der Stelle zurückfahren«, antwortete er und griff dabei nach meinem Arm.

»Es dauert nur ein paar Minuten«, erwiderte ich und hüpfte vom Streitwagen. Simut sprang hinter mir heraus.

»Ich komme mit dir«, sagte er. »Aber gefallen tut mir das hier nicht ...«

Wir betraten die Taverne. Ich sah mich um, doch der junge Mann mit dem benebelten Blick und den trägen Bewegungen, der meine Aufmerksamkeit erregt hatte, als er von der Straße hier hineinlief, war nirgends zu sehen. Der Besitzer, ein gewaltiger Mann in einem verdreckten Gewand, konnte sein Glück kaum fassen; er watschelte uns entgegen, um uns zu begrüßen, verbeugte sich unterwürfig und brüllte seine zierliche kleine Gattin an, Bier zu bringen. Der Laden war eine Bruchbude. Die wenigen primitiven Bänke und Stühle waren bereits viele Male repariert worden, auf dem dreckigen Fußboden klebten Essensreste und die Entenscheiße, die der Fraß enthielt, und die Kundschaft war eine bunte Mischung aus niedrigrangigen Seeleuten und Hafenarbeitern; ein paar davon waren Ägypter, die meisten Nubier oder Syrer. Junge Frauen riefen von der Treppe, die in das Bordell im ersten Stock führte. Simut nahm das Ganze mit äußerster Verachtung in Augenschein.

Der Besitzer trat mit dem Fuß zwei räudige Katzen von einer der Bänke und bot uns an, Platz zu nehmen. Er servierte uns zwei an manchen Stellen schon angeschlagene Krüge mit Bier und einen Teller mit Brot und Kichererbsen. Als uns diese Gaben gereicht wurden, beobachteten uns alle im Raum so aufmerksam wie ein Publikum eine Theatervorstellung. Das Bier war dickflüssig und trübe, das Brot und die Kichererbsen voller Splitt von den zerbröckelnden Mahlsteinen.

»Das ist nicht, was wir wollen«, sagte ich. »Wir sind auf der Suche nach anderen Genüssen ...«

Mürrisch und angesäuert sah er uns an, aber im nächsten Moment ging ihm auf, was ich damit meinte, und seine Hängebacken verzogen sich wieder zu einem hässlichen Grinsen. Er deutete mit dem Daumen an die Zimmerdecke.

»Für Euch nur das Beste, Herr. Nur das Beste. Geht nach oben, bitte ...«

»Wenn ich eine Frau haben wollte, würde ich nicht hierher kommen ...«, brummte ich ihm in sein verdrecktes Ohr.

Seine Augen verengten sich zu Schlitzen. Er beäugte uns beide, und dann nickte er, warf sich seinen dreckigen Lappen über die Schulter und bedeutete uns, ihm zu folgen.

»Jetzt wird es wirklich Zeit, dass wir gehen«, meinte Simut und erhob sich, um das Etablissement zu verlassen.

»Noch nicht«, entgegnete ich. »Warte hier.«

»Hast du den Verstand verloren?«, fauchte er mich an.

Ich folgte dem Wirt durch einen stinkenden Korridor, der auf einen noch dreckigeren Hof hinausführte, wo ein paar jämmerliche Enten, denen man die Füße zusammengebunden hatte, im Schatten kauerten, und weiter durch eine kaputte Tür in ein feuchtes Gässchen. Menschliche Exkremente flossen durch einen Kanal in der Mitte, und nackte Kinder bespritzten einander mit dem Schlamm und dem Mist. Er klopfte gegen den Oberbalken einer Tür auf der anderen Seite. Das zerfetzte Stück Stoff, das als Vorhang diente, wurde zur Seite gezogen, und der Wirt zuckte mit den Achseln, ohne dabei groß seine Verachtung zu verbergen, und trug mir an, einzutreten. In dem dämmerigen und staubigen Licht, das durch die Schatten in den Raum drang, sah ich träge und wild durcheinander Männer und Frauen liegen. Die meisten hatten die Augen geschlossen und waren in einer Traumwelt. Der

Raum roch nach Süße und Verderben. Der träge Mann, der mir kurz zuvor aufgefallen war, versank gerade in der Seligkeit seiner jüngsten Dröhnung. Ein dürrer junger Kerl, der nur aus Haut und Knochen bestand und dessen weichliche Züge von schwarzen Mitessern überzogen waren, bedeutete mir mit einem Winken und einem Grinsen, das nichts als Zahnlücken offenbarte, weiter durchzukommen, und zeigte dann begeistert nickend auf Krüge in der Form des Mohns, die das Opium enthielten.

»Hier ist jede Menge für Euch, alles hervorragende Qualität. Kommt herein …«

Ich zog ihn zur Seite, sodass er mit dem Rücken zur Wand und ich dicht vor seinem Gesicht stand.

»Woher bekommst du das? Wer ist dein Lieferant?«

Mürrisch sah er mich an.

»Was schert dich das, solange du was kaufen kannst?«

»Das geht nur mich was an. Beantworte meine Frage.«

Er wandte sich ab, und ich sah, dass er nach seinem kleinen Flintmesser griff. Ich packte mir seinen Arm, schüttelte ihm das Messer aus der Hand und hielt ihm die Klinge meines Dolches an die blasse Wange.

»Nennst du das da ein Messer? Das hier ist ein Messer.«

Er blickte nieder auf die saubere Klinge aus polierter Bronze. Schweißperlen traten ihm auf die schmutzige Stirn.

»Beantworte meine Frage, und ich schneide dir deine Nase vielleicht nicht ab.«

Er hatte einen gemeinen und bösartigen Blick, und so ritzte ich ihm auf der Wange die Haut auf, nur ganz leicht. Einige seiner Kunden glotzten uns an, ohne sich zu rühren.

Er zuckte zusammen. »Ich kriege es vom Hafen!«, sagte er.

»Von wo im Hafen?«

Er ließ sich zu viel Zeit mit der Antwort, also stieß ich ihm mein Messer tiefer in die Haut. Das Blut begann zu fließen und ihm über sein dürres Kinn zu tropfen. Er würde eine Narbe zurückbehalten, die ihn für immer an mich erinnerte.

»Von den Schiffen …«

Ich drehte die Klinge, um ihn auch noch an einer anderen Stelle zu schneiden. Aus einer zweiten Wunde trat Blut aus und tropfte langsam über sein Kinn auf den Boden.

»Ich habe nicht den ganzen Tag Zeit.«

»Von einem Mann …«

»Wie heißt der Mann?«

»Das weiß ich nicht.«

»Wo kann man ihn finden?«

»Das kann man nicht. Ich finde ihn nie. Er findet mich.«

»Wann? Wie? Wie heißt er?«

»Ich weiß es nicht, ich weiß es nicht! Er liefert über einen Mittelsmann, und der nimmt auch die Zahlungen entgegen … ich weiß nie, wann sie kommen, und …«

»Wann waren sie das letzte Mal hier?«

Darauf bekam ich keine Antwort, also zog ich mein Messer noch einmal brutal nach unten, und es floss noch mehr Blut.

»Gestern!«, rief er zappelnd.

Plötzlich brach in mir ein Unwetter los. Mit voller Wucht schlug ich auf ihn ein, sodass er nach hinten taumelte und zwischen seine Kunden fiel, die in ihrer Trance leise vor sich hin brabbelten und mit Glotzaugen den Tumult verfolgten. Zwei Fremde schoben sich durch den verdreckten Vorhang und wollten sich über mich hermachen. Ich hielt mein Messer so, dass ich sie damit angreifen konnte, aber einer der beiden trat mir die Beine unter dem Hinterteil weg. Prompt flog mein Dolch in hohem Bogen über den Boden, und ich fiel der Länge nach zwischen die brabbelnde Kundschaft. Als ich hochsah, hielt der andere Schläger sein eigenes Messer angriffsbereit in der Hand – einen langen, gebogenen Krummsäbel. Er grinste mich an, Zähne hatte er keine. Ich griff nach einem Stuhlbein und schleuderte den Stuhl mit aller Kraft in seine Richtung. Aber der Kerl duckte sich, und der Stuhl knallte gegen die Wand hinter ihm. Der Mann, dem ich das Gesicht zerschnitten hatte, grinste anzüglich und ermunterte die beiden Schläger, mich zu töten. Sie wollten sich auf mich stürzen. Doch da wurde dem mit dem Krummsäbel plötzlich ein Krug über den Schädel gezogen, und er stürzte zu Boden; der andere drehte sich um, und ich sah, wie Simut ihm mit dem Handballen ins Gesicht schlug und ihm die Nase brach. Der Kerl sank auf die Knie, hielt sich das Gesicht, und das Blut tropfte auf seine Brust. Ich schnappte mir meinen Dolch, und Simut zog mich Richtung Tür. Der bösartige kleine Knabe, den ich geschnitten hatte, kauerte in einer Ecke.

»Lass ihn!«, rief Simut.

Aber ich packte ihn fest an der Kehle.

»Sag ihm, dass Rahotep ihn sucht«, sagte ich zu ihm. »Sag ihm, er soll mich finden. Wenn er das wagt! Verstanden?«

Er nickte, war vor lauter Schreck nicht in der Lage zu atmen.

Und dann zog Simut mich weg, hinaus in das verdreckte Gässchen und zurück auf die überfüllte Straße. Er war außer sich vor Wut.

»Gleichgültig, was du da drinnen zu suchen hattest, es hatte nichts mit unserer Mission zu tun. Das ist nicht hinnehmbar!«

»Das geht dich nichts an«, schnauzte ich.

»Das geht uns alle an. Für was hältst du unsere Mission? Für eine günstige Gelegenheit, dich auf deinen persönlichen Rachefeldzug zu begeben?«

Ich starrte ihn an.

»Nacht hat es dir erzählt, nicht wahr?«

»Natürlich hat er das getan. Wir hatten Sorge, dein emotionaler Zustand könnte sich negativ auf unsere Mission auswirken. Nacht hat jedoch gesagt, er würde persönlich die Verantwortung für dein Betragen übernehmen. Und jetzt hast du ihn enttäuscht.«

»Sag es ihm nicht«, bat ich ihn.

»Es ist meine Pflicht, es ihm zu sagen«, erwiderte er.

Der Rest unserer Fahrt verlief schweigend, bis wir wieder am Schiff waren. Dort wollte ich gerade aus dem Wagen springen, als Simut erneut nach meinem Arm griff.

»Hör zu, mein Freund. Ich weiß, wie du dich fühlst. Alles fühlt sich unwirklich an, nur nicht deine Trauer und dein Hass. Du willst Rache. Aber diese Mission hat mehr Bedeutung als alles andere. Und vergiss nicht – ganz egal, was du tust, Kheti kannst du damit nicht zurückholen.«

»Warum sagen die Leute mir das immer wieder?«, gab ich zurück und versuchte, mich aus seinem Griff zu lösen.

»Weil es die Wahrheit ist«, antwortete er.

Plötzlich legte sich der Wind des Zorns, der in mir getobt hatte. Auf einmal war ich müde. Simut ließ meinen Arm los.

»Jeden Abend, wenn ich mich schlafen lege, sehe ich sein Gesicht«, sagte ich.

»Ich werde hier keine Sprüche klopfen und dir sagen, dass die Zeit alle Wunden heilt«, erwiderte er. »Und ich werde Nacht nichts sagen. Aber bitte, mein Freund, nimm meinen Rat an. Konzentriere dich auf unsere Mission. Wenn wir scheitern, fürchte ich, dass das Ende aller Tage für uns anbricht.«

Am gleichen Abend, einige Stunden später, als ich endlich einschlief, träumte ich, man habe mir eine dünne, mit Blut bespritzte Schnur in den Mund und durch die Zunge und dann durch meine Kehle hindurch in mein Herz genäht, wo ein dicker schwarzer Knoten sie sicherte. Und der Knoten nährte sich von dem schwarzen Blut meines Herzens und wurde immer größer. Und gleichgültig, wie kräftig ich zog, gleichgültig, welche Schmerzen ich beim Ziehen erduldete, ich konnte diesen Knoten nicht lösen. Mit einem kurzen Aufschrei wachte ich auf; ich schwitzte, und mein Herz raste. Irgendetwas Hartnäckiges schien meinen Körper befallen zu haben, denn ich konnte ihn nicht still halten. Meine Hände waren zu Fäusten geballt. Meine Kiefermuskeln waren angespannt. Meine Schultern schmerzten. Ich spürte, wie meine Haut sich spannte wie vor einem Sandsturm. Das Schiff kam mir vor wie eine Falle. Ich bekam keine Luft. Ich musste mich bewegen.

Ein Halbmond schien nieder auf den Hafen und die Schiffe. Zwei Palastsoldaten hielten Wache.

»Ich muss aus Sicherheitsgründen einen Rundgang durch die Hafenanlage machen …«, sagte ich zu ihnen.

»Es ist niemandem gestattet, das Schiff nach Einbruch der Dunkelheit zu verlassen«, erwiderte der erste in festem Ton und ohne dabei so etwas wie Respekt oder Höflichkeit durchklingen zu lassen.

»Und ich sage euch, dass ich erst beruhigt schlafen kann, wenn ich mich davon überzeugt habe, dass hier im Hafen keine Gefahren lauern.«

»Unsere Befehle sind eindeutig«, sagte der andere.

»Meine ebenfalls. Die Sicherheit des Königlichen Gesandten obliegt meiner Verantwortung, und ich bin nur ihm allein Rechenschaft schuldig. Wollt ihr ihn wirklich wegen etwas so Belanglosem wie dem hier wecken?«

Die beiden Männer sahen einander an.

Bevor sie auch nur noch ein weiteres Wort sagen konnten, huschte ich an ihnen vorbei, und als ich wieder festen Boden unter den Füßen hatte, entschwand ich raschen Schrittes in den Schatten. Von jenseits der hohen Lehmziegelmauern, die den Hafen umgaben, konnte ich den spätabendlichen, ausgelassenen Lärm der Tavernen und Bordelle der Stadt hören. In einigen Kabinen auf den Schiffen, die überall am Pier vor Anker lagen, brannten noch Lampen; Nachtwächter standen am Haupttor, das zugleich das einzige Tor war. Mücken surrten mir unablässig um die Ohren. Ich schlug mit den Händen nach ihnen. Wedelnd und meinen Knoblauch mampfend, lief ich lautlos und schnell zu den langen, flachen Lagerhallen hinüber, die im Mondlicht seltsame Schatten warfen. In denen hielt ich mich, als ich von Eingang zu Eingang ging – aber sie waren alle verschlossen; jeder einzelne war mit einem frischen Siegel versehen, das mit dem Zeichen seines Besitzers gekennzeichnet war. Ich zögerte einen Moment, denn ich war nicht gewillt, irgendwelche Spuren zu hinterlassen, allerdings auch nicht in der Lage, meine Neugier zu zügeln.

Das Siegel brach unter meinen Händen, und rasch löste ich die Seile und öffnete die Türen. Im Inneren war es dunkel und still. Ich konnte lediglich Anhäufungen von Materialien ausmachen, die unter Schutzhüllen lagen. Dabei handelte es sich wohl um Embargogüter – Gold, Elfenbein, Ebenholz oder Alabaster –, die Ägypten gegen die Dinge eintauschte, die es aus den Ländern im Norden brauchte – Silber, Kupfer, Zedernholz, Lapislazuli, Salben, Pferde und so weiter. Sie wurden bestimmt nur hier gelagert, bis sie registriert, versteuert und mit den entsprechenden Genehmigungen versehen waren, um nach Ägypten importiert oder aus dem Land exportiert werden zu können. Schnell sah ich mir die Stapel genauer an, aber hier gab es nichts weiter als grob behauene Alabasterblöcke. Keine Anzeichen für etwas nicht ganz so Legales.

Selbst wenn ich die ganze Nacht gearbeitet hätte, wäre es mir nicht möglich gewesen, jede einzelne Lagerhalle zu durchsuchen. Jetzt, da ich nicht mehr auf dem Schiff war, hatte sich die Unruhe in meinem Körper wieder gelegt, doch ich sträubte mich innerlich dagegen, gleich wieder dorthin zurückzukehren. In meinem Hirn rasten nach wie vor die Gedanken, und ich wusste, dass ich nicht würde schlafen können. Also lief ich weiter durch die Hafenanlage, vom Torhaus weg. Es war inzwischen so still, dass ich ab und an hören konnte, wie sich ein Wels im Fluss tummelte und in den Marschen in der Ferne ein erjagtes Tier kurz aufschrie. Ich lief bis ans nördliche Ende der Docks, musste nur leider feststellen, dass es dort nicht weiterging, weil mir der Weg von einer hohen Mauer versperrt wurde. Ein Tor konnte ich nirgendwo sehen, auch keine Tür. Ich folgte der Mauer bis zum Rand des Hafenbeckens, wo es an den Fluss grenzte. Dort ging sie auf dem Wasser weiter, auf Holzpfeilern, die man ins Flussbett eingerammt hatte. Ich schaute mich um, suchte nach irgendetwas, auf das ich mich stellen konnte, um einen Blick über die Mauer zu werfen. Ich fand eine große, leere Amphore, und mit etwas Mühe gelang es mir, sie fast geräuschlos vor die Mauer zu rollen. Ich kletterte darauf und stellte fest, dass ich mit den Fingerspitzen so gerade um die Brüstung greifen konnte. Ich war körperlich nicht mehr so fit wie früher; folglich fiel es mir schwer, mich hochzuziehen, und ich benutzte meine Füße, um mich abzudrücken und irgendwo einen Halt zu finden.

Genau unter mir erblickte ich zwei Soldaten, die Wache standen. Ich sah ein großes offenes Gelände, das eingezäunt war; hier befanden sich weitere Lagerhäuser, die alle dunkel und verschlossen waren bis auf ein Gebäude, in dem die Tür offen stand und das nach Büro- oder Schlafräumen aussah. Am Steg ankerte ein Militärschiff. Im Licht des Mondes entlud eine kleine Gruppe von Soldaten lange Kisten aus schlichten Holzplanken; jeweils eine wurde von zwei Männern getragen. Sie sahen aus wie primitive Särge. Die Soldaten hatten nichts bei sich, das mir verraten hätte, zu welcher Division sie gehörten. Die beiden Wachen, die bisher unter mir gestanden hatten, begannen, über den Pier zu laufen, und behielten genau im Auge, was sich da abspielte. Sie schienen hier das Sagen zu haben. Da der Mond hinter ihnen am Himmel stand, waren ihre Gesichter nicht zu erkennen. Als sich einer von ihnen zur Seite drehte, um mit dem anderen zu reden, erhaschte ich für einen kurzen Moment einen Blick auf sein Profil. Dann duckte ich mich sofort, denn er hätte mir geradewegs ins Gesicht geschaut – und mich hätte man im Mondlicht deutlich sehen können.

Schnellen Schrittes ging ich zum Schiff zurück. Und dabei fragte ich mich, was ich da eigentlich auf der anderen Seite dieser Mauer gesehen hatte.

14

In den wenigen Stunden, die von der Nacht noch übrig geblieben waren, konnte ich nicht schlafen. Der Halbmond stand niedrig am Himmel und sah aus wie ein weißer Schiffsrumpf in einem Ozean aus Sternen. Endlich war die Luft frisch und kühl und hatten die Mücken aufgehört, mich zu piesacken. Noch vor Sonnenaufgang legte unser Schiff ab und glitt lautlos flussabwärts, bis Bubastis und sein Elend hinter uns verschwunden waren. Ich stand am Bug des Schiffes und blickte in die Finsternis, auf die Pracht der letzten Sterne; und plötzlich, unerklärlicherweise, besserte sich meine Stimmung.

Alle standen früh auf. Unmittelbar vor Sonnenaufgang rief Simut mich zu einer Besprechung in Nachts Kabine. Gleich beim Hereinkommen wusste ich, dass er sein Versprechen gehalten und nichts von unserem kleinen Abenteuer erzählt hatte, denn Nacht begrüßte mich ruhig. Respektvoll nickte ich Botschafter Hattusa zu. Seine beiden Leibwächter standen wie immer hinter ihm, treuergeben wie Schatten.

»Der Botschafter und ich haben beschlossen, dass wir über Land Richtung Norden reisen werden, statt den Seeweg entlang der Küste zu nehmen. An den südlichen Ausläufern der Küste Kanaans gibt es weder Häfen noch natürliche Anlegestellen, an denen wir ankern könnten; außerdem besteht die Gefahr von Stürmen, Flutwellen und Piraten, was ein zu großes Risiko darstellt. Auf dem Horusweg herrscht indes immer reger Betrieb, und zwischen den Kaufleuten, den Karawanen mit Gütern und Menschen und den Militärkonvois werden wir nicht auffallen. In den Raststationen und den ägyptischen Garnisonen wird auf der gesamten Strecke jede Nacht für unsere Sicherheit, Unterbringung und Verpflegung gesorgt sein«, sagte Nacht.

Simut und ich nickten. Das war der bessere Plan.

»Wir müssen diesen Teil unserer Reise so schnell wie möglich hinter uns bringen, damit wir innerhalb der nächsten zwanzig Tage die Hafenstadt Ugarit im Königreich Amurru erreichen. Wie ihr wissen werdet, ist Ugarit weder Ägypten noch Hatti gegenüber loyal, also müssen wir dort sehr vorsichtig sein. Wir verfügen aber über einen guten Kontakt in der Stadt, einen Kaufmann ägyptischer Herkunft, der uns sicher bei sich aufnehmen wird. Der Botschafter hat seine eigenen Verbindungen in der Stadt, und die werden für seine Unterbringung sorgen. In Ugarit werden wir ein Schiff chartern, das uns zur Südküste Hattis bringt. Von dort aus werden wir uns dann über Land auf den Weg in die hethitische Hauptstadt Hattuscha machen.«

Mit einem kurzen Nicken seines stolzen Hauptes bekundete der Botschafter seine Zustimmung und knüpfte dann an der Stelle an, an der Nachts Ausführungen geendet hatten: »Im hohen Norden ist die Sicherheit für ägyptische Reisende natürlich weit weniger gewährleistet, aber unsere Gesetze schreiben vor, dass Städte und Distrikte unter Strafandrohung verpflichtet sind, die Sicherheit von Kaufleuten und Gesandten und ihrem jeweiligen Gefolge zu garantieren. Wir müssen aber auch die andere Gefahr berücksichtigen, der wir ausgesetzt sind: die Möglichkeit willkürlicher Angriffe durch Banditen, die uns das kostbare Gold rauben könnten, das ihr als königliche Geschenke für meinen Herrn, den König der Hethiter, mit euch führt. Falls das geschieht, kann ich dafür nicht zur Rechenschaft gezogen werden«, sagte er.

»Meine Männer sind dazu ausgebildet worden, ihnen mit äußerster Gewalt zu begegnen«, erwiderte Simut.

»Und was ist mit General Haremhab?«, fragte Hattusa. »Ich weiß, welche Bedrohung er für uns darstellt, wenn wir durch die Kriegsgebiete reisen.«

»Er weiß nichts von uns«, antwortete Nacht sofort. »Ich bin im Besitz ausgezeichneter Geheiminformationen, die auf dem neuesten Stand sind.«

»Ich hoffe, Eure Geheiminformationen sind zuverlässig«, entgegnete der Botschafter. »Es würde größten Schaden anrichten, wenn die Briefe Eurer Königin in die falschen Hände fielen.«

Nacht nickte.

»Diese Möglichkeit ist berücksichtigt worden«, sagte er, »und es wurden alle nur erdenklichen Vorsichtsmaßnahmen getroffen.«

Für einen Moment herrschte angespannte Stille.

»Sobald wir hethitisches Hoheitsgebiet betreten, werden du und deine Männer meinem Befehl unterstehen«, erklärte Hattusa in herrischem Ton.

Simut schaute zu Nacht hinüber, der leicht nickte.

»Ja, Euer Exzellenz«, antwortete er daraufhin. Dass er nicht glücklich darüber war, konnte ich sehen.

Es war noch dunkel, als wir endgültig von Bord gingen, in Auaris, der östlichsten Stadt an der Grenze zwischen Ägypten und dem Unbekannten. Früher war Auaris eine prächtige Hafenstadt gewesen, dann aber nahezu vollständig verfallen, als der Hafen von Memphis immer mehr an Größe und Bedeutung gewann. Im Laufe der letzten Jahre hatte Haremhab sie jedoch wieder zu einem wichtigen Hafen für das Militär aufgebaut, und aus diesem Grund hatten wir sie so lange wie möglich gemieden und würden sie auch sofort wieder verlassen.

Obwohl es noch nicht hell war, herrschte überall schon reger Betrieb. Die Ruinen der alten Festung waren in riesige Lagerflächen und -häuser verwandelt worden. Kolonnen von Bauhandwerkern und Tagelöhnern arbeiteten bereits in den kühlen, vom Mond erhellten Stunden der späten Dunkelheit an einem gewaltigen neuen Bau, der Büroräume und Unterkünfte für die Armee beherbergen sollte. Ganze Infanteriebataillone waren in Lagern untergebracht, und Ställe standen in Reihen für die Pferde der Elite-Streitwageneinheit bereit. Kaufmannskarawanen aus dem Norden warteten ungeduldig darauf, an Bord ihrer Schiffe gehen zu können, mit denen sie voller Erleichterung und Freude nach Hause zu fahren gedachten, während in entgegengesetzter Richtung Hunderte Kaufleute, die ihre Geschäfte außerhalb von Ägypten abwickelten, ihre weiten Reisen erst antraten. Der Atem jedes Einzelnen bildete Nebelwölkchen in der lieblich kalten Luft. Männer gähnten mit weit aufgerissenen Mündern, rieben sich die Hände oder schlugen sich damit gegen die Oberarme, um sich warm zu halten, während sie sich an Brot und Bier labten oder die letzten lebensnotwendigen Dinge in den Buden kauften, die überall auf dem offenen Gelände, das den Anfang des Horusweges markierte, ausgezeichnete Geschäfte machten. Alle nutzten sie die kalten frühen Morgenstunden, bevor die Hitze des Tages das Vorankommen allzu unangenehm machte. Es war ein seltsamer Anblick, so viele Pferdegespanne und Fuhrwerke zu sehen, die sich im Licht des Mondes ebenso auf den Weg machten wie die paar einsamen Reiter – Handels- oder vielleicht Militärkuriere –, die allein auf einer Mission unterwegs waren und auf frischen Pferden eilig gen Norden ritten.

Unsere Gruppe setzte sich in Bewegung – Nacht, Simut und ich zu Pferd. Wie jeder andere reiche Kaufmann reiste Botschafter Hattusa in einer Sänfte, in der er vor der Sonne geschützt war. Karren transportierten unsere lebensnotwendigen Dinge und wurden von Simuts Männern bewacht, die leichtfüßig daneben herliefen, als absolvierten sie derartige Anstrengungen jeden Tag, mit ihren Schilden über der Schulter, ihren Waffen in der Hand, genau wie die anderen Leibwächter. Rasch ließen wir das Chaos und die Betriebsamkeit von Auaris hinter uns und waren plötzlich umgeben von grünem Ackerland, das im Dunkeln und in völliger Stille lag. Bald verblassten die Sterne, und der bis dahin schwarze Himmel fing gerade erst an, sich blau zu färben, als die Anbauflächen um uns her mit einem Mal endeten und die Wüste begann. Als der Tag anbrach, Re den Horizont erklomm und der Welt das Licht und das Leben zurückgab, sah ich, wie sich vor meinen Augen bis weit in die Ferne der berühmte Horusweg auftat, dessen rote Erde von den Füßen der zahllosen Männer und Soldaten, die seit der nun schon so lange zurückliegenden Zeit von König Thutmosis I. darüber hinwegmarschiert waren, zu einer festen, breiten und soliden Bahn gestampft worden war. Jetzt gab es kein Zurück mehr; in diesem Moment überquerten wir die Grenze zwischen den Beiden Ländern und der Levante. Trotz der Ängste, die unsere Reise mit sich brachte, waren wir plötzlich alle munter. Nacht machte eine winkende Bewegung mit der Hand durch die Luft, und mit der Zustimmung von Botschafter Hattusa traten wir die nächste Etappe unserer Reise ins Herz des Unbekannten an.

»Was ist in deinem Beutel?«, fragte ich Nacht, nachdem wir bereits eine ganze Weile geritten waren. Schnell war die Sonne zu unserer Rechten aufgegangen, und sofort war die Kälte der Nacht aus der Luft gewichen. Es war jetzt schon heiß.

»Wichtige Briefe und Dokumente«, antwortete er. »Falls irgendetwas schiefgeht, werde ich sie vernichten, bevor sie jemand konfiszieren kann.«

»Darf ich mir eines davon ansehen?«, bat ich ihn.

Er zeigte mir eine kleine Tontafel, in die winzige, unergründliche, winkelförmige Zeichen gedrückt waren.

»Was für Dokumente sind das?«

»Diplomatische Briefe und so. Vor allem aber bleibt das persönliche Schreiben der Königin an Schuppiluliuma, den Großkönig der Hethiter, fest verschlossen in meiner Reisetruhe.«

Er schwieg einen Moment und fügte dann in vertraulichem Ton hinzu: »Ich habe es selbst aufgesetzt, in ihrem Namen ...«

»Du schreibst Briefe für die Königin von Ägypten?«

Er nickte und wusste zu würdigen, dass mich das beeindruckte.

»In diesen absonderlichen Zeichen?«, fragte ich weiter.

»Diese absonderlichen Zeichen, wie du sie nennst, sind akkadische Schriftzeichen. Akkadisch ist, seit die Menschheit zurückdenken kann, die Verkehrssprache der Welt. Sowohl die Babylonier als auch die Assyrer haben sie gesprochen, jeweils in Dialekten. Aber heutzutage ist es hauptsächlich eine schriftliche Amtssprache, derer sich hochrangige Offizielle bei internationalen Gesprächen bedienen, in denen es um politische und diplomatische Angelegenheiten der großen Reiche geht.«

»Warum benutzt man dazu nicht Ägyptisch?«, fragte ich. »Ist das nicht die großartigste Sprache überhaupt?«

Ich wusste, dass es Nacht gefallen würde, über dieses Thema zu referieren.

»Ägyptisch ist die komplexeste und subtilste aller modernen Sprachen, aber trotz ihrer so offensichtlichen Überlegenheit wäre es unklug, sie jedem aufzudrängen; es wäre sogar unklug, wenn man sie außerhalb der Beiden Länder sprechen und verstehen würde. Akkadisch ist aus einer Reihe von Gründen praktisch. Zum einen muss dadurch jedes diplomatische Gespräch in einer Sprache geführt werden, die für beide Seiten eine Fremdsprache ist. Die Vorteile, die das mit sich bringt, liegen auf der Hand – Neutralität in der Ausdrucksweise, kaum Zweideutigkeit, Ebenbürtigkeit im Hinblick auf die Aussprache und keine verwirrenden Metaphern oder versteckten Bedeutungen. Und die Förmlichkeiten werden überall erkannt und verstanden. Könige, gleichgültig, wie sehr sie einander hassen, sind immer ›Brüder‹. Der königliche Hofstaat ist das ›Haus‹. Reiche sind große ›Familien‹ mit den Rivalitäten, Eifersüchteleien und der trauten Eintracht, die allen gewöhnlichen Familien eigen ist. Verhandlungen, Verträge, das Arrangieren von Ehen, der Austausch von Geschenken und Gefälligkeiten, das alles erfolgt nach diesem scheinbar simplen Prinzip der Familienbande. Und es garantiert natürlich den Status: Länder und sogenannte Könige, die nicht in Akkadisch kommunizieren können, haben keine Chance, sich mit denen zu verbrüdern, die es können. Sie sind im wortwörtlichen Sinne Barbaren.«

Ich ließ mir das durch den Kopf gehen.

»Ich vermute also mal, dass es wie ein Code funktioniert, denn man muss in höchstem Maße gebildet sein, um ihn entziffern zu können«, sagte ich. »Und ohne diese alte Sprache, die niemand mehr spricht, gäbe es keine Stabilität und keine Ordnung in unseren internationalen Angelegenheiten?«

Nacht lächelte.

»So ist es. Obwohl ich mich manchmal frage, ob die Sprache allein genug Kraft besitzt, um Seth und seine Mächte der Zerstörung zu besiegen. Aber das ist das Dilemma der heutigen Welt. Die Erleuchtung gegen die dunklen Mächte des Chaos …«

»Ist es so schwarzweiß?«, fragte ich. »Lassen sich menschliche Belange so klar unterscheiden? Gibt es da keine Grauzone zwischen diesen beiden absoluten Werten, in der wir in Wahrheit alle leben?«

»Unsere Zeit ist ein Kampf zwischen dem Licht des Osiris und der Dunkelheit des Seth«, antwortete er ruhig und im Brustton der Überzeugung. »Wie fühlst du dich denn mittlerweile?«, fügte er plötzlich besorgt hinzu.

»Ich empfinde Trauer. Aber die Rachsucht ist verschwunden«, log ich.

»Das ist gut so«, sagte er. »Rache zerstört lediglich den Rächer. Das ist das Tragische an ihr.«

Wir verfielen in Schweigen. Die einzigen Geräusche verursachten der Wind, der das Gestrüpp und den grobkörnigen Sand aufwirbelte, unsere klappernden Streitwagen und die Pferde mit ihrem monotonen Hufgetrappel. Der Weg wand sich vor uns in die vor Hitze flirrende Ferne, hie und da durchsetzt von den winzigen Gestalten der Reisenden und ihren schmalen Schatten. Wieder einmal fragte ich mich, wie man große Mengen Opium über diese gewaltigen Strecken hinweg transportieren konnte.

»Es ist schon außerordentlich, wenn man sich vor Augen führt, wie verästelt das System der Handelsrouten ist, die von Ägypten bis in die entferntesten Ecken dieser Welt reichen«, sagte ich. »Und wie unerlässlich sie heutzutage für unser modernes Leben sind.«

Verwundert über diesen Themenwechsel sah er mich an.

»Ich kenne dich sehr gut, mein Freund. Warum erzählst du mir also nicht einfach, was dir wirklich im Kopf herumgeht, statt dich in vagen Spekulationen über den Lauf der Welt zu ergehen?«

»Vielleicht behagt dir das Thema nicht«, gab ich zurück.

»Sollte mir das Thema missfallen, werde ich nicht das Bedürfnis verspüren, dir zu antworten«, erwiderte er kühl.

»Nun«, sagte ich, »ich schätze mal, all diese verkehrsreichen und lukrativen Handelswege und all die Kommunikation auf höchster Ebene müssen auch den heimlichen Austausch von Waren beziehungsweise illegale Geschäfte ermöglichen.«

»Ich weiß nicht, worauf du hinauswillst«, meinte er ruhig.

»Der Wert eines jeden Gegenstandes bemisst sich nach der Nachfrage, und wenn es sich um einen illegalen Gegenstand handelt oder um etwas, was versteuert werden muss, gilt das nur noch mehr. Nimm als Beispiel also mal Opium. Der Ärztestand und die Tempel werden ordnungsgemäß und legal damit beliefert. Es gibt da aber jetzt auch eine neue Branche, die ein Vermögen damit scheffelt, fortwährend für Gewalttätigkeiten sorgt und Unruhe in den Städten stiftet – einen Schwarzen Markt, um es mal so zu nennen. Was, wenn da jemand eine riesige Geschäftsgelegenheit gesehen und das ausgenutzt hat?«

»Vielleicht hat das jemand getan«, erwiderte Nacht. »Ich glaube aber nicht, dass ich verstehe, worauf du hinauswillst ...«

Ich holte tief Luft und versuchte, meine Gedanken auf den Punkt zu bringen.

»Es liegt auf der Hand, dass es, um über derart große Entfernungen hinweg eine Lieferkette aufzubauen, eines verzweigten Systems untereinander abhängiger Parteien bedarf, die sich auf sichere, aber geheime Weise miteinander verständigen. Kommunikation und Geheimhaltung sind bei diesem System unabdingbar und am wichtigsten. Und dabei fällt mir auf, dass das ebenso für die Armee gilt – oder beispielsweise für den Palast.«

Ich ließ das in der Luft hängen.

»Sei jetzt ganz vorsichtig«, sagte er ausdruckslos. »Hast du dir darüber die ganze Zeit den Kopf zerbrochen?«

Ich nickte.

»Ich glaube, dass es in allen strategisch wichtigen Städten und Häfen Netzwerke von Mittelsmännern gibt … Ich glaube, dass der Horusweg die einleuchtendste Handelsroute wäre. Ich frage mich, ob dein Informationsnetz vielleicht einige Aspekte davon aufgeschnappt hat …«

Nacht starrte mich an, es dauerte nur einen seltsamen, kurzen Moment.

»Mein Freund«, sagte er dann, »ich muss dir einen Rat geben. Ich hoffe, dass du ihn sorgsam befolgen wirst, denn ich gebe ihn dir nach reiflicher Überlegung und gründlichem Abwägen. Es wäre ratsam, wenn du dich nicht weiter mit derartigen Überlegungen befassen würdest. Es wäre ratsam, nie wieder über derartige Dinge zu reden.« Er sprach diese Worte ruhig, aber mit Nachdruck.

Im nächsten Moment trat an die Stelle seiner eisigen Miene ein Staunen. Er schaute nach vorn mit einem Ausdruck der Verwunderung auf dem Gesicht, den er früher häufiger gehabt hatte, früher, als er noch jünger gewesen, als er noch nicht der Königliche Gesandte, noch nicht der große Mann von Welt gewesen war. Ich wandte den Kopf, um in die gleiche Richtung zu schauen, und dann wurden meine Augen von einem großartigen, herrlichen Glanz geblendet. Vom Meer.

Ich wusste, dass das Meer aus Wasser bestand, aber es

bestand zudem ohne jeden Zweifel auch aus Licht; denn es tanzte förmlich vor lauter Helligkeit, verwandelte die Sonne in Tausende glitzernde und sich ständig verändernde Lichtpunkte. Wir standen nebeneinander und hielten uns schützend die Hände an die Stirn, während unsere Augen sich an dem wundervollen Anblick ergötzten. Ich wollte mir das alles einprägen, damit ich meiner Familie erzählen konnte, was ich gesehen und dabei empfunden hatte: das Salz in der Luft und auf meiner Haut; der überwältigende Gang der sachten Wellen, die heranrollten, den Strand erklommen, es nicht schafften und wieder zurückwichen, immer und immer wieder. Und vor allem das gleißende Licht, ein wilder Regen aus Tagsternen, wie ein Gott, der sich der Welt offenbarte.

Simut und ich liefen zum Strand. Wie Kinder traten wir unsere staubigen Sandalen von den Füßen und ließen unsere schmutzigen Füße von dem Wasser umspülen. Es war ein so eigentümliches Gefühl! Sowohl köstlich kühl als auch belebend. Die Wachen blieben auf einem niedrigen Sandhügel stehen und starrten in eine andere Richtung, als interessiere sie das alles nicht – obwohl auch sie sich uns sicher von Herzen gern angeschlossen hätten.

Nacht weigerte sich zunächst, sich dem Wasser zu nähern, aber ich duldete nicht, dass er sich das entgehen ließ; also ermutigte ich ihn ausgelassen, und so gab er schließlich nach, wenn er auch zauderte, als die Wellen sanft und kühl gegen seine Knöchel schlugen. Und so standen wir da, in der gleißenden Morgensonne: der für das gesamte Ausland zuständige Königliche Gesandte, der Kommandeur der Palastwache und ich, Rahotep, ehemaliger Wahrheitssucher und nunmehriger Leibwächter des Königlichen Gesandten. Und wir lachten vor lauter Vergnügen aus vollem Halse. Und standen bis zu den Knien im strahlenden Glanz des Meeres.

15

Wir gewöhnten uns schnell an den immer gleichen Lebensrhythmus und Tagesablauf, die vonnöten waren, um die großen Entfernungen zurückzulegen. Wir standen in der Dunkelheit auf, reisten unter den späten Sternen und erreichten, bevor die Sonne in den Zenit stieg, die Unterkunft und Sicherheit der nächsten Raststation, um dort etwas zu essen, uns auszuruhen und – sofern es einen Wassertank gab – um uns zu waschen. Bewacht wurde der Weg von jungen Soldaten, die in Zweiergruppen im Schatten ihrer kleinen Hütten faulenzten, und in der Nähe der Dörfer und Städte von Armee-Einheiten. Nachts Dokumente sorgten dafür, dass wir diese Kontrollpunkte immer sofort passieren konnten; sobald sie die Papiere sahen, winkten sie uns mit einer kurzen Ehrenbezeugung durch. Ich hielt mich die ganze Zeit über dicht in seiner Nähe, suchte mit den Augen die Landschaft und den Horizont nach irgendwelchen Anzeichen für Gefahr ab und war mir dabei der Verantwortung für seine Sicherheit nur zu bewusst.

Es war Erntezeit; die örtlichen Bauern verkauften körbeweise Oliven, Weintrauben und Pistazien sowie bergeweise Weizen und Gerste am Straßenrand. Wir wurden gut behandelt, und man begegnete uns mit Freundlichkeit und Respekt. Kam die Mittagszeit, wurde die Luft unerträglich heiß, aber an den Abenden brachte ein Wind vom Meer – in den Nächten eine frische Brise aus dem Hochland – herrliche Abkühlung. Ich fühlte mich zwar erschöpft, aber auch leicht, und ich schlief merkwürdig, hatte heftige Träume, die einen seltsamen, traurigen Geschmack bei mir hinterließen. Außerdem wachte ich häufig auf, denn wir waren immer in Alarmbereitschaft. Dann dachte ich an meine Familie, an mein Zuhause und hatte Heimweh; gleichzeitig schien das alles aber auch so unbedeutend und so weit weg zu sein. Oft, wenn ich nach vorn blickte und die Entfernung sah, die es noch zu überwinden galt, oder wenn ich mich nach hinten umdrehte und sah, welche Strecke wir bereits zurückgelegt hatten, flimmerten mir Trugbilder vor Augen. Der flirrenden Luft entstiegen Karawanen und Reiter zu Pferde, kamen auf uns zu, grüßten uns verhalten und zogen weiter nach Süden. Langsam, aber sicher erfasste mich ein eigenartiges Gefühl der Unwirklichkeit; ich spürte, wie sich das Finstere in meinem Blut in etwas Leichteres verwandelte, als würde mich jeder Schritt, den ich mich von Ägypten entfernte, mehr und mehr in einen anderen Menschen verwandeln. In einen Fremden, einen Mann ohne Zuhause.

Bald schon kamen wir durch einen wesentlich weniger gastfreundlichen, noch einsameren Teil Nord-Kanaans. Hier waren die wenigen Dörfer, die den Horusweg versorgten, arm und dreckig. Das Hinterland im Osten bestand nicht mehr aus großen fruchtbaren Anbauflächen, sondern aus einem kargen Hochland, das grau und grün und weiß war und bedrückend dicht an unseren Weg reichte. Dahinter, in der glasklaren Ferne, erblickte ich Berge, die um ein Vielfaches höher waren als alles, was ich jemals in Ägypten gesehen hatte. Statt Bauern begegneten uns jetzt größtenteils Hirten mit ihren umherstreifenden Ziegenherden, die in dem spärlichen Buschwerk grasten, das die Landschaft prägte. Und wenn wir durch die Dörfer reisten, die immer ärmer wurden, fielen mir die unverhohlen unfreundlichen Blicke auf, mit denen man uns bedachte, und ich hörte die Schimpftiraden von Kindern, die man nicht sah, in einer Sprache, die wir nicht verstanden. Manchmal zielten unsichtbare Angreifer aus ihren Verstecken hinter Felsen oder Gräsern mit Steinen auf uns, die dann irgendwo vor, hinter oder neben uns landeten.

Und je weiter wir vorankamen, desto mehr erfasste mich ein Gefühl, das mir eine Gänsehaut bereitete, das Gefühl, dass man uns verfolgte, dass unsichtbare Gestalten uns nachspürten und sich immer so versteckten, dass wir sie nicht sehen konnten. Jeder knorrige Baum, jeder Fels, jede verfallene Hütte schien gleichbedeutend zu sein mit Gefahr; ich behielt den Dolch ständig in der Hand. Ich hätte vielleicht geglaubt, an Verfolgungswahn zu leiden, wenn mir nicht aufgefallen wäre, dass unsere Wachsoldaten unter der gleichen Anspannung litten; auch sie hielten ihre Waffen im Anschlag und die Pfeile schussbereit in ihren Bogen. Die beiden Leibwächter Hattusas wichen keine Sekunde von seiner Seite, und ich war Nachts Schatten. Mithin waren wir alle insgeheim erleichtert, als ein paar Tage später die nächste Raststation mit den bekannten quadratischen Lehmziegelmauern und dem Wachturm in der Mitte vor uns auftauchte und wir feststellten, dass es sich dabei nicht um eine weitere Fata Morgana, sondern um etwas Reales handelte.

Doch als wir unter den zinnengekrönten Mauern durch das große Holztor in den Innenhof traten, wo wir erwarteten, ehrerbietig willkommen geheißen zu werden und eine komfortable Unterkunft vorzufinden, sahen wir, dass die primitiven Holzmöbel in Teile zerbrochen worden waren, von denen man die meisten in einem Feuer verbrannt hatte, das schon seit geraumer Zeit erloschen war, sodass die Asche umherwehte. Ein paar nicht angebundene Ziegen fraßen alles, was sie finden konnten, und überall auf dem Boden lag Ziegenkot. Am meisten überraschte uns aber, dass der gesamte Innenhof voller Einheimischer war: Arme, sichtlich hungrige Hirten kauerten mit ihren Familien stumm im Schatten und starrten uns aus furchtsamen Augen an.

Nacht war außer sich vor Wut.

»Was ist hier vorgefallen? Eine Schande ist das. Such den Hauptmann.«

Ich fand ihn in seiner stickigen kleinen Kammer. Er war betrunken, lag zusammengerollt in der Ecke, den Kopf schief zu einer Seite geneigt, den Mund weit offen, die Hände gefaltet wie ein Kind. Seine schwere Kopfbedeckung aus Leinen, die ihm als Schutzhelm hätte dienen können, war verrutscht, sodass sein buschiges Haar zu sehen war. Ein gezähmter kleiner Schakal saß geduldig zu seinen Füßen und bewachte ihn; das Tier schnappte nach mir, als ich zu nah kam. Davon wachte der Hauptmann auf und stierte mich aus blutunterlaufenen und trüben Augen an. Im nächsten Moment schlang er plötzlich die Arme um mich und flennte wie ein Baby. Ich konnte zwar kaum verstehen, was er von sich gab, doch es war klar, dass er überglücklich war, mich zu sehen.

»Verzeiht mir«, sagte er irgendwann und wischte sich die Tränen vom Gesicht. »Es ist so lange her, seit ich zum letzten Mal ein freundliches ägyptisches Gesicht gesehen habe. Ein echtes Gesicht aus der Heimat.«

»Ich glaube, du bereitest dich besser darauf vor, dich ein paar weniger freundlichen ägyptischen Gesichtern zu erklären«, riet ich ihm.

Ich beförderte ihn in den Innenhof, wo er schwankend stehen blieb und sich die Augen rieb beim Anblick von Nacht, der ihn wütend anblitzte.

»Euer Exzellenz«, sagte Nacht zu Hattusa, »verzeiht bitte

diese schauerlichen Zustände. Wenn Ihr so gütig wäret, Euch zu gedulden, werde ich dafür sorgen, dass alles schnell so hergerichtet wird, dass es Euch genehm ist.«

»Das will ich hoffen«, erwiderte Hattusa. »Das ist nicht das, was man von einer ägyptischen Militärgarnison erwartet.« Verärgert zog er sich in den Schatten zurück, um dort zu warten.

Nacht nahm den Hauptmann mit ins Innere, um ihm eine Standpauke zu halten, während Simut und seine Männer sich daranmachten, so etwas wie Ordnung in dem Chaos zu schaffen, indem sie den einheimischen Großfamilien zu verschwinden befahlen – was diese nur äußerst widerwillig taten, unter Wehklagen, Flehen und Protest in ihrer fremden Sprache.

»Ich hätte gedacht, ein Stützpunkt, der so weit im Norden liegt, würde mit Sicherheit über eine angemessene Anzahl von Wachsoldaten verfügen und nicht nur aus einem betrunkenen Hauptmann bestehen, der ganz allein zurechtkommen muss. Hier gibt es nicht einmal ein Maultier, das Vorräte schleppen könnte. Es hat den Anschein, als sei die Garnison verwaist«, sagte Simut.

»Ist dir was aufgefallen?«, erwiderte ich. »Diese Leute haben entsetzliche Angst vor dem, was jenseits dieser Mauern ist.«

»Vielleicht haben sie nur Angst, nicht mehr kostenlos an Lebensmittel und Wasser zu kommen«, entgegnete er und sah dabei zu, wie seine Männer die letzten Nachzügler zusammentrieben und ein älteres Ehepaar verscheuchten.

»Nein, das hat einen anderen Grund«, sagte ich. »Das sind nomadische Hirten. Die würden nur Schutz hier suchen, wenn sie um ihr Leben fürchteten.«

»Was schlägst du also vor?«, wollte er wissen.

»Ich weiß nicht. Ich glaube aber, wir sollten den Hauptmann befragen. Und wir sollten dafür sorgen, dass deine Männer während der Ruhepause Wache halten.«

Nacht und Botschafter Hattusa aßen und ruhten in einer Kammer, die wir leer geräumt und anschließend, so gut es ging, mit den Reisemöbeln ausgestattet hatten. Simut und ich setzten uns draußen in den Hof mit einem Mahl aus Brot und Ziegengulasch, der in der Garnisonsküche von einer verrückten alten Frau zubereitet worden war, die sich hartnäckig geweigert hatte, ihre Töpfe und ihre Feuerstellen zu verlassen, und zahnlos und in ihrer Muttersprache auf ihrem Recht beharrt hatte zu bleiben. Während wir uns das vornehmlich aus Knochen bestehende Mahl einverleibten und uns dabei über den seltsamen Zustand der Garnison unterhielten, tauchte plötzlich der Hauptmann auf. Er besaß den Anstand, den Eindruck zu vermitteln, als schäme er sich seiner, und er hatte einige Anstrengungen unternommen, sich herauszuputzen. Seine schwere Kopfbedeckung aus Leinen saß jetzt korrekt auf seinem Schädel.

Ich bot ihm an, sich zu uns zu gesellen, und dankbar setzte er sich im Schneidersitz neben mich. Ihm war anzusehen, dass er schwer verkatert war, aber als er den Krug mit Wein sah – Nacht hatte nämlich, wie er sich ausdrückte, ›eine bescheidene Menge‹ mitgenommen, die wir während der Reise teilen konnten –, wurde sein Blick fröhlicher, und ein strahlendes Lächeln trat auf sein von Bartstoppeln übersätes Gesicht. Zu Simuts Verdruss goss ich ihm eine großzügige Portion in einen der primitiven, gesprungenen Becher, die das Einzige waren, was die Garnison an Trinkgefäßen zu bieten hatte.

»Leben, Wohlstand und Gesundheit! Auf den König!«

Der Hauptmann prostete, und dann trank er den Wein und schloss dabei genüsslich die Augen.

»Wisst Ihr«, meinte er mit trauervoller Stimme, »eleganten ägyptischen Wein zu kosten, in der Gesellschaft eleganter ägyptischer Herren, wie Ihr es seid, ist ein Vergnügen, von dem ich fürchtete, ich würde es niemals wieder erleben.«

Einen Augenblick lang rechnete ich damit, dass er zu weinen anfing, und tatsächlich schossen ihm neuerlich die Tränen in die Augen.

»Dieser Wein schmeckt nach Heimat. Ich proste auf Euch, Kameraden. Ihr habt mir *Glückseligkeit* gebracht. Jawohl. Glückseligkeit im Überfluss ...«

Und dann nickte er, nahm einen gewaltigen Schluck, um die gewaltige Wahrheit seiner Aussage zu bekräftigen, und widmete sich hungrig seinem Essen.

»Seit wann leitest du diese Garnison?«, fragte ich ihn.

»Seit sechs Jahren«, antwortete er, und sein Gesicht nahm nur noch traurigere Züge an. »Seit sechs langen, harten, einsamen Jahren. Es kommt mir vor wie eine Ewigkeit. Aber das ist das Los von Soldaten wie mir. Ein langer Einsatz in einem elenden Drecksloch wie diesem hier ist die einzige Möglichkeit, auf der Karriereleiter nach oben zu steigen. Wenn ich nach Memphis zurückkehre, werde ich für den Rest meines Lebens ausgesorgt haben. Als Dank für dieses hoffnungslose Dasein hier wurde mir ein ruhiger Posten im Hauptquartier der Division versprochen. Waffen, hoffe ich. Ja, ich mag Waffen ... Und dann werde ich mir eine Frau suchen. Und eine Familie gründen. Bevor es zu spät ist ...«

»Erzähl uns, wie das Leben hier für dich war«, bat ich ihn.

Er sah mich an, als erstaune ihn, dass mich das überhaupt interessierte. Er hatte einen irren Blick, seine Augen schimmerten trüb wie die Glasur eines billigen Tellers.

»Ich habe hier gehaust«, heulte er, »in der Stadt der Verdammnis. Ich hatte keine Unterstützung, keine Gesellschaft, bekam keine Vorräte, keine Briefe, und obwohl man mir das alles versprochen hatte, ist nichts davon je hier eingetroffen. Nichts. Nicht einmal Nachrichten. Die Vorräte, die ich mitgebracht hatte, sind längst aufgebraucht; und es gibt hier nicht einmal Maultiere; die sind alle gestohlen oder geschlachtet und aufgegessen worden. Also habe ich den Tag damit zugebracht, die Vögel zu beobachten, zu fischen und den Weg im Auge zu behalten, und dabei die ganze Zeit unter entsetzlichem Heimweh gelitten ...«

Simut und ich sahen einander kurz an.

Dann sagte Simut leise zu ihm: »Es fällt mir schwer zu glauben, dass die Armee von General Haremhab dich einfach hier allein deinem Schicksal überlässt. Wo sind die anderen Männer? Wo sind deine Kampfgefährten?«

»Davongelaufen!«, schrie der Hauptmann auf. »Vermutlich tot«, fügte er hinzu und begann, mit dem Kopf zu nicken. »Nachdem sie desertiert sind, haben sie sehr wahrscheinlich nicht überlebt. Sie wären inzwischen nur noch Haut und Knochen.«

»Und was ist mit ihren Nachfolgern?«, bohrte Simut weiter. »Diese Garnison hat doch sicher strategische Bedeutung oder nicht?«

»Strategische Bedeutung? Natürlich ist sie von strategischer Bedeutung! Aber mich hat man hier im Stich gelassen! Hier kommt niemand her, außer dieser einen Kompanie, die hin und wieder hier anrückt, und die teilen nichts von dem, was sie mit sich führen, obwohl sie reichlich Vorräte an hervorragenden Lebensmitteln und Wein haben, und sie verschwinden auch immer gleich wieder, ohne ein Wort zu sagen. Die laden mich nie ein, mit ihnen zu trinken oder zu essen.

Nein, die haben nicht einmal ein freundliches Wort für mich übrig.«

»Von welcher Kompanie redest du?«, wollte ich wissen.

Daraufhin machte der Hauptmann ein Gesicht, als bedauere er seine Worte. Er schob den Krug nach vorn, weil er noch mehr Wein haben wollte, den ich ihm allerdings verweigerte, bis er mir meine Frage beantwortete.

»Das weiß ich nicht«, sagte er vorsichtig. »Das habe ich vergessen.«

»Wenn du mehr von dem trinken möchtest, was so nach Heimat schmeckt, wird es dir besser wieder einfallen«, gab ich zurück.

Mit mürrischem Blick sah er mich an, er fühlte sich in die Enge gedrängt.

»Das ist eine Kompanie der Seth-Division.«

Simut und ich sahen einander an. Die Seth-Division stammte aus dem Delta. Sie war für ihre leidenschaftliche Loyalität gegenüber General Haremhab bekannt. Der Hauptmann nickte erwartungsvoll. Ich schenkte ihm Wein nach.

»Ich sollte nicht so viel reden. Ich musste ihnen schwören, niemals ein Wort über sie zu verlieren, aber ich habe ja sonst niemanden, mit dem ich mich unterhalten kann, wenn man von der alten Irren in der Küche absieht, und wenn ich mit der spreche, versteht ja keiner von uns beiden, was der andere von sich gibt.«

Auf einmal wurde Simut wütend.

»Du bist ein Soldat der ägyptischen Armee, du repräsentierst die Macht des Königs von Ägypten. Wie konntest du es zulassen, dass diese Garnison zu einem derartigen Schweinestall verkommen ist? Wo ist dein Pflichtgefühl? Du bist eine Schande für die Armee!«

Der Hauptmann stand vom Boden auf, widerwillig, und

glättete mit dem letzten Rest von Stolz, der ihm noch geblieben war, seinen zerknitterten Rock und die von Essensflecken beschmutzte Tunika.

»Ihr habt recht, Herr. Aber ich bin hier allein. Ich lebe in Angst. Ich habe nichts, worauf ich mich verlassen kann. Jeden Abend bete ich zu den Göttern, dass sie mich beschützen mögen, auf dass ich erlebe, wie Re sich auf einem neuen Tag erhebt.«

»Warum fürchtest du dich?«, fragte ich rasch. »Warum hatten all diese Hirten Angst?«

»Sie sind überall«, antwortete er. »Sie greifen bei Nacht an. Sie zerstören alles. Sie verschonen niemanden.«

»Wer tut das?«

»Die Apiru!«, wisperte er, als dürfe man das laut nicht aussprechen.

Ich gestehe, dass mir ein Schauer über den Rücken lief, als dieser berüchtigte Name fiel. Und dennoch hätte ich fast gelacht, weil ich sein Benehmen so absurd fand.

»Die Apiru wurden bereits vor Jahren ausgerottet«, sagte Simut in verächtlichem Ton.

»Mag sein«, erwiderte der Hauptmann. »Ich kann Euch aber versichern, dass sie wieder sehr lebendig sind.«

Er wollte gehen, aber ich hatte noch eine abschließende Frage.

»Warum hast du der Seth-Division schwören müssen, nicht ein Wort über sie zu verlieren?«

»Das weiß ich nicht«, sagte er. »Sie versicherten mir, mich zu töten, falls ich je über sie reden würde. Aber Ihr werdet nichts sagen, nicht wahr?«

»Nein«, antwortete ich, »ich werde nichts sagen.«

Simut und ich legten uns auf unsere Pritschen, um unser Nachmittagsschläfchen zu halten.

»Meinst du, er hat uns Unsinn erzählt?«, fragte ich.

»Er ist ein Säufer, er hat seine Pflichten vernachlässigt, er hat keine Ahnung, was hier vorgeht. Warum sollte ich die aberwitzigen Behauptungen eines solchen Mannes ernst nehmen?«, erwiderte Simut. Trotzdem machte er einen ausgesprochen beunruhigten Eindruck.

»Nur, was ist, wenn das, was er sagt, stimmt?«, wandte ich ein. »Das würde erklären, warum die Hirten solche Angst davor hatten zu gehen. Und eine Karawane von Kaufleuten wie unsere ist eine willkommene Zielscheibe für die Apiru.«

»Selbst wenn stimmt, was er sagt, wären sie meinen Männern nicht gewachsen. Die Apiru waren nie mehr als ein Haufen unzufriedener Banditen. Und es hieß immer, dass ihr Jagdrevier weit weg im Nordosten lag.«

Und dann lief er nach draußen, um nach seinen Männern zu sehen.

Ich legte mich nieder, verschränkte die Hände hinter meinem Kopf und dachte nach. Dass die Apiru eine wilde Horde berüchtigter Mörder waren, hatte sich damals wie ein Lauffeuer im ganzen Land verbreitet. Es wurde behauptet, sie strichen durch die Levante, plünderten und zerstörten Dörfer und kleine Städte und metzelten die Einwohner nieder. Sie waren Gesetzlose, die am Rande der Gesellschaft lebten, weder einem Volk noch einer Religion angehörten. Zumeist handelte es sich um entflohene Sträflinge, Sklaven oder Pferdediebe, die sich zu Söldnerbanden zusammengeschlossen hatten und häufig von unbedeutenden Despoten oder Stammesfürsten für belanglose Kleinkriege angeheuert wurden. Sie waren dafür bekannt, während der Regierungszeit von Echnaton in Kanaan ein Chaos und Gemetzel angerichtet zu haben, vor allem in Byblos und Megiddo, aber auch in anderen Städten an der Küste der Levante. Simut hatte jedoch recht: Das war Jahre her, und es hieß, dass sie sich infolge interner Machtquerelen selbst ausgelöscht hatten. Deshalb nahm sie niemand mehr ernst.

Ich zog das kleine Papyruszettelchen aus meiner Ledertasche und starrte darauf. Der schwarze Stern; der Stern des Chaos, des Nichts, der Unordnung und des Unheils. Er war kein ägyptisches Symbol. Und es machte keinen Sinn, ihn mit den Apiru in Verbindung bringen zu wollen, sofern sie überhaupt noch existierten, denn die waren ja dafür bekannt, dass sie ausschließlich das Ödland im Nordosten durchstreiften. Meiner Meinung nach waren die Mörder des neuen thebanischen Kartells bestens ausgebildet. Ich machte mir ein paar Gedanken über die Kompanie der Seth-Division und ihr Frachtgut. Waren sie vielleicht Haremhabs persönliche Einheit? Waren sie Teil seines Spionagenetzes? Aber wenn das stimmte, warum nahmen sie dann regelmäßig eine Strecke, von der sie wussten, dass sie dort Angriffen einer Söldnerbande ausgesetzt waren? Irgendetwas ergab hier keinen Sinn. Und dieses Etwas ließ mich nicht schlafen.

16

Wir reisten in nördlicher Richtung weiter, noch einmal acht Tage lang. Der Weg leerte sich immer mehr und wirkte gespenstischer denn je. Des Hauptmanns Erzählungen über die Apiru hatten eine eigentümliche Wirkung auf uns gehabt. Wir glaubten zwar nicht, dass sie der Wahrheit entsprachen, bildeten uns jetzt aber trotzdem ständig ein, von Banditen verfolgt zu werden, obwohl weit und breit keine Menschenseele zu sehen war. Wir hatten die Informationen, die der Hauptmann uns gegeben hatte, an Nacht weitergeleitet, der sie zur Kenntnis genommen, aber gemeint hatte, es sei nicht glaubhaft, dass die Apiru sich wieder neu formiert hätten. Nichtsdestotrotz mussten Simut und ich feststellen, dass wir uns immer wieder nach hinten umdrehten und jedem Felsen auf den mit Buschwerk bewachsenen Hügeln, jeder abgelegenen Hütte und jeder Wegbiegung, an der Gefahr hätte lauern können, noch größere Aufmerksamkeit schenkten als bisher. Wir mieden Dörfer und schliefen unter freiem Himmel in dem wenigen Schatten, den wir tagsüber finden konnten, während die Soldaten sich abwechselten und in der Hitze Wache standen.

Während dieser Tage überquerten wir die Grenze zum Königreich Amurru. Wir wurden von jungen amurritischen Wachsoldaten aufgehalten, die sich entsetzlich gelangweilt und im Schatten ihrer Schilfhütte gefaulenzt hatten. Als sie uns sahen, sprangen sie auf, brüllten und fuchtelten aggressiv und aufgeregt mit ihren jämmerlichen Waffen herum, weil sie wohl dachten, sie könnten sich ein wenig damit amüsieren, eine einsame Handelskarawane ägyptischer Kaufleute zu schikanieren. Nacht sprach jedoch in energischem Ton in ihrer eigenen Sprache mit ihnen und wies sie an, ägyptischen Kaufleuten gegenüber Respekt an den Tag zu legen. Dann versüßte er den Rüffel mit ein bisschen Schmiergeld, und daraufhin grinsten sie plötzlich liebenswürdig, zogen sich zurück wie gehorsame Hunde, und wir passierten.

Wir näherten uns den gewaltigen Mauern und Torhäusern des großen Hafens von Ugarit und waren nicht nur sehr erleichtert, damit diesen so bizarren Teil unserer Reise zu einem erfolgreichen Abschluss gebracht zu haben, sondern auch frappiert über das Schauspiel, das diese berühmte Stadt bot, in der sich, wie es heißt, alle Wege kreuzen. Nach so vielen Tagen in der Abgeschiedenheit der Wildnis bereiteten mir der Anblick und die Geräusche überfüllter Straßen und gerammelt voller Märkte regelrechte Wonnen, und ich saugte alles in mich auf: die fremden Gesichter und Gewänder ebenso wie die merkwürdigen Statuen ihres Gottes, Baal, und den unverständlichen Klang ihrer Sprache. Ich sah Menschen aus vielen verschiedenen Reichen und Königtümern, die alle ihre Landestracht trugen und alle geschäftlich hier waren, denn aufgrund seiner günstigen Lage zwischen dem großen Meer und den Handelswegen, die an den beiden großen Flüssen dieser Welt entlangführen – dem Tigris und dem Euphrat – und nach Süden in Richtung Ägypten, ist Ugarit das größte Handelszentrum der Welt.

Der Botschafter hatte dafür gesorgt, dass er in der Stadt im Palast der hethitischen Botschaft untergebracht wurde, und verabschiedete sich von uns; es wurde vereinbart, dass wir uns in zwei Tagen im Hafen wiedertreffen würden. Wir wohnten im Stadthaus von Nachts ›Kontaktmann‹ – Paser, einem ägyptischen Kaufmann. Er war intelligent, mit einem wachen Verstand gesegnet sowie mit kühnen Gesichtszügen, einer eleganten Statur und dem hervorragenden, zwanglosen Benehmen eines erfolgreichen Geschäftsmannes, dessen Anziehungskraft auf Entschlossenheit basierte. Er empfing uns mit gastfreundlicher Wärme und behandelte Nacht mit schmeichelhafter, respektvoller Höflichkeit. Sein Ägyptisch hatte einen eigentümlichen Akzent, als sei es, obwohl er sich fließend verständigen konnte, in Wahrheit nicht seine Muttersprache. Andererseits schien er sich sehr darüber zu freuen, sich in einer Sprache unterhalten zu können, die er eindeutig liebte. Er hatte den größten Teil seines Lebens außerhalb von Ägypten verbracht, war in Ugarit aufgewachsen und hatte von seinem Vater eine ziemlich große Handelsfirma geerbt. Ich hielt ihn für einen Mann, der wusste, wie er bekam, was er wollte, und zwar auf die netteste Art, die möglich war – und falls nicht, dann eben auf andere Weise.

Er begrüßte uns im Innenhof seines imposanten Hauses. Rasch wurden die Holztore wieder geschlossen und hinter uns verriegelt; der Lärm der Stadt, der jenseits der hohen Mauern tobte, erstarb schlagartig, und an seine Stelle trat der Luxus der Stille. »Sicher und geborgen«, sagte Paser mit einem etwas rätselhaften Lächeln.

Diener geleiteten uns in unsere Quartiere. Nacht hatte sein eigenes Schlafgemach, Simut und ich würden uns den unmittelbar angrenzenden Raum teilen, und die Wachsoldaten schliefen auf Pritschen in den Gängen und unter dem Dach, das sich über der einen Seite des Innenhofes erhob. Nach einer langen und beschwerlichen Reise genossen wir den Luxus eines Badezimmers. Ich wusch mich in sauberem, kühlem Wasser, und nachdem Pasers Barbier sich sowohl Simuts als auch meiner angenommen hatte, sahen wir in der polierten Bronze seines Spiegels aus wie ganz andere Männer.

In frische Leinengewänder gehüllt, schritt ich die Treppe hinunter, um Nacht und Paser meine Aufwartung zu machen. Als ich durch den Korridor zum Empfangssalon ging, fiel mein Blick in eine Kammer, in der reihenweise Tongefäße mit Wein in den kühlen Schatten aufgestapelt waren – denn Wein war Pasers Geschäft, wie er uns erklärt hatte, und ich beabsichtigte, ihn nach den berühmten Ugarit-Jahrgängen zu befragen. Leise betrat ich den Raum und suchte an den Stöpseln der Gefäße nach irgendeiner Beschriftung – normalerweise war dort das Regierungsjahr vermerkt, der Name des Weingutes, die Sorte, der Name des Winzers und welche Qualität der Inhalt hatte. Aber einige dieser Gefäße waren nicht markiert. Vielleicht waren sie noch nicht geprüft worden. Ich konnte hören, wie Nacht und Paser sich nebenan im Flüsterton unterhielten. Neugierig lauschte ich und fühlte mich dabei wie ein Spion.

»Ich werde deinen Bericht sofort benötigen«, sagte Nacht.

»Du wirst leider nicht erfreut sein«, erwiderte Paser. »Unser ehemaliger Freund treibt es wieder auf die alte Tour.«

»Wie ich gefürchtet hatte«, gab Nacht zurück. »Ich glaube, wir sollten diese Information jetzt mit meinen Männern teilen.«

»Ich gehe davon aus, dass sie hundertprozentig vertrauenswürdig sind«, sagte Paser.

»Absolut«, entgegnete Nacht.

Im nächsten Moment hörte ich jedoch, dass Simut hinter mir die Treppe herunterkam; er würde mich mit Sicherheit beim Horchen erwischen. Also verließ ich den Weinkeller und stieß zu ihm, als er den Fuß der Treppe erreichte. Wir betraten den Salon gemeinsam und nahmen Habachtstellung an. Die beiden Männer saßen einander auf niedrigen Bänken gegenüber.

»Meine Herren«, sagte Nacht, »setzt euch bitte zu uns.«

»Ich glaube, es ist Zeit für ein Gläschen«, meinte Paser.

»Rahotep ist ein Weinkenner«, sagte Nacht.

»Stimmt das?«, fragte Paser. »Dann wäret Ihr vielleicht an unserem ugaritischen Wein interessiert. Der kann recht gut sein.«

»Das habe ich schon gehört«, erwiderte ich. »Und es ist sogar so, dass ich mir die Freiheit genommen habe, einen Blick in Euren Weinkeller zu werfen«, gab ich zu.

Mit einem Seitenblick auf Nacht lief Paser zu einem bereitstehenden Tablett mit Krügen und Kelchen.

»Ihr dürft Euch gern alles ansehen, was Euch interessiert«, sagte er beiläufig und reichte mir einen wunderschön gehämmerten Silberkelch. Vorsichtig roch ich an dem Wein und ließ ihn kreisen, damit sich sein Bouquet besser entfalten konnte. Paser beobachtete mich. Ich nahm einen kleinen Schluck.

»Trinken kann man den. Aber darf ich ehrlich sein?«

Paser nickte.

»Es mangelt ihm ein wenig an Tiefe«, sagte ich. »Er hat wenig Raffinesse. Ich schätze, er wurde verschnitten.«

Nachts Gesicht schaute ob meiner Aufrichtigkeit erschrocken drein, während Paser hocherfreut schien.

»Ihr habt recht. Das ist ein zweitklassiger Wein. Bestenfalls geeignet für einen geselligen Umtrunk. Die erste Prüfung habt Ihr bestanden. Jetzt probiert diesen hier.«

Er schenkte mir aus einem anderen Krug ein. Dieses Mal war ich verblüfft – dieser Wein hatte eine bemerkenswerte melancholische Tiefe und Komplexität, vereinte Leiden und Schönheit in seiner dunklen Schwere.

»Dieser ist in jeder Hinsicht vollkommen«, sagte ich erstaunt. »Woher ist der?«

Paser lächelte.

»Das ist auch ein einheimischer Wein. Allerdings eher ein besonderer! Kommt, Ihr müsst halbverhungert sein«, meinte er und befahl den Dienern, Tabletts mit Speisen zu servieren. Paser setzte sich zum Essen neben mich.

»Ägyptische Weine sind natürlich hervorragend, vor allem die aus den Oasen von Charga und Dachla. Aber die aus Ugarit sind die besten der Welt, und natürlich sind die Weinstöcke auch die ältesten. Und trotz der ständigen Konflikte in der Region gibt es sehr viele Kunden in Memphis und Theben, die bereit sind, Höchstpreise für diese Weine zu zahlen, weil sie so selten und auf so elegante Weise vollkommen sind.«

»Deshalb florieren Eure Geschäfte«, erwiderte ich. »Ist Euer Keller für Euren persönlichen Bedarf ...«

»Der ist eigentlich meine Weinbibliothek, wenn ich das so sagen darf. Das Hauptlager befindet sich in der Nähe des Hafens«, antwortete er. »Dort muss ich mich morgen um meine weltlichen Geschäfte kümmern. Ich hoffe, Ihr werdet es derweil im Haus angenehm haben.«

Ich beschloss, mein Glück zu versuchen.

»Ich hätte Interesse, Euren Lagerhäusern vor unserer Abreise einen Besuch abzustatten. Wäre das wohl möglich?«

Paser drehte sich zu Nacht, der sich das durch den Kopf gehen ließ und dann nickte.

»Ich werde morgen in meiner Kammer zu tun haben. Also kann ich Rahotep vormittags für kurze Zeit entbehren«, sagte Nacht. »Aber jetzt müssen wir uns ums Geschäft kümmern.

Schick die Diener bitte fort und sorge dafür, dass wir allein sind und von niemandem gestört werden.«

Als das erledigt war, ergriff Paser das Wort.

»Der Königliche Gesandte hat mich gebeten, Bericht über die derzeitige Lage in der Stadt und im Königreich zu erstatten. Um das tun zu können, muss ich allerdings etwas ausholen. Geschichte ist wichtig, meine Herren ...«

»Ich habe beklagenswert wenig Ahnung von Geschichte«, gab ich zu, »und ...«

»Fass dich bitte kurz«, fiel Nacht mir ins Wort, und Paser nickte.

»Wir müssen ein wenig zurückgehen zur Regierungszeit von König Echnaton. Der damalige Fürst von Amurru hieß Abdi-Aschirta. Er war ein notorischer Unruhestifter und ausschließlich darauf aus, seinen Nachbarn das Leben schwer, wenn nicht gar unmöglich zu machen. Am begehrenswertesten erschien ihm das Verwaltungszentrum von Byblos im Süden, und deshalb attackierte und verärgerte er wiederholt den dortigen König Rib-Addi, der ein loyaler Diener Ägyptens war. Rib-Addi hat König Echnaton viele mitleiderregende Beschwerdebriefe geschrieben, aber niemals eine Antwort erhalten. Schließlich beunruhigte Echnaton dann aber wohl doch die Schwächung der ägyptischen Autorität in der Region, und so hat er Abdi-Aschirta an den Hof zitiert. Er kam, muss aber irgendetwas von sich gegeben haben, was Echnaton nicht behagte, denn er wurde ins Gefängnis geworfen und letzten Endes hingerichtet.«

»Und dann normalisierte sich die Lage wieder?«, fragte ich.

»Nun ja. Byblos war, wie es sich für Loyale geziemt, dankbar dafür, Frieden zu haben. Rib-Addi hörte auf, Beschwerdebriefe zu schreiben, und vor allem war Ägypten in seiner

Macht bestärkt. Es kehrte wieder Ruhe in der Levante ein. Für eine Weile ...«, sagte Paser.

»Aber das ist nicht das Ende der Geschichte?«, fragte ich.

»Leider nicht«, gab Paser zur Antwort. »Konflikte sind die Norm in diesem Teil der Welt. Abdi-Aschirta hatte einen Sohn. Der hieß Aziru. Es stellte sich heraus, dass dieser Sohn ein sogar noch begabterer und engagierterer Unruhestifter war als sein Vater. Als er volljährig wurde, machte er da weiter, wo sein Vater aufgehört hatte, fuhr damit fort, sich bröckchenweise Teile von Byblos unter den Nagel zu reißen und diverse Städte im Umfeld sowie die Stadt Sumuru unter seine Kontrolle zu bringen. Sein Bestreben war es, Amurrus Grenzen an der Küste weiter nach Norden und Süden zu erweitern. Was für Rib-Addi das Stichwort war, weitere Briefe an Ägypten zu schreiben, die düstere Warnungen vor Gefahren und Zerstörung enthielten und flehentliche Bitten um Waffen und Schutz – die nicht kamen. Und dann hat Aziru irgendwie in Byblos einen Palastputsch angezettelt, und Rib-Addi wurde aus seiner eigenen Stadt vertrieben und schließlich von seinem eigenen Bruder ermordet.«

»Und das war das Ende von Rib-Addi«, sagte Nacht in ruhigem Ton. »Aber es war erst der Anfang der ruhmlosen Karriere des Aziru von Amurru.«

»Ich denke, wenn man meinen Vater hingerichtet hätte, würde ich auch auf Rache sinnen«, sagte ich.

Mit gerunzelter Stirn sah Nacht mich an.

»Er hätte nach Versöhnung trachten sollen und danach, seinem König den Respekt zu zollen, der ihm seitens seines Vasallen gebührt«, entgegnete er lapidar.

»Und was ist dann passiert?«, fragte ich.

»Echnaton zitierte Aziru an den Hof. Aber er weigerte sich zu kommen, denn er hatte die Absicht zu überleben. Stattdessen schickte er einen Brief, in dem es hieß, er würde den König nur aufsuchen, wenn man ihm sein Leben garantieren würde«, sagte Paser.

»Der wollte nicht genauso enden wie sein Vater ...«, warf Simut ein.

»Aus seiner Sicht eigentlich nur vernünftig«, meinte ich.

Und wieder verzog Nacht ungehalten das Gesicht.

»Aziru wurden Zusicherungen gegeben, und irgendwann kam er dann nach Ägypten. Ein ganzes Jahr hielt man ihn bei Hofe fest«, sagte Paser.

»Und damals bin ich ihm zum ersten Mal begegnet«, fügte Nacht leise und ruhig hinzu, ganz so, als mache er mit diesen Worten einen unerwarteten Zug in einer Partie *Senet*.

»Und welchen Eindruck hat dieser verruchte Unruhestifter auf dich gemacht?«, wollte ich wissen.

»Er wirkte ehrgeizig, launenhaft, habgierig und enorm eitel, und mir fiel auf, dass es ihm an jeglichem menschlichen Einfühlungsvermögen mangelte. Ich war aber auch beeindruckt von seinem strategischen Verstand. Er war gescheiter als sein Vater. Scharfsinniger, was politische Dinge anging«, sagte Nacht.

»Sehe ich das richtig, dass man ihm einen Handel angeboten hat, den er nicht ausschlagen konnte?«, fragte ich.

»Man erlaubte Aziru, nach Amurru zurückzukehren unter der Bedingung, dass er Ägypten gegenüber loyal bleibt und uns mit Geheiminformationen über die Hethiter, ihre Militäroffensiven, die politischen Entwicklungen dort und so weiter versorgt. Im Gegenzug wurde ihm ein gewisser Spielraum eingeräumt, in dem er weiterhin seine Expansionspolitik betreiben konnte, aber nur innerhalb vereinbarter Grenzen. Zudem bot man ihm Geld an, zum einen, damit er Späher und Spione einstellen konnte, zum anderen, um ihm damit einen weiteren Anreiz zu bieten, loyal zu sein. Es sah nach einem guten Arrangement aus«, sagte Nacht.

Er schaute zu Paser herüber.

»Nach deinem Blick zu urteilen, gehe ich davon aus, dass er nicht mehr spurt«, sagte ich.

Nacht bedeutete Paser mit einem Kopfnicken, mit seiner Schilderung fortzufahren.

»Das Erste war, dass er anfing, einen geringen Betrag für sämtliche Güter einzustreichen, die auf ihrem Weg nach Ägypten durch Ugarit transportiert werden. Eine Art inoffizielle Steuer – bei der angesichts des Handelsvolumens, das täglich in dieser Stadt abgewickelt wird, bald schon eine mehr als beträchtliche Summe zusammenkam. Was er damit beabsichtigte, lag auf der Hand – er vergrößerte seinen eigenen Staatsschatz und baute sich eine Art Kriegskasse auf. Das allein war für Ägypten bereits Grund zur Sorge. Darüber hinaus ängstigten uns seine Beziehungen zu den Hethitern. Manches deutete darauf hin, dass er ein neues Bündnis mit unseren Feinden schmiedete. Und jetzt bekommen wir seit Kurzem keine Berichte mehr. Er ist verschwunden. Wir haben ihn komplett aus den Augen verloren«, sagte Paser.

Plötzlich war es totenstill im Raum.

»Amurru ist der wichtigste Pufferstaat zwischen Ägypten und den Hethitern, deshalb haben wir uns strategisch so sehr bemüht, zumindest zu beeinflussen, was wir nicht offen steuern konnten. Unsere Position hier kann aber nicht mehr als sicher betrachtet werden. Unlängst eingegangene geheime Berichte lassen darauf schließen, dass Aziru sich in Hattuscha aufhält. Ich befürchte, dass er dort Verhandlungen mit unseren Feinden führt. Es ist wahrscheinlich, dass er sich jetzt anderen gegenüber zur Loyalität verpflichtet hat«, drückte Nacht es vorsichtig aus.

»Denn letzten Endes ist der Feind seines Feindes sein Freund«, sagte ich.

»Genau«, erwiderte Nacht und sah mich dabei an.

Wir ließen uns die Konsequenzen dieser Eröffnung durch den Kopf gehen.

»Lasst mich mal schnell zusammenfassen, damit ich das richtig verstanden habe«, sagte ich. »Wir stehen kurz davor, die Hauptstadt unserer Feinde zu betreten, mit einem streng geheimen Heiratsantrag, von dem die Zukunft Ägyptens abhängt, und Aziru, der Verräter, ist vielleicht schon dort und bereitet auch einen warmen Empfang für uns vor.«

»Genau so scheint es zu sein«, erwiderte Nacht.

Simut und ich sahen einander an. Das waren in der Tat schlechte Neuigkeiten.

»Soll ich fortfahren?«, wollte Paser von Nacht wissen.

»Bitte«, antwortete der.

Paser schenkte uns Wein nach.

»Mir liegen unbestätigte Berichte vor, nach denen es ohne vorherige Provokation zu Angriffen auf Dörfer und Städte gekommen ist, die weit hinter den Grenzen von Ugarit liegen. Auffallend an diesen Angriffen ist, wie scheinbar willkürlich sie stattgefunden haben und mit welch extrem barbarischer Gewalt sie durchgeführt wurden«, sagte Paser.

»Die Apiru«, sagte ich.

Paser machte ein erstauntes Gesicht.

»Das stimmt. Es sieht so aus, als hätten sich die Apiru, die vor Jahren mit Stumpf und Stiel vernichtet wurden, in jüngster Zeit wieder neu formiert, unter einer neuen Führung und einem neuen Namen«, räumte Paser ein.

Simut und ich sahen einander an und erinnerten uns dabei beide an die Furcht des Hauptmannes. Nacht sah aus, als sei ihm unbehaglich zumute.

»Und wie nennen sie sich jetzt?«, wollte ich wissen.

»Die Armee des Chaos«, erwiderte er.

Ich starrte in meinen Weinkelch.

»Über was für eine Art von Armee reden wir da?«, fragte Simut.

»Wir reden über die Einwohnerschaften ganzer Dörfer, die zerstückelt wurden. Wir reden über Folterungen, über Kinder, die man gezwungen hat, ihre Eltern hinzurichten und ihre Geschwister zu blenden. Wir reden über Familien, die bei lebendigem Leibe in ihren Häusern verbrannt wurden. Wir reden über junge Männer, die so lange hinter galoppierenden Pferden hergeschleift werden, bis ihre Körper in Einzelteile zerfallen sind ... Und was sie jungen Mädchen antun, das will ich gar nicht im Detail ausführen«, sagte Paser.

Schweigend saßen wir da, das Essen, das vor uns stand, hatte noch keiner angerührt.

»Das klingt mir aber nicht nach unbestätigten Informationen«, sagte ich. »Das klingt nach Augenzeugenberichten.«

»Deshalb sind wir nicht nur mit einem akut besorgniserregenden Umstand konfrontiert«, fuhr Paser fort, »sondern gleich mit zweien. Erstens sind da Azirus Anwesenheit und sein Einfluss in der hethitischen Hauptstadt, die sich destabilisierend auswirken. Und zweitens ist die Sicherheit der Rückreise durch die Armee des Chaos gefährdet. Die langfristig die Sicherheit der gesamten Region gefährdet.«

»Aber was, wenn da eine Verbindung zwischen Aziru und der Armee des Chaos besteht?«, sagte ich. »Ihr habt uns gerade erzählt, dass er bereits in der Vergangenheit für seinen übereifrigen Expansionismus bekannt war. Würde es Aziru nicht zum Vorteil gereichen, wenn er diese Angriffe unterstützte, um dann seine eigenen Soldaten loszuschicken, den verwüsteten Städten ›Sicherheit‹ zu offerieren und sie auf diese Weise auf legitimem Weg zu besetzen?«

Nacht und Paser tauschten vielsagende Blicke.

»Das ist in der Tat genau das, was wir befürchten«, sagte Paser. »Wenn Ihr recht habt, hätten wir damit das schlimmstmögliche Szenario überhaupt.«

17

Die Morgensonne schien auf die belebten Straßen, als Paser und ich uns auf den Weg zu seinem Lager in der Nähe des Hafens machten. Doch so strahlend der Tag war, so düster waren seit der Unterhaltung am Vorabend meine Gedanken. Ich war überzeugt, dass zwischen der Armee des Chaos und der Bande in Theben eine Verbindung bestand. Andererseits, wie konnte eine Horde umherziehender Bestien, die in der Einöde der Levante ihr Unwesen trieben, in irgendeiner Form über Macht oder Präsenz in einer Stadt verfügen, die so weit entfernt lag? Und selbst wenn: Welche Rolle spielte Aziru in dem Mysterium? Paser schien jedoch entschlossen zu sein, nicht über derartige Dinge zu reden. Stattdessen wollte er sich über Wein austauschen.

»Bei Wein sind drei Dinge von elementarer Bedeutung«, erklärte er mir. »Die Kraft der Sonne, die Verfügbarkeit guten Wassers und die Aromen der Erde – die sich alle drei auf magische Weise in der Traube miteinander verbinden. Die individuellen, nicht greifbaren Eigenschaften eines jeden Weingartens bestimmen zusammen mit den unzähligen Varianten des Wechselspiels von Zeit, Wetter und so weiter den endgültigen Charakter eines Weines. Hier in Ugarit haben wir mäßige Regenfälle und Frühnebel, die die Reben berieseln. Manche behaupten, der Morgentau sei das Geheimnis, das für den Geschmack des Weines verantwortlich ist. Andere behaupten, es habe mit den Abendschatten zu tun, die sich auf geheimnisvolle Weise im Schwarz der Trauben bündeln. Ich sage indes, dass es an der Erde liegt; die ist fruchtbar, aber leicht, mit erstaunlichen Trockennuancen, die von den Mineralien im Gestein und dem Grundwasser herrühren. Und das Ergebnis? Weine, die romantisch sind, ein sinnliches Aroma haben, eine unbestimmbare Süße und eine Tiefe, die so schwer und wahrhaftig ...« Auf einmal blieb er mitten auf der Straße stehen, hob die Arme und deklamierte: »Den ganzen Tag gießen sie den Wein aus! Wein für Könige! Süßen, üppigen Wein!«

Mit entschuldigender Miene lächelte er. »Zeilen aus einem alten Gedicht! Verzeiht mir, ich klinge wie ein Narr, wenn ich über Wein rede ...«

»Es gibt kein herrlicheres Thema«, erwiderte ich.

»Außer der Liebe natürlich. Die fast das Gleiche ist. Aber Wein ist besser, weil man den in Flaschen füllen kann.«

Wieder lachte er, hakte sich bei mir ein, und wir liefen weiter.

»Nacht ist ein großartiger Mensch mit einem überragenden Verstand, doch ich kann sehen, dass er Wein schätzt, ohne ihn wirklich zu *lieben*. Eigentlich, das fällt mir gerade auf, ist er wie ein Liebhaber, dem man die Hände auf dem Rücken zusammengebunden hat. Er kann sehen, aber nicht berühren. Ich habe jedoch Euer Gesicht gesehen. Ihr sahet aus, als wäret Ihr in einem Zustand der Verzückung gewesen! Und das ist das Zeichen für einen wahren Enthusiasten ...«, sagte er.

»Das war einer der feinsten Weine, die ich jemals habe kosten dürfen«, erwiderte ich. »Aber Ihr, als Händler, habt sicher schon legendäre Sorten probiert ...«

»Das ist wahr. Der Stern des Horus, der auf der Himmelshöhe wächst, zählt mit Sicherheit zu den großartigsten und ältesten unserer selbstangebauten Jahrgänge.«

Von diesem Wein hatte ich schon mal gehört, doch war der Preis für einen Krug sagenhaft unverschämt. Nur Könige und Aristokraten konnten sich derartige Raritäten leisten.

»Habt Ihr vielleicht auch mal einen roten Chassut gekostet?«, fragte ich.

Lächelnd klatschte er in die Hände.

»Nur ein einziges Mal! Es heißt, man solle die Chassut-Weine erst trinken, wenn sie hundert Jahre gereift sind. Und ich kann diese Ansicht nur bestätigen. Das Warten lohnt sich.«

Gerade wollte ich die nächste Frage stellen, als sich die herrschaftliche Straße, die von schattigen Geschäften gesäumt wurde, deren Besitzer die Passanten aufforderten, einzutreten und ihre Waren in Augenschein zu nehmen, plötzlich öffnete und sich ein gewaltiges Panorama vor uns auftat: der Hafen und Markt von Ugarit. Eine unüberschaubare Anzahl von Schiffen ankerte an den langen Holzstegen des Piers; andere bahnten sich ihren Weg durch die dicht befahrenen Wasser in den Hafen hinein oder aus ihm heraus. Hunderte flatternder Segel blähten sich in der Brise. Die Wasser, die im Hafen von den steinernen Armen der Ufermauern gebändigt wurden, glitzerten und schimmerten im klaren Licht des Morgens. Direkt vor uns erstreckte sich der große Markt und nahm den gesamten offenen Platz vor dem Hafen in Anspruch.

»Das ist ein ziemlicher Anblick, nicht wahr?«, meinte Paser, hakte sich neuerlich bei mir ein und führte mich hinein in das Tohuwabohu des Marktes. Unter Sonnensegeln hatte man Tausende Stände aufgebaut, und Kunden, Leute, die sich einfach nur umsehen wollten, Händler, Maultiere und Träger, die Waren schleppten, drängelten sich durch und brüllten sich

Beleidigungen ins Gesicht, Verwünschungen, Ratschläge und unschlagbare Angebote. Wir liefen an Ständen vorüber, an denen Bier verkauft wurde, an anderen, an denen es Öle, Weintrauben und Feigen gab, und an Ständen mit prächtigen Silberwaren.

»Silber aus Aschkelon«, sagte Paser und zeigte mit dem Finger darauf. »Hervorragend gearbeitet. Ihr solltet etwas kaufen, um es Eurer Frau als Geschenk mitzubringen!«

Augenblicklich trat der Silberhändler vor, verneigte sich lächelnd, begrüßte Paser und verwickelte ihn in eine Unterhaltung. Ich schüttelte jedoch den Kopf, denn ich verfügte weder über das Geld, noch hätte ich mich getraut, eine solche Transaktion zu tätigen. Daraufhin winkte Paser lässig mit seiner gebieterischen Hand und lief weiter, und der Händler verzog sich wieder in den Schatten, in dem ihm das Lächeln angesichts des entgangenen Geschäfts sofort wieder verging.

»Das hier ist der Edelsteinmarkt. Lapislazuli, Gold, Amethyst, Jaspis, Türkis? Das könnt Ihr hier alles bekommen, und zu einem wesentlich günstigeren Preis als daheim in Ägypten. Fingerringe, Ohrringe, Armbänder, die von den besten minoischen Handwerkern gehämmert wurden – für Eure Töchter vielleicht? Dort drüben, linker Hand, gibt es Olivenöl und Wein – seht Ihr, sie entladen gerade eine frische Lieferung aus Kreta. Die haben die herrlichsten Schiffe! Dort drüben verkaufen sie Parfums, und dahinter bekommt man Wolle und Leinen, hauptsächlich aus Ägypten natürlich, extrem teuer und sehr gefragt bei der neuen Klasse wohlhabender Familien …«

Ich schützte meine Augen gegen die Sonne. Etwas weiter in der Ferne, näher am Hafen, fielen mir lange, flache Lagerhallen auf, vor denen es von Männern und Karren wimmelte.

»Und das da?«

»Das sind Warenlager für Rohstoffe – Zinn, Kupfer, Zedernholz, Blei und Bronze. Diese Händler haben langfristige Lieferaufträge aus der ganzen Welt, von königlichen und aristokratischen Familien. Die Handelskarawanen sind schon vor langer Zeit angeheuert worden und werden in Kürze ihre weiten Reisen zu ihren fernen Zielen antreten.«

Mit einem Ausdruck abgeklärter Zufriedenheit auf dem Gesicht blickte er auf das Handelszentrum, das sich vor uns auftat, und dann nickte er nach vorn, denn wir näherten uns einer Einzäunung mit Pferden, deren Leiber in der Hitze der Sonne dampften. Händler in langen Umhängen aus Wolle nahmen die prächtigen, gediegenen und nervösen Tiere sorgfältig in Augenschein.

Paser beugte sich dichter an mich heran und sagte: »Das sind hethitische Händler. Die kaufen immer die besten Pferde für ihre Infanterie.«

»Treiben Hethiter und Ägypter Handel miteinander?«, fragte ich. »Trotz der Kriege?«

»Mein lieber Freund«, erwiderte er, »die Welt ist im Grunde ein einziger riesiger Marktplatz. Es schert sich niemand darum, woher ein Mensch stammt, solange er Gold in der Tasche hat oder etwas anderes, das man haben will. Und das Bemerkenswerte daran ist: Die Kriege haben die Nachfrage nur weiter vergrößert, der Handel hat in diesen schwierigen Jahren eigentlich einen *Boom* erlebt. Die Schiffe sind voll beladen, alle sind glücklich. Krieg und Politik sind irrelevant, es sei denn, der große Fluss des Handels wird gestört.«

»Und womit sind die Schiffe beladen?«, fragte ich.

»Mit allem, was diese Welt zu bieten hat«, sagte er und listete nonchalant auf: »Silber und Kupfer, Glas und Bronze, Lapislazuli und Gold, Öle, Tierfelle, lebende Tiere, Elixiere, Farbstoffe, Zedernholz, Sklaven, Frauen, Kinder ...«

»Und Opium?«

»Warum fragt Ihr das?«, entgegnete er zurückhaltend.

»Aus Neugier«, behauptete ich.

Aber mit dieser Antwort gab Paser sich nicht zufrieden. Plötzlich zog er mich beiseite.

»Ich mag Euch, Rahotep, also werde ich offen zu Euch sprechen. Nacht hat mir bereits von Eurem persönlichen Verlust erzählt. Es hat mir sehr leidgetan, das zu hören.«

»Ich danke Euch für Euer Mitgefühl. Ich habe einen großartigen Freund verloren. Sein Name war Kheti. Er war ein hervorragender Beamter der Medjai, der gegen eine neue Opiumbande ermittelte. Bis er brutal ermordet wurde«, sagte ich. Diese Worte allein nur auszusprechen brachte gleich wieder die Finsternis in meinem Blut zum Wallen.

Paser nickte teilnahmsvoll.

»Wir leben in einer düsteren Zeit. Ich muss Euch allerdings sagen, dass Nacht mich angewiesen hat, unter keinen Umständen irgendetwas mit Euch zu besprechen, was damit zu tun hat.«

Ich zog den kleinen Papyruszettel mit dem schwarzen Stern aus meinem Lederbeutel und zeigte ihn Paser.

»Hat das irgendetwas zu bedeuten?«, fragte ich ihn.

Erstaunt blickte er darauf.

»Woher habt Ihr das?«, wollte er wissen.

»Das steckte im Mund meines ermordeten Freundes«, gab ich zur Antwort. »Sein Mörder hat es als Zeichen darin zurückgelassen, nachdem er ihm den Kopf abgeschlagen hatte. Ich sehe, dass Ihr etwas damit anfangen könnt.«

Paser nickte bedächtig vor sich hin.

»Das ist das Zeichen der Armee des Chaos«, erwiderte er.

Endlich. Paser hatte bestätigt, was ich vermutet hatte. Es *gab* eine Verbindung zwischen der thebanischen Bande und den erbarmungslosen Unmenschen der Armee des Chaos.

Mein Mund war auf einmal ganz trocken. »Welche Verbindung könnte zwischen der Armee des Chaos und einer gut organisierten Opiumbande in Theben bestehen?«, fragte ich ihn.

Plötzlich standen Paser Schweißperlen auf der Stirn, und er tupfte sie mit einem bestickten Tuch ab.

»Ich sehe, was für eine Art von Mensch Ihr seid, Rahotep. Ihr seid ein Ehrenmann. Ehrenwert zu sein ist eine seltene Tugend in unserer korrupten und entsetzlichen Welt. Es ist aber auch eine riskante Tugend. Ihr müsst sehr vorsichtig sein.«

»Ich weiß nur, dass ich nicht tatenlos dabei zusehen werde, wie man das, was ich liebe, vernichtet«, erwiderte ich. »Die Gerechtigkeit muss siegen. Wenn es keine Gerechtigkeit mehr gibt, was soll dann aus uns allen werden?«

Paser nickte und tätschelte meine Hand.

»Gerechtigkeit! Das ist ein Wort, das man heute nicht mehr allzu häufig hört.«

Er schien plötzlich außer Atem zu sein. Ich war entschlossen, ihn zum Weiterreden zu bewegen.

»Sollen wir weitergehen?«, schlug ich ihm vor. Er nickte.

»Ich habe Euch nach Opium gefragt, weil ich glaube, dass es einen Schwarzen Markt gibt, auf dem es gehandelt wird, und dass da eine Verbindung zu der neuen Art von Bande in Theben besteht«, sagte ich. »Ihr habt mir bestätigt, dass der schwarze Stern das Zeichen der Armee des Chaos ist. Jetzt muss ich in Erfahrung bringen, wie sie das Opium transportieren, woher sie es bekommen, und wie es nach Ägypten importiert wird.«

Wie angewurzelt blieb Paser stehen.

»Ich muss Euch warnen, Rahotep, von Freund zu Freund. Opium ist das schlimmste Geschäft, das es gibt, und das brutalste. Niemand, der sich damit abgibt, lebt lange.«

»Wie mein Freund Kheti am eigenen Leib erfahren musste. Wisst Ihr, wie man ihn abgeschlachtet hat?«, fragte ich ihn. Meine Hände waren auf einmal schweißnass und zitterten. Ich wischte sie mir an meinem Gewand ab.

»Das weiß ich nicht, und ich möchte es auch nicht wissen«, antwortete er.

Wir erreichten die Ufermauer und stiegen schweigend die in den Fels gehauenen Stufen hinauf, die zahllose Füße im Laufe der Zeit ausgetreten hatten. Als wir oben ankamen, standen wir da, hoben die Hände, um unsere Augen gegen das Licht der Sonne zu schützen, und bewunderten die Schönheit des Küstenstreifens unter uns, das Grün der Bäume und Felder, das Grau der Felsen und dahinter das gewaltige Spektakel des offenen Meeres und seines sich ständig verändernden Farbenspiels.

»Ich werde nichts tun, um Khetis Tod zu rächen, solange wir auf dieser Reise sind. Ich weiß, dass ich meine Arbeit tun muss. Ich muss es aber *herausfinden*. Solange ich es nicht herausfinde, kann ich mich selbst nicht ertragen«, sagte ich.

Paser sah mich an und seufzte.

»Ich werde Euch etwas sagen, aber das muss unbedingt unter uns bleiben. Ist das klar?«

»Absolut«, versprach ich ihm.

»Alles ist verquer in diesen sonderbaren Zeiten. Alles verändert sich, und das ist gut für jene, die Böses tun und mit dem Chaos ein Vermögen scheffeln. Diese langen Kriege hatten merkwürdige Konsequenzen: Sie haben unsichere Grenzen geschaffen; sie haben dafür gesorgt, dass durch regional begrenzte Konflikte wechselnde und unzuverlässige Bündnisse entstanden, was wiederum eine nachteilige Auswirkung auf die großen Reiche hat. Das Mächtegleichgewicht ist nicht mehr gewährleistet. Stammesfürsten sind in der Lage, Könige für ihre Bündnistreue gegeneinander auszuspielen. Gleichgültig, was sie im Hinblick auf Loyalität, traditionelle politische Allianzen und so weiter versprechen und schwören, ein jeder lässt sich von selbstsüchtigen Motiven leiten; und für die kleinen Königreiche bedeutet das, dass sie nicht nur die Vorteile der legalen internationalen Handelsmärkte nutzen, sondern auch jede Gelegenheit, die ihnen der Schwarze Markt eröffnet. Versteht Ihr?«, fragte er mich.

Ich nickte. »Die Kriege haben den Banden den Schwarzmarkthandel eröffnet, und jetzt haben sie Macht, während Ägypten die Kontrolle verliert ...«, resümierte ich.

»Ganz recht. Und überdies ist Ägypten arrogant geworden. Es hat seine absolute Vormachtstellung eingenommen, ohne politisch seine Hausaufgaben zu machen, um sich den Respekt der Welt zu sichern. Es hat Unrecht begangen an den Völkern dieser Region. Es hat seine Vasallen und Bündnispartner zu häufig ignoriert, und wenn es sie mal nicht ignoriert hat, dann hat Ägypten sie mit Verachtung behandelt. Ich sage das als loyaler Ägypter, aber ich sehe die negativen Folgen überall, hier vor Ort.«

Paser beugte sich dichter zu mir.

»Das will natürlich niemand hören. Nicht einmal Nacht. Ich fürchte aber, dass Ägypten die Saat seines eigenen Unglücks sät. Dieser Krieg hat die besten Voraussetzungen für den Erfolg einer ganz neuen Art von Verbrechen geschaffen: eines Verbrechens, das sich über diese neuerdings durchlässigen Grenzen hinweg erstreckt. Der Schwarzmarkthandel ist heute größer und schlagkräftiger als je zuvor. Von seinem Umfang und seiner Größenordnung her könnte er eines Tages sogar die Finanzkraft Ägyptens übertreffen. Ihr seht also, Eure Frage zielt auf den Kern des Ganzen.«

Ich dachte darüber nach.

»Und Opium ist eines der lukrativsten Handelsgüter dieses Schwarzen Marktes geworden?«

Er ließ den Blick schweifen und wartete, bis eine Gruppe umherschlendernder Leute, die sich die Sehenswürdigkeiten ansahen, vorübergegangen war, damit niemand uns belauschen konnte.

»Es ist *das* lukrativste. Ich hoffe allerdings, Ihr seid nicht so naiv zu glauben, Ihr könntet das Vertriebsnetz im Alleingang zu seiner Quelle zurückverfolgen und dann zerschlagen. Das ist eine vielköpfige Schlange. Bekommen könntet Ihr Opium hier sicher. Irgendein Kind würde es Euch bestimmt auf der Straße verkaufen. Aber so ein Junge wäre ja nur ein ganz kleiner Dealer. Den Mann, der den Verkauf erst möglich macht, würdet Ihr aller Wahrscheinlichkeit nach nicht finden, aber selbst wenn, würdet Ihr mit Sicherheit nicht den Mann finden, der den wiederum beliefert hat, und so weiter und so fort. Bei diesen Männern handelt es sich nicht um Kaufleute. Das sind keine ortsansässigen Kleinkriminellen. Wir Ägypter sind Menschen, die die Ordnung bewundern. Wir verehren die Göttin Maat, die Hüterin der Gerechtigkeit und Harmonie – in den Jahreszeiten, den Sternen und den Beziehungen zwischen den Göttern und den Sterblichen! Sie ist aber nicht die einzige Gottheit, die Macht hat. Es gibt auch Seth, den Gott des Chaos und des Verderbens, den Herrn über die Wüsten und die Wildnis, diese verabscheute Kreatur, halb Hund, halb Esel, mit dem gespaltenen Schwanz, Seth, der Horus angreift und blendet, Seth, der Osiris ermordet, Seth, der der Herrscher der Erde sein will!«

Er wischte sich die Stirn trocken und lachte leise vor sich hin.

»Ich dachte, wir würden über Menschen sprechen und nicht über Götter«, sagte ich.

»Das stimmt. Ich werde Euch aber etwas verraten. Ich bin immer auf dem Laufenden, und es gibt da Leute, die behaupten, Seth sei wieder hier, wandle unsichtbar unter den Lebenden. Sie sagen, seine Zeit sei von Neuem gekommen. Sie behaupten, es gäbe einen Mann, der in unserer Zeit zu Seth dem Zerstörer aufsteige.«

Ich zuckte mit den Achseln.

»Es bedarf keines Sehers, um sich vorzustellen, wer als Erster für eine solche Rolle in Frage käme. Nach dem, was Ihr gestern Abend erzählt habt, könnte ich mir denken, Aziru würde das genießen«, sagte ich. »Hat dieser mysteriöse Mann einen Namen?«

»Wenn er einen hat, kenne ich ihn nicht«, gab Paser vorsichtig zur Antwort.

»Habt Ihr irgendwann mal den Namen Obsidian gehört?«

Paser sah mich an.

»Nein, habe ich nicht. Warum fragt Ihr?«

»Weil ich diesen Namen gehört habe, in Verbindung mit dem Opiumhandel in Theben.«

Die Rufe und der Lärm des Marktplatzes unter uns schienen plötzlich in weiter Ferne zu sein.

»Mein Freund Kheti wurde von einem mysteriösen neuen thebanischen Kartell ermordet. Ihr habt mir jetzt bestätigt, dass der Papyrus, den man in seinem Mund zurückgelassen hat, das Zeichen der Armee des Chaos trägt. Und die haben vermutlich eine Verbindung zu Aziru, der sich aller Wahrscheinlichkeit nach mit den Hethitern verbündet hat. Habt Ihr nicht den Eindruck, dass zwischen meinem enthaupteten Freund in Theben und der Lage, der wir uns derzeit gegenübersehen, ein Zusammenhang besteht?«

Paser blies die Wangen auf, ganz so, als habe er etwas sagen wollen, dann aber doch beschlossen zu schweigen. Stumm blickten wir auf die mit unserem Thema unvereinbar scheinende Pracht aus glitzerndem Wasser, auf die wunderschönen Schiffe, auf denen fleißig gearbeitet wurde, auf dieses großartige Panorama des Welthandels. Ich drehte mich um und schaute auf die gewaltige Stadt hinter mir. Die Spitzen der Berge in der Ferne waren mit strahlend weißem Schnee bedeckt. Ich versuchte es auf andere Weise.

»Nehmen wir mal an, der Lieferweg verläuft am Großen Fluss entlang und parallel zu den Handelsstraßen über Bubastis und die anderen Städte im östlichen Delta. Nehmen wir des Weiteren an, die örtlichen Beamten tragen jeder für sich – entweder aus Gier oder aus Furcht – ihren Teil zum Ablauf bei, um die Effizienz zu maximieren und das Risiko zu minimieren. Stellen wir uns vor, die Kette geht von den ganz kleinen Straßendealern über die Banden und Mittelsmänner bis hinauf zur Spitze: zu Verbrechern, deren zersetzender Einfluss bis ins Herz der Macht des Reiches reicht. Alles fängt jedoch mit der Ernte an. Woher kommt die? Wo wird das Opium angebaut? Und wie ließen sich derartige Mengen über so weite Strecken bis in Ägyptens Städte schmuggeln, selbst wenn das alles mittels Bestechung geregelt wäre?«

Paser nickte mit dem Kopf in Richtung der furchteinflößenden Gebirgskette.

»Hinter diesen Bergen, im Südosten, befinden sich abgeschieden liegende Hochtäler – wilde, barbarische, extrem gefährliche Landstriche. Versteckt und nicht erreichbar liegt das höchste und entlegenste dieser Täler, ein geheimes und streng bewachtes Gebiet. Bisher ist niemand, der dorthin gegangen ist, zurückgekehrt. Sie sagen, es sei langgezogen und eng, im Süden grün und saftig und im Norden trockener und rauer. Die Sommer sind lang und trocken. Und es wird behauptet, es sei ein perfektes Paradies, weil jedes Saatkorn, das man auf den Boden wirft, aufgeht und gedeiht …«, sagte er.

»Da stammt Euer großartiger Wein her, nicht wahr?«, vermutete ich. Paser nickte. Im gleichen Moment erkannte ich, welche andere Verbindung da noch bestand. »Und überdies ist das der perfekte Boden für den Anbau von Opium.«

»Das habe ich nicht gesagt«, erwiderte er. »Und der Königliche Gesandte darf nicht erfahren, dass wir uns über irgendetwas anderes unterhalten haben als Wein. Wein ist wenigstens ein sicheres Thema.«

»Unsere Unterhaltung bleibt unter uns. Aber wenn es dort so gefährlich ist«, wollte ich wissen, »wie kommt Ihr dann an diesen wunderbaren Wein?«

»Fast der gesamte Wein, den ich kaufe und weiterverkaufe, stammt von dieser Seite der Berge. Doch ab und an kommt auch mal inoffiziell eine Lieferung aus jenem Tal auf den Markt. Ich weiß, wie ich ihn für meine anspruchsvollsten Kunden erwerben kann, natürlich zu einem sehr hohen Preis.«

»Und seid Ihr je persönlich dort gewesen?«

Er lachte auf.

»Selbstverständlich nicht! Glaubt Ihr, ich bin lebensmüde?«

»Was aber, wenn ich dorthin wollte?«, bohrte ich weiter. »Hättet Ihr Kontaktleute, an die ich mich in einem solchen Fall halten könnte?«

Frustriert hob er die Hände. Jetzt hatte ich es zu weit getrieben.

»Habt Ihr von dem, was ich gesagt habe, kein einziges Wort gehört? Ihr müsst mir schwören, an so etwas nicht mal zu denken! Ihr würdet dort nicht wieder lebend rauskommen. Es ist ein Landstrich, in dem entsetzliche Armut herrscht, und der Stamm ist extrem gewalttätig.« Er schwitzte jetzt stark.

»Ich will Euch eine Geschichte erzählen. Es wird behauptet, die Ursache dafür, dass der Wein so vollkommen, so schwer und so komplex ist, liege darin begründet, dass die Reben mit menschlichem *Blut* bewässert würden. Die Bande, die dieses Gartenparadies betreibt, ist die Armee des Chaos. Das Tal ist ihre Heimat.«

DRITTER TEIL

Mögest du wie ein Quell dahinfließen,
du, der du im Verborgenen kommst
und verstohlen eintrittst …

Zauberspruch zum Schutz eines Kindes

18

Wir verließen den Hafen von Ugarit an Bord eines hethitischen Handelsschiffes, das mit ägyptischem Korn beladen war, und segelten weiter Richtung Norden. Im Osten blieb der karge Küstenstreifen des Landes die ganze Zeit über in Sichtweite, weil das offene Meer auf dieser Strecke bei allen Seeleuten für seine Gefahren berüchtigt war: für Piraten von der Insel Alaschia, die das Schiff hätten rammen und entern und uns ausrauben und ermorden können; und, was vielleicht noch schlimmer war, für die plötzlich aufkommenden schrecklichen Stürme, die ein Schiff binnen Sekunden vernichten konnten. Wir hatten aber Glück mit dem Wetter, denn der Himmel blieb wolkenlos, und der Wind blies mit gleichbleibender Stärke. Das Schiff hatte allerdings mit den Strömungen zu kämpfen, und das ständige Auf- und Abschaukeln machte jedem von uns zu schaffen; an den ersten paar Tagen war mir ständig übel, und Erleichterung fand ich nur an Deck, an der frischen Luft, wenn ich meinen Blick fest auf den Horizont fixierte. Nacht litt in hohem Maße und war während der gesamten Fahrt an seine Pritsche gefesselt. Unfähig zu essen oder sich auch nur zu rühren, lag er schwitzend in der stickigen Kajüte des Schiffes und ergab sich stumm und mit geschlossenen Augen der erbarmungslosen Macht des Wellengangs.

Doch unter dem Schutz von Re trafen wir nach vier Tagen auf See bei strahlendem Sonnenschein sicher im Hafen von Ura ein. Ein weites, grünes Tal erstreckte sich um den Hafen und seine großflächigen Außenbereiche. Wir gönnten uns nicht einmal eine Nacht Ruhe, sondern machten uns sofort inmitten einer langen Handelskarawane auf den Weg ins Herz des hethitischen Reiches. Jetzt übernahm Botschafter Hattusa das Kommando über die Reise; er machte den Eindruck, als könne er es gar nicht mehr erwarten, wieder nach Hause zu kommen.

Wir zogen an kleinen, gewissenhaft bewirtschafteten Feldern und Wiesen vorbei; ich sah verschiedene Sorten Weizen und Gerste sowie Bohnen und Erbsen, Möhren, Lauch, Knoblauch und Kräuter. Die Olivenbäume waren vom Alter knorrig, und die gepflegten Obstgärten voller Früchte, die ich nicht kannte. Jedes Haus und jede Hütte verfügte über ein eigenes Schwein, über Hühner, Schafe und Ziegen, und wenn die Eigentümer besonders begütert waren, unter Umständen sogar über eine Kuh. Lächelnde Kinder boten uns respektvoll Waren zum Tausch an: Feigen und Aprikosen, Granatäpfel, Tamarisken, Honig und Käse. Wir füllten unsere Lebensmittelvorräte für die Reise, die noch vor uns lag, neu auf.

Dann ließen wir diese grüne Ebene hinter uns und begannen, bergauf zu klettern, auf sich schlängelnden grauen, staubigen, gut erhaltenen Pfaden, die aus steinernen Tälern nach oben führten. Dichte Reihen aus dünnstämmigen Silberbäumen, deren raschelnde grüne Blätter die Form von Herzen hatten, wuchsen an rauschenden Bächen, die sich in unpassierbare Schluchten ergossen. An Brücken und auf Kreuzungen stießen wir auf kleine Schreine, die man den Gottheiten der Gegend errichtet hatte: primitiv geschnitzte Figuren, die aussahen wie unförmige Frauen, von denen Nacht behauptete, dass es sich dabei um Fruchtbarkeitsgöttinnen handelte, und Opfergaben aus Wildblumen, die in gesprungenen Krügen standen. Als wir höher hinaufstiegen, zogen seltsame Nebel auf, drifteten zwischen den sich scharf abzeichnenden grünen Wäldern umher, lösten sich dann ganz plötzlich auf und ergossen sich in einem zarten Regen, der unsere Gesichter erfrischte, bevor sie wieder im Licht der Sonne verschwanden. Wenn wir Rast machten, blickten wir nieder auf die gewaltigen menschenleeren Täler, die sich unter uns auftaten – eine einzige Wildnis aus Wäldern, Felsen und kargem, braunem Land unter einem blauen Himmelszelt mit schwebenden Tempeln aus schneeweißen Wolken.

Endlich, nach drei Tagen, fanden wir uns auf einem Hochplateau wieder, über das der Wind peitschte. Dort sah es aus, als habe ein achtloser Baugott mit den großen Felsbrocken um sich geworfen, die nach der Errichtung des Berges übrig geblieben waren und ebenso überall verstreut lagen wie das restliche Geröll. Aus jeder Ritze wuchsen in dichten, dornigen Büschen holzig und intensiv duftende Kräuter, auf deren stachligen Stängeln hellrote und weiße Blüten saßen; unsichtbare Wasserströme bahnten sich ihren Weg über enge Steilhänge, und der heftige, böige Wind war so frisch, dass er scharf und kalt war. Wir schlugen unser Nachtlager unweit eines Abhanges auf und standen am nächsten Tag im grauen Licht des Morgengrauens beieinander und blickten staunend nieder auf einen Ozean aus Nebel und Dunst, der sich in der Stille der Dunkelheit gebildet hatte und jetzt die Welt unter uns bedeckte; er bewegte sich langsam, teilte sich in massive Bänke, die über unsere Köpfe hinwegschwebten, aber nicht über die Macht verfügten, uns in irgendeiner Form etwas zuleide zu tun. Ich blickte in die Runde. Da waren wir: eine Schar erschöpfter Ägypter, Reisende, Fremde in einer fremden Welt.

Wir zogen weiter in ein verlorenes, hochgelegenes Land, das gelb und braun und grau unter blauen Himmeln lag und in dem der Wind mit riesigen Pranken über und durch die wilden Gräser fegte. Wir begegneten großen Schaf- und Rinderherden, die von Hirten auf die höher gelegenen Wiesen getrieben wurden; die Gesichter der Männer waren faltig und von Sonne und Wind gebräunt, und sie pfiffen ihren tüchtigen, gescheiten Hunden zu, die schwindelerregend komplizierte Manöver vollführten, um die Tiere zusammenzuhalten. Wir kamen an roten und grauen Felsnasen vorbei, die aus grünen Feldern herausragten, die ein starkes Gefälle hatten; und manchmal blieben wir stehen, um mit starrem Blick auf die dunstigen Täler zu schauen, die links oder rechts von uns im Licht der Sonne oder im Schatten lagen. Nussbraune und silbergraue Wildpferde grasten auf den goldenen und silbernen Wiesen, schlugen mit ihren Schwänzen und schenkten uns keinerlei Beachtung, es sei denn, wir kamen ihnen zu nah – und dann galoppierten sie davon, schüttelten ihre Mähnen, stellten sich auf die Hinterbeine. Wir kamen zu einem See, dessen schwarzes, kaltes Wasser so regungslos dalag wie ein Bronzespiegel. Umschlungen wurde er von der felsigen Hand eines Berggottes, dessen Haupt weit, weit fort war, hoch droben am Firmament, wo weißer Schnee es krönte.

Und dann, eines Nachmittags, als wir ein riesiges, trockenes Tal mit goldenem Gras durchquerten, entdeckten wir vor uns im Dunst der Hitze eine seltsame Staubwolke; Hattusa hob die Hand und zeigte darauf. Seine Leibwächter galoppierten voraus, verschwanden hinter einer Wegbiegung. Stumm warteten wir. Simut und seine Männer waren in Alarmbereitschaft, nahmen im Nu ihre Positionen ein, und ihre Waffen blitzten im Licht der Sonne. Ich stellte mich dicht vor Nacht und hielt meinen Dolch und einen langen Speer in der Hand.

Wir lauschten angestrengt; aus dem Meer aus Gräsern drang das Wispern des Windes, und aus dem wolkenlosen Himmel über uns erklang der Gesang unsichtbarer kleiner Vögel. Da war aber auch noch etwas anderes: Aus der Ferne vernahmen wir schwache Geräusche, die sich anhörten, als würden viele Tiere seufzen und sich bewegen.

Im nächsten Moment tauchten die hethitischen Leibwächter wieder auf und bedeuteten uns, ihnen zu folgen. Simuts Männer blieben weiter in Alarmbereitschaft, und ich bestand darauf, vor Nacht zu reiten. Doch als wir um die Ecke bogen, erblickten wir statt vieler Tiere, die unterwegs zu einer Weide waren, eine Unmenge jämmerlicher und verwahrloster Gestalten: lange Kolonnen ausländischer Gefangener, Männer, Frauen und Kinder, die man aus geplünderten und belagerten Dörfern und Städten geholt hatte und jetzt wie Vieh nach Hattuscha trieb. Sie stolperten, stöhnten und schlurften voran, von den hethitischen Soldaten getrieben und ständig weitergeschoben.

»Diese Menschen sind Kriegsbeute«, sagte Nacht leise. »Man bringt sie in die hethitische Heimat, wo sie ein Leben in Zwangsarbeit erwartet.«

»Sofern sie überleben«, fügte ich hinzu.

Auch in dem Moment, da wir an ihnen vorüberzogen, brach eine ausgemergelte Frau zusammen, und man ließ sie einfach an der Stelle liegen, an der sie umgefallen war, als Aas für die bedrohlichen schwarzen Habichte, die unablässig am blauen Himmel kreisten, mal schwebten, mal sich in die Tiefe stürzten. Aus reinem Instinkt heraus sah die menschliche Kriegsbeute uns nicht an; keinem von ihnen war es gestattet, in unsere Richtung zu schauen. Ich blickte auf Hattusa, der uns vorausritt und dem dieses Schauspiel des Jammers offenbar gleichgültig war.

»Was sind das nur für Menschen, die so ihre Gefangenen behandeln?«, fragte ich Nacht leise.

»Da so viele ihrer arbeitstauglichen Männer in den Kriegen sind«, antwortete er, »mangelt es ihnen immer an Arbeitskräften, die die körperliche Schwerstarbeit verrichten. Diese Leute hier werden irgendwie überleben, so gut sie eben können.«

»Aber das Ganze hat etwas Unmenschliches – schau sie dir an. Sie werden schlechter behandelt als Vieh.«

»Wir sind nicht hier, um die Bräuche der Hethiter zu kritisieren«, erwiderte er. »Ich gebe aber zu, dass der Anblick erschütternd ist. Was die Behandlung ihrer Sklaven angeht, sind die Hethiter vielleicht noch nicht so fortschrittlich wie wir.«

Plötzlich scherte einer der Gefangenen aus der Männerkolonne aus und klammerte sich mit den Händen an meinen Fuß. Er war jünger als ich, und etwas an seinen Gesichtszügen und an seinen schwarzen Haaren – so staubverdreckt die auch waren – erinnerte mich an Kheti. Ich stellte fest, dass seine Augen die gleiche Farbe hatten wie die meines toten Freundes, und sie starrten mich verzweifelt an. Er stammelte ein paar Worte in einer Sprache, die ich nicht verstand, aber mir war klar, dass er um Hilfe flehte. Wieder griff er nach meinem Bein, als wolle er mich von meinem Pferd ziehen. Unwillkürlich – zum einen, weil es mich schockierte, zum anderen, weil ich entschlossen war, Nacht vor jedweder Gefahr zu beschützen – trat ich nach ihm, aber er klammerte sich weiter an mir fest, jetzt mit der Kraft der Verzweiflung. Da wurde er mit einem Mal wütend und rief den anderen Männern in seiner Kolonne zu, es ihm gleichzutun; zu seiner Enttäuschung starrten die aber nur weiter apathisch nach vorn. Eine junge Frau, vermutlich seine Ehefrau, die ein Bündel in den Armen hielt, in dem sich sicher ein Baby befand, fing an zu schreien; und bereits im nächsten Moment hatten seine Peiniger ihn umzingelt. Einer schlug ihm mit einem Stock auf den Schädel, und daraufhin lockerte sich sein Klammergriff, er ließ von mir ab und fiel mit einem leisen Stöhnen in den Staub.

»Dreh dich nicht um«, befahl Nacht, aber ich spürte bei jedem Schritt, wie der verzweifelte Blick dieses Mannes mich verfolgte. Immer und immer wieder fragte ich mich, was ich hätte tun können. Nichts, sagte ich mir. Und trotzdem verfolgte er mich, und sein Gesicht verschmolz mit dem von Kheti. Kheti hätte ich ebenfalls retten können, wenn ich ihm aufmerksamer zugehört hätte.

Die Landschaft, die sich vor uns auftat, schien meine düstere Stimmung zu spiegeln, denn das offene Plateau wich dichten, endlosen Wäldern aus dunklen Bäumen mit scharfen, blaugrünen Nadeln. Ihre seltsam eckigen Schatten fielen vor uns auf den Weg und schufen damit besorgniserregende unsichtbare Verstecke, in denen Vögel und Getier knisterten und Grillen urplötzlich angstvoll zu zirpen begannen. Inzwischen machte mich alles nervös. In solchen Wäldern konnten sich mit Leichtigkeit Banditen oder Feinde verstecken, die nur darauf warteten, uns zu überfallen. Und dann, eines Morgens, als wir unseres Weges ritten, waren wir auf einmal von einer Gruppe von Reitern umzingelt. Sie kamen aus dem Wald heraus, waren zuerst nur vor uns, aber dann auch hinter uns, und brüllten Befehle in einer unverständlichen Sprache. Simuts Männer stellten sich auf der Stelle schützend um Nacht, und ich hob meinen Speer. Mein Herz raste. Ich suchte nach einem Fluchtweg, sah aber überall nur die unmöglichen Untiefen aus finsteren Bäumen.

Der Botschafter rief jedoch etwas in seiner Muttersprache und hob dabei salutierend die Hand, und der Anführer der Gruppe antwortete mit der gleichen Gebärde. Dann richtete der Botschafter das Wort an Nacht.

»Es besteht kein Grund zur Sorge. Das hier sind hethitische Soldaten. Sie tun nur ihre Pflicht, und wir sind überraschend aufgetaucht. Sie werden uns auf dem Rest unseres Weges begleiten. Sagt Euren Männern, sie sollen sich zurückziehen.«

Die hethitischen Soldaten trugen alle kegelförmige Lederhelme mit Ohrenklappen und Lederschuhe mit nach oben gebogenen Spitzen; bewaffnet waren sie mit Speeren, Dolchen und Schilden, die mit Tierhäuten bespannt waren. Das schwarze Haar trugen sie lang, und es glänzte und war so sorgfältig gekämmt wie das Haar einer Frau. Und sie waren auch glattrasiert. Mit stechendem Blick nahmen sie uns in Augenschein, neugierig und feindselig. Rasch bezogen sie vor und hinter uns Stellung, und gemeinsam ritten wir an einem hölzernen Wachturm vorbei, dessen Wachen uns aufmerksam beobachteten, auf ihre Hauptstadt zu.

Gegen Ende des folgenden Tages waren wir vom Scheitel bis zur Sohle voller Staub und fühlten uns wie gegerbt von dem harschen Licht und den böigen Winden der hohen Gebirgslagen, die wir durchquert hatten, als wir plötzlich und unerwartet erlebten, wie die tiefgrünen Wälder freiem, hügeligem Land wichen, das im strahlenden Licht der Sonne lag. In der Ferne erhoben sich die blassgelben Lehmziegeltürme und die hohen Stadtmauern von Hattuscha. Die Stadt war auf lang gestreckten grünen Hängen erbaut worden und zog sich um einen beeindruckenden Felsgipfel, der hoch über allem anderen in der Landschaft aufragte.

Als wir uns der Stadt näherten, blieben Handwerker, die lange, helle, von der Rinde befreite Holzbalken auf den Schultern trugen, stehen, um uns zu begaffen, und auf den Feldern rackerten sich Kolonnen ausländischer Arbeiter ab – so ähnliche Kolonnen wie die, der wir unterwegs begegnet waren –, die man mit Seilen aneinandergebunden hatte. Aber irgendetwas stimmte nicht mit diesen Leuten; sie klammerten sich aneinander und schienen nicht zu wissen, was um sie herum vorging. Und dann wurde mir klar: Die meisten waren geblendet worden – sogar die Kinder. Sie bewegten sich wie verlorene, hoffnungslose Menschen, die einer Schwerstarbeit nachgingen, die niemals enden würde.

»Was hat man mit denen gemacht?«, fragte ich. »Warum sind diese Menschen blind?«

Hattusa zeigte sich von meiner Reaktion unbeeindruckt. »Um sie davon abzuhalten, in ihre Heimat zu fliehen«, sagte er, als sei das ja wohl das Logischste überhaupt. »Und wofür brauchen sie jetzt noch ihr Augenlicht? Sie können auch bestens arbeiten, ohne etwas zu sehen.«

Und damit wandte er sein hochmütiges Gesicht in Richtung der Türme von Hattuscha.

»Willkommen in meiner Stadt«, erklärte er stolz.

19

Löwen sprangen uns aus dem hellen Stein des gewaltigen Stadttores entgegen, das in die hoch aufragenden Mauern eingelassen war. Dabei handelte es sich um Tiere, die Stolz, Seelengröße und Mut ausstrahlten. Trappelnd durchquerten unsere Pferde das Tor, vorüber an den Soldaten auf den Wachtürmen, und dann ritten wir durch einen langen, finsteren, hohen und dreieckigen Tunnel, der unter dem massiven Befestigungswall hindurchführte, – und betraten, endlich, die Hauptstadt unseres Erzfeindes.

Dort erklommen wir eine terrassierte, mit Steinen gepflasterte Prozessionsstraße, die sich an düsteren Tempeln, flachen Lagerhäusern, weitläufigen Verwaltungsgebäuden und den Wohnhäusern der Elite entlangschlängelte sowie an etwas, was aussah wie ziemlich große unterirdische Getreidesilos. Hattusa wies uns auf die beeindruckende Architektur der Terrassen und Viadukte hin, die sich kühn über den Schluchten erhoben, die den Fels der Zitadelle umgaben.

»Das ist die Oberstadt. Hier befinden sich all die Ämter und Behörden, auf die der Königspalast angewiesen ist.« Hattusa nickte mit dem Kopf in Richtung der auffälligen Akropolis über uns, die sich allein schon durch ihre Höhe deutlich vom Rest der Stadt abhob und von weiteren hohen und schützenden Steinmauern umschlossen wurde.

»Sollte uns Zeit dazu bleiben, zeige ich Euch gern das beeindruckendste Bauwerk, den Tempel des Sturmgottes. Das ist ein Wunder, das Ihr gesehen haben müsst«, fügte er hinzu und zeigte dabei auf einen gewaltigen Bau, dessen großartige Mauern Reliefs mit Löwen und Sphingen zierten, die aus einem dunkelgrünen Stein gefertigt waren, der die Farbe von tiefem Wasser hatte.

»Ich würde mich sehr freuen, wenn ich Gelegenheit bekäme, das zu bewundern«, erwiderte Nacht.

Weiter und weiter bahnten wir uns unseren Weg nach oben und wurden dabei von hethitischen Männern begafft, die feine Gewänder aus Wolle trugen und in Gruppen beieinanderstanden. Manche nickten dem Botschafter respektvoll zu und entboten ihm einen innigen Willkommensgruß; die meisten wandten uns jedoch den Rücken zu, als wollten sie uns nicht ansehen, und ein paar spuckten sogar demonstrativ auf den Boden, als wir vorüberritten.

Der Botschafter geleitete uns zu unserer Unterkunft, einem Haus aus Holz und Lehmziegeln, das mit schlichten Friesen verziert war.

»Dies sind Eure Quartiere. Sie sind einfach, typisch hethitisch. Ich hoffe aber, dass Ihr es hier bequem haben werdet. Ruht Euch also bitte aus, wascht und erfrischt Euch. Heute Abend gibt es ein offizielles Bankett, und morgen früh erweist der König uns die Gnade einer Audienz. Ich hoffe, sie wird der erste Schritt zur erfolgreichen Lösung unserer Aufgabe sein. Solltet Ihr vorher irgendetwas benötigen, stehe ich Euch zur Verfügung. Die Diener werden Euch zur Hand gehen. Es sind Wachen postiert worden, aber seid versichert, dass sie lediglich zu Eurem Schutz da sind. Ihr seid nicht ihre Gefangenen. Ich muss jetzt erst einmal zu mir nach Hause gehen und dann den König aufsuchen. Ich bin sehr lange fort gewesen. Vielleicht ist meiner Gemahlin in der Zwischenzeit sogar aufgefallen, dass ich nicht da war!«

Wir warteten, bis die Wachen die Holztüren geschlossen, die Außenwelt damit ausgesperrt hatten, und Simut seinen Männern befohlen hatte, ihrerseits Stellung zu beziehen, und dann setzten wir uns zusammen, um zu reden.

»Ist dieser seltsame Ort tatsächlich die Hauptstadt unseres Erzfeindes?«, fragte Simut. »Im Verhältnis zu Theben und Memphis wirkt das hier primitiv.«

»Die alte Stadt wurde geplündert und ist in einem Brand fast völlig zerstört worden, bevor der Vater des jetzigen Königs an die Macht kam«, sagte Nacht. »Das hier ist also eine relativ neue Stadt, und wenn man sie sich aus dieser Perspektive anschaut, ist der Eindruck, den sie macht, imposanter. Gleichwohl schätze ich, dass der hethitische König so sehr mit seinen militärischen Offensiven befasst war, dass es zu Lasten sämtlicher Projekte für Prachtbauten gegangen ist. Das hatte ich überhaupt nicht erwartet. Das ist alles höchst interessant ...«

Simut sah mich an und hob dabei spöttisch die Brauen, er machte sich lustig über Nachts anmaßenden Ton.

»Das hier ist ein in jeder Hinsicht seltsames Land«, sagte er. »Und dennoch scheinen sie ein Imperium aufgebaut zu haben, das für uns innerhalb von gerade mal zwei oder drei Generationen ein ernsthafter Konkurrent geworden ist. Wie haben sie das angestellt? Das ist doch eigentlich gar nicht möglich.«

»Lass dich nicht täuschen«, erwiderte Nacht. »Trotz all seiner Triumphe im Ausland ist das hethitische Reich jung, nicht stabil und unterentwickelt. Im Norden und Westen sind sie von inländischen Feinden umzingelt und müssen deshalb Kriege führen und an mehreren Fronten gleichzeitig ihre Grenzen verteidigen. Ihre Getreideernten reichen nicht aus, um ihr Volk zu ernähren, also sind sie auf den internationalen Markt angewiesen – und wie ihr gesehen habt, ist der Transport von den Häfen ein ernsthaftes Problem, da sie keinen großen Fluss haben.«

»Und trotzdem«, sagte ich, »trotz all dieser Nachteile haben sie das Reich von Mitanni erobert, dessen Staatsgebiet in ihr eigenes eingegliedert und sich die großen Städte Karkemisch und Ugarit untertan und zu ihren Vasallen gemacht.«

»Und das finde ich beängstigend«, erklärte Simut, zog seine Sandalen aus und stellte seine Füße mit einem verhaltenen Jauchzer in eine Schüssel mit kaltem Wasser. »Denn wenn ein junges, recht primitives Königreich, das über wenig Rohstoffe und überhaupt keine natürlichen geographischen Vorzüge verfügt – nicht einmal einen anständigen Fluss sein Eigen nennen kann –, Mitanni zerstören und dann ernsthaft Ägyptens Vormachtstellung bedrohen kann, was sagt uns das darüber, wie die Zukunft aussehen könnte?«

Nacht nickte, ließ diese Worte auf sich wirken.

»Ägypten kann sich nicht länger auf seiner glorreichen Vergangenheit ausruhen. Wir müssen die Bedingungen für die Gegenwart vorgeben, damit die Zukunft unser ist.« Er brach das Siegel seiner offiziellen Reisetruhe und hob den Deckel. »Konzentrieren wir uns also auf das, was als Nächstes ansteht. Das wird die Zukunft mit Sicherheit verändern«, sagte er und zog sehr vorsichtig die offiziellen diplomatischen Tontafeln der Königin heraus, die in feinstes Leinen gewickelt waren. »Das hier sind die Schlüssel zu dieser Zukunft«, sagte er. Und dann brach er das Siegel einer zweiten, schwereren Reisetruhe und meinte: »Und das hier sind die Geschenke, die den Heiratsantrag versüßen werden.« In der zweiten Truhe befand sich eine Sammlung wunderschöner Objekte aus Gold – Teller, Kelche und Figurinen. »Alle Männer lieben Gold. Und sie tun alles, um es in ihren Besitz zu bringen.«

Er schaute auf die Gegenstände, und dabei lag ein seltsames Leuchten auf seinen Zügen.

20

Am gleichen Abend, genau zu der Zeit, da die Sonne unterging und auf alles ihre langen Schatten warf, wurden wir vom Botschafter und zwölf Palastwachen durch das dichtbebaute Tempelviertel auf das Steinviadukt geführt, das die Felsenschlucht überspannte, die von Ost nach West zwischen der Oberstadt und der königlichen Burg lag. Als wir die Brücke überquerten, blieben wir für einen Moment stehen, um das Panorama zu bewundern, das sich in südlicher, östlicher und westlicher Richtung vor uns auftat. Der Botschafter deutete auf die verschiedenen Sehenswürdigkeiten.

»Das da zu Eurer Linken ist der Heilige See, in dem unsere Priester sich waschen müssen, bevor sie in den Tempeln ihren Dienst versehen dürfen. Wie Ihr sehen könnt, erstreckt sich die Tempelstadt Richtung Süden, wobei die großen Prozessionsstraßen, die aus ihr herausführen, im Südwesten am Löwentor enden, im Südosten am Königstor und im Süden am Sphinxtor.«

Ich schaute hinter die Mauern und Wachtürme der Tore, von denen die Stadt umschlossen war, und ließ meine Blicke über die Landschaft schweifen, die sich in der Ferne erstreckte. Von weither wehte ein kalter Wind über das Hochplateau und die Wälder, trug den Duft von Pinien, Thymian und Rosmarin zu uns und den Klang der fernen Glocken der vielen Ziegen-, Schaf- und Rinderherden, die vor Einbruch der Dunkelheit für die Nacht zusammengetrieben wurden. Durch den niedrigen Stand der Sonne waren die Hütten der Stadt jenseits der Mauern ebenso deutlich zu erkennen wie die üppigen Obstgärten und Wälder, in die das Ganze eingebettet war. Mir stach der bittere Geruch von Holzrauch in die Nase, der von Hausfeuern unter uns herrührte und sich in die klare, reine Luft ringelte. Kleine Vögel, deren Schwänze aussahen wie Pfeile, schossen über unseren Köpfen auf und nieder, kreisende Schwärme, die kreischend eine brillante Choreographie vollführten. Und inmitten dieser fremdartigen Schönheit erinnerte ich mich plötzlich an etwas, das mir einen schmerzhaften Stoß versetzte – ich fühlte mich schuldig für Khetis Ermordung, fühlte mich schuldig, weil ich meine Familie verlassen hatte, sie so weit weg war. Ich dachte an meine Frau, die jetzt allein die gesamte Verantwortung für die Familie tragen musste, allein schlief und nicht wusste, ob sie mich jemals wiedersehen würde. Kann man Liebe über große Entfernungen hinweg vermitteln? Ich konnte es nur hoffen.

»Die Stadttore werden jetzt gleich für die Nacht geschlossen«, erklärte uns der Botschafter. »Die Wachsoldaten werden sie verriegeln, und der Stadttor-Offizier wird sie persönlich versiegeln. In den Torhäusern schlafen Nachtwachen. Die Stadt ist unbezwingbar. Und am Morgen werden Posten auf den Mauern mit Blicken den Horizont absuchen. Und erst wenn sie sich alle davon überzeugt haben, dass alles in Ordnung ist, erst und nur dann werden die Tore wieder geöffnet ...«

»Wir sind jetzt also in der Stadt unseres großen Erzfeindes eingesperrt!«, wisperte Simut mir ins Ohr.

»Ich weiß. Wir sind umzingelt, und ehrlich gesagt, weiß ich nicht, was sie daran hindern sollte, uns alle umzubringen.«

»Wir stehen unter dem offiziellen Schutz ihres Königs«, gab er zurück. »Das hat sehr großes Gewicht.«

Ich hielt meine Hand so, dass ich jederzeit nach meinem Dolch greifen konnte, und wich Nacht nicht von der Seite. Als wir unseren Weg über das Viadukt fortsetzten, flüsterte ich ihm ins Ohr: »Wie sieht Aziru aus?«

»Man erkennt ihn an seinen roten Haaren«, erwiderte er. »Aber falls er tatsächlich in der Stadt ist, glaube ich nicht, dass er so leichtsinnig wäre, sich jetzt schon zu zeigen.«

Wir erreichten das Torhaus am anderen Ende des Viadukts, das in hohe, dicke Steinmauern eingebaut war, und dort erwartete uns eine neue Eskorte königlicher Wachen, die Speere in den Händen hielten. Sie hatten langes Haar und trugen beeindruckende Tuniken, die am Halsausschnitt und an den Säumen mit sich wiederholenden blauen und roten Mustern bestickt waren. Eingemeißelt in den Stein über dem Tor war ein großer, doppelköpfiger Adler, der arrogant seine Flügel spreizte.

»Das ist das Symbol der hethitischen Armee«, sagte Simut leise. Dieses Tier hier behagte mir weit weniger als die tapferen, einladenden Löwen am Stadttor.

»Und das da sind die berüchtigten Goldenen Speermänner, die Elite-Palastwachen«, fügte Nacht hinzu. »Haltet bitte die Augen offen, meine Herren. Nachdem wir so weit gekommen sind, wäre es jetzt ein ganz besonderer Jammer, wenn ich einem Attentat zum Opfer fiele.«

Das Innere des Palastes war von vielen rußenden Fackeln spektakulär erleuchtet. Trotzdem herrschte eine düstere Stimmung. Am Ende eines langen hohen Ganges standen geschnitzte Holztüren offen; und durch diese führte man uns in einen Festsaal, in dem sich eine große Schar hethitischer Edelleute versammelt hatte. Alle waren sie auffällig bewaffnet. Als wir eintraten, verebbte das Stimmengewirr, und aller Blicke richteten sich auf uns. Stumm sahen sie dabei zu, wie Nacht langsam und respektvoll an den aufgereiht wartenden und feindselig dreinblickenden Würdenträgern vorbeidefilierte, während Simut und ich als seine getreuen Gefolgsmänner zu seiner Rechten und zu seiner Linken gingen. Ich schaute in die Menge, suchte nach einem Mann mit roten Haaren.

Man bot Nacht an, sich an einen langen Holztisch zu setzen, auf einen mit Schnitzarbeiten verzierten Holzstuhl, der eine hohe Rückenlehne hatte. Der Botschafter nahm gegenüber von ihm Platz, und die anderen Würdenträger ließen sich links und rechts von ihm nieder: der Oberhofmeister, der Bruder des Königs, der sich hochmütig reserviert verhielt; dann der Kommandeur der königlichen Wachen, der königliche Mundschenk; der Oberste Schreiber; der Kommandeur der Leibwachen; und viele andere, die zur Elite der hethitischen Welt zählten. Am Kopfende des Tisches stand ein Podest mit einem imposanten Thron, aber der war leer.

»Der hethitische König beehrt uns nicht mit seiner Anwesenheit«, flüsterte ich Simut zu.

»Nein, und auch kein anderes Mitglied der königlichen Familie«, antwortete er. »Gastfreundlich ist die Atmosphäre auf keinen Fall …«

Hundert hethitische Edelleute und Magnaten fixierten uns mit eisigem Blick im flackernden Schein der Fackeln. Nacht sah an ihrer Festtafel aus, als sei er von einem zahlenmäßig überlegenen Feind umzingelt; stumm starrten sie ihn an und schienen nur auf eine Gelegenheit zu warten, um sich auf ihn zu stürzen und ihn bei lebendigem Leibe aufzufressen. Aber irgendwie gelang es ihm trotzdem, einen ruhigen, gefassten und furchtlosen Eindruck zu erwecken.

Der Oberhofmeister klatschte in die Hände und befahl damit, dass das Essen aufgetragen wurde. Diener betraten den Festsaal durch Seitentüren und trugen Platten mit kurz angebratenem Fleisch, Brot, geröstetem Gemüse und bergeweise Obst in den prächtigsten Farben. Schlagartig besserte sich die Stimmung – ich schätze, die Aussicht auf ein Abendessen hebt sogar die Laune des tödlichsten Erzfeindes. Hinter jedem der sitzenden Würdenträger stand ein Vorkoster, und plötzlich ging mir auf, dass ich als Nachts Testesser fungieren musste. Ich kam beinahe um vor Hunger, und das fette Fleisch duftete wunderbar. Rasch probierte ich von jeder einzelnen Speise, wobei meine Furcht in einem krassen Widerspruch zu meinem Appetit stand. Nachdem sich herausgestellt hatte, dass ich – wie auch die anderen Vorkoster – überlebt hatte, machten sich alle über ihr Mahl her. Nacht begann eine ernste, hölzerne Unterhaltung mit dem Oberhofmeister, in deren Verlauf sie Höflichkeitsfloskeln austauschten und immerzu mit den Köpfen nickten. Es sah so aus, als verlaufe das Bankett ganz nach Plan.

Bis plötzlich eine Trompetenfanfare ertönte, mit der die Ankunft eines Würdenträgers angekündigt wurde, der – nach dem entgeisterten Ausdruck auf den Gesichtern der hethitischen Edelleute zu urteilen – eindeutig unerwartet auftauchte. Ein junger Mann betrat den Saal. Er trug prächtige Gewänder, ein Übermaß an Goldketten um den Hals, und sein langes, glattes Haar umwehte seine markanten Gesichtszüge. Begleitet wurde er von einer Horde arroganter, lärmender, junger Aristokraten, die für die in dem großen Saal versammelte ältere Generation nichts als Verachtung übrighatte; das war deutlich zu spüren. Auf ein drängendes Zeichen des Oberhofmeisters erhoben sich alle, dass die Beine ihrer Stühle über die Steinplatten des Fußbodens kratzten, und neigten die Häupter. Der Prinz, gefolgt von seinen aggressiven jungen Kumpanen, schlenderte lässigen Schrittes am Banketttisch entlang, ließ den Anblick der Versammelten auf sich wirken und ergötzte sich am Unbehagen der Edelleute. Er erreichte den Thron, strich über die Armlehnen und lehnte sich dagegen. Er setzte sich jedoch nicht darauf. Stattdessen nickte er nonchalant seinem Onkel zu, dem Oberhofmeister am Palast von Hattuscha, und dann dem Kommandeur der Leibwachen und den anderen wichtigen Beamten. Und schließlich musterte er Nacht, der sich ehrerbietig verbeugte. Es war totenstill im Saal.

»Bemerkenswert«, tönte er. »Ich kehre zurück, und was sehe ich? Ein Ägypter, kein Geringerer als der Königliche Gesandte unseres Erzfeindes, speist am Tisch meines Vaters, des Königs. Was um alles in der Welt treibt er wohl hier? Haben die Ägypter sich geschlagen gegeben? *Sind sie hergekommen, um um Gnade zu betteln?*«, sagte er. Ein hässlicher Sarkasmus troff aus seiner Stimme. Seine Kumpane kicherten. Hattusa nahm all seine Würde zusammen und verneigte sich.

»Ich stelle den Königlichen Gesandten Nacht von Theben, Stellvertreter unseres Bruders Eje, des Königs von Ägypten, dem Kronprinzen Arnuwanda vor, dem Sohn der Sonne unseres Landes.«

Nacht verneigte sich in aller Form, während der Kronprinz nur unmerklich mit dem Kopf nickte.

»Ich wusste nicht, dass geplant war, dass Ihr uns besucht, Königlicher Gesandter. Andernfalls, das kann ich Euch versichern, hätte ich darauf bestanden, bei Eurer Ankunft anwesend zu sein, um mitzuerleben, wie unser Feind unter den Festungsmauern hindurchläuft und die Stadt meines Vaters betritt.«

Hattusa verzog das Gesicht missbilligend und räusperte sich.

»Uns war nicht bekannt, dass Ihr in der Stadt seid, Königliche Hoheit. Es hieß, Ihr seiet fort, in den Kriegen, bei Eurem Bataillon. Andernfalls hätten wir Eure königliche Anwesenheit als Allererstes erbeten.«

Der Kronprinz beäugte ihn, dann griff er nach einem Bündel Weintrauben und begann, sie langsam zu essen und dabei durch den Saal zu schlendern.

»Willkommen daheim, Botschafter. Wie ist es Euch ergangen am für seine Heimtücke bekannten Hof des ägyptischen Königs? Und warum habt Ihr diesen Ägypter hier zum Abendessen eingeladen? Ich hätte es vorgezogen, wenn Ihr nur mit seinem Kopf zurückgekehrt wäret ...«

Seine Freunde lachten laut auf. Der Botschafter bedachte den Oberhofmeister mit einem um Unterstützung flehenden Blick.

»Der König persönlich hat den Königlichen Gesandten Nacht eingeladen«, erklärte daraufhin der Oberhofmeister. »Morgen wird eine Audienz stattfinden. Und jetzt, da bekannt ist, dass Ihr hier seid, wird der König ohne jeden Zweifel auf Eurer Anwesenheit bestehen.«

Der Kronprinz schien Respekt vor der Autorität seines Onkels zu haben. Er nickte barsch, aß aber weiter seine Weintrauben, eine nach der anderen.

»Darauf werde ich selbst bestehen. Ich brenne darauf zu hören, was in den Briefen des greisen und siechen Königs Eje steht, von dem man hört, dass er nur mehr der klapprige Schatten eines Mannes ist und nur noch für die Grabkammer taugt. Vielleicht überbringt der Botschafter uns aber auch die Neuigkeit, dass der ägyptische König bereits tot ist und der Königliche Gesandte deshalb hergekommen ist, um aus Verzweiflung und Schwäche heraus auf Frieden zu drängen. Den wir niemals gewähren werden!«

Seine Kumpane jubelten, und die im Saal Versammelten fingen an, pflichtschuldigst zu lachen, wie es geboten schien. In der Stille, die folgte, musste Nacht etwas darauf erwidern.

»Frieden wäre für unsere beiden großen Reiche von Wert«, gab er vorsichtig zur Antwort.

Aber daraufhin begannen einige der Edelleute zu buhen. Der Kronprinz nutzte seinen Vorteil.

»Frieden ist ein Wort, das nur Feiglinge, Besiegte und Schwächlinge in den Mund nehmen! Wir sind Hethiter. Wir sehnen uns nach einem derart glorreichen Krieg, dass er ganz Ägypten ins Elend stürzt und für Tausende von Jahren unter Schutt und Asche begräbt!«

Die jungen Männer und auch andere im Saal bekundeten lauthals ihre Zustimmung. Die Situation schien Nacht zu entgleiten.

»Ägypten ist hergekommen, um mit unserem Bruder zu sprechen, der Sonne, dem Großkönig der Hethiter, den wir als ebenbürtig respektieren, im Krieg und in Zeiten des Friedens. Wir sind gekommen, um uns auf unsere guten Beziehungen zu besinnen. Möge es ihm und uns wohlergehen«, rief Nacht aus und bediente sich damit der vorsichtigen Floskeln der internationalen Diplomatie.

Die Menge lachte höhnisch darüber, und der Kronprinz nutzte das aus, indem er sich zu seinem Publikum umdrehte und verächtlich wie ein Komiker die Stirn runzelte. Hattusa wirkte zutiefst beschämt.

»Gute Beziehungen?«, wiederholte der Kronprinz in ironischem Ton. »Ist das nicht ein herrlicher Anblick, edle Herren! Ägypten ist quer durch die Welt zu uns gekrochen!« Dann wandte er sich wieder an Nacht. »Ihr habt recht, möge es Euch wohlergehen, aber unser Bruder seid Ihr nicht«, sagte er. »Als Gast der Hethiter werden Euch bis morgen die gebührenden Ehren zuteil. Als unser Feind macht Euch aber Folgendes klar: Es ist völlig gleichgültig, was für goldene Worte Ihr meinem Vater, dem König, ins Ohr flüstert. Frieden werden die Hethiter niemals akzeptieren. Wir haben innerhalb von einer Generation drei Reiche erobert. Und das ist erst der Anfang, denn in Kürze werden wir Ägypten erobern, und danach sind Eure Bauwerke nur noch Ruinen, Eure Namen ausgemerzt, und Euer Ruhm ist zu Staub zerfallen. Eure Götter werden verzweifeln und Eure Tempel und Euer Land verlassen, und wir werden Euch in Euren eigenen Palästen zu Tode trampeln und zermalmen. So viel zum Thema gute Beziehungen!«

Jetzt scharten sich die jungen Männer um Nacht und brüllten ihm ihren Beifall geradewegs ins Gesicht. Es war bestürzend respektlos. Nacht begegnete der Feindseligkeit mit tadellosem diplomatischen Benehmen.

»Wir haben die Worte des Prinzen der Hethiter vernommen und werden sie uns merken. Wir bringen gute Wünsche und Geschenke aus Gold von unserem großen König. Wir entbieten den Hethitern unseren Respekt für ihre ruhmreichen Taten. Wir werden bei unseren Unterredungen auf unsere Ehrbarkeit vertrauen. Wir erinnern uns an die großen Taten Eures Vaters, der die Abkommen schloss, durch die wir einander einstmals in Freundschaft verbunden waren und es vielleicht wieder sein werden, zu unserem beidseitigen Nutzen.«

Der Kronprinz hielt Nachts starrem Blick stand und spitzte dabei verächtlich den Mund. Dann wandte er sich an den Oberhofmeister.

»Onkel, ich werde später mit dir reden, am besten gleich, nachdem du dieses – Festmahl der Feiglinge zum Abschluss gebracht hast.«

Sein Onkel nickte, und der Kronprinz lief schnellen Schrittes und ohne Nacht eines weiteren Blickes zu würdigen, aus dem Saal hinaus, gefolgt von seiner Entourage aus aggressiven jungen Adligen. Die angenehme Stimmung des Banketts war dahin. Nacht setzte sich nicht wieder auf seinen Platz.

Der Oberhofmeister sprach schnell, als er den angerichteten Schaden zu beseitigen versuchte.

»Im Namen unseres Königs möchte ich zum Ausdruck bringen, welche Ehre uns Eure Anwesenheit ist. Es scheint, als sei der Kronprinz nicht von Eurer Ankunft in Kenntnis gesetzt worden, und deshalb ist er bestürzt und unvorbereitet. Von daher seine Worte …«

»Seine königliche Anwesenheit ist uns eine Ehre. Nichtsdestotrotz nehmen wir seine Worte besorgt zur Kenntnis«, erwiderte Nacht in bestimmtem Ton.

»Seine Worte waren unbedacht«, erklärte der Oberhofmeister.

»Seine Worte waren eine ungeheuerliche Beleidigung des Königs von Ägypten«, antwortete Nacht kompromisslos.

Mir fiel auf, dass der Kommandeur der königlichen Wachen in diesem Moment zu einigen seiner Kollegen herüberschaute und sie einander ansahen, als würden sie stumm gegen diesen Versuch einer diplomatischen Aussöhnung stimmen. Plötzlich schien klar zu sein, dass jedes Angebot, das Nacht im Hinblick auf ein friedliches Ende der Kriege machen würde, innenpolitisch auf gewaltige Ablehnung stoßen würde. Ich fragte mich, ob Hattusa und Nacht das vorausgesehen hatten.

»Wir werden uns jetzt zurückziehen«, sagte Nacht. »Morgen ist ein wichtiger Tag.«

Rundum brach Hektik aus, alle erhoben sich, und in Windeseile verließen wir mit Nacht den Saal. Simuts Männer nahmen ihre Positionen ein. Die Waffen wurden gezückt und konnten jetzt jeden Moment zum Einsatz kommen. Schnell verschaffte ich mir einen Überblick über die feindselige Menschenmenge. Und im nächsten Moment spürte ich etwas, was mich aufschauen ließ: Ich erhaschte kurz einen Blick auf einen Mann, der Nacht anstarrte, durch die Menschenmenge hindurch, von der anderen Seite des Saales. Sein Gesicht hatte die Züge und die Hautfarbe eines Levantiners. Er trug einen kegelförmigen Hut. Am auffallendsten fand ich die Intensität, mit der er starrte. Als ich ihn ansah, fiel auch ich ihm auf – doch bereits im nächsten Moment stellte sich eine Gruppe hethitischer Edelleute zwischen uns, und wir liefen durch die Türen, in den Gang und in die Schatten des Palastes, und er war verschwunden.

Später, als wir uns darauf vorbereiteten, unsere erste Nacht in der Stadt zu verbringen, erzählte ich Nacht von dem Mann.

»Gib mir eine exakte Beschreibung«, verlangte Nacht.

Das tat ich. Nacht hörte mir sehr aufmerksam zu.

»Ich bin sicher, dass er kein Hethiter war«, fügte ich hinzu.

Eine kleine Sorgenfalte bildete sich auf Nachts Stirn.

»Hast du ihn auch gesehen?«, fragte er Simut.

Er schüttelte den Kopf. »Habe ich nicht. Ich habe aber sehr viele andere Dinge gesehen, die mir nicht gefallen haben und denen ich nicht traue. Der Kronprinz hat uns offen bedroht.«

»Wir befinden uns im Herzen des Landes unserer Feinde. Viele der Menschen hier werden gegen Ägypten gekämpft oder Brüder und Väter in den Kriegen verloren haben. Viele werden einen tief verwurzelten Hass gegen uns, ihren Erzfeind, hegen«, sagte Nacht. »Das war zu erwarten.« Trotzdem wirkte er plötzlich unsicher, ganz so, als hätten die Ereignisse des Abends sein Selbstvertrauen erschüttert. Er sah mich an und sagte leise: »Halt Ausschau nach diesem Mann und gib mir Bescheid, wenn du ihn noch einmal siehst. Wir können gar nicht vorsichtig genug sein. Morgen bekommen wir unsere einzige Chance, den König dazu zu überreden, unseren Vorschlag anzunehmen, und falls Aziru hier ist, habe ich nicht den geringsten Zweifel, dass er hinter den Kulissen daran arbeiten wird, jede Möglichkeit einer friedlichen Verständigung zwischen den beiden Großreichen zu sabotieren. Wie wir heute Abend erlebt haben, bestehen sogar innerhalb der hethitischen Königsfamilie große Meinungsverschiedenheiten ...«

»Wie viele Prinzen gibt es in der königlichen Familie?«, fragte ich, um uns wieder auf den festen Boden der Tatsachen zurückzubringen.

»Fünf«, antwortete Nacht. »Da ist Arnuwanda, dem wir heute Abend begegnet sind, der ist der Thronfolger. Dann ist da Telipinu, der von seinem Vater zum Vizekönig von Aleppo ernannt wurde und zum Priester von Kizzuwatna gemacht worden ist, was eine äußerst wichtige Stellung ist; und dann kommt Pijaschili, der jetzt Vizekönig von Karkemisch ist; dann gibt es noch Zannanza und schließlich Murschili, aber der ist noch minderjährig.«

»Der hethitische Großkönig hat mit seinen Söhnen also das Glück gehabt, das die Königin mit ihrem eigenen Nachwuchs nicht hatte«, resümierte ich. »Wie seltsam, dass das Schicksal ganzer Königreiche von der Fruchtbarkeit eines weiblichen Schoßes abhängt.«

Nacht nickte.

»In der Tat. Das Problem der hethitischen Thronfolge hat aber auch noch einen anderen Aspekt: Nachdem sie ihm treusorgend fünf Söhne geboren hatte, wurde die Königin Hinti unlängst vom König verbannt, und statt ihrer hat er die Tochter des Königs von Babylon geheiratet. Ihr Name ist Tawananna.«

»Also ich denke, dass sie bei seinen Söhnen nicht gerade beliebt ist …«, sagte ich.

»Es sorgt für zusätzliche Verwirrung in der politischen Situation zwischen dem Vater und den Söhnen, und was wir heute Abend miterleben mussten, ist vielleicht ein Beweis für diese Spannung – etwas, was wir ausnutzen müssen. Familien sind so merkwürdig und unberechenbar, dass man sich zuweilen fragen muss, warum die Leute sie überhaupt haben …«, fügte er hinzu. Ich sah, dass das nur halb im Scherz gemeint war.

»In allen Familien geht es kompliziert zu«, sagte ich. »Aber königliche Familien sind sicher die kompliziertesten von allen – weil die sich um Macht und Gold und Vergeltung zanken und nicht nur darüber, wer den letzten Teller Suppe essen darf.«

»Gleichgültig, wie arm ein Mann auch ist, wenn er eine Familie hat, ist er reich«, zitierte Nacht ein altes Sprichwort und fügte abschließend hinzu: »Wie du selbst weißt.«

Dann machte er es sich auf seiner Schlafstatt bequem und traf Vorbereitungen, sich zur Ruhe zu begeben, als sei alles in bester Ordnung, als laste keine so schwere Verantwortung auf seinen schmalen Schultern.

»Wie kannst du einfach so schlafen, wenn du weißt, dass du morgen das Schicksal unserer Länder in den Händen halten wirst?«, fragte ich verwundert.

»Es hat noch niemals jemand etwas Großes vollbracht, ohne in der Nacht davor gut geschlafen zu haben. Kriege werden wegen Ermüdung verloren und nach einer guten Nachtruhe gewonnen. Ich habe mich so gründlich wie möglich vorbereitet. Nichts bleibt dem Zufall überlassen. Ich weiß, was ich zu tun habe. Hier die ganze Nacht wach zu liegen und mir Sorgen zu machen und morgen früh vor Sonnenaufgang mit roten Augen und leerem Hirn aufzuwachen würde unserer Sache kaum zuträglich sein. Dürfte ich dich also bitten, für die Stille zu sorgen, die erforderlich ist, damit ich ein wenig Ruhe bekomme? Gute Nacht.«

Und dann schloss er fest die Augen. Auf Zehenspitzen schlichen Simut und ich um ihn herum und nach draußen, um zu überprüfen, ob seine Männer ihre Positionen für die Nachtwache eingenommen hatten. Außer uns selbst konnten wir hier niemandem trauen, und das Benehmen des Kronprinzen hatte bestätigt, dass wir für viele Hethiter unerwünschte Gäste waren. Wir wussten, dass man uns jeden Moment angreifen konnte. Draußen, vor dem Hauseingang, waren auch noch hethitische Wachen postiert worden. Ablehnend starrten sie uns und unsere eigenen ägyptischen Wachsoldaten an.

Ich blickte hinauf an den Nachthimmel, der voller Sterne war und den eine neue Mondsichel zierte, die in die äußerste Ecke des gewaltigen Himmelszelts gerutscht war.

»Nun«, sagte ich zu Simut, »nun sind wir da.«

Er nickte. »Und ich freue mich schon jetzt darauf, wieder nach Hause zu dürfen. Dieses Land und diese Stadt sind mir nicht geheuer.«

»Mir auch nicht. Aus irgendeinem Grund muss ich immerzu an Schlangen denken.«

Er lachte.

»Es ist ein Palast. Alle Paläste sind voll von ehrgeizigen Männern, Frauen und Kindern, die sich für ihren eigenen Aufstieg gegenseitig bei lebendigem Leibe auffressen würden. Sie sind angeblich die Elite, aber sie räumen sich gegenseitig aus dem Weg und benehmen sich mit einer Boshaftigkeit und Brutalität, dass es jedes hirnlose Tier schockieren würde. Dieser Kronprinz ist ein scheußlicher Kerl. Unser Freund ist der nicht.«

»Er sähe unsere ägyptischen Köpfe gern aufgespießt auf den Stadtmauern«, gab ich zurück. Und dachte an den seltsamen Levantiner, den ich gesehen hatte, und seine verzerrten Züge.

Simut beschloss, für einen Teil der Nachtwache mit seinen Männern aufzubleiben, also kehrte ich in unsere Kammer zurück. Nacht atmete bereits flach, wie ein Kind. Ich schaute auf seinen elegant geformten Schädel, der auf der Schlafstütze ruhte, und auf seine ebenmäßigen Gesichtszüge. Ich hätte nicht sagen können, ob er wirklich eingeschlafen war oder nicht. Durch diese Reise war mir bewusst geworden, dass ich diesen Mann, meinen alten Freund, nicht so gut kannte, wie ich bisher geglaubt hatte. Wir standen uns seit so vielen Jahren so nah. Dennoch wusste ich nie so recht, was hinter diesen topasfarbenen Falkenaugen vorging, die jetzt im Schlaf geschlossen waren. Sein Gesicht war eine Maske der Gelassenheit.

Ich roch an der Wasserflasche, um festzustellen, ob sie Gift enthielt. Das Wasser schien in Ordnung und klar zu sein, also trank ich einen Schluck. Auf der Stelle ins Jenseits beförderte es mich schon mal nicht. Und bald schon schlief ich ein und fiel in einen tiefen Traum von hohen Orten und umherdriftenden Nebeln, und aus weiter Ferne rief meine Familie nach mir …

21

Man ließ uns warten, und wir waren nicht die Einzigen, die man warten ließ. Ganze Scharen von Bittstellern, Verwaltungsbeamten, Armeeoffizieren, reichen Kaufleuten, Großgrundbesitzern und Vasallenfürsten hatten sich in dem stickigen Vorraum eingefunden, um ihre Reverenz zu erweisen und über die Lage in ihren Regionen Bericht zu erstatten. Jedes Mal, wenn ein weiterer mit seinem Gefolge eintraf, blickten alle auf, um entscheiden zu können, ob es galt, sich aus Respekt zu erheben oder aus Stolz sitzen zu bleiben. Als wir hereingekommen waren, hatte man uns vom Scheitel bis zur Sohle beäugt und dann mit voller Absicht ignoriert. Niemand war aufgestanden. Den Botschafter hatte das peinlich berührt. Nacht lehnte es indes ab, diese kleine Provokation als Beleidigung zu werten, ebenso wie die wesentlich größere, die so sehr lange Wartezeit – und daran änderte sich auch nichts, als die Sonne schon fast im Zenit stand, die Luft vor Hitze und Grillengezirp zu bersten schien und wir bereits viele Stunden auf den König gewartet und erlebt hatten, dass die anderen fast alle vor uns zu ihm vorgelassen worden waren.

»Das ist gar nichts«, meinte er. »Manchmal lässt man Gesandte und Botschafter tagelang, oft sogar wochenlang auf eine königliche Audienz warten. Und Boten können von

Glück sagen, wenn sie nur ein Jahr warten müssen, bis sie eine Antwort nach Hause tragen dürfen.«

Und dann versank er wieder in Gedanken. Als ich gerade anfing, mir auszumalen, auch wir würden ein ganzes Jahr warten müssen, öffneten sich plötzlich knarrend die Türen des Vorraums, und man rief uns hinein.

Grimmig schweigend eskortierten uns die Palastwachen durch mehrere mit Säulen umrahmte Innenhöfe, von denen einer größer und beeindruckender war als der andere, und dann eine breite Treppenflucht hinauf in ein darüberliegendes Stockwerk, von dem es hinaus auf eine gewaltige Terrasse ging, in deren Mitte sich ein weitläufiger Innenhof befand, der von einem großen, eleganten Säulengang umschlossen wurde. Man führte uns zu Schüsseln mit frischem Wasser, und als Nächstes wuschen uns königliche Bedienstete mit akribischer Sorgfalt die Hände und Füße. Der penetrante Geruch von Kräutern, die büschelweise verbrannt wurden, hing in der Luft. Endlich geleitete man uns zu herrlichen, mit Blattgold belegten Flügeltüren, in die das königliche Symbol des Löwen eingeschnitzt war. Es herrschte absolute Stille. Hattusa nickte einem königlichen Herold zu, der dreimal mit seinem Zeremonienstab gegen die Tür pochte, und dann ließ man uns ein.

Wir betraten eine wunderschöne schattige Halle. Das an drei Seiten offene Gewölbe ließ sanft etwas Licht und eine warme Brise herein. Zahllose, ungemein elegante Säulen stützten die hohe Decke. Am anderen Ende dieser Halle stand eine Gruppe von Männern im Schatten. Der Botschafter führte uns offiziell zu ihnen; einige erkannte ich vom Vorabend wieder, unter anderem den Kronprinzen, der erneut so tat, als würde er Nacht kaum wahrnehmen, und seinen Onkel, den Oberhofmeister, der sich höflich und respektvoll verhielt.

Andere wurden uns vorgestellt: Hazannu, der Bürgermeister der Stadt; Zida, der Oberste Minister, sowie mehrere andere politische Berater, die das königliche Kabinett bildeten. Vom Großkönig selbst fehlte jedoch nach wie vor jede Spur. Simuts Männer trugen unsere Truhe mit den Schätzen aus Gold herein und stellten sie vor dem Königsthron auf den Boden.

In Erwartung Seiner Majestät stellten wir uns zum Defilee auf. Die Stille war unbehaglich, bis der Herold – endlich – feierlich das unmittelbar bevorstehende Erscheinen des Königs verkündete und dieser plötzlich durch Flügeltüren hereintrat, die vermutlich in die königlichen Privatgemächer führten, ganz so, als sei er in großer Eile, und dabei gebieterische und ungeduldige Tatkraft verströmte. Flugs sanken alle auf die Knie und verneigten sich tief.

Als man uns irgendwann gestattete, uns wieder zu erheben, ertappte ich mich dabei, wie ich vorsichtig auf einen Mann blickte, der nicht sonderlich groß, aber stabil gebaut, penibel, aber nicht protzig gekleidet war, ein Gemisch aus kaum gezügeltem Zorn und Schwermut ausstrahlte und blaugraue Augen hatte, aus denen ein bestechender und beängstigender Scharfsinn strahlte. Er setzte sich, schaute mit unheilvoller Miene und herablassendem Blick auf die Gesellschaft und trommelte dabei mit seinen beringten Fingern auf die Armlehnen seines Throns. Auf einmal bellte er etwas in seiner Muttersprache. Einer seiner Diener, der vor Furcht bebte, trat vor und verneigte sich vor ihm. Der König brüllte ihm irgendeinen Befehl ins Gesicht, und daraufhin verneigte sich der Diener neuerlich, drehte sich um und lief schnellen Schrittes ans andere Ende der Halle, wo er sich, ohne zu zögern, von der Mauer in die Tiefe stürzte.

»Ich herrsche über alles, was lebt in dieser Welt, und ich

herrsche über den Tod. Vergesst das nie«, sagte der hethitische König Nacht ins Gesicht, in einem Ägyptisch, das von einem üblen Akzent verzerrt war.

Dann nickte er Hattusa brüsk zu, und der Botschafter begann, auf Hethitisch eine Rede zu halten. Ich verstand kein Wort, sah aber, dass der König sich den Anschein gab, gar nicht zuzuhören – oder zumindest nicht durchblicken zu lassen, was beim Zuhören in ihm vorging. Als Nächstes bat Hattusa Nacht vorzutreten. Ich gestehe, dass ich in diesem Moment zum ersten Mal ganz deutlich sah, dass die Hände meines Freundes vor Nervosität zitterten. Doch als er zu reden anhob, klang seine Stimme ruhig und klar. Und er sprach Akkadisch, die alte, offizielle Sprache der internationalen Diplomatie, die ansonsten heute nicht mehr benutzt wurde, als sei das seine Muttersprache. Hattusa übersetzte Satz für Satz ins Hethitische, und der König hörte aufmerksam zu, weigerte sich allerdings die ganze Zeit über, Nacht den Respekt oder die Ehre eines Blickes zu erweisen. Die anderen Minister und Beamten lauschten ebenfalls und schauten dabei auf den Fußboden, sorgsam darauf bedacht, keinerlei Reaktion zu zeigen. Schließlich verneigte sich Nacht und öffnete die Truhe mit den Geschenken aus Gold. Der König tat so, als würdige er den Inhalt der Truhe keines einzigen Blickes. Stattdessen beugte er sich ungeduldig vor und sprach rasend schnell in Hethitisch auf Hattusa ein, der das Ganze sofort für Nacht ins Ägyptische übersetzte.

»Er befiehlt uns, Ägyptisch und Hethitisch zu sprechen. Er sagt, das sei besser. Dass Bruder zu Bruder spricht, jeder in seiner eigenen Sprache.«

Nacht verbeugte sich. »Die Weisheit Seiner Majestät ist uns eine Ehre.«

Hattusa übersetzte auch das, und der König machte eine

abwinkende Geste, als er Nachts Lob vernahm, und setzte zu einer langen, herrischen Rede an, die zu Anfang einen sehr bestimmten Ton hatte und mit Gebrüll endete. Der Botschafter atmete tief durch und übersetzte die Tirade mit formellen Worten und monotoner Stimme. Dieses streitlustige Gebaren war reine Schau, darunter verbarg sich etwas Subtileres.

»Der Großkönig, der Sohn der Sonne, übermittelt seinerseits seine besten Wünsche an seine liebe Schwester, die Königin von Ägypten. Er dankt ihr für ihre kleinen Geschenke. Er dankt ihr für ihre Sorge um seine Gesundheit, um die es, wie Ihr sehen könnt, bestens bestellt ist. Das Gleiche wünscht er ihr. Leben, Wohlstand und Gesundheit seien dem König und der Königin von Ägypten beschieden! Er dankt der Königin für ihren überraschenden Vorschlag. Er fragt sie aber, wie sie es für möglich hält, dass man einen hethitischen Prinzen erübrigen könne, um dem ägyptischen Thron aus einer verzweifelten Notlage zu helfen. Und warum sollte der Großkönig, der Sohn der Sonne, einen seiner eigenen Söhne als Geisel an den Hof von Ägypten schicken? Zum König werdet Ihr ihn nicht machen!«

Der König und seine Höflinge beobachteten Nacht während Hattusas Ansprache sehr aufmerksam und versuchten abzuschätzen, was er darauf erwidern würde. Nacht nickte, als habe er diese Reaktion erwartet. Er antwortete, ohne zu zögern, indem er dem König die Tontafel zeigte, in die die Botschaft der Königin eingedrückt war, und es wagte, den König direkter anzusprechen.

»Euer Majestät, Sohn der Sonne, dies hier sind die persönlichen Worte, die die Königin von Ägypten Euch durch mich, ihren treuen und unwürdigen Diener, zukommen lässt: ›Wenn wir einen Sohn des großen König Tutanchamun hätten, würden wir nicht zu Euch kommen und um einen Eurer Prinzen bitten. Ich werde alleinstehend sein. Ich werde allein sein. Mein Begehren ist, dass einer Eurer Prinzen König wird, und mein Gemahl. Ich bin zu Euch gekommen und in kein anderes Land.‹«

Nacht reichte dem König die Tontafel, aber der weigerte sich, sie entgegenzunehmen. Nacht sprach weiter, jetzt ganz direkt: »Wir würden unser glorreiches Bündnis mit Garantien für die Sicherheit des Prinzen honorieren. Das gelobt die Königin. Derweil bittet sie Euch, ihr die Gefälligkeit zu erweisen, die Vorteile zu bedenken, die eine brüderlichere und liebevollere Freundschaft für unsere beiden großen Reiche hätte.«

Er hielt inne, und der Botschafter übersetzte, ohne dabei auch nur einmal ins Stocken zu geraten. Trotzdem fiel der Kronprinz ihm bereits nach wenigen Worten in die Parade.

»Nein, nein, nein, Königlicher Gesandter der Ägypter. So dumm sind wir nicht. Meine Brüder sind Vizekönige von Aleppo und Karkemisch, diese Gebiete unterstehen unserer Kontrolle, und von dort aus werden wir sämtliche Länder Ägyptens erobern ...«

Doch der Großkönig bedeutete ihm mit einer brüsken Geste zu schweigen. Der Kronprinz zog ein mürrisches Gesicht, fügte sich aber.

Nacht fuhr fort: »Im Geiste des brüderlichen Respekts, der zwischen großen Gleichgestellten herrscht, lasst uns die Dinge beim Namen nennen. Die Kriege, die wir miteinander führen, gereichen keinem unserer Länder mehr zum Nutzen. Die einzigen Nutznießer des Konflikts sind die unbedeutenderen Staaten, die zwischen unseren Reichen liegen. Können wir auf ihre Loyalität bauen? Niemals. Sie lügen und betrügen wie Diebe, um für sich einen Vorteil herauszuschlagen, und sowohl untereinander als auch zwischen den großen Brüdern Feindschaft zu säen. Es kostet Ägypten und Hatti gleichermaßen viele Divisionen, um inmitten eines derartigen Chaos die Ordnung aufrechtzuerhalten. Ein Friedensvertrag würde diese Gebiete indes der Königin von Ägypten und dem großen König der Hethiter zu Füßen legen.«

Einige der Minister berieten sich kurz untereinander. Derweil sah der Kronprinz aus, als würde er jeden Moment losdonnern.

Prompt erhob er sich und brüllte: »Ihr nehmt das Wort Frieden in den Mund, aber Ägypten hat wiederholt grundlos Angriffe auf hethitische Verbündete und uns untertane Städte verübt. Ihr habt Kadesch angegriffen! Ihr habt den Hethitern Böses angetan …«, schrie er.

»Ja, Königliche Hoheit«, pflichtete Nacht ihm bei. »Und dann hat Hatti gegen den Vertrag verstoßen und im Gegenzug uns angegriffen. Ihr habt Karkemisch belagert! Welchen Sinn hat solch eine Aggression? Wenn das hier eine Beziehung zwischen zwei Brüdern wäre«, fügte Nacht in einem Ton hinzu, in dem neue Autorität mitschwang, »würden wir dann nicht sagen, dass es eine reine Verschwendung von Liebe und Vertrauen ist?«

Der König hörte jetzt aufmerksam zu. Nacht führte seine Meinung weiter aus.

»Der Krieg zwischen Hatti und Ägypten ist ein kostspieliges und verheerendes Unterfangen. Wir sind beides stolze Reiche. Und dennoch: Warum sollten wir so viel einsetzen, um so wenig zu gewinnen? Nur mit Frieden gewinnen wir Zeit. Warum sollte es keinen ruhmreichen und respektvollen Frieden zwischen unseren verbrüderten Ländern geben? Warum sollten wir uns nicht verbünden, als Brüder, um die törichten Aufstände und die anarchistischen Mächte des Chaos niederzuschlagen, die uns beiden in den Ländern Sorgen bereiten, die zwischen unseren Reichen liegen? Alle hier Anwesenden sollen es hören: Ich spreche von Amurru und seinem sogenannten König Aziru und der Horde abscheulicher Querulanten, der er unter größter Verachtung für unsere beiden Reiche erlaubt hat, die Länder zu verwüsten, die das Beste, was sie zu bieten haben – Getreide, Hölzer, Weine, Öle – als Tribut an uns entrichten sollten. Warum werden diese Güter von Kriminellen verschleudert, wenn wir sie brüderlich miteinander teilen könnten?«

Seine radikalen Worte verursachten einen verbalen Tumult unter den Beratern, und sogar der Großkönig begann, auf seinem Thron hin und her zu rutschen. Der Kronprinz trat auf Nacht zu. Für einen Moment dachte ich, er wolle ihn schlagen.

»Aziru, der einstmals ein Untertan Ägyptens war, ist heute ein treuer Verbündeter des Hethiterkönigs und ein treuer Feind Ägyptens. Es ist eindeutig, dass Euch das nicht bekannt ist«, sagte er.

Nacht erwiderte seinen starren Blick.

»Ich bin der Königliche Gesandte für das gesamte Ausland. Welcher Schliche sich Aziru in dieser großartigen Stadt hier bedient hat, weiß ich ganz genau. Alle hier Versammelten sollen es wissen: Ich sage die Wahrheit. Ich stehe zu meinem Wort. Aziru ist eine Schlange. Er wird jeden angreifen und vergiften, der ihm vertraut.«

»Mein königlicher Vater, wir haben genug gehört!«, brüllte der Kronprinz daraufhin. »Lasst uns diesen Mann, diesen Gesandten, zum Hinrichtungsplatz schaffen und der Welt zeigen, mit welcher Verachtung wir unseren Feinden begegnen!«

Der König sah sie beide an, sowohl Nacht als auch den

Kronprinzen. Aber dann bedeutete er Nacht mit einer Geste weiterzusprechen, was mich sehr erleichterte. Der Kronprinz raste vor Wut, aber die Autorität seines Vaters brachte ihn zum Schweigen.

»Ägypten respektiert Hatti. Der Großkönig ist ein großer Krieger, ein Heros-König und ein Gott. Seine ruhmreichen Taten sind allerorten bekannt. Er hat Reiche und große Städte erobert. Möge er jetzt einen noch sehr viel größeren Sieg in Erwägung ziehen: den eines friedlichen Bündnisses, das beiden Parteien zum Nutzen gereicht und ein neues Zeitalter der Ordnung und des Triumphs einläutet. Mögen Diplomatie und Liebe mehr erreichen, als die Gewalt von Waffen es jemals könnte! Lasst uns ein neues Abkommen schließen. Lasst uns unsere beiden Reiche vereinen in einer *Ehe*«, rief Nacht mit einer Theatralik, die ich ihm angesichts seines Wesens niemals zugetraut hätte.

Stille machte sich in der großen Halle breit. Nacht hatte eine ausgezeichnete Rede gehalten, und ich konnte sehen, dass sich einige der hethitischen Höflinge den Vorschlag durch den Kopf gehen ließen. Der König sah ihn lange an und setzte dann zu einer kurzen Antwort an, die Hattusa sofort übersetzte.

»Wir haben die Worte unserer Schwester, der Königin von Ägypten, vernommen. Wir werden sie in Erwägung ziehen. Bleibt in unserer Stadt, unter unserem Schutz, wir werden wieder nach Euch schicken lassen.«

Nacht und Hattusa verneigten sich tief, und dann eilte der König ebenso schnell, wie er gekommen war, zurück in seine Privatgemächer, gefolgt von Dienern, die die Truhen voller Gold davonschleppten. Einige seiner Minister starrten uns mit unverhohlener Feindseligkeit an – und das tat auch der Kronprinz. Andere ließen nicht durchblicken, was sie dachten und empfanden. Rückwärts bewegten wir uns aus der Säulenhalle hinaus, wobei wir uns dabei die ganze Zeit verneigten. Noch bevor sich die prächtigen Flügeltüren wieder vor uns schlossen, konnten wir hören, wie unter den zurückgebliebenen Hethitern wilder Streit ausbrach.

22

Jetzt, da die Audienz vorüber war, konnte Nacht seine innere Unruhe nicht länger im Zaum halten. Er lief im Vorraum auf und ab und versuchte, wieder zu Atem zu kommen, wie ein Mann, der soeben einen Langstreckenlauf bestritten hatte und noch nicht wusste, ob er den gewonnen hatte oder nicht. Der Botschafter war ebenfalls nervös.

»Ich finde, dass es sehr gut gelaufen ist. Ich finde, Ihr habt Eure Sache *extrem* gut gemacht.«

»Aber war es auch gut genug?«, entgegnete Nacht.

»Das wird sich zeigen, das wird sich zeigen. Das Angebot wurde aber zumindest schon mal unterbreitet und liegt jetzt auf dem Tisch. Es ist ein äußerst faires Angebot. Niemand kann verkennen, wie integer und wertvoll es für beide Seiten wäre«, sagte der Botschafter.

Nacht schüttelte den Kopf.

»Den Kronprinzen beispielsweise wird es nicht überzeugen. Der verfolgt seine eigenen Ziele. Und es gibt in unser beider Kulturen nach wie vor eine althergebrachte Bewunderung für den Krieg, eine Kriegslust, die Frieden als Schwäche interpretiert …«

»Da habt Ihr recht«, pflichtete Hattusa ihm bei. »Was den Kronprinzen angeht, so wird er schlichtweg alles tun, was erforderlich ist, um sein Thronerbe und die Fortsetzung des

Krieges zu sichern. Er hat im Fall eines Ehebündnisses am meisten zu verlieren.«

Doch als wir uns gerade auf den Weg machen wollten, den Palast wieder zu verlassen, wurde der Botschafter plötzlich von einem Boten angesprochen, der ihm eindringlich etwas ins Ohr flüsterte.

»Man bittet uns, einer dringenden Besprechung mit dem Bruder des Königs, dem Oberhofmeister, beizuwohnen«, erklärte er uns. »Jetzt sofort.«

»Hervorragend«, erwiderte Nacht und rieb sich die Hände. »Die Räder sind bereits in Bewegung.«

Schnellen Schrittes wurden wir durch den Palast zu Privatgemächern geführt, in denen uns der Oberhofmeister sowie einige der anderen Edelleute erwarteten, die bei der Audienz anwesend gewesen waren.

»Wir möchten einige Einzelheiten Eures Vorschlags erörtern«, erklärte er uns sogleich. »Wir haben ein paar Fragen.«

»Wir stellen fest, dass der Kronprinz bei diesem Treffen nicht zugegen ist«, entgegnete Nacht.

»Das hier ist eine private Unterredung. Die niemals stattgefunden hat. Bei der nie ein Wort gesagt wurde. Kein Schreiber wird sie protokollieren. Sind wir uns da einig?«, wollte der Oberhofmeister wissen.

Nacht neigte den Kopf. Ich konnte sehen, dass er hocherfreut war und das Gefühl hatte, die Situation im Griff zu haben.

»Der König ist geneigt, sich weiterführend mit Eurem Vorschlag zu befassen. Im ersten Moment schien dieser Heiratsantrag ein Zeichen für Ägyptens absurde Verzweiflung zu sein, und wir hätten den Vorschlag, ohne einen weiteren Gedanken daran zu verschwenden, abgelehnt, hätte Eure Rede nicht ein paar andere interessante Punkte angesprochen.

Trotzdem bleiben viele Fragen offen. Um eine davon herauszugreifen: Wenn wir nachgeben würden und Ägypten den Prinzen gäben, den Eure Königin so offenkundig benötigt, wie würden Ägyptens Aristokraten auf einen hethitischen Prinzen auf dem Thron reagieren? Er wäre sicher nichts weiter als eine Marionette, und es ist durchaus vorstellbar, dass seine Hilfestellung rasch – nicht mehr gefragt wäre. Was würde dann passieren?«

»Man würde ihn aus folgenden Gründen herzlich aufnehmen: Erstens nimmt er seinen Platz in der größten Dynastie ein, die Ägypten jemals hatte. Er wird sich mit einer Königin vermählen, die bewundert und geliebt wird und die Zuneigung all ihrer Untertanen genießt ...«

Der Oberhofmeister schüttelte den Kopf. »Sprechen wir ganz offen. Eure Königin ist verzweifelt. Sie wird bald keinen Gemahl mehr haben. Sie hat kein Kind. Sie sieht sich mit einer habgierigen Priesterschaft konfrontiert und mit einer rebellischen Armee, deren General nie ein Geheimnis daraus gemacht hat, dass er selbst Anspruch auf die Doppelkrone erhebt. Sie spielt ihre letzte Trumpfkarte aus, und das wissen wir; so dumm sind wir nicht. Das ist der Grund für Euer Hiersein.«

»Damit habt Ihr natürlich recht«, räumte Nacht zu meinem Erstaunen ein, fügte aber sofort hinzu: »Aber man muss immer versuchen, einen Weg zu finden, mit dem sich eine Krise in einen Triumph verwandeln lässt, nicht wahr? Ich bin überzeugt, dass nach diesem Grundsatz auch hier Politik betrieben wird. Ihr habt einen König, dessen kürzlich erfolgte dritte Vermählung innerhalb seiner eigenen Familie für große Unstimmigkeiten gesorgt hat. Die Prinzen sind aufgebracht. Man hat ihre Mutter verbannt. Auch die hatte ihre Anhänger. Es gibt über diese Sache am hethitischen Hof sehr viele unterschiedliche Ansichten. Die Mutter der Prinzen war äußerst beliebt. Außerdem waren Eure letzten Ernten kläglich. Euer Volk ist hungrig, und wenn Eure Soldaten heimkehren, wollen sie ihren Sold bezahlt und etwas zu essen haben. Alle Könige wissen, dass sie schwierige Entscheidungen treffen müssen, vor allem, wenn sie mit internem Widerspruch konfrontiert sind; normalerweise arrangieren sie dann eine Ehe oder suchen sich einen nützlichen Krieg. Nun, der Krieg ist nicht mehr nützlich, und die Ehe hat alles nur noch schlimmer gemacht ...«

Der Oberhofmeister starrte zunächst ihn an und schaute dann auf seine Mitstreiter, die sich in ihrer Muttersprache beratschlagten. Nacht wartete in aller Ruhe ab.

»Es besteht vielleicht Spielraum für eine Lösung unserer innenpolitischen Dilemmata, die beiden Seiten nützt. Im Augenblick ist es so, dass Ihr national und international Stabilität damit gewinnt. Was gewinnen wir?«

»Ihr gewinnt einen Prinzen auf dem Thron Eures Erzfeindes, Ägypten, was Ihr in der Öffentlichkeit als diplomatischen Triumph darstellt, verbunden mit einem hervorragenden neuen Wirtschaftsabkommen. Ihr gewinnt Frieden in der Levante, was bedeutet, dass wir eine Aufteilung der existierenden Kleinstaaten aushandeln werden, sowie eine faire Teilung der Kriegsbeute und ein Machtgleichgewicht, das es Euch ermöglichen wird, Eure Expansionspolitik Richtung Osten weiter voranzutreiben, wie Ihr es meiner Einschätzung nach beabsichtigt, nach Eurem Bündnis mit Babylon. Ihr nehmt der Haltung des Kronprinzen, Außenpolitik mittels kriegerischer Auseinandersetzungen zu betreiben, mit einem Schlag jedwede Rechtfertigung und lenkt seinen jugendlichen Überschwang in vernünftigere Bahnen und andere wichtige Bereiche«, sagte Nacht im Brustton der Überzeugung.

»Welche zum Beispiel?«

»Sind Eure Streitkräfte erst einmal von der gewaltigen Last unserer Kriege befreit, können sie an Euren heimischen Grenzen eingesetzt werden, wo sie meiner Einschätzung nach zwingend benötigt werden. Sie können schließlich nicht überall zur gleichen Zeit sein. Eure inneren Feinde wissen das offenbar. Ich glaube, es hat unlängst eine Reihe von Aggressionen gegeben …«, fügte er hinzu, um seinen Worten noch mehr Nachdruck zu verleihen.

Ich konnte spüren, dass die Verhandlung so verlief, wie Nacht sich das vorgestellt hatte. Doch der Oberhofmeister hakte rasch nach.

»Ägypten und Hatti sind die einzigen echten Großreiche auf der Welt. Aber betrachtet das Ganze mal aus unserer Perspektive. Mitanni haben wir erobert. Babylon haben wir erobert. Byblos, das Euch gehört, hat sich gewehrt, könnte aber fallen. Ugarit ist nun uns gegenüber loyal. Kadesch habt Ihr verloren. Karkemisch gehört uns. Das Spiel verläuft zu unseren Gunsten. Wir besitzen mehr Figuren als Ihr.«

»Im Moment«, räumte Nacht ein. »Aber Assyrien ist Euch weiterhin ein Dorn im Auge und wird keine Ruhe geben, bis es Mitanni erobert hat. Arzawa ist geneigt, sich mit uns zu verbünden. Alaschia wird immer unser Handelspartner bleiben. Vor allem seid Ihr aber nahezu vollständig vom Import ägyptischen Weizens abhängig. Was würdet Ihr ohne den machen? Eine schlechte Ernte, ein harter Winter, und Euer Volk würde verhungern. Wenn Ihr unseren jetzigen Vorschlag ablehnt, könnte es passieren, dass wir den Getreideexport künftig komplett einstellen. Wenn General Haremhab in Ägypten an die Macht kommt, könnt Ihr nicht auf Verständnis hoffen.«

Nacht beobachtete, welche Wirkung diese Worte hatten. Er

wusste, dass er diese Runde für sich entschieden hatte. Also strich er sein Gewand glatt und schnitt ein neues Thema an.

»Und was ist mit Aziru von Amurru?«, fuhr er fort.

Steif erwiderte der Oberhofmeister: »Er ist Hatti gegenüber loyal.«

»Seid vorsichtig, Bruder. Wie kann man eine so heimtückische Kreatur wie Aziru für loyal halten? Wisst Ihr von seiner Beziehung zur Armee des Chaos? Sein Bündnis mit Euch ist nicht echt und nicht verlässlich, und doch schützt Ihr ihn – Euer Kronprinz tut es zumindest. Gefährliche kleine Tyrannen wie er schaffen Bedingungen, in denen die Anarchie blühen und gedeihen kann. Lasst Euch nicht von ihm täuschen. Es ist in unser beider Interesse, ihn und seine Streitmacht zu bezwingen und in der Region Stabilität zu schaffen – eine Stabilität, die wir gemeinsam überwachen und kontrollieren, indem wir nach Absprache Vasallenkönige ernennen, die wir ins Amt einsetzen, unterstützt von loyalen Garnisonen und Truppenverbänden.«

Der Oberhofmeister verzog keine Miene.

»Wir haben keinerlei Kontakt zur Armee des Chaos.«

»Selbstverständlich nicht«, behauptete Nacht diplomatisch. »Offiziell schon mal gar nicht. Aber lasst uns offen reden – wir wissen um Azirus Kontakte zur Armee des Chaos und von seinen Verhandlungen mit einigen Leuten in der hethitischen Regierung. Wir wissen von seinem Loyalitätswechsel. Wir haben viel Erfahrung mit dieser Schlange, und wir warnen Euch, Bruder. Passt auf, damit Ihr nicht gebissen und vergiftet werdet.«

Der Oberhofmeister schüttelte den Kopf.

»Das ist eine innenpolitische Angelegenheit. Für Ägypten ist das nicht von Belang.«

»Das ist für Ägypten von enormem Belang. Das muss

Bestandteil unseres Abkommens werden. Wir müssen uns um Aziru kümmern, und zwar so, dass er uns keine Schwierigkeiten mehr machen kann. Und damit meine ich, dass er uns nie wieder Schwierigkeiten machen kann. Das ist etwas, wobei Ihr uns helfen könntet. Was ich natürlich nie gesagt habe.«

Es war still im Raum. Allen war klar, was Nacht mit diesen Worten gemeint hatte.

»Darüber müssen wir noch genauer nachdenken. Ihr habt Euren Antrag um ein unerwartetes neues Element erweitert. Das hat – Konsequenzen«, sagte der Bruder des Königs.

»Das leuchtet mir ein«, erwiderte Nacht. »Die Dinge sind komplex. Es gibt immer Loyalitätsgefühle, die miteinander im Widerstreit liegen. Es gibt immer Risiken. Mit einem Kompromiss ist jedoch sehr viel zu gewinnen. Ich möchte Euch daran erinnern, meine Herren, dass die Gelegenheit für einen Wandel stets nur einmal kommt. Sie muss zuversichtlich ergriffen werden.«

Der Oberhofmeister erhob sich, und Nacht folgte seinem Beispiel.

»Ihr und Euer Gefolge werdet hier, innerhalb der Palastmauern, weiterhin unter Bewachung stehen – selbstverständlich zu Eurer eigenen Sicherheit. Darüber hinaus wünscht der König aber, dass Ihr die Meisterwerke und Wunder seiner Stadt zu sehen bekommt und bestaunen könnt, damit Ihr Eurem Volk von seinen Großtaten berichten könnt. Der Botschafter hier wird Euch begleiten. Ich selbst werde dem König natürlich auf der Stelle unter vier Augen Bericht erstatten, aber ich kann nicht vorhersagen, wann er die Muße haben wird, alles genauer in Betracht zu ziehen. Dahingehend wurde noch nichts entschieden.«

»Es gibt zweifellos viele dringendere Probleme, mit denen er sich befassen muss. Eines möchte ich Euch aber zu bedenken geben: Jeder Tag zählt. Lasst uns nicht zaudern. Jene, die unseren Friedens- und Stabilitätsplan zunichtemachen wollen, haben uns bereits umstellt. Sie sind hier, in dieser Stadt. Das wissen wir. Wir dürfen ihnen nicht die Zeit geben zuzuschlagen.«

Der Oberhofmeister sah ihn an.

»Dann ist es gut, dass Ihr hier in der Stadt seid, um unser großes Fest mitzuerleben, mit dem wir die Ernte feiern, und das morgen beginnen wird. Wir nennen es das Fest der Eile.« Und er grinste über die Ironie, die dem innewohnte.

23

Am nächsten Morgen machten wir uns in Begleitung von Simut und den hethitischen Soldaten auf den Weg in die Oberstadt. Der Botschafter und Nacht unterhielten sich. Derweil konzentrierten Simut und ich uns darauf, Sorge zu tragen, dass nichts schiefging, während wir uns unseren Weg durch feindselige Menschentrauben aus hethitischen Männern bahnten. Schließlich erreichten wir eine breite, mit Kalkstein gepflasterte Straße zwischen zwei großen Gebäudekomplexen. Zwei riesige Pylone, die aus gewaltigen Steinblöcken erbaut worden waren, standen einander gegenüber und wurden jeweils von einem Schilderhaus flankiert. Das war der Eingang zum Tempel des Sturmgottes.

Auf einen Fingerzeig des Botschafters erlaubten die Wachen uns, zwischen den Pylonen hindurchzuschreiten, hinein in die plötzliche Kühle der Schatten. Als wir am anderen Ende ins Freie traten, standen wir auf einem offenen Gelände. Zu ebener Erde befanden sich zu beiden Seiten Amtsstuben und schmale Lagerräume voller großer Krüge, und eine Treppe führte zu weiteren Amtsstuben im Obergeschoss. Von dort gelangte man wiederum auf einen weitläufigen, gepflasterten Innenhof, auf dem der eigentliche Tempel stand.

Während unsere Tempel aus der Vorzeit stammen und alle Oberflächen ihrer massiven Bausubstanz mit Hieroglyphen und Reliefs verziert sind, waren der Schmuck und die Steinmetzarbeiten dieser Friese hier dürftig und schlicht und porträtierten die hethitischen Götter, die von bescheidener Gestalt waren. Sie trugen Spitzmützen, an denen kleine Hörner befestigt waren, Schnabelschuhe, deren Spitzen sich nach oben rollten, und Streitäxte – was so ganz und gar nicht meiner Vorstellung von einem mächtigen Sturmgott entsprach. Wohin wir auch blickten, gingen hethitische Priester, die äußerst seltsam gewandet waren – sie trugen lange Roben, Schnabelschuhe und Schädelkappen sowie Stäbe, die sich spiralförmig nach oben wanden –, ihren Geschäften mit einem Pomp nach, der dem unserer eigenen Priester nicht unähnlich war.

»Auf der Nordseite befindet sich das Haus der Reinigung, in dem alle Tempelbesucher sich waschen müssen, bevor sie den Altarraum betreten dürfen. Der König betritt die Anlage durch das danebenliegende Tor, überquert den Innenhof, reinigt seine Hände und geht dann in den Schrein, um die Opferhandlungen vorzunehmen«, erklärte Hattusa.

»Faszinierend. Dürfen wir hineingehen?«, fragte Nacht, und dabei sprühten seine Augen geradezu vor Neugier.

»In den eigentlichen Schrein natürlich nicht. Aber folgt mir …«

Hattusa führte uns um den Tempel herum zu einer Säulenhalle, und durch die betraten wir einen Innenhof. Vor uns taten sich zwei Tore auf, die in verzierte Steinmauern gebaut waren. Die Priester, die kamen und gingen, sahen uns misstrauisch an; dass wir in ihrem heiligen Tempel waren, bestürzte sie.

»Noch näher darf ich Euch nicht an die heiligen Stätten heranführen«, sagte Hattusa leise. »Noch einen Schritt weiter, und wir würden uns der Entweihung und Schändung schuldig machen. Aber in dem Raum zu unserer Rechten steht die

Statue von Arinna, der Sonnengöttin der Königin des Himmels und aller Länder, der Königin des Landes Hatti. Und im Raum zu unserer Linken steht die des Sturmgottes. Im Gegensatz zu Euren heiligen Schreinen, in denen es dunkel ist, sind unsere von Licht erfüllt. In jedem Altarraum gibt es viele Fenster. Unsere Götter sind überall. Jeder Felsen, jeder Baum und jede Quelle in unserem Land hat seinen eigenen Gott, und hier in diesem Tempel verehren wir die größten und dienen ihnen. Und wir bringen ihnen Speiseopfer von absoluter Reinheit dar und bieten ihnen Unterhaltung. ›Haben Götter andere Sehnsüchte als Menschen? Mitnichten! Haben sie einen anderen Charakter als Menschen? Mitnichten!‹«, deklamierte er.

Ich hatte das komische Gefühl, dass Hattusa leicht nervös vor sich hin redete, um Zeit zu schinden, als warte er darauf, dass irgendetwas passierte. Und dann passierte auch etwas. Aus dem Torbogen, der in den Schrein der Sonnengöttin führte, trat eine fremde Frau, die frappierend schön war und ihr Haupt mit einem prachtvoll bestickten Tuch bedeckte. Sie war umgeben von einem kleinen Gefolge aus jungen Frauen. Sofort sank Hattusa auf die Knie, neigte den Kopf, und wir folgten seinem Beispiel.

Der Botschafter und sie unterhielten sich auf Hethitisch miteinander. Dann drehte sie sich um und sah Nacht mit gebieterischer Miene an. Ihr Gesicht war von hinreißender Schönheit, aber auch von apartem Leid gezeichnet. Sie war Babylonierin. Hattusa stellte sie uns offiziell als Königin Tawananna der Hethiter vor – aber sie unterbrach ihn höflich und redete Nacht direkt an, auf Ägyptisch, das sie fließend mit einem wunderschönen Akzent sprach. Jetzt war ich überzeugt, dass dieses Treffen ›arrangiert‹ worden war.

»Weiser, alter Hattusa, warum habt Ihr mir diesen Edelmann nicht schon längst vorgestellt? Man hört so viel über den ägyptischen Königlichen Gesandten Nacht.«

Nacht verneigte sich.

»Und ich höre so viel über Eure Königliche Hoheit. Es ist eine Ehre, Euch persönlich kennenlernen zu dürfen. Die Götter sind uns gnädig«, sagte er.

»Mögen sie Euch weiterhin gnädig bleiben«, erwiderte sie.

Eine Weile sahen sie einander an, und ich bemerkte, dass Hattusa vom einen zum anderen schaute.

»Sollen wir ein wenig spazieren gehen?«, schlug er vor. Beide neigten sie ihre Köpfe, um ihre Zustimmung zu bekunden, und unsere kleine Gruppe machte sich auf den Rückweg über den großen Innenhof. Die Frauen hielten sich wachsam in der Nähe der Königin. Obwohl viele Priester und Diener umherliefen und ihren Pflichten nachgingen, war das hier draußen für Nacht und die Königin ein sicherer Ort, sich unter vier Augen zu unterhalten.

»Ich war zufällig hier, um die Opferhandlungen vorzunehmen und die Orakel zu befragen«, behauptete sie.

»Und darf ich mir die Frage erlauben, ob die Orakel Gutes prophezeit haben?«, fragte Nacht.

Königin Tawananna senkte die Stimme.

»Sowohl Gutes als auch Schlechtes.«

»Darf ich mehr darüber erfahren?«, fragte Nacht. »Was genau haben sie prophezeit?«

»Negative Einflüsse bedrohen unser Wohl. Da ist ein Schatten. Der Schatten ist zornig. Der Schatten ist in unserer Mitte. Der Himmel ist jetzt dunkel, ohne einen Mond. Aber gute Zauberkräfte können ihn besiegen. Gute Zauberkräfte könnten alte Freunde wieder miteinander versöhnen. Es wird ein großer Stern an den Himmeln prophezeit, in einer günstigen Nacht der Segnungen.«

Nacht schien diese Worte sehr ernst zu nehmen.

»Die Götter haben gesprochen«, erklärte er. »Wir werden ihre Warnungen befolgen.«

Nach kurzem Schweigen richtete die Königin neuerlich das Wort an ihn, ganz so, als wolle sie nicht, dass das Treffen jetzt schon endete.

»Wie geht es meiner Schwester, der Königin Anchesenamun? Ich denke oft an sie und hoffe, dass es ihr gut geht.«

»Leben, Wohlstand und Gesundheit seien der Königin beschieden, sie ist wohlauf. Ich habe die Ehre, Euch zu übermitteln, wie sehr sie Euch liebt. Sie hofft, dass es Euch gut geht. Sie möchte, dass Ihr wisst, dass sie Eure Freundin ist, in allen Angelegenheiten, zu jeder Zeit.«

Die hethitische Königin hörte aufmerksam zu.

»Ich brauche ihre Freundschaft. Ich bin eine Fremde in einem fremden Land. Ich bin hier die Königin, aber es gibt Menschen, selbst unter denen, die mir nahestehen, die keine Freunde sind.«

»Wir wissen, wer diese Menschen sind«, erwiderte Nacht.

Erleichtert sah sie ihn an.

»Das Orakel spricht von einem Schatten. Ich fürchte mich vor der Dunkelheit«, fügte sie abschließend hinzu.

»Mögen die Götter Euch beschützen«, gab er zurück. »Wir hoffen, den Schatten ins Licht zu ziehen.«

»Es freut mich, das zu hören. Übermittelt meiner Schwester, dass ich sie liebe. Ich werde tun, was ich kann, um ihr bei ihrer Mission zu helfen. Und ich hoffe, sie tut das Gleiche für mich.«

»Die Dankbarkeit und die Loyalität, die unsere Königin ihrer Schwester entgegenbringen wird, werden grenzenlos sein«, sagte Nacht und verneigte sich.

Ohne sich noch einmal umzudrehen, überquerten die hethitische Königin und ihr Gefolge den Innenhof und bestiegen einen überdachten Wagen, der alsdann holpernd durch das Torhaus auf die Straße fuhr und von einem mitlaufenden Soldaten eskortiert wurde. Einen Augenblick herrschte Stille. Hattusa sah Nacht an.

»Möge alles gut werden, Bruder«, sagte Hattusa, als kommentiere er die seltsame Unterredung.

»Ich verspüre Hoffnung«, erwiderte Nacht und blickte in die Ferne, wo der Wagen der Königin gerade verschwand. »Wahrlich, mögen die Götter sie beschützen.«

Hattusa nickte.

»Für den Moment haben wir alles getan, was wir tun konnten. Ich werde Euch zu Eurem Quartier zurückbegleiten, damit Ihr Euch auf das Fest der Eile vorbereiten könnt. Und dann muss ich zurück in den Tempel, um meine Gebete zu sprechen.«

»Das ist nicht nötig«, widersprach Nacht. »Bleibt gleich hier für Eure Gebete. Unsere Unterkunft ist ganz in der Nähe, und ich habe meine Männer bei mir.«

Widerwillig nickte Hattusa.

»Wie Ihr wünscht. Trefft aber alle nur erdenklichen Vorsichtsmaßnahmen. Der Kronprinz hat Verbündete in der Stadt, und von denen wird inzwischen jeder den Grund für Euren Aufenthalt hier kennen. Wir können nicht vorsichtig genug sein. Der Oberhofmeister hat darauf bestanden, Euch persönlich zum Fest der Eile zu begleiten. Er wird Euch zu gegebener Zeit abholen lassen. Ich werde Euch auf dem Fest finden. An der Unterhaltung, die dort geboten wird, werdet Ihr mit Sicherheit Freude haben. Es finden Pferderennen statt, Wettläufe, Schaukämpfe und Ähnliches ...«

»Nichts mag ich lieber als einen Scheinkampf«, gab Nacht höflich zurück und verneigte sich vor Hattusa, der nun davoneilte und in den Menschenscharen vor dem Tempel verschwand.

»Wir befinden uns in einer faszinierenden Situation«, sagte Nacht leise zu Simut und mir, als wir uns auf den Rückweg machten und die zahllosen Steinstufen hinunterstiegen. »Die Königin ist unserem Vorhaben wohlgesinnt und unserer Königin sehr gewogen. Sie begreift, welchen Wert ein Frieden zwischen unseren Reichen hätte, und sie unterstützt den König in seinem Wunsch, ein Übereinkommen zu schließen. Sie befindet sich jedoch in einer schwierigen Lage. Die beiden älteren Hethiterprinzen sind beide darauf aus, den Thron zu erben, wissen aber, dass die Königin – gemäß den alten Traditionen des Landes –, wenn der König stirbt, sein Amt und seine Macht erbt und für den Rest ihres Lebens behält. Und deshalb hat sie Angst ...«

»Meuchlings ermordet zu werden?«, hakte ich nach.

»Genau. Sie braucht Verbündete, zu Hause und im Ausland, um ihre Autorität zu stärken und sich selbst zu schützen für den Fall, dass der König stirbt. Und sie muss erreichen, dass die Macht der Prinzen so weit wie möglich gedrosselt wird.«

»Heißt das, dass ihre Hilfe einen Preis hat?«, fragte ich. »Dass sie unseren Vorschlag nur unterstützen wird, wenn wir uns verpflichten, ihr zu helfen?«

»Ja. Aber das ist natürlich ein sehr guter Handel«, erwiderte er. »Wir verfolgen die exakt gleichen Interessen, und sie ist ein wesentlich nützlicherer Verbündeter auf dem Thron von Hatti als irgendeiner der Prinzen.«

»Aber unter diesen Umständen würde sich doch keiner der beiden älteren Prinzen bereit erklären, mit uns nach Ägypten zu gehen«, sagte ich.

»Wenn ihr Vater es befehlen würde, hätten sie keine andere

Wahl«, entgegnete er. »Und auf dem Thron von Ägypten zu sitzen ist keine Kleinigkeit.«

»Ich kann mir nicht vorstellen, dass der Kronprinz sich dem fügen würde. Ganz egal, was sein Vater sagt. Und wenn ich meine persönliche Meinung dazu äußern darf«, fügte ich hinzu, »würde ich die Aussicht, ihn am ägyptischen Königshof zu haben, auch nicht gerade reizvoll finden.«

»Ich glaube, wir können mit ziemlicher Sicherheit davon ausgehen, dass der zweitälteste Sohn, Telipinu, der wahrscheinlichste Kandidat ist«, antwortete Nacht.

Wir liefen eine Weile weiter.

»Was sollte all das Gerede über das Orakel?«, fragte ich leise.

»Ich habe verstanden, was sie damit meinte«, erwiderte er.

»Sprichst du von der Sache mit dem Schatten?«

Er nickte.

»Hast du diesen Mann noch mal irgendwo gesehen?«, wollte er wissen.

»Nein«, gab ich zurück. »Ich werde aber irgendwie das Gefühl nicht los, jemand beobachtet uns.«

Er nickte.

»Da pflichte ich dir bei. Wir müssen jede nur erdenkliche Vorsichtsmaßnahme ergreifen. Aziru ist hier und wartet nur auf den richtigen Moment. Es läuft alles recht gut. Wir sind aber noch nicht wieder zu Hause.«

24

Wir konnten sie hören, bevor wir sie sahen; Trommelwirbel, das Schellenrasseln von Tamburinen und Zimbelklänge kündeten davon, dass sie näher und näher kamen, und die Menschenmassen reagierten mit Jubelgeschrei darauf und brüllten in ihrer absonderlichen Sprache Gebete und Schwüre. Nacht, Simut und ich warteten mit dem Oberhofmeister vor dem Tempel, um dort der Rückkehr der Festprozession beizuwohnen. Schließlich trafen der König und die Königin in ihrem Streitwagen ein. Sie trugen beide blaue Gewänder; in den Händen hielt der König einen Krummstab und eine silberne Axt. Würdenträger und Priester folgten in langer Prozession durch die überfüllten Straßen, und denen folgten die Unterhaltungskünstler – Akrobaten, die Purzelbäume und Salti schlugen, Jongleure, die miteinander wetteiferten, wer mehr Bälle in wagemutig komplizierten Mustern in die Luft werfen konnte, und Tänzer in grellen Kostümen vollführten unter den Klängen der wilden Trommeln und Tamburine der Musiker ihre Kunststücke, um den Applaus der Massen zu ernten. Und über ihnen allen thronte das Bildnis des Gottes höchstpersönlich, das auf einem von einem Ochsen gezogenen Fuhrwerk stand, dessen Achsen unter dem kolossalen Gewicht seiner Last ächzten; der Gott war dreimal größer als ein Mensch, und sein goldener Körper war über und über mit Juwelen besetzt, die im Licht der Abendsonne schillerten. Sein Erscheinen animierte die Menge zu ehrfurchtsvollen Schreien, Gebeten und dringenden Bittgesuchen.

Der Kronprinz und sein Gefolge standen ganz in der Nähe des Tempeltores. Mir fiel auf, dass sich sein Gesichtsausdruck verändert hatte. Er sah plötzlich aus wie ein Mensch, der gute Nachrichten erhalten hatte. Mehrmals schaute er zu Nacht hinüber und lächelte.

»Der Kronprinz legt ein ganz anderes Benehmen an den Tag«, flüsterte ich Nacht zu.

»Das fällt mir auch auf«, antwortete er. Die Veränderung stimmte ihn nicht gerade fröhlich.

Als der Streitwagen des Königs und der Königin vor dem Eingang zum Tempel hielt, sah ich, wie die Königin den Kronprinzen mit einem kurzen Blick bedachte – ein Versuch, ihm auf respektvolle Weise mit Freundlichkeit zu begegnen –, und wie er darauf reagierte, indem er sich einfach abwandte.

Auf dem Innenhof des Tempels hatte man Tische und Bänke für ein großes Festmahl aufgestellt. Der Gott saß als Ehrengast am Kopfende des Tisches. Der König hob einen silbernen Kelch, der geformt war wie der Kopf eines Stiers und mit Wein gefüllt war, und prostete dem Gott zu, indem er laut proklamierte, was seine ewige Gesundheit zu sein schien, und dann mit großen Schlucken trank. Alle jubelten.

»Der König trinkt auf den Gott«, erklärte der Oberhofmeister Nacht, der gescheit nickte.

Im nächsten Moment kündigte der Herold das Festmahl an, und daraufhin hatten alle es eilig, einen Sitzplatz zu ergattern. Der Oberhofmeister geleitete uns zu einem der Tische, die ganz in der Nähe der Tafel des Königs standen. Diener servierten auf großen Platten gebratenes und geröstetes Fleisch von geopferten Tieren, und der König wählte die besten Stücke aus, die vor Fett glänzten, um sie dem Gott zu offerieren. Dann suchte er sich von den vielen Brotlaiben, die man vor ihm auf den Tisch gelegt hatte – sie waren so gebacken, dass sie von der Form her aussahen wie Menschen und Tiere –, einen aus, der die Form eines Vogels hatte, und brach ihn in Stücke. Als auch dieses letzte Ritual vollführt war, wusste die Menge, dass sie jetzt wirklich anfangen konnte, sich zu amüsieren, und so machten sie sich daran, das Essen zu verschlingen, als hätten sie seit Wochen nichts mehr bekommen.

Simut und ich bestanden darauf, rechts beziehungsweise links von Nacht zu stehen, während er aß.

»Ich sehe Botschafter Hattusa nicht«, sagte ich leise zu Nacht.

Er nickte.

»Wird Botschafter Hattusa uns heute Abend nicht Gesellschaft leisten?«, fragte er den Oberhofmeister, der gegenüber saß. »Wir hatten erwartet, ihn hier zu treffen.«

»Mir ist auch schon aufgefallen, dass er nicht hier ist«, antwortete er.

»Er ist doch wohl hoffentlich nicht krank«, meinte Nacht.

Der Oberhofmeister wischte sich den Mund ab, schnippte mit den Fingern, und ein Diener huschte herbei, lauschte seinen Anweisungen und rannte wieder davon. Nacht und der Oberhofmeister wechselten einen kurzen Blick, fuhren aber fort, sich mit anderen Gästen am Tisch über andere Themen zu unterhalten. Simut und ich flüsterten kurz hinter Nachts Rücken miteinander.

»Warum ist er nicht hier?«, fragte Simut.

»Ich habe keine Ahnung. Das ist ein wichtiges Ereignis ... Ich will nicht hoffen, dass es ein Problem gegeben hat ...«

Nachdem geraume Zeit geschlemmt und getrunken worden war, verwandelte sich die gesellige Stimmung zusehends in lärmendes Gegröle. Vor allem der Kronprinz und seine Kumpane waren darauf aus, Randale zu machen. Mehrmals fiel mir auf, wie die anderen Gäste zu ihnen hinüberschauten und untereinander Kommentare über ihr ungehobeltes Benehmen abgaben. An einem gewissen Punkt starrte selbst der König seinen ältesten Sohn zornig an; sein tadelnder Blick rührte den Kronprinzen jedoch überhaupt nicht. Fast war es sogar so, als freue er sich darüber und liefere sich einen Konkurrenzkampf mit seinem Vater.

Plötzlich klatschte der König in die Hände. Das Tageslicht wurde immer schwächer, und die Abendschatten hatten begonnen, länger und breiter zu werden. Um eine Art von Bühne herum entzündeten Diener Fackeln, und eine Truppe Tänzer rannte in das flackernde Licht. Sie waren angezogen wie Leoparden und Jäger. Der Kronprinz und sein Gefolge schlenderten herbei, und die anderen Edelleute machten flugs Platz, damit er den besten Blick auf die Vorstellung bekam. Die Tänzer verneigten sich tief, zuerst vor dem Gott und danach vor dem König. Dann intonierten die Musiker einen rhythmischen Takt, und das Spektakel, bei dem das Drama einer königlichen Jagd nachgespielt wurde, begann.

Die Jäger tanzten, wie sie die Leoparden verfolgten, die in wunderbar lebensechter, fließender Choreographie davonrannten; zunächst entwichen sie ihren Jägern, und dann griffen sie sie an, stellten sich auf die Hinterbeine und fuhren ihre gewaltigen stilisierten Klauen aus, um zu einem gewaltigen Vergeltungsschlag auszuholen. Die Jäger zogen sich zurück, zeigten Ehrfurcht und Respekt vor diesen grandiosen Kreaturen. Dann spannten Schützen ihre imaginären Bogen und schossen Pfeile, die die imaginären Herzen mehrerer der großartigen Bestien zum Bersten brachten, und sie starben und wurden mit großem Bohei davongetragen.

Der König verfolgte das Spektakel aufmerksam, denn er wurde in dem Tanz als der Oberste Jäger dargestellt. Nacheinander gingen die anderen Jäger und Leoparden ab, bis nur noch diese zentrale Figur übrig war; diese begann nun einen komplexen Tanz mit dem letzten und stärksten Leoparden, einen Zweikampf, bei dem der König seinen Speer hob und der Leopard seinen Angriffen immer wieder auswich, während zwei jüngere Tänzer, die die treuen Jagdhunde verkörperten, erfolglos versuchten, dem Leoparden in Bauch und Rücken zu beißen. Für einen Moment schien der Leopard die Oberhand zu gewinnen, und der Tänzer, der den König darstellte, war plötzlich in der Defensive, dem Leoparden ausgeliefert, der ihn jeden Moment töten konnte – die Menge schnappte nach Luft, und der wirkliche König machte einen zutiefst bestürzten Eindruck. Derweil grinsten der Kronprinz und seine Kumpane einander an, wie ich sah.

Im nächsten Augenblick hob der Tänzer, der den König darstellte, jedoch seinen Speer, hielt ihn hoch und sehr still in einer Haltung, die königliche Dominanz und Triumph vermittelte. Endlich unterlag der Leopard, schaute auf zu seinem Jäger und auf dessen erhobenen Speer und blickte seinem Tod mit Würde ins Auge; und das Publikum brüllte, weil es wollte, dass er ihn nun endlich erlegte, wartete nur noch darauf, dass der König, der sich erhoben hatte, das Zeichen gab, dass er dem zustimmte.

Aber genau in diesem Augenblick fiel aus der Dunkelheit ein Gegenstand, der aussah wie ein plumper, ungleichmäßig runder Ball, und der rollte mit hoher Geschwindigkeit über die Steinplatten des Innenhofes und blieb direkt vor dem König liegen. Für einen kurzen Moment begriff niemand. Ich indes schon. Ich hatte so etwas schon einmal gesehen. Der Ball war ein menschlicher Kopf, den man enthauptet hatte, und von dem noch das Blut tropfte. Das ernste tote Gesicht gehörte Hattusa, dem hethitischen Botschafter.

Die Wachen des Königs bildeten auf der Stelle einen schützenden Ring um den König und richteten die Spitzen ihrer Speere auf die immer dichter werdenden Schatten.

»Sag ihnen, sie sollen die Tore schließen«, rief ich Nacht zu.

Ich zog eine der entzündeten Fackeln aus ihrem Ständer und rannte in die Richtung, aus der man den abgeschlagenen Kopf geworfen hatte, mitten durch die Menge, in der plötzlich Tumult herrschte, und dabei schenkte ich den Schreckens- und Empörungsschreien ebenso wenig Beachtung wie dem Strom von Leibern, die verwirrt und durcheinander vom Unglücksort wegrannten. Simut folgte mir auf dem Fuße, er hielt in der einen Hand eine Fackel, in der anderen seinen Dolch. Wir erreichten den Rand des Innenhofes. Hier verschmolzen die Schatten mit der Finsternis.

»Welche Richtung?«, fragte Simut.

Ich schüttelte den Kopf, starrte ins Dunkel und suchte mit den Augen die Gänge ab, die in mehreren Richtungen verschwanden, horchte auf das schwächste Geräusch. Und im nächsten Moment – bildete ich mir das nur ein? – spürte ich plötzlich etwas, jemanden, eine Präsenz, die in der Stille lauerte und sich dann entfernte, tiefer hinein in die Finsternis. Ich winkte Simut zu und bedeutete ihm, seine Fackel zurückzulassen. Verstohlen machten wir uns auf den Weg durch einen düsteren Gang, der an einem Innenhof endete. Mehrere Türen führten in dunkle Kammern. Aber mich interessierte nur eine davon. Ich konnte sehen, dass dahinter schwaches Licht flackerte. Es war eine heilige Stätte. Wir stellten uns rechts und links vor der Tür auf und traten näher heran. Wir horchten. Stille. Ich nickte Simut zu, und wir hoben unsere Schwerter.

Aber da vernahmen wir hinter uns plötzlich den Lärm vieler Füße, die über Steine stampften, und ein Trupp der Palastwache stürzte auf den Innenhof und versperrte uns den Zutritt zu der heiligen Stätte. Der Hauptmann sprach in seiner Muttersprache, in eindringlichem und drohendem Ton. Es war völlig klar: Uns war es nicht gestattet, dort einzutreten und den Schrein des Gottes zu entweihen. Frustriert brüllte ich den Hauptmann an, er bellte irgendetwas zurück, und eh ich überhaupt begriff, was ich tat, hob ich meine Faust, um ihn zu schlagen. Auf einmal sah ich nur noch Pfeilspitzen, die genau auf meine Brust gerichtet wurden, und Simut riss meine Arme zur Seite und zog mich weg. Und im nächsten Moment standen der Kronprinz und seine Kumpane plötzlich da und starrten mich an.

»Wie kannst du dreckiger Ausländer es wagen, mit deiner Anwesenheit den Schrein zu entweihen?«, tönte er und schlug mir fest mit der Hand ins Gesicht.

»Wir haben den Mörder verfolgt«, erwiderte ich und spuckte den blutigen Schleim aus.

Daraufhin schlug er mich erneut.

»Wage es nicht, das Wort an mich zu richten. Wenn es nach mir ginge, würde ich dich in mehr Teile zerstückeln als unseren lieben Freund, den Botschafter.«

Und dann nickte er mit dem Kopf, und ein paar seiner Kumpane fingen an, mich so fest zu schlagen und zu treten, wie sie eben konnten. Simut hatte keine Chance, mir zu helfen. Nach einer Weile verebbte die Flut der Schläge. Ich konnte kaum noch atmen. Das Blut tropfte mir vom Kinn.

»Wenn ich auch nur noch ein weiteres Wort von dir höre, wird es dein letztes gewesen sein, das verspreche ich dir. Königlichen Schutz bekommst du von mir nicht«, höhnte der Kronprinz und trat mit dem Fuß auf die Seite meines Gesichts.

Und dann wurden Simut und ich von den Kumpanen des Kronprinzen zurück durch den Gang geschubst.

Der Kopf des Botschafters lag auf dem Boden und starrte mit entsetztem Blick auf etwas hinter den Männern, die sich im Kreis um ihn versammelt hatten. Der König schrie den Oberhofmeister an, und Nacht stand schweigend neben der Königin. Als unser Grüppchen sich näherte, schauten alle auf.

»Diese Ausländer wollten gerade den Schrein des Gottes entweihen«, schimpfte der Kronprinz und trat uns mit solcher Wucht, dass wir seinem Vater vor die Füße flogen. »Du solltest sie verhaften und blenden lassen und in die Arbeitskolonnen schicken. Dahin gehören ausländische Spione.«

Als er das von sich gab, schaute er demonstrativ die Königin an. Nacht begutachtete unseren ramponierten Zustand und setzte sich sofort für uns ein.

»Ich bitte um Vergebung, Euer Majestät. Meine Männer haben sich dumm angestellt. Sie sind jedoch hochrangige Offiziere. Rahotep gilt als der beste Wahrheitssucher von ganz Ägypten. Er würde so etwas nur tun, um den Mörder zu stellen. Falls Ihr es gestattet, könnte er möglicherweise helfen.«

Der König musterte mich kurz, und dann nickte er. Ich wischte mir das Blut vom Gesicht und sah mir den abgeschlagenen Kopf etwas genauer an. Die Wunde war mit einer Axt beigebracht worden, mit mehreren kraftvollen Schlägen – damit wusste ich sofort, dass das hier nicht die Arbeit des thebanischen Mörders war. Ich griff in Hattusas Mund. Der Kronprinz schrie entrüstet auf, aber ich machte trotzdem weiter, während der König in scharfem Ton auf seinen Sohn einredete. Die Kieferknochen klemmten – er war schon eine Weile tot. Langsam schob ich sie auf, um meine Finger in den feuchten, kalten Mund stecken zu können. Ich zog einen kleinen Zettel heraus, ein Stück zusammengefalteten Papyrus. Ohne ihn zu öffnen, hielt ich ihn Nacht hin, aber der Oberhofmeister kam ihm zuvor und grapschte danach. Er klappte den Zettel auf und zeigte ihn im nächsten Moment verwirrt dem König. Und ich sah konzentriert dabei zu, wie der Kronprinz seinem Vater den Zettel abnahm, kurz daraufschaute und ihn mir dann mit einem Blick zurückgab, dem ich absolut nichts entnehmen konnte.

Der hethitische Großkönig begann, mich anzuschreien, und Nacht übersetzte rasch.

»Er will wissen, woher du wusstest, dass das da drin war, und was es zu bedeuten hat«, erklärte er mir. Und sein Blick fügte hinzu: »Und sei bei der Beantwortung dieser Frage bitte äußerst vorsichtig.«

»Ich habe nicht gewusst, was ich finden würde. Ich habe lediglich den Zustand der Kieferknochen überprüft, weil das einen Rückschluss auf die Todeszeit ...«

»Wie Ihr sehen könnt, sieht das ja ganz anders aus als ein ägyptischer Stern«, fiel Nacht mir ins Wort. »In unserer Hieroglyphe hat ein Stern fünf Zacken, die einen kleinen Lichtkreis umgeben. Dieser hier hat acht Zacken und einen schwarzen Mittelpunkt. Ist das vielleicht ein hethitisches Zeichen?«

»Selbstverständlich nicht«, schimpfte der Kronprinz, bevor Nacht weitersprechen konnte. »Das ist alles Unfug.« Aggressiv steckte er der Königin den Papyrus in die Hand. »Aber vielleicht kennt Ihr dieses Zeichen ja, verehrte Dame. Vielleicht ist es ja ein babylonischer Stern. Eure Leute sind schließlich berühmte Sternengucker, nicht wahr?«

Die Königin schaute auf das Zeichen.

»Das ist kein Sternzeichen meines Volkes«, stellte sie eindeutig klar.

»Es ist das Symbol der Armee des Chaos«, erklärte ich.

Alle starrten mich verwundert an.

»Der Botschafter ist ermordet worden als Strafe dafür, dass er sich mit Ägypten und auf unsere Mission eingelassen hat«, führte ich weiter aus. »Und ich behaupte, sein Mörder heißt Aziru.«

Der Kronprinz brüllte vor Zorn laut auf, aber Nacht führte meine Worte rasch weiter aus: »Sprechen wir es aus. Ihr habt einen Mörder in dieser Stadt, und er weiß um Eure intimsten Gespräche. Er warnt Euch, ebenso wie uns.«

Der Oberhofmeister nahm den König respektvoll zur Seite, damit wir den anschließenden Wortwechsel nicht mitverfolgen konnten. Der Kronprinz baute sich vor Nacht und mir auf.

»Ihr solltet sofort abreisen, bevor Euch dasselbe Schicksal ereilt«, sagte er, und zwar so, dass nur wir es hören konnten. Dann drehte er sich um und gesellte sich zu seinem Vater und seinem Onkel.

Die Königin stand schweigend da und starrte auf den Kopf des Botschafters.

»Dieses Zeichen. Ich habe das schon einmal gesehen. Es ist kein babylonisches Zeichen, aber für uns repräsentiert es Ischtar – die Königin der Liebe und des Krieges. Aber warum ist es hier, bei so etwas?«, sagte sie leise zu Nacht und mir.

Nacht schüttelte zutiefst beunruhigt den Kopf. Ich wollte ihr unbedingt noch weitere Fragen stellen, denn das waren faszinierende neue Informationen über die Bedeutung des Zeichens. Aber der König und der Kronprinz stritten sich inzwischen ganz offen miteinander. Was ging hier unter der Oberfläche vor? Der Kronprinz fühlte sich betrogen: Sein Vater hatte seine Mutter ins Exil geschickt, und warum sollte er ihm das verzeihen? Ganz egal, wie logisch das Argument für die Vereinigung mit den Babyloniern aus politischer Sicht auch gewesen sein mochte: Sie war und blieb seine Mutter. Aber hatte der Kronprinz diesen Mord in Auftrag gegeben? War er in irgendeiner Form in Hattusas Tod verwickelt? Oder war das einzig und allein Azirus Werk? Dass der Kronprinz nichts über den Mord wusste, war schwer zu glauben, dazu kam Hattusas Tod ihm zu sehr zupass. Vielleicht war er deshalb während der Festivitäten so guter Laune gewesen. Ich schaute die Königin an, die inmitten dieser wütenden, streitenden hethitischen Männer stand wie eine Statue der Wehmut. Ich fragte mich, wie lange sie wirklich überleben konnte.

Plötzlich rannten die Wachen herbei und schoben zwei Männer vor den König, die sich von panischer Angst erfüllt verneigten. Ich hatte sie vor Stunden schon einmal gesehen; sie waren Torwächter. Als sie Hattusas Kopf erblickten, begannen sie zu zittern wie Lämmer vor der Schlachtbank. Der Oberhofmeister fing an, sie zu befragen, und sofort schüttelten sie die Köpfe und hoben die Hände in Richtung des Gottes, um ihre Unschuld zu beteuern.

»Sie behaupten, dass alle, die während des Festmahls gekommen und gegangen sind, über entsprechende Genehmigungen und Befugnisse verfügten«, übersetzte Nacht.

»Frag sie, ob sie einen Mann gesehen haben, der etwas getragen hat«, bat ich ihn. »Eine Kiste oder eine Tasche.«

Schnell übersetzte er, aber die Torwächter schüttelten nur die Köpfe.

»Frag sie, ob sie einen Mann gesehen haben«, bohrte ich weiter, »einen Levantiner, mit roten Haaren, ungefähr so groß wie ich.«

Sie beteuerten noch einmal ihre Unschuld, als der Kronprinz plötzlich vortrat und einem der beiden Männer ohne Vorwarnung sein Schwert in die Brust stieß. Der Mann schaute entgeistert drein und sank auf die Knie. Der Kronprinz zog sein Schwert wieder heraus. Obwohl das völlig unsinnig war, versuchte der Mann, dem Blutschwall mit den Händen beizukommen, ganz so, als wolle er ein leckendes Boot vor dem Untergang bewahren. Bereits im nächsten Moment kippte er um. Der Kronprinz wischte die Klinge seines Schwertes am Gewand des toten Mannes ab. Der zweite Mann schloss die Augen und begann zu brabbeln und um Gnade zu flehen.

»Jeder, der darin versagt hat, den König zu schützen, muss die Strafe dafür bezahlen«, tönte der Kronprinz und machte sich bereit, auch den anderen Torwächter zu töten. Im gleichen Moment trat jedoch der König vor und richtete den zweiten Mann mit seinem eigenen Schwert hin, und der stieß einen herzzerreißenden Heulton aus, als er starb, der jeden in der Runde zum Schweigen brachte.

25

Als ich am nächsten Morgen erwachte, war mein Körper ganz steif und schmerzte von der Tracht Prügel, die mir die Männer des Kronprinzen verpasst hatten. Meine Arme und Beine waren grün und blau, und ein schwarzer Bluterguss verunzierte meine linke Wange.

»Zumindest hast du noch alle Zähne im Mund«, witzelte Simut, während wir uns in Begleitung unserer eigenen Männer den Weg durch die Straßen der Stadt in Richtung Palast bahnten.

»Und trägst deinen Kopf nicht unter dem Arm«, fügte Nacht hinzu.

Es kam mir so vor, als sei die Stimmung auf den Straßen auf einmal angespannt. Jetzt ignorierten uns die Hethiter vorsätzlich und drehten uns den Rücken zu, sobald wir näher kamen. Und der Oberhofmeister, der uns im Palast in Empfang nahm, sah aus, als sei ihm äußerst unbehaglich zumute. Sie hatten ihre internen Sicherheitsmaßnahmen für unseren Besuch verschärft; abgesehen von den hethitischen Wachen, die uns in dem Moment umzingelten, in dem wir eintraten, wirkte der Palast wie ausgestorben.

Dieses Mal brauchten wir nicht auf eine Audienz beim König zu warten. Man dirigierte uns sofort und rasch durch die düsteren, menschenleeren Gänge und führte uns erneut in die Säulenhalle. Wieder sah der Kronprinz aus, als sei er mit sich und der Welt zufrieden, als wisse er etwas, was wir nicht wussten. Mir fiel auf, dass Nacht das ebenfalls registrierte, und zwar mit Argwohn.

»Was ist los?«, flüsterte Nacht dem Oberhofmeister zu.

»Leider habe ich den jüngsten Unterredungen mit dem König nicht beigewohnt. Sein Sohn war den ganzen Vormittag über bei ihm«, antwortete er nervös.

Zügigen Schrittes betrat der Großkönig die Halle. Er sprach rasend schnell, und der Oberhofmeister, der seine Worte übersetzte, hatte Mühe mitzukommen.

»Wir haben den Vorschlag der Großen Königin überdacht und finden Gefallen daran. Mögen unsere beiden großen Reiche mittels einer Ehe zu einer Familie vereint werden. Wir werden der Königin unseren Sohn überlassen, zur Vermählung, auf dass er mit ihr auf dem Thron von Ägypten regiere. Er wird König sein. Die Bedingungen im Hinblick auf seine Befugnisse und Verpflichtungen müssen zufriedenstellend sein. Enttäuscht uns nicht.«

Zornig blitzte er sowohl Nacht an als auch den Kronprinzen. Nacht, erfreut über diese Entwicklung, trat vor, um sich dazu zu äußern.

»Ich erlaube mir, Euch im Namen der Königin von Ägypten zu diesem freudigen Ereignis zu gratulieren. Der Prinz wird in Ägypten als Sohn und als König empfangen und geehrt werden. Ich gebe mein Leben als Pfand für seine Sicherheit, sein Wohlergehen und seine Zufriedenheit. Er wird sich jederzeit an mich wenden können. Ich bin sein treuer Diener.«

Und mit Ehrerbietung verneigte er sich vor dem Kronprinzen.

Doch der Kronprinz lächelte mit seltsamer Genugtuung

und schüttelte langsam den Kopf. Zu spät wurde Nacht klar, dass er in eine Falle getappt war. Eine kurze Fanfare kündigte die Ankunft eines neuen Akteurs an. Es war totenstill in der Halle. Und im nächsten Moment trat jemand leise und zögerlich durch die Flügeltür, durch die man in die königlichen Privatgemächer gelangte. Aller Augen ruhten auf dieser Gestalt, deren Nervosität und Beklemmung nur zu offensichtlich waren.

Er hatte ein wunderschönes Gesicht, sein glänzendes Haar fiel ihm in schimmernden schwarzen Wellen über die Schultern. Seine Haltung vermittelte Stolz, aber auch Verletzbarkeit und nur wenig von dem maskulinen Selbstvertrauen seines Bruders und seines Vaters. Nichtsdestotrotz besaß er erstaunliches Charisma.

»Ich bin Prinz Zannanza«, stellte er sich vor.

Es war totenstill in der Säulenhalle. Ich beobachtete, wie große Mühe es Nacht bereitete, seine Fassung zurückzuerlangen. Man hatte ihn auf ganzer Linie ausgetrickst, denn wie konnte er diesen zarten, sanften Mann heim nach Ägypten bringen, damit er der Gemahl der Königin wurde und den Thron bestieg? Es war, als hätten die Hethiter uns einen ungeheuerlichen und verheerenden Streich gespielt. Aber was konnte Nacht sagen? Es war zu spät. Also verneigte er sich vor Prinz Zannanza.

»Der Königliche Gesandte Nacht stellt sich Euch vor. Es wird mir eine große Ehre sein, Euch im Namen der Königin, die mich gebeten hat, Euch ihre besten Wünsche zu übermitteln, nach Ägypten zu geleiten.«

Prinz Zannanza verneigte sich seinerseits. Mit wachem, intelligentem und furchtsamem Blick sah er mich an. Simut und ich verneigten uns tief vor ihm.

»Mein Sohn wird baldmöglichst mit Euch nach Ägypten

reisen. Wir haben nicht vergessen, wie dringlich die Bitte der Königin ist«, erklärte der König. »Darüber hinaus werden wir im Hinblick auf die strittigen und unbequemen Hoheitsgebiete, die zwischen unseren Reichen liegen, die Bedingungen einer entsprechenden Vereinbarung aushandeln.« Zu meinem Erstaunen nickte der Kronprinz zustimmend. Nur wenige Tage zuvor war er entschieden gegen einen Waffenstillstand gewesen. Jetzt sah er aus wie der Architekt dieses Plans. Da stand der Großkönig plötzlich auf und lief schnurstracks und drohend auf Nacht zu.

»Aber hört gut zu, was ich sage. Ihr seid verantwortlich für Prinz Zannanza. Ihr müsst sowohl seine sichere Reise gewährleisten als auch seine Sicherheit in Ägypten. Sollte ihm irgendein Unheil widerfahren, zu irgendeinem Zeitpunkt, so seid versichert: Unsere Wut wird grenzenlos, unser Zorn fürchterlich sein, und die hethitische Armee wird sich erheben und Ägypten vernichten. Sagt das auch Eurer Königin, denn das Leben meines Sohnes liegt in ihren Händen.«

Nacht verneigte sich tief, und der König verließ die Halle ebenso schnell, wie er sie betreten hatte, und nahm Prinz Zannanza mit. Nachdem er fort war, änderte sich die Stimmung. Der Kronprinz, der von seinem Onkel und anderen Ministern umringt wurde, äußerte sich plötzlich mit einer neuen und äußerst unglaubwürdigen Herzlichkeit. Das Ganze erheiterte ihn dermaßen, dass er verbale Freudentänze aufführte.

»Wir sind *überglücklich*, Königlicher Gesandter. Wahrlich, Eure Mission in Hatti ist *in jeder Hinsicht* ein Erfolg gewesen. Eure Königin wird einen fabelhaften neuen Gemahl bekommen. Ägypten wird einen fabelhaften neuen König bekommen. Mein lieber Bruder besitzt viele feinsinnige Fähigkeiten. Er tanzt wunderschön. Er liebt Musik und Poesie.«

Und dann schwand das aufgesetzte Lächeln von seinem

Gesicht, und an dessen Stelle trat ein frohlockendes Grinsen.

»Wer hätte voraussagen können, dass ein solcher Tag kommen würde, an dem uralte Feinde plötzlich als Ehegatten miteinander vereint werden? Wer hätte prophezeien wollen, dass wir so leicht an den ägyptischen Thron kommen würden? Wir müssen feiern, welch enorm großes Glück meinem lieben Bruder da beschieden ist, sosehr wir auch beklagen, dass er uns verlässt. Unser Verlust ist natürlich Ägyptens Gewinn. Wir sind überzeugt, dass er der Königin von Ägypten ein *tadelloser* Gemahl sein wird. Möge ihre Ehe gesegnet sein mit vielen vornehmen, starken Söhnen, die zu Kriegerkönigen und zu den Früchten dieses liebreizenden Bundes heranreifen werden, der Zukunft einer großen Dynastie.«

Das Ganze war ein solcher Witz, dass er laut auflachte.

»Es herrscht Frieden zwischen unseren Reichen«, sagte Nacht. »Das befriedigt uns. Aber was ist mit Aziru?«

Der Oberhofmeister trat vor, und wohl war ihm nicht dabei.

»Die erforderlichen Arrangements sind getroffen worden«, sagte er.

»Was für Arrangements?«, fragte der Kronprinz, als wisse er nicht, wovon die Rede war.

»Leider bleibt uns nur wenig Zeit, um unsere eigenen Arrangements für unsere Abreise zu treffen. Also werde ich es Eurem Onkel überlassen, Euch darzulegen, wie wir uns im Hinblick auf den Unruhestifter und Tyrannen Aziru geeinigt haben«, sagte Nacht und nahm damit die einzige Rache, die er nehmen konnte. Und nachdem er damit Unruhe gestiftet hatte, entschied er sich zu gehen; und so verneigten wir uns und ließen sie allein streiten.

Als wir wieder in unserem Quartier waren, stand Nacht erst einmal eine Weile regungslos da und versuchte zu verarbeiten, was geschehen war. Er hielt eine Schale in der Hand und trank daraus in kleinen Schlucken Wasser. Plötzlich bekam er einen Wutanfall und warf sie gegen die Wand. Sie zerbrach in Scherben. Ich war fassungslos; dass er sich solchem Zorn ergab, hatte ich bisher noch nie erlebt.

»Ich bin ein Schwachkopf«, fauchte er. »Warum habe ich das nicht vorausgesehen?«

»Sollte dieser zarte Knabe je einen Kriegerkönig zeugen, fress ich meine Sandalen«, sprach Simut, was nicht gerade hilfreich war.

»Das Ganze ist eine ausgeklügelte und entsetzliche Beleidigung«, sagte Nacht. »Kein Wunder, dass der Kronprinz aussah, als sei er zufrieden mit sich und der Welt. Ich habe einen fatalen Fehler begangen. Ich habe ihn unterschätzt.«

Er begann, auf und ab zu tigern, und versuchte, sich irgendetwas einfallen zu lassen, wie diese Katastrophe möglicherweise noch abzuwenden war.

»Wir haben jedoch keine andere Wahl«, sprach er schließlich weiter. »Wir müssen mit Prinz Zannanza nach Ägypten zurückkehren und einen überzeugenden Weg finden, ihn bei Hof und dem Volk zu präsentieren. Ägypten hatte schon mit größeren Problemen zu kämpfen. Tutanchamun war auch kein Kriegerkönig. Ebenso wenig wie sein Vater. Vielleicht ist ein stiller, künstlerisch begabter und intellektueller hethitischer Aristokrat auf dem Thron annehmbarer und unter Umständen sogar erstrebenswerter als ein alberner, schwachköpfiger Krieger. Warum sollte es keine Erben geben? So etwas kann man manipulieren und arrangieren …«

Es hörte sich allerdings nicht so an, als sei er von seinen Argumenten wirklich überzeugt.

»Nur weil er wunderschön ist, heißt das noch lange nicht, dass seine intimen Gelüste in ... andere Richtungen gehen«, sagte ich. »Und selbst wenn sie es tun – warum sollte ein solcher Mann keinen guten König abgeben und nicht trotzdem Erben zeugen? Der Prinz macht einen vornehmen und kultivierten Eindruck auf mich, und er muss gezwungen gewesen sein, in einem Land, das seine Qualitäten kaum zu würdigen weiß, den Mut zu finden, er selbst zu sein.«

Schweigend ließ Nacht diese Worte auf sich wirken. Er und ich hatten uns nie darüber unterhalten, welche Gründe dafür verantwortlich waren, dass er nicht geheiratet und keine Familie gegründet hatte.

»*Die Sage von König Neferkare und General Sasenet* ist im Grunde die Geschichte einer solch geheimen Liebe«, sagte er leise. Und dann schaute er mich vorsichtig an.

Für einen Moment herrschte Stille zwischen uns dreien.

»Das ist alles sehr schön«, meinte Simut dann, »aber Sagen über die Liebe werden uns nicht helfen, den Prinzen unversehrt nach Ägypten zu bringen. Allein das ist schon eine gefährliche Aufgabe.«

»Je früher wir nach Theben zurückkehren, desto besser. Die Zeit läuft uns davon. Wer weiß, was sich inzwischen am Hof ereignet hat? Vielleicht ist Eje bereits tot ...«

»Ihr vergesst beide etwas. Der Mörder ist hier. Aziru ist mit an Sicherheit grenzender Wahrscheinlichkeit der Täter, und er ist noch nicht verhaftet worden«, sagte ich. »Er weiß von uns. Wir können es uns nicht leisten, diese Angelegenheit im Raum stehenzulassen. Wir können es uns nicht erlauben, dass er uns auf Schritt und Tritt verfolgt und neuerlich angreift, dieses Mal außerhalb der Stadt, wo wir nicht mehr unter dem Schutz des Königs stehen.«

Nacht wollte gerade etwas darauf erwidern, als laut gegen

die Tür geklopft wurde. Es war der Oberhofmeister, der uns die Instruktionen des Königs für unsere Heimreise überbrachte.

»Der König hält den Seeweg von Ura nach Ugarit für zu gefährlich. Die Strömungen drücken, wir Ihr wisst, in die entgegengesetzte Richtung und bergen das Risiko, dass das Schiff zu dicht an die Küste von Alaschia getrieben wird. Des Weiteren könnten ausländische Spione bereits wissen, dass Ihr auf diesem Weg hergereist seid, und es ist strategisch unklug, die gleiche Route für den Rückweg zu nehmen«, sagte er.

»Aber Ura ist doch hethitisches Hoheitsgebiet, und Ugarit ist Euch treu ergeben«, warf Nacht ein. »Also kann der König doch bestimmt die Sicherheit des Transports durch diese Städte garantieren, oder nicht?«

»Wie Ihr wisst, ist der zweitgeborene Sohn des Königs Vizekönig von Aleppo. Deshalb wird Euch ein Militärkonvoi bis zur Grenzstadt Sarissa und dann weiter nach Aleppo begleiten. Wir haben selbstverständlich Garnisonen, aber der Winter naht und unsere Truppen werden in die Heimat zurückkehren. Ab da werdet Ihr also auf Euch selbst gestellt sein. Eure eigene Armee führt dort aber Krieg. Ich glaube, die Divisionen haben sich noch nicht alle nach Memphis zurückgezogen. Deshalb könnt Ihr die um Unterstützung bitten«, entgegnete der Oberhofmeister.

»Werter Oberhofmeister, es ist allgemein bekannt, dass Eure Grenzen im Osten unzureichend gesichert sind, und Prinz Telipinu, der zweitgeborene Sohn des Königs, nach Aleppo entsandt wurde, um die anti-hethitischen Kräfte in dieser Region niederzuschlagen«, sagte Nacht. »Damit meine ich natürlich, dass jeder weiß, dass die Armee des Chaos in dieser Region aktiv ist.«

Der Oberhofmeister sah aus, als sei ihm nicht wohl.

»Werter Herr Gesandter, Eure Informationen sind überholt. Die Hethiter haben ihre Machtposition im Osten sehr gestärkt. Unsere Festungen und Wachtürme werden Euch Sicherheit und Unterkunft gewähren. Unsere Wächter der Langen Straße werden während Eurer Reise für Eure Sicherheit bürgen. Und wie Ihr bestimmt wisst, haften gemäß unseren Gesetzen sämtliche Bürger jeder Ortschaft persönlich für die sichere Durchreise aller Kaufleute und Würdenträger. Wenn ihnen irgendein Leid widerfährt, muss Entschädigung geleistet werden.«

»Wenn wir erst mal tot sind, wird uns das mit wenig Befriedigung erfüllen«, erwiderte Nacht.

»Bei dieser Sache steht die Ehre der Hethiter auf dem Spiel«, erwiderte der Oberhofmeister sogleich. »So etwas ist undenkbar.«

»So etwas ist nicht nur denkbar, sondern auch besorgniserregend plausibel. Verwundbarer könnten wir gar nicht sein, und sollte uns irgendein Missgeschick ereilen, wäre das schlichtweg katastrophal, für beide Seiten. Das versteht Ihr doch wohl hoffentlich. Ich hoffe doch, dass Ihr begreift, warum ich die familieninterne Zwietracht im Königshaus so besorgniserregend finde.«

»Der Kronprinz ist wieder versöhnt. Ihr braucht Euch nicht vor Repressalien zu fürchten«, erwiderte der Oberhofmeister. »Und es ist uns gelungen, vertraglich festzulegen, wie wir Frieden zwischen unseren Reichen schaffen.«

»Der aber erst in Kraft tritt, wenn die Ehe geschlossen wird, und damit schwebt weiterhin alles in Gefahr. Es herrschen große Unstimmigkeiten zwischen Euch. Es ist ein Mörder in Eurer Stadt, und dabei handelt es sich aller Wahrscheinlichkeit nach um Aziru. Wo wird er das nächste Mal zuschlagen? Wir reisen durch eine instabile und gefährliche Region. Das bietet ihm perfekte Möglichkeiten, uns hinterrücks zu ermorden. Ihr seht also mein Problem.«

Der Oberhofmeister nickte und zuckte enerviert mit den Achseln. »Ich habe mir alle Mühe gegeben. Das hier sind die Befehle des Königs. Im Moment hört er auf den Kronprinzen. Wir müssen daraus das Beste machen.«

Kaum dass der Oberhofmeister wieder gegangen war, begannen wir, uns zu beraten.

»Er hat recht damit, dass wir für den Rückweg nicht die gleiche Route nehmen sollten. Sie werden uns quer durch Hatti geleiten müssen«, sagte Simut. »Und dann können wir nach Westen weiterreisen und entweder ein Schiff nach Süden oder den Horusweg nehmen; beide Wege bringen uns schnell nach Ägypten zurück.«

»Wir haben keine andere Wahl. Aber wie können wir diesen Wachen trauen? Ich fürchte mich vor weiteren bösen Überraschungen, mit denen der Kronprinz seine Heimtücke offenbart«, sagte Nacht.

»Ich möchte darauf hinweisen, dass der Landweg uns durch ein Gebiet führt, in dem Ägypten keine Verbündeten, keine Festungen und keine Raststationen hat. Wir werden ein Terrain durchqueren müssen, das im Grunde ein Niemandsland zwischen uns und den Hethitern ist. Und vergesst auch das hier nicht: Das Letzte, was wir brauchen, ist, dass Haremhab uns entdeckt. Das wäre schlimmer, als der Armee des Chaos in die Arme zu laufen«, sagte ich.

»Der Horusweg ist vermutlich am sichersten. Ich werde in der Lage sein, Briefe vorauszuschicken. Wir können wieder als Handelsdelegation durchgehen, vorausgesetzt, Prinz Zananza gibt seine Zustimmung. Und was Haremhab angeht, so ist der Krieg für dieses Jahr zu Ende; die Hethiter ziehen sich nach Hattusa zurück. Es besteht kein Grund für ihn, seine Zeit an der Front zu verplempern. Zu Hause erwarten ihn dringlichere Angelegenheiten. Er wird so viele Soldaten wie möglich daheim in Ägypten benötigen. Aus offensichtlichen Gründen.«

Wir verließen die Stadt am folgenden Nachmittag. Die bevorstehende Vermählung war verkündet worden, und so war die Prozessionsstraße von Edelleuten, Bürokraten und Würdenträgern gesäumt; unser eigener Konvoi wurde von einem Trupp hethitischer Wachen umringt, die Speere und Äxte trugen. Der König ritt uns voraus, flankiert vom Kronprinzen zu seiner Rechten und Prinz Zannanza zu seiner Linken. Die Königin ritt hinter ihnen, wandte den Kopf aber zu keinem Zeitpunkt in Nachts Richtung. Ich ließ meine Blicke über die zahllosen Gesichter am Straßenrand schweifen, wollte unbedingt einen Blick auf den Levantiner erhaschen, den ich bei dem Bankett gesehen hatte. Aber von dem fehlte jede Spur.

Als wir das Löwentor erreichten, umarmte der König den Prinzen Zannanza in aller Öffentlichkeit – ich habe allerdings selten eine eisigere und weniger überschwängliche Umarmung zwischen einem Vater und einem Sohn gesehen als diese hier. Prinz Zannanza drehte sich um und warf einen letzten Blick auf seine Heimatstadt, und er muss gewusst haben, dass er sie nicht wiedersehen würde. Der Kronprinz schlug ihm energisch auf die Schulter und flüsterte ihm etwas ins Ohr, was zur Folge hatte, dass Prinz Zannanza erstarrte und errötete, als sei er auf grausame Weise verspottet und verwünscht worden.

Und dann wurden wir, unter einer Fanfaren-Kakophonie,

die uns nahezu taub machte, durch den langen dunklen Tunnel des großartigen Stadttores geleitet. Wir traten hinaus ins Licht. Die Löwenskulpturen sprangen aus ihren Steinen. Ich schaute empor auf die Zinnen der Stadtmauern, auf denen sich die Menschen drängten. Suchend blickte ich in ihre Gesichter, wollte wenigstens kurz den Mann sehen, den ich dabei erwischt hatte, wie er Nacht angestarrt hatte, oder auf einen Mann mit roten Haaren. Aber da war nichts, und unser Weg war vorgezeichnet, unsere Reise fing gerade erst an. Vor uns lagen die finsteren Wälder und der lange gefährliche Rückweg in die Heimat.

VIERTER TEIL

Wenn du mir das Tor nicht öffnest,
damit ich eintreten kann,
Werde ich es einschlagen und das Schloss herausreißen.
Ich werde die Torpfosten zertrümmern und
die Tore mit Gewalt aufbrechen.
Ich werde die Toten auferwecken,
damit sie die Lebenden fressen,
Und es wird mehr Tote als Lebende geben.

Ischtar vor den Toren der Unterwelt

26

Bei Tagesanbruch wurden die alten Tore der Stadt Aleppo geöffnet, und wir schlossen uns dem Pulk von Landarbeitern an, die auf die Felder strömten, und den Kaufleuten und Händlern, die sich an ihr Tagewerk machten. Wir waren froh, die Stadt wieder verlassen zu können, denn der zweitgeborene Prinz der Hethiter, der Vizekönig der Stadt, war uns mit Unmut und Groll begegnet. Er war seinem Bruder nicht in geschwisterlicher Liebe verbunden, sondern empfand nur höhnische Verachtung für Zannanza. Außerdem hatten wir in Aleppo die Grenze erreicht, denn hier endete das Gebiet, das von den Hethitern beherrscht wurde. Die hethitischen Wachsoldaten, die uns seit Hattuscha Geleitschutz gegeben hatten – durch die unfruchtbaren Felder im Norden, bergab durch die armen Dörfer und Grenzstädte, bergauf über die sich windenden Pfade der eisigen, von düsteren Pinienwäldern gesäumten Gebirgspässe und quer durch die Ebenen hinein in die Stadt Aleppo –, würden jetzt umkehren. Sie folgten uns noch ein kurzes Stück aus der Stadt heraus, blieben dann jedoch ganz plötzlich stehen, nahmen eine stramme Haltung an, erwiesen eine bescheidene Ehrenbezeugung und ritten danach einfach von dannen, als seien sie jetzt von einer lästigen und unangenehmen Pflicht entbunden. Während der gesamten Reise hatten sie kein einziges Wort mit uns gewechselt, waren uns kein einziges Mal mit Freundlichkeit begegnet.

Endlich waren wir auf uns allein gestellt. Vor uns tat sich ein unbekanntes, ungewisses Ödland auf, um das man die letzten dreißig Jahre Kriege geführt hatte und das noch länger für Reisende extrem gefährlich gewesen war. Nacht hatte entschieden, die Handelsstraße nach Hama zu nehmen, einer Stadt, die etwa fünf Tagesreisen südlich von Aleppo lag, und von dort in westlicher Richtung weiterzuziehen, um in Byblos auf die Meeresstraße zu stoßen. Der hethitische Kronprinz hatte dafür gesorgt, dass wir unterwegs in Festungsstädten unterkommen konnten, und uns entsprechende Dokumente mitgegeben.

Es war ein herrlicher Tag. Wir machten uns auf den Weg ins Ungewisse, und unsere Wachsoldaten marschierten im Laufschritt vor und hinter uns. Zu beiden Seiten der Straße waren Wiesen, und der Morgentau lag noch schwer auf den Feldern; Vögel zwitscherten in den Zweigen der Bäume und schossen zwischen den dahintröpfelnden Wasserrinnsalen auf und nieder. Zum ersten Mal seit vielen Tagen fühlten wir uns, als sei uns eine schwere Last von den Schultern genommen – trotz der Gefahren, die vor uns lagen. Selbst Prinz Zannanza schien die Schönheit und Frische des frühen Morgens zu berühren. Nacht sagte höflich etwas zu ihm, und daraufhin nickte er, fast hätte er sogar gelächelt. Bis zu diesem Augenblick war er während der gesamten Reise stumm und zutiefst deprimiert gewesen; er hatte kaum etwas gegessen, nur wenig getrunken, und dass er auch nur wenig geschlafen hatte, verrieten die dunklen Ringe unter seinen aparten Augen.

Wir ritten zusammen, Prinz Zannanza in der Mitte, Nacht und ich jeweils neben ihm und Simut und seine Männer vor und hinter uns. Wieder einmal versuchte Nacht, den Prinzen in ein Gespräch zu verwickeln.

»Königin Anchesenamun ist von bemerkenswerter Schönheit. Nicht wahr, Rahotep? Ich habe gerade versucht, ihre Anmut und ihre Intelligenz zu beschreiben, aber mir fehlen die Worte. Sie ist schlagfertig, und sich mit ihr zu unterhalten ist eine Wonne.«

»Warum muss sie dann bei ihrem größten Feind um einen Gemahl betteln?«, entgegnete Prinz Zannanza ruhig und in einem zwar nicht akzentfreien, aber sehr guten Ägyptisch.

Nacht wollte ihm die Frage beantworten, aber der Prinz fiel ihm bereits nach den ersten Worten in die Rede.

»Ich bin kein Dummkopf. Ich weiß, was alles Familien für Macht und Ruhm tun. Mein Vater hat mich verkauft; ich bin lediglich eine Handelsware, die gegen politischen Profit eingetauscht wird. Und sobald ich nicht mehr nützlich bin – das weiß ich –, wird man sich meiner, ohne lange zu überlegen, entledigen.«

»So ist das nicht, Euer Majestät. Ich werde Euch dienen, solange ich lebe, und mein Leben geben, um Eures zu schützen«, erwiderte Nacht in ernstem und inbrünstigem Ton.

Prinz Zannanza sah ihn an.

»Und wie lange darf ich hoffen, an Eurem für seine Meuchelmörder und Verräter berüchtigten ägyptischen Königshof zu überleben?«, gab er zurück. »Und wer seid Ihr?«, fragte er im nächsten Moment und wandte sich unerwartet mir zu.

»Leben, Wohlstand und Gesundheit, Euer Majestät. Ich bin Rahotep.«

»Erzählt mir von Euch«, befahl der Prinz.

Ich konnte hören, wie Simut hinter mir vor Erheiterung hüstelte.

»Was möchte Euer Majestät denn gern erfahren?«

»Ihr seid zwar kein Edelmann, aber Ihr seid trotzdem auch kein Wachsoldat. Warum seid Ihr also hier?«

Ich schaute zu Nacht hinüber, der den überraschenden Fortgang dieser Unterhaltung aufmerksam verfolgte.

»Die Königin von Ägypten hat befohlen, dass ich diese Mission begleite«, sagte ich. »Ich bin ein Wahrheitssucher und habe für die thebanische Medjai gearbeitet.«

»Sie muss Eure Loyalität sehr schätzen«, schlussfolgerte er.

Ich wusste nicht, was ich darauf hätte erwidern können. Er sah mich an.

»Ich sehe da aber auch noch etwas anderes in Euren Augen. Euer Herz ist von einem finsteren Zorn erfüllt. Nicht wahr, Rahotep? Habe ich recht, Wahrheitssucher?«

Ich war völlig perplex.

»So etwas sehe ich sofort«, sprach er weiter. »Die Zeichen sind mir nur allzu vertraut. Ich bin auch nicht geschaffen für die dunklen Seiten menschlicher Härte. Aber die Götter halten uns alle zum Narren.« Und mit diesen Worten gab er seinem Pferd die Sporen und galoppierte ein Stück voraus, um wieder mit sich allein zu sein.

Simut zwinkerte mir zu, und dann klopfte er mir auf die Schulter und flüsterte mir ins Ohr: »Ich glaube, der Prinz hat ein Auge auf dich geworfen. ›Die Götter halten uns alle zum Narren …‹«

»Du bist ja nur eifersüchtig«, antwortete ich.

Wir lachten beide. Was Nacht überhaupt nicht amüsant fand.

Die Sonne stieg rasch, während wir weiterritten, und schon bald begann das Land unter der Hitze zu sieden. Später, in der gleißenden Helligkeit und flirrenden Luft des Nachmittags, blieb einer der Späher, der weit vor uns lief, plötzlich stehen und pfiff ein Warnsignal. Simut und ich galoppierten zu ihm und folgten ihm auf eine leichte Anhöhe, von der man einen Blick auf die Umgebung hatte. Er bedeutete uns zu schweigen und zeigte mit seinen Augen auf einen viereckigen Lehmziegelbau in der Ferne. In dem grellen Licht war er nur schwer auszumachen.

»Das ist ein Außenposten«, sagte er. »Das da in der Mitte ist eine Zisterne.«

»Und wo sind die Leute alle?«, fragte ich.

Dort schienen weder Wächter zu sein noch Soldaten, die ihren Dienst versahen. Im Grunde wirkte der Ort sogar gespenstisch still, wie verwaist, ganz so, als sei dort niemand mehr. Wir wischten uns den Schweiß von der Stirn und suchten mit den Augen das ausgedörrte, menschenleere Gelände ab.

Simut und ich stiegen von unseren Pferden. Wir nahmen zwei seiner Männer mit und arbeiteten uns langsam und leise auf die Festung zu. Für den Fall, dass man uns angriff, gab es nirgendwo eine Möglichkeit, sich zu verstecken. Die Soldaten hielten ihre Pfeile und Bogen im Anschlag. In der Wüste, die uns umgab, war es vollkommen still, und auch wir verursachten keine Geräusche. Bei jedem Schritt, den ich ging, inspizierte ich den staubigen Boden. Er war von Spuren übersät, von Abdrücken, die von Pferdehufen, Sandalen und nackten Füßen herrührten, die chaotisch in sämtliche Richtungen gerannt waren. Als wir uns der eigentlichen Festung näherten, zierten überall Flecken, halbrunde Bögen und Streifen getrockneten Blutes den Boden. Es war das Diagramm einer Schlacht. Aber wo waren die Toten?

Simut suchte mit den Augen die Außenmauern ab, und dann gab er seinen beiden Männern das Zeichen, uns Deckung zu geben. Sie zielten mit ihren Pfeilen auf die Mauern, und schnell und geräuschlos wie Schatten rannten Simut und ich los, quer über das gefährlich freie Gelände zum Torhaus. Dort pressten wir uns mit dem Rücken gegen die Wand, und ich wischte mir den Schweiß ab, der mir von der Stirn tropfte. Wir horchten auf irgendein Geräusch aus der Festung. Da war aber immer noch nichts. Das Einzige, was ich hören konnte, war das Summen der Fliegen. Simut bedeutete seinen Männern, sich direkt vor das Eingangstor zu stellen, und dann sahen er und ich einander an, nickten und stürmten im nächsten Moment mit erhobenen Waffen in den Innenhof.

Augenblicklich wurden wir von einem widerwärtigen Gestank überwältigt und zogen uns die Halsausschnitte unserer Gewänder vor die Nasen. Es bot sich uns die Szene eines Massakers: Man hatte einen ganzen Zug ägyptischer Soldaten abgeschlachtet, ihnen wahllos und barbarisch Gliedmaßen und Hände und Füße von den Leibern geschlagen. Durch die gewaltige Hitze waren ihre Leichen bereits in der Verwesung begriffen. Das Ganze war erst vor kurzer Zeit passiert. Und dann fiel es mir auf.

»Da sind keine Köpfe«, flüsterte ich Simut zu.

»Wo sind die also?«, entgegnete er.

Wir suchten die Festung ab. Alles war zerstört: die primitiven Holzbänke zertrümmert, die Vorratskrüge und -schalen zerschlagen, die Strohsäcke aufgeschlitzt. Auf dem Fußboden und an den Wänden waren überall Blutlachen und -schlieren.

Ich hob die Hand, damit alle ganz leise waren. Irgendetwas störte mich; ein Summen in der Ferne. Ich lief auf die kleine, runde Wasserzisterne zu. Mit der Spitze meines Dolches hob ich den Deckel an. Sofort entfleuchte eine schwarze Wolke aus Fliegen. Hastig trat ich zurück und schlug sie von mir. Als sie sich wieder beruhigt hatten, wand ich mir Stoff um Gesicht und Kopf und drückte den Deckel der Zisterne ganz auf und schaute hinein. Zusammengepfercht in dem dunklen, feuchten Becken der Wasserstelle lagen die abgehackten Köpfe eines ganzen Zugs, von denen noch das Blut tropfte. Blind starrten sie mich an und vergifteten das einstmals frische Wasser darunter.

27

Simut schickte seine Männer los, die Umgebung der Festung zu erkunden. In unmittelbarer Nähe fanden sie nichts, und die Hufspuren der Pferde, denen sie ein ganzes Stück gefolgt waren, führten von der Festung weg nach Westen. Also postierte er Wachsoldaten, die sich in das bisschen Schatten kauerten, das sie finden konnten, und angestrengt das vor Hitze flimmernde Land beobachteten. Wir mussten diese Stunden nutzen, um Ruhe zu halten, bevor wir uns nach Einbruch der Dunkelheit auf die nächste Etappe machten. Wir waren jedoch alle hellwach und horchten auf jedes Geräusch, das möglicherweise darauf schließen ließ, dass die Angreifer zurückkehrten. Nacht organisierte eine Schlafstatt für Prinz Zannanza und versuchte, ihm ein Sonnensegel zu bauen. Er erklärte ihm, warum wir die Zelte nicht aufstellen konnten, aber der Prinz bedeutete ihm lediglich mit einem Winken, er solle weggehen, denn er war untröstlich und wollte mit nichts etwas zu tun haben.

Die Hitze des Nachmittags war unerträglich. Nacht, Simut und ich hatten uns zusammengesetzt, schlugen nach den Fliegen, die uns unablässig plagten, und unterhielten uns im Flüsterton, damit der Prinz nicht hören konnte, was wir sagten.

»Diese unmenschliche Grausamkeit kommt mir bekannt vor«, sagte ich. »Die passt zu dem, was Paser uns über die Armee des Chaos erzählt hat.«

»Da pflichte ich dir bei«, erwiderte Nacht. »Wie können wir uns also am besten gegen einen eventuellen weiteren Angriff schützen?«

»Ich werde Späher losschicken, damit sie das vor uns liegende Gelände auskundschaften, bevor wir es passieren«, erwiderte Simut. »Wir haben zwanzig Mann; die sind wesentlich besser geschult und erheblich tödlicher als eine Horde undisziplinierter Söldner.«

»Das hier war kein zufälliger Überfall«, gab ich zu bedenken. »Ganz egal, wer sie sind, sie wissen, dass wir kommen. Und ich sage das zwar nicht gern, aber in dieser Garnison waren mehr als zwanzig Soldaten, und schaut euch an, was denen widerfahren ist.«

Schweigend saßen wir da und führten uns unser Dilemma vor Augen.

»Hier ist kein Wasser. Die Pferde sind durstig. Wir haben keine andere Wahl, wir müssen weiter. Es ist besser, bei Nacht zu reiten. Die Bogenschützen müssen die ganze Zeit über schussbereit sein. Wir werden den Pferden Stoff um die Hufe binden, und keiner wird ein Wort von sich geben. Wir werden stumm weiterreiten. Unsere Hauptaufgabe besteht darin, den Prinzen zu schützen, und das bedeutet, dass ihr beide ihn unablässig im Auge haben müsst«, entschied Nacht.

Und so kam es, dass wir bis zum Sonnenuntergang warteten, dann sofort aufstanden, uns fertig machten, ein bisschen Brot aßen und uns auf den Weg machten in die kühlende Finsternis der Wüste. Die Sterne strahlten am Firmament, doch wir hatten Neumond, der nur aus einer schmalen weißen Scheibe bestand, die uns kaum genug Licht bescherte, nach dem wir uns auf unserer Reise orientieren konnten – zum Glück aber auch nur wenig Licht, in dem man uns sehen konnte. Die Pferdehufe waren mit Stoff umwickelt, und wir horchten angestrengt auf jedes Geräusch aus der befremdlichen Stille, das uns hätte warnen können, dass in der Dunkelheit berittene Feinde lauerten. Unsere Nerven waren zum Zerreißen gespannt. Ich starrte derart intensiv in die Nacht, dass ich mir die Augen immer wieder reiben und sie ab und an auch mal schließen musste. Langsam legten wir die Strecke zurück; die Sterne drehten sich auf ihren Bahnen, und dann, nach stundenlanger Anspannung, begann die Dunkelheit der Nacht sich zu verändern. Der Rand der Welt bekam einen blauen Kranz, der allmählich breiter wurde, bis der Horizont hell war und das Licht die Welt neuerlich in seinen Besitz nahm. Re war zu neuem Leben erwacht. Doch was er uns weiter vorn im gleißend weiß-goldenen Licht des Sonnenaufgangs offenbarte, war das Bild unseres Albtraums. In der Ferne erwartete uns eine schwarze Reihe aus nur schemenhaft erkennbaren Gestalten zu Pferde.

Simut hob die Hand, und sofort kam unser Zug zum Stehen. Prinz Zannanza, der eingenickt war, regte sich.

»Warum halten wir an?«

Dann blinzelte er und erblickte die finsteren Gestalten.

»Nein, nein, nein …«, wisperte er.

»Maul halten«, fuhr ich ihn an, ohne das Protokoll zu beachten. Simut gab ein Zeichen, und daraufhin bauten sich seine Schützen in Formation vor uns auf und hoben ihre Bogen. Die Pfeile zeigten himmelwärts, und ihre Spitzen glitzerten im Licht des neuen Tages. Weitere seiner Männer standen hinter ihnen und hielten ihre langen Speere angriffsbereit. Und im nächsten Moment schlug von allen Seiten barbarischer Lärm auf uns ein, wie ich ihn noch nie zuvor erlebt hatte, ein Trommeln von Waffen auf Schilden, das von Sprechchören und Gebrüll begleitet wurde. Wir drehten uns in unseren Sätteln; überall um uns her tauchten in der Ferne Reiter aus der Morgendämmerung der schimmernden Wüste auf und umzingelten uns aus jeder Richtung.

Schnell erteilte Simut einen Befehl, und die Schützen zielten mit ihren Pfeilen auf die schemenhaften Gestalten. Allerdings waren diese uns zahlenmäßig massiv überlegen. Es müssen über hundert gewesen sein. Vier unserer Männer postierten sich so, dass sie Prinz Zannanza und Nacht schützen konnten, und hoben ihre Lederschilde und ihre Schwerter, um die beiden bis in den Tod zu verteidigen. Ich erhaschte einen kurzen Blick auf Nachts Gesicht, der dem Prinzen schützend und beruhigend den Arm um die Schultern gelegt hatte.

Die nur als Umrisse erkennbaren Reiter hörten nicht auf, ihre grässliche Kriegsmusik zu machen, und zogen dabei den Kreis um uns langsam immer enger. Sie waren nach wie vor zu weit weg, als dass wir ihre Gesichter hätten erkennen können. Aber dann preschte plötzlich eine stattliche Erscheinung zu Pferd aus dem Kreis vor in die offene Wüste. Ich hob meine Hand, um meine Augen gegen das Licht zu schützen, und sah langes Haar und flatternde Gewänder. Die darunter verborgene Person ließ ihr Pferd vor uns auf den Hinterbeinen tanzen und hielt dabei ein langes gekrümmtes Schwert in der Hand. Das schwenkte sie gefährlich in der Luft und brüllte entweder unverständliche Drohungen oder erging sich in wildem Geheul. Der große Kreis aus Männern antwortete mit Jubelgeschrei darauf, ließ die Waffen gegen die Schilde klirren und kreischte vor Raserei und Zorn.

Konzentriert wartete Simut darauf, dass sich etwas tat. Seine Männer waren zum Angriff bereit und hielten diszipliniert ihre Waffen im Anschlag. Und plötzlich tat sich was – der Anführer stieß einen wilden und zugleich verzückten Heulton aus, und im nächsten Moment griffen sie uns von allen Seiten an. Simut bellte Befehle, und Pfeile gischteten in den blauen Himmel, glitzerten im Zenit ihres Fluges und regneten dann in akkuratem Bogen auf die auf uns zustürmende Horde nieder. Einige Reiter wurden getroffen, fielen seitwärts von ihren galoppierenden Pferden und wurden von den Hufen derer, die ihnen folgten, zertrampelt. Auf Simuts Befehl wurde eine zweite Runde Pfeile abgefeuert; dieses Mal wurde nicht in die Luft gezielt, sondern direkt auf die Angreifer; und viele trafen ihr Ziel, brachten Männer und Pferde in einem tödlichen Gewirr zu Fall. Sie stürmten aber trotzdem weiter voran, und jetzt konnte ich erstmals ihre wilden Bärte und Haare ausmachen, ihre kreischenden Münder und den wahnsinnigen Ausdruck auf ihren Gesichtern, der die Ekstase spiegelte, die sie bei der Schlacht empfanden.

Mein Herz hämmerte in meiner Brust. Nacht stand plötzlich neben mir und schrie: »Was sollen wir tun?«

»Wo ist der Prinz?«, brüllte ich zurück.

»Der ist bei den Leibwachen!«

»Da solltest du eigentlich auch sein!«

»Wir brauchen jeden Mann für diesen Kampf«, erwiderte er mit leuchtenden Augen.

»Heb dein Schwert. Stell dich hinter mich, halt dich ganz in meiner Nähe!«

Nacht zog sein Schwert. Ich erinnerte mich plötzlich, dass er in der Vergangenheit davor zurückgeschreckt war, ein Messer zu benutzen, und jedwede Form von Gewalt verabscheute, aber er musste inzwischen Unterricht genommen haben, denn jetzt hielt er sein Schwert mit ganz neuem Selbstvertrauen. Die Schützen schossen noch mehr Pfeile auf die immer näher kommenden Angreifer, und weitere Barbaren fielen. Doch dann flogen plötzlich Speere und Äxte durch die Luft und gruben sich mit grimmigem Dröhnen und Krachen in die Köpfe und Brustkörbe von einigen unserer Männer, die den äußeren Schutzkreis bildeten und daraufhin ächzend oder stumm zu Boden fielen. Nur noch eine Sekunde, und die Angreifer hatten uns erreicht.

Ich schaute auf und sah einen Reiter, der gerade mit dem Arm ausgeholt hatte und mit voller Kraft einen Speer warf – vibrierend schoss er durch die Luft und war genau auf Nacht gerichtet. Dieser hatte ihn nicht gesehen. Gerade noch rechtzeitig hob ich meinen Schild, und der Speer traf ihn genau in der Mitte und mit derartiger Wucht, dass es mir durch den gesamten Arm schoss und mich rücklings zu Boden warf, wo ich mich überschlug. Ich griff mir Nacht, riss ihn zu Boden und schützte ihn mit meinem eigenen Körper, als der Reitersturm durch den Schutzring unserer Bogenschützen brach, wild und frohgemut auf sie einhackte und ihnen die Arme und Köpfe von den Leibern schlug. Blut strömte und schoss ruckartig in einem roten Schwall in die frische Morgenluft. Aus den Augenwinkeln heraus sah ich Simut, der den Angriff parierte und seine Männer ermutigte, es ihm gleichzutun. Sie waren hervorragende Schützen und Soldaten, und ihre Waffen sirrten präzise nieder und durchschnitten Luft, Fleisch und Knochen, sodass noch weitere der Horde tot von ihren Pferden fielen. Gegen ihre zahlenmäßige Überlegenheit anzukommen war jedoch ein Ding der Unmöglichkeit. Nacht wand sich unter mir.

»Lass mich kämpfen!«, schrie er.

»Lieg still«, antwortete ich. Für einen kurzen Moment sahen wir einander in die Augen, und fast kam es mir so vor, als würde er lächeln.

»Der Tod macht mir keine Angst«, sagte er. »Nicht, wenn wir zusammen sterben.«

Der wilde und erbarmungslose Lärm der Schlacht schien plötzlich wie aus weiter Ferne zu mir vorzudringen, die unmenschliche Grausamkeit der schlitzenden, hackenden Angreifer geringer zu werden. Ich dachte an die Kläglichkeit des Lebens, an meine Kinder und an meine Frau. Ich begann in Gedanken, Abschied von ihnen zu nehmen.

Aber gerade als mich das Gefühl durchströmte, was für eine schreckliche Verschwendung das Ganze doch war, legte sich plötzlich ein Schatten über meinen Körper. Ich schaute auf und wurde geblendet von der aufgehenden Sonne, die eine unheimliche Gestalt umrahmte, die auf einem prachtvollen Hengst saß und auf mich niederblickte. Am Zaumzeug des Pferdes hingen die Köpfe mehrerer Leichen; das Fleisch war heruntergerissen, die Augen waren nicht mehr in den Augenhöhlen, die Kiefer waren gebrochen und hingen wackelnd da. Um den Nacken trug der Hengst ein Halsband aus menschlichen Händen, die eine Kette bildeten und deren gelbe knorrige Finger um Hilfe bettelten – zu spät. Der Reiter hatte seinen in der Sonne glitzernden Krummsäbel gehoben und war bereit, mir den tödlichen Hieb zu versetzen.

Aber stattdessen lachte die Gestalt auf einmal und bewegte sich aus der Sonne heraus. Ich blickte in das Gesicht des Feindes und sah, dass er kein Mann war; es war eine Frau, und die lachte, so sehr ergötzte sie sich an dem Blutvergießen und ihrem Sieg. Ihr Haar war schwarz und dick und umkränzte ihren Kopf in einem wild geflochtenen Gewirr; die Farbe ihrer Augen war ein faszinierendes und schockierendes Blau; und der Ausdruck irrsinniger Raserei auf ihren Zügen passte ganz und gar nicht zu der Schönheit ihres Gesichts. Unverwandt und neugierig sah sie mich an. Und im nächsten Moment tat sie etwas Unfassbares – sie lächelte. Und dann wurde es dunkel um mich her.

28

Ich versuchte mich zu rühren, aber durch meinen Körper tanzte der Schmerz. Meine Hände und Füße waren gefesselt, den Mund hatte man mir mit einem dreckigen Lappen geknebelt, und es schien mir nicht möglich zu sein, die Augen zu öffnen; rasender Durst dörrte mir die Kehle aus, und die brutale Sonne versengte mein Gesicht. Ich versuchte zu begreifen, was ich hörte: das Poltern von Wagenrädern, das unregelmäßige Trappeln von Pferdehufen auf unebenem Boden und überall um mich her das aggressive Gelächter von Männern und ihr lockeres Geplänkel und ihre fröhlichen Rufe in einer Sprache, die ich nicht verstand.

Schließlich gelang es mir, ein Auge zu öffnen. Das andere war zugeschwollen. Es pochte unangenehm. Das Erste, was ich sah, als ich ins Licht schielte, war Nachts Gesicht, ganz dicht neben meinem. Sein Mund stand offen, sein Gesicht war blutunterlaufen und seine Lippen waren ausgetrocknet. Und seine Augen waren geschlossen. Gleich hinter ihm lag Prinz Zannanza, wach, in Panik und ebenfalls geknebelt, und seine wunderschönen Augen flehten meine verzweifelt an. Am anderen Ende des Karrens lag Simut, bewusstlos. Getrocknetes Blut verkrustete sein Gesicht und seinen Bart, und die Fliegen veranstalteten an einer breiten offenen Wunde an seinem Kopf ein Festgelage. Sein Gesicht war von üblen Blutergüssen übersät. Ich sah, dass seine Lippen zuckten, als Fliegen sich darauf niederlassen wollten. Wir vier waren alle noch am Leben. Warum? Und was war mit Simuts Männern?

Holpernd ratterte der Karren über Steine. Von den Männern zu Pferde, die überall um uns herum waren, konnte ich nur wenig sehen – sie waren Schatten in der blendenden Helligkeit der Sonne. Aber einer von ihnen merkte, dass ich zu Bewusstsein gekommen war, und rief etwas. Plötzlich hielt der Karren. Er beugte sich zu mir nieder, knotete den Knebel auf und warf ihn zur Seite. Ich schnappte nach Luft und inhalierte die heiße, trockene Wüstenluft. Dann versuchte ich zu sprechen. »Wasser …« Meine Stimme klang schwach und brüchig. Einer der Männer sagte etwas zu den anderen, was die zum Lachen brachte. Im nächsten Moment stellten sich mehrere in ihre Steigbügel, zogen ihre Gewänder zur Seite und fingen an, mich anzupinkeln. Ich schloss Augen und Mund, um mich gegen das heiße, ekelhafte Gesudel zu schützen, aber je mehr ich mich wand, desto lauter lachten sie. Dann bepinkelten sie Nacht und den Prinzen Zannanza ebenfalls. Das weckte Nacht aus seiner Starre; er hustete und schrie angewidert auf. Da packte mich auf einmal die Kraft der Empörung. Obwohl man mir die Hände auf dem Rücken gefesselt hatte, wuchtete ich mich auf die Füße und von der Karre herunter, und dann stürzte ich mich zornig brüllend auf die Männer und versuchte, sie mit meinem Kopf zu Fall zu bringen; doch knickten mir die Knie ein, und ich fiel zu meiner Schmach auf den Boden. Das belustigte sie nur noch mehr. Mehrere stiegen von ihren Pferden, ich schätze mal, um mich zu verprügeln. Ich rappelte mich hoch und wollte mich neuerlich auf sie stürzen. Aber genau in dem Moment erklang die gebieterische, sonore Stimme einer Frau und schalt die Männer, und gehorsam wie ein Rudel zähnefletschender Hunde traten sie zurück.

Sie stand da und sah mich an, hatte die Hände in die Hüften gestemmt, und ihr mit Staub und Blut verschmiertes Gesicht war von wildem Haar umrahmt, das aussah wie eine prächtige Mähne. Sie goss Wasser aus ihrem ledernen Wasserschlauch über mein Gesicht, umfasste es dann mit beiden Händen und drehte es hin und her, als taxiere sie ein Pferd. Sie hob ihr Schwert, strich mit seiner Spitze unter meinen Augen entlang, an meiner Nase und über meine Lippen, als handele es sich dabei um eine primitive Version des Mundöffnungsrituals, als sei sie eine Hohepriesterin und ich der Leichnam, der darauf wartete, im Reich der Toten zu neuem Leben erweckt zu werden: »Du bist wieder jung, du lebst wieder, du bist wieder jung, du lebst wieder, auf ewig.« Ich riss meinen Kopf nach hinten und aus ihrem Klammergriff. Sie schlug mir ins Gesicht, doch mit einem Mal schien sie sich über irgendetwas zu freuen und brüllte mit einer Stimme, die einen Steintempel zum Einsturz hätte bringen können, ein Wort, das klang wie »Inanna!« – und daraufhin schrie ihre wilde Armee des Chaos eine Respektsbekundung.

Wieder packte sie mein Gesicht, drückte mir mit Gewalt die Zähne auseinander, schob mir den ledernen Wasserschlauch, der an ihrem Gürtel hing, dazwischen und goss einen Strahl klaren, kühlen, köstlichen Wassers in meinen Mund, damit ich es trinken konnte. Dann nickte sie einem ihrer Männer zu, der Nacht und Prinz Zannanza ebenfalls ein paar kleine Schlucke aus seinem Wasserschlauch zu trinken gab. Simut war immer noch bewusstlos. Der Mann spritzte ihm Wasser ins Gesicht, aber das bewirkte nichts. Ich hatte Angst, dass er tot war. Der Mann schlug Simut jedoch ins Gesicht, zog ihn hoch, setzte ihn auf und goss ihm das Wasser dann mit Gewalt in den Hals. Da hustete Simut plötzlich und würgte. Er war am Leben.

Den anderen wurde befohlen, von der Karre zu steigen, und wir mussten uns nebeneinander aufstellen. Jetzt konnte ich die zusammengewürfelte Miliz, die Inannas Befehl unterstand, deutlicher sehen. Sie trugen schwarze Gewänder und exotische Halsketten und Armbänder aus Gold und Juwelen. Ihre Haare und Bärte waren auf wilde und unterschiedliche Weise gezwirbelt oder geflochten. Sie waren massiv bewaffnet und schienen sich ihre Waffen bei einer Vielzahl von Opfern zusammengeklaubt zu haben, denn einige erkannte ich als ägyptische, andere als hethitische, und wieder andere hatte ich noch nie gesehen. In einer Hinsicht glichen sie sich wie ein Ei dem anderen: Sie sahen alle aus wie brutale Verbrecher.

Inanna lief gebieterisch auf und ab und unterzog uns nacheinander einer Fleischbeschau. Staunend begutachtete sie Zannanza und pfiff bewundernd vor sich hin, als sie seine perfekten weißen Zähne sah, sein ebenmäßiges Gesicht und seine zarten Hände, deren makellose Haut von einem Leben in Muße und Luxus kündete. Sie rief obszöne Kommentare, und ihre Männer wieherten los und schlugen einander in die Hände. Einige liefen streitlustig auf den Prinzen zu, schwenkten ihre Waffen und verhöhnten ihn. Auch Nacht schien Inannas Neugier zu wecken.

»Wie ist dein Name, Ägypter?« Sie sprach ein gebrochenes Ägyptisch mit einem seltsamen Akzent.

»Ich heiße Userhat«, log er.

»Was bist du?«, wollte sie wissen.

»Ich bin Kaufmann.«

»Womit handelst du? Mit der zarten Schönheit, die da neben dir steht?«, höhnte sie.

»Er ist ein junger Gelehrter des hethitischen Hofes, und wir begleiten ihn nach Ugarit«, antwortete er.

Sie lachte laut auf. »Was für schöne Gelehrte die Hethiter

haben! Er ist wahrscheinlich sehr teuer.« Nacht schwieg. Mit Wucht schlug sie ihm ins Gesicht. »Du lügst«, meinte sie dann, einfach so. »Ich weiß, wer du bist.«

Nachts Lebensgeister schienen jedoch zurückzukehren, und er starrte sie an, ohne dabei mit der Wimper zu zucken.

»Ägyptische Streitkräfte werden nach uns suchen, das tun sie bereits in diesem Moment«, behauptete er. »Die hethitische Armee wird sich für jedwedes Leid, das diesem Mann oder uns zugefügt wird, rächen. Ihr habt ein törichtes Verbrechen an Ägypten und Hatti begangen, und das Beste, was Ihr tun könnt, ist, uns mit Pferden und Wasser zu versorgen und auf der Stelle freizulassen.«

Während dieser Ansprache begann Inanna, sich mit der Spitze eines Dolches die Fingernägel zu reinigen, und schüttelte dabei die ganze Zeit amüsiert den Kopf. Aber jetzt drückte sie die Spitze der Klinge plötzlich fest auf Nachts Lippen.

»Mach den Mund auf, du ägyptischer Lügner«, fauchte sie ihn an. Er kam der Aufforderung nach, und langsam schob sie ihm die Klinge in den Mund und tief in den Rachen. Er würgte, war verzweifelt bemüht zu verhindern, dass sie ihm die Lippen oder das Gesicht zerschnitt. Die Schmach, die dem Ganzen innewohnte, brachte seine Augen zum Lodern. Sie zwang ihn auf die Knie.

»Dafür, dass du Inanna angelogen hast, sollte ich dir eigentlich deine Zunge und deine Lippen abschneiden und dich zwingen, sie zu schlucken. Dann hätte es sich mit deinen eleganten Lügen.«

Eine qualvolle, kleine Ewigkeit verstrich. Nacht versuchte, ihrem Blick standzuhalten, und erwartete sein Schicksal.

»Jetzt verstehst du mich«, sagte sie schließlich. »Ich bin diejenige, die die Wahrheit sagt. Ihr seid alle meine Sklaven. Verschwendet keinen Gedanken an einen Fluchtversuch.

Ägypten ist weit weg. Ihr werdet euer Land niemals wiedersehen. Hier lebt der Tod. Er steht in diesem Moment vor euch.«

Und sie zog ihren Dolch aus seinem Mund, streckte ihre geballte Faust in die Luft und befahl ihren Männern damit, triumphierend zu grölen.

Unser Weg führte uns nach Süden, weg von der Strecke Richtung Westen, von der der Horusweg abging und die Route, für die wir uns entschieden hatten, um wieder in sichere Gefilde und nach Hause zu gelangen. Wir betraten unbekanntes Terrain. Die Chancen, dass man uns retten oder finden würde, waren äußerst gering. Denn wer würde sich schon in diese Einöde wagen, und selbst wenn es jemand tat, wie hätte man uns hier aufspüren können? In der Ferne erhob sich eine Gebirgskette mit fahlen, im Dunst liegenden Konturen, die aussahen wie Ungeheuer, die in der Nachmittagshitze schliefen. Den ganzen Tag über ging es weiter durch unfruchtbares Ödland, und erst als die Sonne den Zenit bereits überschritten hatte, erreichten wir die grauen und silberfarbenen Ausläufer der östlichen Gebirgskette. Langsam kletterten wir nach oben, weiter und weiter, bis wir irgendwann auf einen kühlen, hochgelegenen, felsigen Pass gelangten, der uns einen offenen Blick auf eine spektakuläre Vision gewährte: ein unglaubliches, verstecktes Tal, das auf der anderen Seite steil unter uns abfiel, und dessen breite Sohle und die niedrigeren Steilhänge im Süden voller üppig grüner Felder waren, die sich, so weit das Auge reichte, bis zu dem Berggipfel in der Ferne erstreckten, der von Schnee bedeckt war, der im Licht der dahinter untergehenden Sonne erstrahlte. Alles wurde illuminiert vom langen, goldenen und überhaupt nicht zur Umgebung passenden Licht des frühen Abends. Nach so langer Zeit in wüstenähnlichem Terrain war uns, als seien wir in den Gefilden der Binsen angekommen, die in unserem Totenbuch beschrieben werden. Das Ganze sah aus wie die versprochene Belohnung im Jenseits.

Inanna hob ihr Schwert, stellte sich in ihre Steigbügel und schrie ihren eigenen Namen über das Tal, aus dem er kurz widerhallte. Daraufhin begannen auch ihre Männer, die überall um uns herumstanden, zu brüllen und zu jauchzen, und ergötzten sich an den zurückschallenden Echos. Sodann machten wir uns an den Abstieg, folgten dabei einem bereits existierenden Pfad, der uns über steinige Abhänge und um vereinzelte Felsblöcke herum führte. Bald ritten wir bergab durch dicht begrünte Felder. Auf der Talsohle war es wärmer. Arme, aggressiv dreinblickende Bauern warfen sich voller Furcht und Ehrfurcht bäuchlings auf den Boden, drehten aber ihre Gesichter weg, um uns nicht anzusehen, und machten dabei mit den Fingern das Zeichen des bösen Blicks. Kinder rannten neben uns her, bis Inannas Männer sie davonjagten und sie schreiend in die Felder rasten, um sich dort zu verstecken. Überall waren Landarbeiter im Einsatz. Zahllose weiße, rote und rosafarbene Blüten hingen an den sattgrünen Pflanzen. Und da fiel es mir plötzlich wie Schuppen von den Augen: Diese Blumen waren Mohnblumen. Hier wurde Opium angebaut. *Felder voller Opiumpflanzen, so weit das Auge reicht*. Jetzt wusste ich, wo wir waren: in dem verschollenen Tal, vor dem Paser mich gewarnt hatte, weil noch niemals jemand von hier zurückgekehrt war.

Kurz vor Sonnenuntergang machten wir Halt an einer Quelle, damit die Pferde ihren Durst stillen konnten. Man nahm uns die Fesseln von den Händen und erlaubte uns ebenfalls zu trinken. Das kalte Wasser schmeckte nach Felsen und Kräutern; ich fand, dass es das Köstlichste war, was ich je in meinem Leben getrunken hatte. Ich hielt Simuts Kopf, um ihm beim Trinken zu helfen. Er sah aus, als habe er Fieber. Vorsichtig wusch ich seine Kopfwunde und sein Gesicht. Die Luft war frisch und duftete. Die Abendschatten lagen quer über der Talsohle. Inanna brüllte einen Befehl, und ein Bauer und seine Frau verneigten sich tief und eilten mit einem Strohkorb voller prächtiger schwarzer Trauben herbei, die sie gerade erst von den Reben vor ihrer Hütte geschnitten hatten. Sie warf uns ein Bündel zu, und hungrig teilten wir uns die saftigen Früchte. Auf einmal durchflutete mich ein Gefühl von Dankbarkeit und Hoffnung. Noch waren wir nicht tot. Vielleicht sah ich meine Familie ja doch wieder.

»Wo sind wir?«, flüsterte Prinz Zannanza.

»Diese Leute haben uns ins Herz ihres Landes gebracht«, gab Nacht leise zur Antwort. »Aus irgendeinem Grund wissen sie, wer wir sind. Deshalb wissen sie auch, dass wir lebendig mehr wert sind als tot. Ich denke, sie sind darauf aus, dass uns jemand freikauft – mit Gold, da bin ich mir sicher.«

»Aber wer sollte uns kaufen?«, fragte er.

Nacht tat so, als wisse er das nicht, doch er wusste es sehr wohl. Aziru musste unsere Entführung in Auftrag gegeben haben. Ich nahm Nacht zur Seite.

»Ist dir aufgefallen, was hier angebaut wird?«, fragte ich ihn.

Er sah mich an, als würde er die Frage nicht verstehen.

»Ich sehe Blumen, mehr nicht ...«

»Das ist alles Opium!«, klärte ich ihn auf.

Er schaute sich um. »Aber derart viel Opium hätte mehr Wert als das gesamte Gold Nubiens!«, meinte er staunend.

Im gleichen Moment wurde ein Befehl gerufen. Inannas Männer fesselten unsere Hände wieder und stießen uns zurück auf die Karre. Wir fuhren weiter, hinein in die Dunkelheit, durch die endlosen, nur schemenhaft erkennbaren Mohnfelder, die im Licht des Mondes jetzt silbern glänzten und in denen reger Betrieb herrschte. Hunderte von Bauern, junge Männer und Jungen in schlichten, groben Wollgewändern bewegten sich rückwärts durch die Pflanzenreihen, durch ein Meer aus Millionen Samenkapseln, und schlitzten sie auf, um den weißen Opiumsaft herauszubekommen. In der Dunkelheit brüllten und riefen sie einander zu, von Feld zu Feld, von Gehöft zu Gehöft und von der einen Seite des Tales zur anderen.

Der Mond stand hoch am sternenklaren Nachthimmel, und wir zitterten vor Kälte in unseren dünnen Gewändern, als wir endlich unser Ziel erreichten, eine befestigte Anlage aus niedrigen Lehmziegelbauten mit flachen Dächern, die auf einem von hohen, dicken Mauern umschlossenen Gelände stand. Der Ort war eine Melange aus opulenter Kriegsbeute und verdrecktem Chaos. Zu beiden Seiten des Eingangstores steckten auf mehreren Stangen alte abgeschlagene Köpfe, die von den Aufmerksamkeiten, die hungrige Vögel ihnen erwiesen hatten, entstellt waren. Bucklige Frauen, die ihre Gesichter hinter Kopftüchern verbargen, brieten über offenen Feuern barbarisch abgeschlachtete Ziegen und Enten. Finstere und arglistig wirkende Gestalten liefen von einem Lagerfeuer zum anderen, nagten die Knochen der gebratenen Tiere ab, schütteten aus riesigen Behältnissen Wein in sich hinein und lachten über dreckige Witze oder fingen an, sich gegenseitig zu verprügeln. Gefangene – Männer, Frauen und Kinder – bedienten sie und wurden zum Dank getreten, geschlagen und mit Schimpftiraden bedacht. Tiere und nackte Kinder liefen frei auf dem Gelände umher, kauten auf weggeworfenen Knochen herum oder heulten heillos vor sich hin. Katzen und Hunde stibitzten, was sie finden konnten. Es lag auch ein penetranter, bitterer Gestank in der Luft, der von einem Paar räudiger, apathischer Wüstenlöwen herrührte, die man in einem Käfig gefangen hielt.

Inanna schritt voraus, und jeder verneigte sich vor ihr. Uns drückte, schob und trat man hinter ihr her, und entsprechend stolperten wir durch die Finsternis. Im Inneren sorgten rußende Ölschalen für spärliches Licht. Mit reichen Intarsienarbeiten verzierte Möbel und Statuen, Lapislazuli- und Türkis-Amulette und Juwelen lagen haufenweise herum, als hätten ihre Verschiedenheit, ihr gewaltiger Wert und ihre Seltenheit keinerlei Bedeutung. In den angrenzenden Räumen sah ich Männer und Mädchen, die, ganz offensichtlich im Opiumrausch, auf Liegen lagen. Es war ein trostloser Ort, und sogar die Luft roch verdorben.

Wir wurden in einen großen Innenhof gezerrt, der von Fackeln erleuchtet wurde. Die Seile, mit denen man uns die Handgelenke zusammengebunden hatte, wurden uns nicht abgenommen. Unter viel Gebrüll von Inannas Männern wurden wir auf die Knie gezwungen, und dann scharten sie sich um uns, verfluchten uns und spuckten uns an. Jetzt, da die Aufmerksamkeit unserer Entführer auf andere Dinge konzentriert war, konnte ich endlich anfangen, die stümperhaften Knoten des Seils zu lösen, mit dem meine Hände gefesselt waren.

Inanna brüllte etwas, und ihre Männer verstummten. Ich fragte mich, wie sie eine derart unangefochtene Autorität über diese Männer ausüben konnte. Sie zuckten zusammen, sobald sie etwas befahl. Wenn sie nicht gewesen wäre, daran bestand für mich kein Zweifel, hätten sie uns in Stücke gerissen. Ganz langsam schob ich einen meiner Finger in den Knoten der Fessel.

Inanna hatte Prinz Zannanza nach vorn geholt. Sie griff sich seinen Kopf, drehte ihn von einer Seite zur anderen und beobachtete, wie sich seine Züge vor Furcht verzerrten.

»Was wird sie ihm antun?«, wisperte Nacht.

»Sie wird ihm kein Leid zufügen«, antwortete ich. »Sie braucht ihn schließlich noch.«

»Fürchtest du dich vor einer Frau, du Schönling?«, fragte Inanna den Prinzen. Er wusste nicht, ob er bejahend nicken oder verneinend den Kopf schütteln sollte. Aber als sie ein kleines Messer mit drei Klingen hervorholte – es sah genauso aus wie die Messer, mit denen die Opiumbauern die Samenkapseln der Mohnblumen aufgeschnitten hatten –, begann er zu heulen, stieß einen schrillen Angstschrei aus, der Inannas Männer regelrecht verzückte, sodass sie anfingen zu lachen, mit den Fingern auf ihn zu zeigen und Obszönitäten zu rufen. Inanna hielt das Messer genau neben Zannanzas Gesicht und animierte ihre Männer, einen Sprechchor anzustimmen. Er hatte Todesangst. Sein Gesicht erstrahlte rot und golden im flackernden Licht der Feuer. Da riss sie die Klinge plötzlich mit einer flinken Bewegung nach oben und zerschlitzte dem Prinzen fachmännisch die makellose Wange. Die Männer grölten. Augenblicklich wurden drei hellrote Linien sichtbar, und das Blut fing an, ihm über das Kinn auf den Boden zu tropfen. Er jammerte in seiner Not. Inanna beugte sich vor und leckte das Blut vom Kinn des Prinzen. Angewidert wich er zurück und spuckte ihr ins Gesicht. Mit dem eisigen Blick einer Schlange starrte sie ihn an, wischte sich die Spucke von der Wange und schlug ihm dann mit aller Kraft ins Gesicht. Er brach zusammen, rollte sich wie ein Ball auf dem Boden ein, und mehrere der Männer fingen an, ihn mit Füßen zu treten.

Endlich löste sich der Knoten des Seils. Ich rieb meine Handgelenke so lange gegeneinander, bis ich eines der Seilenden zu fassen bekam. Noch während ich es herunterriss, stürmte ich nach vorn. Prinz Zannanzas Angreifer rechneten nicht mit mir. Einem von ihnen nahm ich das Schwert ab, den anderen verpasste ich Fußtritte, und dann baute ich mich vor dem geschundenen Körper des Prinzen auf und brüllte sie an wie ein thebanischer Straßenkämpfer. Plötzlich herrschte Totenstille auf dem Hof. Mehrere von Inannas Männern umzingelten mich, zogen ihre Schwerter, tänzelten um mich herum, kamen immer näher, bereit, mir den Todesstoß zu versetzen. Es war klüger anzugreifen, als sich zu verteidigen. Ich ließ mein Schwert gegen die der beiden Männer klirren, die gleich vor mir standen, während ich meinen Rücken vor den anderen zu schützen versuchte. Prinz Zannanza kauerte neben mir auf dem Boden und bemühte sich, nicht zwischen die scharfen Klingen zu geraten. Es gelang mir, einem der Angreifer eine Schnittwunde am Arm beizubringen, und daraufhin brach er in neues Wutgeheul aus und stürzte sich auf mich, während die anderen zurücktraten, um sich das Spektakel in aller Ruhe anzusehen. Wir trieben einander quer über den Innenhof, und die Schar machte uns Platz. Aus den Augenwinkeln heraus sah ich, dass man Prinz Zannanza erneut fesselte. Dadurch war ich eine Sekunde lang unvorsichtig, und sofort schoss das Schwert meines Gegners von der Seite auf mich zu. Ich sprang nach hinten, und genau in dem Augenblick, da er mit seinem Schwert noch einen formschönen Bogen zog, sah ich meine Chance und stieß ihm meines in seine ungeschützte Brust. Das Gejohle der Menge verebbte. Der Mann würgte Blut. Nur mit Mühe bekam ich mein Schwert wieder aus seiner Brust heraus. Der Mann war aber immer noch nicht tot. Voller Verachtung starrte er mich an, würgte, brabbelte, bekam kaum noch Luft.

Plötzlich stand Inanna neben mir.

»Was man anfängt, muss man auch zu Ende führen«, sagte sie.

Mir blieb keine andere Wahl. Noch einmal hob ich mein Schwert und stieß es dem Mann ein zweites Mal in die Brust. Brabbelnd krabbelte er auf dem Boden herum, als versuche er, die letzten Momente seines Lebens zusammenzuklauben. Dann ließ er es endlich geschehen und starb.

Inanna taxierte mich mit neuem Interesse. Mehrere ihrer Männer preschten vor, um mich gefangen zu nehmen, aber sie schüttelte den Kopf. Mir war, als sähe ich einen Anflug von Erheiterung in ihren wilden Augen. Sie hob ihr dreiklingiges Messer und hielt es dicht vor mein Gesicht, als fordere sie mich heraus, sie anzugreifen. Sie hatte einen rätselhaften Gesichtsausdruck. Wieder stimmten die Männer einen Sprechchor an. Sie selbst fing aber plötzlich an, zu tanzen und zu singen, wirbelte im Kreis herum, klatschte in die Hände und kreischte, als beschwöre sie eine Göttin oder einen Geist der Finsternis herauf. Die Männer riefen ihr aufmunternd zu. Und dann hörte sie ebenso plötzlich wieder damit auf, blieb genau vor mir stehen und rief etwas in einer Sprache, die ich nicht verstand. Und im nächsten Moment küsste sie mich, mitten auf den Mund.

29

Nur Splitter von Sonnenlicht stachen durch die Bretter der abgewetzten Holztür. Auf verdrecktem Stroh schliefen oder dösten wir vor uns hin, und zu essen bekamen wir abgefressene Knochen, die man uns ebenso vor die Füße warf wie die benutzten Kochtöpfe, aus denen wir die eingebrannten Reste kratzen durften. In der Ecke standen ein Krug mit abgestandenem Wasser und ein gesprungener Nachttopf. Wir hatten uns inzwischen seit mehreren Tagen nicht mehr gewaschen, und das Nachtgeschirr floss über.

Trotz dieses Umfelds knurrte mir der Magen. Hunger nimmt keine Rücksicht auf Katastrophen. Prinz Zannanza lag immer noch mit dem Gesicht zur Wand und versteckte seine entstellte Wange. Dass seine Schönheit ruiniert war, schien ihm größere Seelenpein zu bereiten als die Angst, möglicherweise sein Leben zu verlieren. Nacht war nicht in der Lage gewesen, ihn zu trösten. Simut regte sich, stöhnte leise und richtete sich vorsichtig auf, um sich neben mich zu setzen. Ich reichte ihm eine Schale mit dem abgestandenen Wasser, und langsam nahm er ein paar Schlucke.

»Wir stecken in Schwierigkeiten«, sagte er leise und wischte sich den Mund ab.

Ich nickte beipflichtend.

»Niemand weiß, wo wir sind«, antwortete ich.

»Aber selbst wenn sie es wüssten«, meinte er. »Was könnten sie tun? Die halten uns unter Umständen monatelang hier fest, und derweil marschiert Haremhab in Theben ein – Eje ist inzwischen sicher tot – und entmachtet die Königin, und es gibt rein gar nichts, was wir dagegen unternehmen können … Wir haben versagt.«

Wir wurden unterbrochen; draußen vor der Tür waren plötzlich Stimmen zu hören. Die Tür wurde aufgerissen, und zwei von Inannas Schergen betraten die Zelle. Prinz Zannanza kauerte sich noch mehr in seine Ecke. Sie rissen irgendeinen zügellosen Witz über den Gestank. Dabei mampften sie gebratene Tierbeine und ergötzten sich daran, dass sie gutes Essen und wir Hunger hatten. Hasserfüllt sahen wir ihnen zu. Als sie alles abgefressen hatten, was sie essen wollten, warfen sie uns die Knochen zu – als seien wir Hunde. Prinz Zannanza schnappte sich schnell einen und fing an, die wenigen Fleischfasern abzunagen, die noch daran waren. Ich hob einen anderen Knochen vom Boden und warf ihn einem der Männer mit Wucht an den Kopf.

»Bringt uns menschenwürdiges Essen«, brüllte ich. Sie lachten nur. Also griff ich mir einen der ausrangierten Kochtöpfe, die sie uns in die Zelle geworfen hatten, und ließ ihn über meinem Kopf kreisen. Lachend wichen sie zurück und schlugen die Tür zu. Ich warf den Topf, aber das war völlig unsinnig, denn er knallte ja nur gegen die Tür.

»Warum hat diese mordende Schlampe Gefallen an dir gefunden?«, fragte Simut mit finsterer Miene.

»Mich zu amüsieren, stelle ich mir anders vor«, brummte ich. »Wenn sie das nächste Mal kommen, könnten wir sie zusammen angreifen, hier ausbrechen, ihnen unter der Nase vier gute Pferde wegstehlen, und im Nu wären wir aus dem Tor hinaus und weg.«

»Und dann kommen wir mit einer ägyptischen Militäreinheit zurück und legen diesen Ort hier in Schutt und Asche und begraben die Schlampe darunter …«, fügte Simut der Vollständigkeit halber noch hinzu.

»Wir sind in einer Zelle eingesperrt, wir haben keine Waffen, wir kennen uns in diesem Tal nicht aus, und selbst wenn wir entkämen, würde man uns sehr schnell wieder einfangen«, sagte Nacht.

»Was schlagt *Ihr* also vor?«, fragte Simut wütend.

Nacht starrte ihn an.

»Ich schlage vor, dass du nicht vergisst, mit wem du hier redest«, erwiderte er. »Diese Mission untersteht immer noch meinem Befehl.«

Simut schwieg.

»Sie werden uns alle töten«, sagte Prinz Zannanza leise aus seiner Ecke. Simut verdrehte die Augen, während Nacht – wieder ganz der Diplomat – sich umdrehte, um dem Prinzen Mut und Trost zuzusprechen.

»Dafür seid Ihr viel zu wichtig. Man wird Euch freikaufen, das versichere ich Euch. Die Königin von Ägypten wird bald erfahren, dass wir als vermisst gelten. Ich sollte von jeder Etappe unserer Reise schnelle Botenläufer entsenden, damit sie über unser Vorankommen informiert wurde. Sie kann sich denken, was unser Schweigen zu bedeuten hat, und sie wird ungefähr wissen, wo wir verschwunden sind.«

Simut und ich wechselten kurz einen Blick. Es gab rein gar nichts, was Anchesenamun tun konnte, um uns zu helfen. Unsere Mission war geheim. Sie hatte keine Soldaten, die sie losschicken konnte, um uns zu retten. Nur Haremhab hatte im Norden Divisionen. Und Hilfe von ihm war gleichbedeutend mit Tod. Wir waren auf uns selbst gestellt.

»Euer Vater wird ebenfalls wissen, dass wir vermisst werden«, redete Nacht weiter auf den Prinzen ein. »Er wird entlang unserer gesamten Reiseroute seine Spione haben, die unser Vorankommen im Auge behalten sollten. Er wird sehr zornig sein. Er wird kommen, um Euch zu retten.«

Zannanza starrte Nacht an, als würde ihn das überhaupt nicht trösten.

»Mein Vater verachtet mich. Meine Brüder ekeln sich vor mir. Von denen wird mich keiner retten. Sie werden meinen Tod einfach zu ihrem eigenen Vorteil ausschlachten. Der Kronprinz war von Anfang an gegen dieses Bündnis. Jetzt kann er behaupten, dass mein Vater einen Fehler begangen hat, indem er Ägypten vertraute. Das ist für den König eine offene Blamage vor seinem Volk und wird ihn mit Leichtigkeit dazu verleiten, auf den Plan meines Bruders zurückzugreifen und mit neuen hethitischen Angriffen auf Ägypten zu beginnen. Aber was für eine Rolle spielt das noch für mich? Ich werde ohnehin bald tot sein.«

Und damit drehte er sich wieder mit dem Gesicht zur Wand. Er hatte recht. Wenn dem Prinzen irgendein Leid widerfuhr, würde das hethitische Königreich seine Drohung wahr machen und sich an Ägypten rächen. Der Krieg der letzten dreißig Jahre würde im Rückblick aussehen wie das Vorspiel zu einer wesentlich größeren Katastrophe. Man würde Ägypten dafür verantwortlich machen. Man würde uns alle dafür verantwortlich machen.

»Es hat einen Grund, dass wir immer noch am Leben sind«, sagte ich.

»Und was für ein Grund ist das?«, wollte Simut wissen.

»Da gibt es zwei Möglichkeiten. Es gibt zwei Männer, denen daran gelegen wäre, mit dem Tod des Prinzen die Aussicht auf friedliche Beziehungen zwischen den beiden Königreichen zu schwächen. Der eine ist Haremhab ...«

»Haremhab würde niemals die Armee des Chaos beauftragen, eine derartige Entführungs- und Meuchelmordaktion auszuführen«, sagte Nacht. »Wenn er von unserer Mission wüsste und von der Route unserer Rückreise, würde er das Ganze einfach selbst erledigen.«

»Da pflichte ich dir bei. Damit bleibt nur Aziru«, sagte ich. »Aziru hasst Ägypten, weil sein Vater von Echnaton hingerichtet wurde. Aziru ist der König von Amurru. Aziru hat Ägypten die Loyalität gekündigt und sie den Hethitern geschworen. Aziru hat mit größter Wahrscheinlichkeit geheime Kontakte zur Armee des Chaos unterhalten. Er will uns.«

»Aziru wird inzwischen tot sein«, wandte Nacht ein. »Meine entsprechende Bitte an die Hethiter war unmissverständlich.«

»Aber woher willst du wissen, dass die Hethiter getan haben, was zu tun sie versprochen haben? Was, wenn sie Aziru nicht getötet haben? Der Kronprinz selbst hat sich als sein enger Verbündeter entpuppt, und der Kronprinz hat bei seinem Vater jetzt das Sagen«, sagte ich. »Aziru ist vermutlich noch am Leben. Und wenn er noch lebt ...« Ich sprach den Gedanken nicht aus.

Nachts Miene war finster. Er dachte nach.

»Es kommt mir so vor, als bliebe uns nur eine einzige Chance, uns zu retten«, sagte er irgendwann.

»Und was für eine ist das?«, fragte Simut.

»Inanna interessiert sich für Rahotep. Sie mag dich. Also müssen wir überlegen, wie wir das am besten zu unserem Vorteil nutzen, denn es könnte zwischen Erfolg und Scheitern entscheiden. Zwischen Leben und Tod.«

»Bittest du mich hier, sie zu *verführen*?«, fragte ich erstaunt.

»Ich bitte dich nicht. *Ich befehle es dir.*«

Simut war dermaßen verblüfft über diese Idee, dass er schallend auflachte. Aber Nacht starrte mich an, mit ernster Miene und eisigem Blick.

»Du kennst meine Frau. Du kennst meine Familie. Du darfst nicht von mir verlangen, so etwas zu tun …«, stammelte ich. »Das wäre ein Betrug an allem, was mir etwas bedeutet.«

»Ich befehle dir hier nicht, mit ihr zu schlafen. Dass sie dich anziehend findet, ist jedoch ihre größte Schwachstelle. Die müssen wir ausnutzen. Du musst herausfinden, was sie mit uns vorhat. Vor allem würde es dir eine Möglichkeit bieten, sie davon zu überzeugen, wie vorteilhaft es für sie wäre, im Hinblick auf unsere sichere Heimkehr einen Handel mit Ägypten zu schließen. Sie ist habgierig. Wenn sie erst einmal etwas besitzt, gibt sie es nur her, wenn sie im Gegenzug etwas noch Besseres bekommt. Du könntest sie vielleicht von einem Handel überzeugen, der besser ist als der, den Aziru ihr bieten könnte, sofern er noch am Leben ist. Das muss nur sehr schnell passieren. Denn ganz egal, ob Aziru, Haremhab oder sonst jemand, den wir nur noch nicht kennen, hinter unserer Entführung steckt, werden diese Leute bald hier auftauchen, um sich ihren Preis zu holen«, sagte er. »Und ich glaube, dass man uns in dem Moment in jedem Fall töten wird.«

30

Während des gesamten Nachmittags rief ich immer und immer wieder Inannas Namen, und am gleichen Abend wurde ich dann zum ersten Mal zu ihr gebracht. Kurz nach Einbruch der Dunkelheit kamen ihre Schergen, traten Simut und Nacht aus dem Weg und zogen mich auf die Füße. Ich wurde nackt ausgezogen, mit Wasser übergossen, von zwei Frauen gewaschen, und dann warf man mir eine Tunika zu, die ich überziehen sollte. Die Hände wurden mir auf dem Rücken gefesselt, und man führte mich zu einer Stelle in der Mitte einer Kammer, an der man mich alsdann warten ließ.

Öllampen waren angezündet worden und schufen ein schwaches Licht, das beinahe romantisch war. Irgendwo in den Schatten brannte Weihrauch. Vor den Wänden stand eine merkwürdige Kollektion von Götterstatuen aus verschiedenen Ländern. Und dann betrat sie die Kammer, die Frau, die Männer mordete, auf einem Hengst ritt, mit ihrem Messer Gesichter zerschnitt und das Blut herunterleckte, und sie trug eine elegante Tunika aus rotem Leinen. Über ihren Schultern hing ein kunstvoller Umhang aus Federn, der aussah wie die Flügel eines seltsamen Vogels. Die Tunika war vorn sehr tief ausgeschnitten: Ihre Brüste waren nackt. Ihr wildes, lockiges Haar war geflochten und mit Goldfäden zu einer Art von Krone hochgerollt worden. Goldene Reifen glitzerten an ihren

Hand- und Fußgelenken. Sie lief um mich herum, begutachtete mich und lächelte dabei, beinahe schüchtern. Ich kam mir vor wie ein Sklave, der zum Verkauf stand. Sie durchschnitt die Seile, mit denen man mir die Hände gefesselt hatte, und bedeutete mir mit einer Handbewegung, mich auf einen bestimmten Stuhl zu setzen. Sie selbst nahm auf einem goldenen Thron Platz und stellte ihre Füße auf zwei geschnitzte Löwen aus Holz, die mit wunderschönen Einlegearbeiten verziert waren. Rechts und links neben ihr stand je eine große Statue, die einen Vogel zeigte, der ein rundes Gesicht, wache Augen und einen scharfen Schnabel hatte – eine Darstellung, die der unserer *ba*-Seele, dem Vogel mit dem Menschenkopf, sehr ähnlich war. Ich saß vor ihr, als würde ich sie anbeten. Ein Diener wedelte mit einer Straußenfeder über ihrem Kopf hin und her.

Auf den Tabletts, die vor uns standen, häuften sich gebratenes Fleisch und Gemüse, bergeweise prächtige Weintrauben und Granatäpfel. Sie schnitt einem gebratenen Vogel ein Bein ab und bot es mir mit der Spitze ihres Messers an. Ich war ausgehungert, und obwohl es mich anwiderte, mit ihr zu essen, musste ich es tun. Die Zeit lief uns davon. Ich nahm das Fleisch an und versuchte, langsam zu essen.

»Es wird behauptet, ich hätte bei meiner Geburt ein Messer zwischen den Zähnen gehabt. Ich war zehn Jahre alt, als ich zum ersten Mal getötet habe«, sagte sie leise.

»Und was hast du erlegt?«, fragte ich, da ich davon ausging, dass sie von einer Jagd und Tieren sprach.

»Reisende und Kaufleute haben sich manchmal auf den Weg in unser Tal gewagt. Also habe ich gewartet, und schon bald kam ein Konvoi. Sie dachten, ich sei nur ein Kind. Sie waren dumm. Sie haben mich nicht ernst genommen. Ich habe mir einen Kaufmann als Geisel geschnappt, ihn mit meinem

Messer bedroht und die anderen gezwungen, mir Gold und ein Pferd zu geben, falls sie wollten, dass ihr Herr am Leben blieb.«

»Und dann?«

»Dann habe ich ihm die Kehle durchgeschnitten«, sagte sie leise und nahm einen weiteren kleinen Bissen von ihrem Fleisch.

Ich sagte nichts; ich wollte, dass sie redete.

»Die Männer haben immer geglaubt, sie könnten mich schlagen und missbrauchen. Und als ich noch zu jung war, um zu wissen, wie man sich rächen kann, haben sie das auch getan. Häufig. Bis ich gelernt hatte, mich zu verteidigen. Da fing ich an, sie mit meinem Messer zu töten. Und seither haben sie gelernt, mich ernst zu nehmen.«

Sie ließ das im Raum stehen.

»Rache zu nehmen ist wichtig«, sagte ich.

Mit prüfendem Blick sah sie mir in die Augen. Ich zwang mich, ihrem Blick so lange wie möglich standzuhalten.

»Warum sagst du das?«, wollte sie wissen.

»Weil ein enger Freund von mir ermordet wurde. Der Hunger auf Rache bestimmt tagtäglich mein Leben.«

»Vielleicht bekommst du noch Gelegenheit, deinen Hunger zu stillen«, erwiderte sie orakelhaft.

»Nichts wünsche ich mir sehnlicher«, antwortete ich.

»Dann musst du mich sehr glücklich machen«, meinte sie.

Ich bemühte mich, ihren Blick zu erwidern. Ich wusste, dass ich versuchen musste zu tun, was Nacht mir befohlen hatte.

»Wie viele Männer hast du getötet?«, fragte ich sie.

»Warum? Beeindruckt dich Blut?«

»Du beeindruckst mich«, gab ich zurück. Und fast war das die Wahrheit. Denn trotz all ihrer brutalen Unmenschlichkeit hatte sie etwas Faszinierendes an sich. Sie tat so, als habe sie für mein Kompliment nur trotzigen Hohn übrig, doch ich sah, dass ich einen wunden Punkt berührt hatte. Und im nächsten Moment begriff ich: *Sie war einsam.*

»Männer lieben die Furcht«, erklärte sie mir. »Dadurch fühlen sie sich lebendig. Aber du bist anders. Vielleicht bist du der Furchtphase bereits entwachsen, weil du weißt, welche Macht die Sehnsucht nach Rache hat.«

Die Öldochte ließen das Licht flackern. Schatten schwebten über die Wände der Kammer.

»Der hethitische Prinz in deiner Zelle ist ein äußerst kostbares Gut. Sein Vater würde für seine Rückkehr ansehnliche Summen bezahlen.«

Darauf erwiderte sie nichts, schenkte lediglich aus einem ganz besonders elegant gearbeiteten Krug neuen Wein ein. Ich versuchte es noch einmal.

»Ägypten besitzt alles Gold der Welt. Verhandle wegen seiner Freilassung mit Theben. Du wirst großzügig entlohnt werden.«

Sie reichte mir einen der Kelche.

»Wenn Ägypten und Hatti diesen Schönling beide so sehr schätzen, sollte ich ihn vielleicht zwei Briefe schreiben lassen und ihm anschließend die Hände abhacken und jedem Schreiben jeweils eine beifügen, die seine flehentliche Bitte zwischen den Fingern hält – als Beweis, dass er noch am Leben ist und sich in meinem Besitz befindet.«

Mir fiel auf, wie sie das Bouquet des Weins prüfte und bedächtig davon kostete.

»Es interessiert mich nicht, warum der Sohn des hethitischen Großkönigs im Geheimen auf einer solchen Route an den ägyptischen Hof reist. Ebenso wenig interessiert mich, warum hochrangige ägyptische Offizielle ihn begleiten. Oder warum der Mann, der eure Entführung in Auftrag gegeben hat, euch alle persönlich töten will. Für mich spielt das alles keine Rolle.«

»Es spielt aber für mich eine Rolle«, erwiderte ich.

Unsere Schatten schwebten über die Wände. Sie faltete ihre beringten Finger und sah mich aufmerksam an. Manchmal drang ihre Schönheit schimmernd an die Oberfläche, manchmal verflüchtigte sie sich in einer eisigen Maske der Wut.

»Es gibt nichts, was du tun kannst, um deine Freunde oder diesen Hethiterprinzen zu retten. Sie sind bereits tot. Was dich selbst betrifft, hast du jedoch die Wahl.«

»Ich würde mich niemals für mein Überleben entscheiden, wenn der Preis dafür der Tod meiner Freunde wäre«, antwortete ich.

»Natürlich könntest du das tun. Ich biete dir vielleicht ein ganz neues Leben. Wenn du bei mir bliebest, hier, könntest du die besten Früchte dieser Welt genießen und der nächsten. An meiner Seite.«

Was konnte ich darauf erwidern?

»Dein Angebot ehrt mich ...«, sagte ich. »Gib mir Zeit, darüber nachzudenken ...«

»Du wirst mir keine Absage erteilen«, sagte sie leise. »Du musst dich entscheiden. Zwischen dem Tod und dem Leben.«

Wieder sahen wir einander tief in die Augen, und dieses Mal wandte ich den Blick nicht ab.

Sie klatschte in die Hände. Ein Diener eilte in die Kammer und brachte eine Holzschatulle, die mit traumhaften Intarsien verziert war, sowie eine Silberschale, die auf langen, eleganten Beinen stand, und eine Kerze. Inanna öffnete den Deckel der Schatulle und nahm etwas heraus, das klein, dunkelbraun und klebrig war. Sie legte es in die Schale und erhitzte das Ganze über der Flamme der Kerze, bis es geschmolzen war. Dann, als es zu rauchen begann, stimmte sie ernst ein kurzes Gebet an.

»Zu welchem Gott betest du?«, fragte ich sie.

»Zu gar keinem Gott! Zu meiner Göttin. Der Göttin der Unterwelt. Ischtar.«

»Die kenne ich nicht«, erwiderte ich und erinnerte mich an das, was die babylonische Königin in Hatti über das Symbol des schwarzen Sterns gesagt hatte.

»Sie ist die Göttin der Liebe und des Krieges. Sie hat Flügel, die viele verschiedene Farben haben. Ihre Füße sind die Klauen eines Adlers. Sie steht auf dem Rücken von zwei Löwen. In den Händen hält sie den Stab und den Ring der Gerechtigkeit. Sie ist allmächtig.«

Dann reichte sie mir ihre mit Juwelen geschmückte Hand.

»Komm«, meinte sie nur. »Es wird Zeit, sie kennenzulernen. Es wird Zeit zu träumen.«

31

Die Zeit, die ein einzelner Wassertropfen enthält, ist unendlich. Als ich daraufstarrte und ihm dabei zusah, wie er sich nach seiner ureigenen Zeitrechnung ballte, wusste ich, dass tausend Jahre in der schwellenden Schönheit des Wassertropfens steckten. Eine einmalige Gelassenheit durchflutete mich, die Wärme und das Licht von Re höchstpersönlich. Meine Hände und Füße waren so ruhig, dass sie ganz schwer und sehr weit weg waren. Hätte ich danach verlangt, so hätte ich meine rechte Hand heben und die Sterne wie Juwelen vom Himmel klauben, den Mond vorsichtig aus der schwarzen Weite des Firmaments pflücken und ihn wie eine zarte Motte in meiner Hand halten können. Die Wände der Kammer flossen dahin wie kristallklares Wasser. Die Flammen der Lampen bewegten sich ungehindert wie Fische, durch die dahinplätschernde Zeit, durch die unbedeutenden Regierungszeiten von Göttern und Königen. Alles, was nah war, war zugleich auch weit entfernt. Alles erstrahlte in Schönheit und stiller Pracht. Ich träumte, war aber wacher, als ich mich je zuvor in diesem Leben gefühlt hatte, das mir jetzt nur noch vorkam wie ein Traum; die Qualen und Ängste der Vergangenheit wurden zu winzigen Gestalten, die auf Schilfbooten über den sonnenhellen Ozean des Totenreiches segeln würden. Ich war ein Teil der unendlichen, glitzernden Pracht seiner Wasser. Ich bewegte mich vorwärts, schöpfte die Lichter mit meinen Händen auf, hielt mir den funkelnden Glanz vor das Gesicht, versank tiefer und tiefer in der grenzenlosen Wonne des Lichts …

Sehr langsam tauchte ich auf aus den Tiefen meines Traums. Ich fühlte mich, als sei ich bei den Göttern gewesen. Zugleich war ich aber auch unerklärlich traurig darüber zu erwachen – auf der Welt, in der Kammer, auf dem Bett. Inanna lag neben mir, träumte noch ihren eigenen Traum. Ihre Lippen waren leicht geöffnet, und ihre Augen bewegten sich unter den Lidern hin und her. Wir waren beide nackt. Ihre warme, weiche Haut drückte sich an meine. Auf einmal umfasste Furcht mein Herz wie eine Faust. Schnell rutschte ich von ihr weg und stellte mich in die Dunkelheit. Die Kammer drehte sich um mich. Was war geschehen? Was hatte ich getan? Ich hatte Mühe, mich an das zu erinnern, was in der Nacht passiert war. Ich erinnerte mich an die Aufforderung, von der Droge zu nehmen; an das Bedürfnis, mich zu übergeben; aber dann hatte mich ganz sacht ein einmaliges, goldenes Gefühl der Gelassenheit und Glückseligkeit übermannt. Und im nächsten Moment erinnerte ich mich daran, dass Inanna zu ihrer Göttin gebetet und sich vor mir ausgezogen hatte, bis sie nackt war – und ich war wie geblendet gewesen.

Mein Mund war trocken. Panische Angst tanzte durch meinen Körper. Ich versuchte, langsam zu atmen, aber Inanna bewegte sich und drehte sich zu mir, rekelte sich wie eine Katze. Und sie sah mich, und sie lächelte, und sie streckte die Hand nach mir aus. *Und da wusste ich genau, was ich getan hatte.*

Bevor sie meinen Gesichtsausdruck sehen konnte, beugte ich mich über die Wasserschüssel und füllte meine zitternden

Hände mit Wasser, das ich mir über das Gesicht spritzte. Ich musste wieder zu mir kommen. Ich hatte eine Art von glückseliger Wonne erlebt, aber das Einzige, was ich jetzt empfand, war Pein. Ich musste weg von ihr. Geräuschlos lief ich auf die Türen zu, doch als ich sie öffnete, standen sofort zwei Wachmänner vor mir und bedeuteten mir, zurück in die Kammer zu gehen. Inanna winkte mich zu sich.

Auf zwei prächtigen Pferden ritten wir Seite an Seite in den frischen Morgen. Ihre Schergen beobachteten mich mit feindseligen Blicken, und dann drehten sie sich mit den Rücken zu mir und flüsterten leise miteinander, als wüssten sie etwas, was ich nicht wusste.

Die Sonne strahlte am wolkenlosen Himmel und schenkte der kühlen, klaren Luft eine herrliche Wärme. Von Zeit zu Zeit schaute Inanna zu mir herüber. Wir waren intim gewesen, aber dennoch lag jetzt eine Distanz zwischen uns, als seien wir einander fremd. Ich kam mir selbst fremd vor; die Welt meines wirklichen Lebens schien weit weg zu sein. Meine Freunde waren Gefangene dieser Frau, und trotzdem saß ich hier, ritt mit ihr aus wie ihr Liebhaber. In meinem Inneren spürte ich immer noch die goldene Glückseligkeit der Droge, fühlte mich aber wie gefangen in einem Albtraum des Verrats, aus dem ich nicht erwachen konnte.

Wir ritten über einen belebten Weg, der zwischen den Feldern hindurchführte, die sich über die Hänge des breiten Tals erstreckten. Über uns glitzerten die grauen und silbernen Berge im strahlenden Licht des Morgens. Auf den abschüssigen Opiumfeldern herrschte reger Betrieb; überall arbeiteten Männer und Knaben, die sich Stoff um die Köpfe gewickelt hatten, um sie gegen die Sonne zu schützen, und sich rückwärts durch die Pflanzenreihen bewegten, die klebrige Ausbeute der Nacht aus den Samenkapseln kratzten und in Behältnisse füllten, die sie um den Hals trugen, während jüngere Kinder damit beschäftigt waren, das Unkraut zwischen den Pflanzen zu zupfen. Einige Arbeiter säten auf frisch gepflügten Feldern aus. Auf wieder anderen hatten die Mohnblumen gerade neue weiße Blüten bekommen.

»Jede Ernte braucht vier Monde, um zu reifen. Die Göttin belohnt uns«, sagte Inanna voller Stolz.

Sie zeigte mir eine Samenkapsel, die reif genug war, um abgeerntet werden zu können; sie war dunkelgrün, und die Krone, an der die Blütenblätter gewesen waren, ragte gerade nach oben. Inanna zog das dreiklingige Messer heraus, mit dem sie Zannanzas Gesicht zerschnitten hatte, und fuhr mit einer geschickten Aufwärtsbewegung über die Hülle der Samenkapsel. Der Einschnitt war überhaupt nicht tief, aber sofort wurden weiße Tränen des starken Safts sichtbar.

»Freudentränen«, erklärte sie mir.

»Du brauchst mehrere Hundertschaften von Arbeitern, um die Ernte einzufahren …«

»Jeder Einzelne hier gehört mir. Das ist mein Königreich.«

»Und keiner von denen ahnt, dass er hier etwas erntet, womit er in den Städten Ägyptens und zweifellos auch jedes anderen Landes ein Vermögen verdienen könnte, das er sich in seinen kühnsten Träumen nicht ausmalen könnte?«, fragte ich.

Sie drehte sich zu mir und sah mich an.

»Was sollte ihnen ein solches Wissen denn nützen? Oder ein solches Vermögen? Ich gebe ihnen alles, was sie brauchen; alles, was ihr Herz begehrt.«

»Aber einige deiner Männer werden doch ganz bestimmt wissen, was Opium wert ist«, vermutete ich.

»Sie bekommen ihren Anteil. Und überdies würden sie es nicht wagen, sich gegen mich zu stellen«, erwiderte sie.

»Warum nicht?«

»Weil ich sie töten würde«, antwortete sie, gab ihrem Pferd die Sporen und galoppierte voraus.

Wir ritten weiter, bis wir eine kleine Siedlung erreichten, die man um einen offenen Platz herum erbaut hatte. Sie bestand aus einfachen Baracken und einem Lagerhaus aus Lehmziegeln. Bauern waren gekommen, um ihre Ausbeute an Opiumsaft gegen Lebensmittel, Getreide, ein paar Meter Stoff oder primitive Werkzeuge einzutauschen. Auf großen Flächen lagen Mohnblumensamen zum Trocknen in der Sonne. Riesige Kessel kochten über offenen Feuern. Verwundert stellte ich fest, dass der Opiumsaft darin gekocht wurde. Ich sah mit an, wie die Blätter und sämtliche Rückstände aus dem Kessel abgeschöpft wurden, und die verbleibende Flüssigkeit alsdann durch ein Leinentuch gesiebt wurde. Was aus dem herausfloss, war eine dampfende braune Brühe, die wiederum erhitzt wurde, bis sie zu einer dunkelbraunen Paste eingedickt war, die man zu Lehmziegeln formte. Inanna reichte mir einen davon; fasziniert wiegte ich ihn in den Händen. Er war klebrig, aber trocken und relativ leicht – und vor allem erheblich einfacher zu transportieren als in der flüssigen Form, für die man schwere Tonkrüge benötigt hätte.

Wir betraten das Lagerhaus. Dort reihte sich ein Regal an das andere, und darauf lagen Hunderte der braunen Harzblöcke. Endlich wusste ich, wie es der thebanischen Bande gelungen war, dermaßen große Mengen Opium einzuschmuggeln und über derart weite Entfernungen zu transportieren.

»Du bist fassungslos!«, rief sie begeistert aus, als sie den Ausdruck auf meinem Gesicht sah, und hakte sich bei mir ein.

»Du bist so reich wie eine Göttin«, erwiderte ich.

Glücklich nickte sie.

»Wo verkaufst du das?«, fragte ich sie und nickte dabei mit dem Kopf in Richtung der vollgestapelten Regale.

»Warum stellst du so viele Fragen?«, entgegnete sie. »Warum willst du solche Dinge wissen?«

Ich musste aufpassen. Wenn uns das Ganze hier retten sollte, musste ich mich an Nachts Befehl halten. Ich wusste, dass ich es drauf ankommen lassen musste, also küsste ich sie und nahm sie in die Arme. Eine Weile sah sie mich argwöhnisch an, aber schließlich entspannte sie sich und bedachte mich mit einem breiten Lächeln. Ihre blauen Augen strahlten. Ich küsste sie erneut. Wer war der Verräter, der diese Dinge tat? Was für ein Gefühl machte sich da in seinem Innersten breit? Wie konnte das Lust sein?

Sie führte mich aus dem Gebäude heraus und rannte dabei vor lauter Erregung. Rasch galoppierten wir davon und folgten dann einem Pfad, der von Obstbäumen und Wildblumen gesäumt war und immer weiter in die Höhenlagen führte, bis wir schließlich Halt machten, uns umdrehten und auf das Tal niederblickten, das im strahlenden Licht der Mittagssonne dalag.

Und dann zog sie einen Weinkrug von ihrem Sattel und bog den Kopf so gekonnt nach hinten, dass der Rotwein aus dem Krug in ihren Mund floss. Sie nahm große Schlucke, wischte sich die Lippen ab und reichte mir den Krug.

Wir saßen im Gras in der Sonne und blickten hinab auf das breite Tal ihres außergewöhnlichen Imperiums. Ich legte mich rücklings auf den Boden, und der Nachhall der Opiumglückseligkeit pulsierte immer noch durch meine Venen. Und in diesem Moment, das gestehe ich, war ich plötzlich in entsetzlichem Maße versucht, die Last meines alten Lebens abzustreifen, sie einfach auf die Erde und die Steine unter mir fallen zu lassen; ich hätte diesem seltsamen goldenen Licht in meinem Körper lediglich erlauben müssen, Einzug in meine Seele zu halten.

Plötzlich saß Inanna rittlings auf mir, und ihr prächtiges, glänzendes Haar warf Schatten auf ihr Gesicht, als sie auf mich niederblickte. Ich umfasste ihre Brüste, strich dann mit den Händen an ihrem Körper entlang. Sie beugte sich nach unten, küsste mich zart, und dabei strich ihr Haar über mein Gesicht.

»Was siehst du?«, fragte sie mich.

»Ich sehe dich«, gab ich zur Antwort.

»Du machst mich glücklich«, sagte sie. Und dann lachte sie, und es war ein offenes, ehrliches, begeistertes Lachen. Sie streckte mir ihre Hand entgegen. Ich griff danach, und wir erhoben uns. Aber dann hielt sie mich plötzlich fest und sah mir aufmerksam in die Augen.

»Aber ich traue dir noch nicht. Die Schatten der Vergangenheit sind immer noch wach in dir. Das sehe ich. Sie werden aber verblassen, das tun alle Schatten. Du bist jetzt hier. Du bist in einer neuen Welt erwacht und zu einem neuen Leben. Es gibt für dich kein Zurück.«

Ich ging davon aus, dass man mich in meine Zelle und zu meinen Freunden zurückbringen würde. Als wir in die Festung galoppierten, sprang Inanna von ihrem Pferd und brüllte ihren Männern Befehle zu. Ich stieg von meinem Pferd, aber kaum dass meine Füße den Boden berührten, war ich umzingelt, und mir wurden mit einem Seil die Hände gefesselt. Man stieß mich in eine andere Zelle, und dort verbrachte ich den Rest des Tages. So laut, wie ich konnte, rief ich nach Nacht und Simut, erhielt aber keine Antwort. Ich saß da, den Kopf in den Händen vergraben und zerknirscht über das, was ich getan hatte. Die einmalige goldene Glückseligkeit war verschwunden, und statt ihrer hatte mich jetzt eine schreckliche Traurigkeit erfasst. Mein Körper war völlig verspannt. Ich tigerte in meiner Zelle auf und ab, fühlte mich wie ein Tier in der Falle, sehnte mich danach, befreit zu werden, trat mit den Füßen gegen die Wände und versuchte, mir irgendetwas einfallen zu lassen, was ich tun konnte, um uns alle zu retten, bevor es zu spät war.

Als die Abendsonne schwächer wurde, holten mich die Wachen. Wieder wurde ich von den Frauen gebadet. Das frische Wasser rief meine Lebensgeister zurück. Als die Frauen mir den Rücken zuwandten, schnappte ich mir meine Tunika und machte mich davon. Lautlos rannte ich durch den Gang und über das offene Gelände des Vorplatzes. Ich war schon fast an den Zellen, als die Männer mich entdeckten. Sie rannten mir nach, und bevor ich zu meinen Freunden gelangen konnte, warf man mich zu Boden, fesselte meine Fuß- und Handgelenke, und dann schleppten sie mich zurück zu Inannas Kammer.

Inanna erwartete mich. Die Tatsache, dass ich versucht hatte, mich ihr zu widersetzen, schien sie nicht zu tangieren. Sie schmolz einfach weiteres Opium über der Öllampe und bot es mir an. Ich weigerte mich, gebe aber zu, dass mein Blut dieses Mal danach schrie. Inanna rief ihre Wachen herbei, und sie hielten mich fest. In dem Moment, in dem die Droge mir ihre goldene Gelassenheit und ihre träge Glückseligkeit schenkte und allen Schmerz und alle Wut in mir ausradierte, spürte ich, wie ich mich mit erschreckender Dankbarkeit und Erleichterung ihrer wunderbaren Umarmung ergab.

32

Als wir einmal mehr beieinander lagen, neben der entzündeten Öllampe, blitzte ein Bild vor meinem geistigen Auge auf, eine Erinnerung an Männer und Frauen, die im Rausch nebeneinander in dunklen Schatten lagen. Und dann sah ich plötzlich das Gesicht einer Frau, ein bekümmertes Gesicht, das mich traurig ansah. Es war meine Frau, Tanefert. Für einen kurzen Augenblick öffnete sich eine Tür zu meinem alten Leben, und ich spürte den Kummer, den das, was ich getan hatte, angerichtet hatte, denn ich sah ihn in ihren Augen. Doch bereits im nächsten Moment lockte mich die goldene Glückseligkeit wieder in ihr prächtiges Licht, und ich spürte, wie meine Knochen sämtliche Kraft verloren, meine Haut ganz leicht wurde, und lange Wellen der Wonne mich zu durchfluten begannen.

Sehr viel später erwachte ich in der Dunkelheit. Die Öllampe war erloschen. Auf einmal war ich sicher, dass da noch jemand im Raum war. Ich hörte ein Geräusch, es klang wie ein kurzes Auflachen. Ich horchte in die Stille, meine Nerven waren zum Zerreißen gespannt. Die Finsternis schien lebendig zu sein, voller Gestalten, die sich darin bewegten. Ich setzte mich auf.

»Wer ist da?«, wisperte ich.

Wieder dieser seltsame kurze Laut – ein Lachen, vielleicht

aber auch etwas, was sich in der Dunkelheit bewegte wie ein winziges Tier. Meine Haut kribbelte. Ich starrte in die Dunkelheit und sah für kurze Momente Sterne aus Licht aufblitzen und Muster aus Farbe vorübergleiten; und dann erkannte ich eine kleine, dunkle Gestalt, die am Fußende des Bettes stand. Ich starrte intensiver darauf. Plötzlich tauchte ein kleines Gesicht aus den Schatten auf: mein Sohn. Amenmose. Er schaute mich an, und ich war so glücklich, ihn zu sehen; aber er lächelte nicht.

»Wann können wir fischen gehen, Vater?«, flüsterte er.

Ich hörte die Worte zwar, aber er bewegte die Lippen nicht. Er fing an zu weinen, und im gleichen Moment begann sein Gesicht zu zerbröseln und sich vor meinen Augen aufzulösen. Die Angst schoss mir wie eiskaltes Wasser durch den ganzen Körper. Ich sprang auf, um ihn an mich zu reißen, aber er war fort, verschwunden; und in der Finsternis entdeckte ich plötzlich noch etwas anderes, und das stand genau vor meinen Füßen. Es war schwer. Ich hob es vom Boden. Ich hielt Khetis toten Kopf in meinen Händen. Seine Augen waren geschlossen, aber sein Mund stand weit offen, und zwischen seinen Zähnen klemmte ein klebriger Opiumziegel, und er schrie vor Zorn und Rage ...

Inanna hielt mich in den Armen. Ich zitterte am ganzen Leib und brüllte herum, mit keuchendem Atem und einer Panik in meiner Brust, als sei ein wildes Tier darin gefangen. Meine Beine zuckten wie wahnsinnig, denn sie fühlten sich an, als seien sie übersät von krabbelnden Spinnen. Ich stieß Inanna von mir und rannte quer durch die Kammer, wollte unbedingt entfliehen; ich riss die Türen auf und rannte durch einen Gang, prallte gegen Wände und empfand rein gar nichts dabei, und plötzlich stand ich auf dem Hof des Geländes. Ich schaute nach oben. Der Mond stand hoch am Himmel. Sein bleiches weißes Licht illuminierte die Gestalten, die bewusstlos auf dem Boden lagen; sie begannen jedoch, sich vor mir zu erheben, zu murmeln und die Hände nach mir auszustrecken, um mich zu fangen. Ich rannte auf die Tore des Anwesens zu, doch dort stand Inanna plötzlich vor mir. Ich blieb stehen. Sie lief auf mich zu, aber ich geriet neuerlich in Panik; da packte mich jemand von hinten und warf mich zu Boden. Wie aus weiter Ferne hörte ich mich schreien, hörte aber auch, dass um mich herum gelacht und geflucht wurde. Und dann band man mir die Hände und Füße zusammen wie einem erlegten Tier und trug mich wieder ins Haus, zurück in Inannas Kammer. Sie zwang mich, mich wieder neben sie zu legen, und sie beruhigte mich. Ich wusste, was ich brauchte, um meinen inneren Frieden wiederzufinden: einen weiteren Schluck des goldenen Safts. Sie bereitete ihn für mich vor, und wie ein Baby trank ich ihn, ließ die Welt einmal mehr los und trat ein in das goldene Licht. Und tief in meinem Inneren wusste ich, dass ich jetzt wirklich verloren war.

33

»Er ist da«, rief Inanna und rüttelte mich wach.

Sie war bereits angekleidet, und die Sonne stand hoch am Himmel. Ich hatte Mühe, zu mir zu kommen; wenn ich morgens aufwachte, war es jetzt immer so, dass die Wände sich bewegten und der Fußboden sich bei jedem Atemzug hob und senkte. Inanna wirkte besorgt. Sie führte mich eilig in eine kleinere Kammer, die ein Stück von ihrer entfernt lag.

»Gleichgültig, was geschieht, eines musst du mir versprechen: Zeig dich nicht. Versteck dich hier, bis ich zurückkomme. Wenn er dich findet ...«

Zur Abwechslung wirkte sie mal merkwürdig verletzlich. Sie küsste mich und verließ die Kammer. Von draußen hörte ich die Rufe von Männern, das Klappern von Pferdehufen und Gelächter. Ich legte mich auf das Bett und schloss die Augen, damit die Übelkeit nachließ. Aber meine Beine juckten vor Angst. Ich konnte nicht stillliegen. Dann erstand in dem Vakuum in meinem Hirn neuerlich Khetis Gesicht vor mir. Wir waren in der finsteren Gasse in Theben; er starrte mich an mit einem Gesichtsausdruck, der entsetzliche Enttäuschung zeigte. Ich setzte mich auf und spürte einen stechenden Schmerz: Schuldgefühle. Es gab da etwas, das ich tun musste.

Ich stand auf, zog mich an und schlich vorsichtig durch den

Gang, der auf den Hof hinausführte. Die Gebäude waren leer. Die Frauen und Kinder waren verschwunden. Als ich nach draußen schaute, sah ich, dass Inanna und ihre Schergen sich alle dort versammelt hatten. Vor ihnen lagen drei Männer nebeneinander auf den Knien, waren gefesselt wie Gefangene und hielten die Köpfe gesenkt. *Simut, Nacht und Zannanza.* Wie viele Tage waren vergangen, seit ich sie zum letzten Mal gesehen hatte?

Inanna beratschlagte sich mit einem Mann. Er hatte rotes Haar. Ich erkannte sein Gesicht sofort wieder. Ich hatte ihn in der großartigen schattigen Halle der Hethiter gesehen. Jetzt war er hier: Aziru. Er wandte sich seinen Beutestücken zu und musterte sie, einen nach dem anderen. Auf seinem Gesicht spielte eine massive Wut, die in seinem gesamten Ich zu lodern schien. Er nickte beim Anblick der Narbe, die Zannanzas wunderschöne Wange entstellte.

»Sei mir gegrüßt, Prinz Schönling«, erklärte er in sarkastischem Ton. »Dein Bruder, der Kronprinz, entbietet dir seine Grüße.«

»Mein Bruder?«, stammelte Zannanza verwirrt.

»Selbstverständlich. Er und ich sind enge Verbündete. Weißt du etwa nicht, wie sehr er dich verachtet?«, fragte Aziru und genoss die grausame Wirkung, die seine Worte hatten.

»Mein Bruder – *hat mich verraten*?«, sprach der Prinz es langsam aus.

»Nun, ja. Er hat dich zum Tode verurteilt, weil du mit dem Feind fraternisiert hast. Ich bin hier, um seinen Befehl auszuführen. Und ich muss gestehen, dass es mir ein sonderbares Vergnügen sein wird.«

Langsam strich er mit der Spitze seines Schwertes über die Wange des Prinzen und über die Narben, die Inannas Messer hinterlassen hatte. Der Prinz zuckte zusammen.

»Ich sehe, meine Freundin hatte bereits ein wenig Spaß mit dir. Ich bin sicher, das war das erste Mal in deinem Leben, dass du einer Frau irgendeine Form von Wonne bereitet hast.«

»Ihr widert mich an«, sagte der Prinz.

»Dieses Gefühl beruht auf Gegenseitigkeit«, gab Aziru zur Antwort. Und im nächsten Moment wandte er sich Simut zu, trat meinem Freund mit dem Stiefel gegen den Kopf und drückte dessen Gesicht dann mit Gewalt in den Dreck, wie alle Könige es nach alter Tradition mit ihren besiegten Feinden taten.

»Und das hier ist der große Mann, der Ehrenmann, der Kommandeur der Palastwache.« Er trat mit seinem Fuß nur noch fester auf Simuts Gesicht.

»Plötzlich gar nicht mehr so groß ...«, meinte er und verzog dabei das Gesicht.

Simut schwieg. Dann wandte Aziru sich Nacht zu.

»Und hier haben wir endlich den Königlichen Gesandten höchstpersönlich. Den großen und edlen Nacht. So sieht man sich wieder«, meinte er. »Wenn auch unter so ganz anderen und, soweit es Euch betrifft, unerwarteten Umständen.«

Und dann trat er Nacht ohne Vorwarnung mit aller Kraft in den Magen. Nacht krümmte sich und stürzte auf den Boden, schnappte nach Luft. Aziru baute sich vor ihm auf.

»Du dachtest, du könntest mich zu deiner Marionette machen. Aber ich bin Aziru, König von Amurru. Und ich will Rache für meinen Vater und für mich selbst.«

Und dann trat er Nacht fest ins Gesicht. Der Königliche Gesandte flog nach hinten, den Kopf zur Seite verdreht.

»Du dachtest, du könntest mich benutzen. Du dachtest, ich würde nach Ägyptens Pfeife tanzen. Wie töricht du warst. Wie leicht es mir gefallen ist, dich zu überzeugen. Und dann, als alles verloren war, dachtest du, du könntest mich in die

Falle locken und töten lassen. Du dachtest, du könntest mit den Hethitern aushandeln, dass sie mich meuchlings ermorden. Aber du hast mich unterschätzt. Jetzt bist du derjenige, der in der Falle sitzt. Jetzt bist du derjenige, der sterben wird.«

Bei jedem einzelnen Satz versetzte er Nacht weitere brutale Tritte. Dann trat er einen Schritt zurück, um seine Gefangenen neuerlich zu bewundern.

»Ist das nicht ein jämmerlicher Anblick? Der weibische kleine Hethiterprinz, der Kümmerling der königlichen Würfe, als Tauschware für die einsame, in Bälde verwitwete Königin von Ägypten. Stell dir die Nachfahren einer solchen Kreatur vor! Eine Dynastie aus Weibern und Eunuchen …« Er trat Zannanza mit Wucht in die Lenden, und der Prinz begann vor Schmerz zu stöhnen und zu würgen.

»Alles in allem muss ich sagen, dass es ein sehr gescheiter Zug deines Bruders war, deinen Vater dazu zu überreden, seinem Feind als Antwort auf seine Gebete ein derart unbrauchbares Exemplar zu schicken.«

Im nächsten Moment drehte Aziru sich zu Inanna um, als sei ihm plötzlich etwas eingefallen.

»Vier Männer wurden gefangen genommen, aber du lieferst mir hier nur drei«, sagte er.

»Einer ist an seinen Wunden gestorben«, erwiderte sie rasch.

Sie starrten einander an.

»Ich habe für vier Männer bezahlt, und diese vier sollten am Leben sein.«

»Meine Männer waren übereifrig. Bezahl mich einfach nur für zwei. Den dritten gebe ich dir kostenlos dazu!«, meinte Inanna in lockerem Ton.

»Zeig mir die Gebeine des fehlenden Mannes.«

»Wir haben ihn in der Wüste zurückgelassen«, antwortete Inanna.

Für einen Moment herrschte angespannte Stille, dann erklärte Aziru vernehmlich: »Du lügst.«

»Ich lüge nicht«, erwiderte sie. Und da küsste sie ihn zu meinem Erstaunen, leidenschaftlich, als sei sie seine Geliebte. Aziru erwiderte ihren Kuss und schlang besitzergreifend seine Arme um sie, doch dann griff er ihr plötzlich in ihr wildes Haar und riss ihr mit Gewalt den Kopf nach hinten. Ihre Männer reagierten mit drohenden Gebärden.

»Die Wahrheit hat dein Schandmaul noch nie gesprochen«, sagte er mit einem gemeinen Grinsen.

Inanna löste sich aus seinem Klammergriff und schüttelte sich. Er nickte seinen Männern zu, die Nacht daraufhin von den anderen beiden Männern wegzogen. Simut versuchte, ihm zu Hilfe zu kommen, wurde aber mit Tritten und Faustschlägen zu Boden geworfen. Sie zogen Nacht an den Füßen davon, und sein Kopf schlug immer wieder auf dem harten Boden auf, bis sie im Hauptgebäude der Anlage verschwunden waren.

»Lasst sie hier in der Sonne und gebt ihnen weder Nahrung noch Wasser, um die kümmere ich mich später«, befahl Aziru und nickte dabei mit dem Kopf in Richtung von Simut und Prinz Zannanza. Dann schlang er seinen Arm besitzergreifend um Inannas Schultern und verschwand mit ihr im Hauptgebäude.

Ich rannte zur Rückseite des Anwesens. Dort kauerten die Frauen und Kinder und hatten Todesangst; als sie mich sahen, drängten sie sich nur noch dichter zusammen. Ich fand eine Tür und schlich mich von hinten in das Gebäude hinein. Eine goldene Statue sah mich an, ihre gelben Augen hatten einen starren, anklagenden Blick.

Aus der Ferne hörte ich Stimmen. Ich huschte durch die Schatten des Ganges, weg von dem unwirklichen Licht des Tages. Die Stimmen waren jetzt ganz nah.

»Du bist ein Verräter.«

»Das habe ich von dir gelernt. Du hast dir eingebildet, du könntest mich als dein getreuer Spion zu den Hethitern zurückschicken. Und ich habe dich in dem Glauben gelassen, dir treuergeben zu sein. All diese Berichte, die ich dir geschickt habe? *Ich habe jedes Wort erfunden.* Das waren alles Lügen.«

»Ich habe die ganze Zeit gewusst, dass deine Berichte Lügen waren. Meinst du etwa, du seiest der einzige Kontakt gewesen, den ich in Hattuscha hatte? Hast du ernsthaft geglaubt, ich wäre jemals so töricht gewesen, dir zu vertrauen?« Das war Nachts Stimme.

Dann vernahm ich das Geräusch eines massiven Faustschlags und eine Reihe keuchender Atemzüge. Ich lugte um die Ecke und sah, dass Aziru vor Nacht in der Hocke saß, während Inanna zuschaute. Er packte Nacht am Haarschopf, riss dessen Kopf hoch und hielt ihn dicht vor sein Gesicht.

»Du hast mir versprochen, mir meine Freiheit zu schenken, wenn ich im Gegenzug mein eigenes Volk verrate. Mein Vater ist durch Echnatons Hand gestorben, aber du hast trotzdem immer noch geglaubt, Ägypten könnte mich kontrollieren. Ich bin aber der Sohn meines Vaters. Amurru wird wieder groß werden. Das Chaos wird regieren. Mach dir eines klar: Deine Pläne werden alle nichts bringen. Ägypten und die Hethiter werden einander bekriegen, bis Ägyptens Tempel zu Schutt und Asche zerfallen sind. Es wird mir ein Vergnügen sein, dem Hethiterprinzen sein hübsches Köpfchen abzuschneiden und es in einer Kiste zusammen mit meinen besten Grüßen an deine verzweifelte Königin zu schicken, damit sie weiß, dass ihre letzte Chance dahin ist. Sie trägt die Zukunft

Ägyptens in ihrem leeren Unterleib; und diese Zukunft ist eine Wüste.«

Nacht schaute ihn an.

»Du Narr«, sagte er, und dabei schwang eine neue, düstere Verachtung in seiner Stimme mit. Er klang gar nicht wie er selbst. »Du hast nichts kapiert. Die Wahrheit wirst du nie erfahren.«

»Oh, edler Nacht, Redner und Meister, deine Fähigkeiten nützen dir jetzt überhaupt nichts. Worte werden dich nicht retten. Ich werde dafür sorgen, dass du all deine Geheimnisse beichtest, du sogenannter Gesandter des königlichen Hofes, du Spinne im Herzen des Netzes aller Geheimnisse. Und du wirst sie mir alle verraten, während ich dir deine Finger abschneide, einen nach dem anderen, und dann deine Hände, zuerst die eine, und danach die andere.«

Die einzige Reaktion, die Nacht darauf zeigte, bestand darin, dass er die Augen schloss. Das erboste Aziru.

»*Wage es nicht*, die Augen zu schließen«, schrie er und fuchtelte dabei mit seinem glänzenden Krummsäbel herum. »Ich bin Aziru. Ich bin ein König! Sieh mich an. Und mach dir eines klar: Es lebt eine finstere Macht in dieser Welt. Es gibt einen großen Mann, dessen Schatten über diese Welt fallen wird, und niemand wird seiner Rache entgehen.«

Das irre Grinsen auf Azirus Gesicht verlieh seinen Zügen den Ausdruck eines verhexten Fanatikers, als er seinen Säbel hoch in die Luft hob und so stehen blieb, um Nacht mit der Furcht vor dem, was kommen würde, zu foltern. Doch Nacht hielt seine Augen weiterhin geschlossen. Woher bezog mein alter Freund eine solche Stärke, seinem eigenen Tod zu begegnen? Er sah aus wie ein Mann im Gebet, der die Unterstützung und den Halt seines Gottes aus seinem eigenen tiefen Inneren heraufbeschwor. Plötzlich spürte ich, wie Wut in mir aufkam wie ein Sturm. Aziru war jetzt ebenfalls außer sich und brüllte: »Er wird alles vernichten, was jemals gewesen ist. Er wird der Welt seine Finsternis bringen. Kennst du seinen Namen? Du, Gesandter, Hüter aller Geheimnisse, Schreiber aller Wahrheiten? Du kennst seinen Namen nicht. Namen haben Macht, und ich rufe ihn bei seinem Namen ...«

Weder er noch Inanna sahen, dass ich auf ihn zurannte, mich von hinten auf ihn stürzte und ihn zu Boden warf. Sein Krummsäbel flog ihm aus der Hand und klappernd durch den Raum. Ich packte seinen Kopf mit beiden Händen und schlug ihn mit all der Kraft, die ich hatte, auf den Boden. Er wehrte sich wie ein Dämon, aber der Zorn verlieh mir übermenschliche Kräfte, und obwohl er sich umdrehte, um mir Gegenwehr zu bieten, hielt ich seinen sich windenden Leib auf dem Boden wie den einer Schlange. Ich kniete auf seinen Armen und schlug seinen Schädel immer und immer wieder auf den Boden. Der Ausdruck auf seinem Gesicht verwandelte sich von Erstaunen in Wut, und als die Rückseite seines Schädels barst und einbrach, in Todesangst und schließlich in Leere.

»Du kannst jetzt aufhören«, sagte Nacht ruhig. »Er ist tot.«

Blut floss lautlos um Azirus zertrümmerten Schädel herum. Ich schaute auf. Inanna war verschwunden. Nacht stand da, ganz ruhig, mit Azirus Krummsäbel in der Hand und einem seltsamen Ausdruck auf dem Gesicht.

»Deine Loyalität ist bewunderungswürdig«, sagte er.

»Komm«, sagte ich. »Wir müssen Prinz Zannanza und Simut suchen. Jetzt haben wir die Chance zu entkommen.«

Aber im gleichen Moment schallte aus heiterem Himmel der markante, langgezogene, herrliche Ton einer einzelnen ägyptischen Kriegstrompete durch die Luft. In der Stille, die folgte, erklang das Fauchen von tausend zornigen Schlangen, die sich aus dem Talboden erhoben, und als Nächstes hörten wir aus dem Inneren der Anlage verwirrte Schreie und Rufe.

Ich rannte genau in der Sekunde zur Eingangstür, als gerade die zweite Salve glitzernder Pfeile auf das Gelände herabregnete und mit dumpfem Knall die Leiber von Inannas Männern penetrierte, die umfielen wie erlegte Tiere. Die Angreifer hatten die Tore in Brand gesteckt.

»Wer ist das?«, rief ich.

»*Harembab*«, antwortete Nacht. Auf einmal leuchteten seine Augen wieder.

Wenn das stimmte, war alles verloren.

Ohne Vorwarnung stürzten ganze Einheiten ägyptischer Schützen mit herrlichen Bogen und Elitesoldaten mit Schilden, Speeren und gekrümmten Schwertern durch das Flammenmeer, das die Holztore bereits verzehrt hatte. Schnell und treffsicher schossen die Schützen Inannas Männer ab, die in wilder Verwirrung versuchten, in die Gebäude zu krabbeln. Weitere Soldaten folgten, schwärmten mit formvollendeter Disziplin aus und töteten alles, was sich bewegte, mit gnadenloser und akribischer Präzision.

»Gib mir den Säbel!«, rief ich. »Ich halte sie auf, solange ich kann.«

Nacht zögerte.

»Ich kann nicht zulassen, dass du das tust«, sagte er.

»Du musst. Kehr nach Theben zurück. Warne die Königin. Kümmere dich um meine Familie. Sag ihnen, dass ich sie liebe.«

Wir starrten einander in die Augen. Für einen Moment war mir ganz seltsam zumute, als schaute ich in das Gesicht eines völlig fremden Menschen. Etwas war anders geworden, an seinem Gesichtsausdruck ebenso wie an seiner Körperhaltung, und ich erkannte ihn nicht wieder. Er schaute an der Klinge des Krummsäbels entlang, bewunderte sie im Licht, und für einen flüchtigen Augenblick dachte ich sogar, er würde mich vielleicht damit töten. Überall war Rauch, und in dem Gang hinter Nacht konnte ich die rote Glut des Feuers sehen. Da lächelte er plötzlich.

»Nur durch den Tod finden wir ewiges Leben«, sagte er in geheimnisvollem Ton.

»Für Philosophie ist im Moment keine Zeit«, rief ich. »Geh jetzt!«

Er grinste, und dann schwang er die Waffe, drehte sich um und rannte hinein in den wabernden Rauch.

Plötzlich war die Kammer voller ägyptischer Soldaten. Sie umzingelten mich und hielten mir ihre Schwerter gegen die Kehle, aber ich rief: »Ich bin Ägypter! Mein Name ist Rahotep. Das da ist die Leiche von Aziru von Amurru. Ich habe ihn getötet!«

»Rühr dich nicht!«, brüllte einer von ihnen. »Mit dem Gesicht nach unten auf den Boden. Jetzt!«

Ich gehorchte. Im nächsten Moment hörte ich aus einer angrenzenden Kammer Inanna rufen, die Soldaten gerade an den Füßen dort herauszerrten. Mit wildem Blick starrte sie auf mich und Azirus Leiche.

Eine weitere Trompetenfanfare verkündete aus dem Inneren der Anlage den Sieg. Ich hörte das Klappern von noch mehr hereinstürmenden Soldaten, die sich hastig feierlich aufstellten. Und dann, als es überall totenstill war, betrat jemand die Kammer.

»Du hast uns des Vergnügens beraubt, diesen großen Feind Ägyptens gefangen zu nehmen und zu verhören«, sprach Haremhab, General der Heere der Beiden Länder. Ich wollte etwas erwidern, aber er trat mir mit dem Fuß auf mein Gesicht. »Sei still. Sag kein Wort. Ich weiß genau, wer du bist, Rahotep. Du wirst schon bald selbst verhört werden.«

Und dann wandte er sich Inanna zu.

»Bringt diese abstoßende Person nach draußen«, befahl er. »Und legt diesen Mann hier in Ketten.«

34

Wie einem Kriegsgefangenen wurden mir Hände und Füße gebunden, und man zerrte mich nach draußen auf den Hof und warf mich neben Prinz Zannanza und Simut, die beide gefesselt und geknebelt waren. Simut starrte mich an mit einem Blick, aus dem Erstaunen, zugleich aber auch so etwas wie Verachtung sprach, dann drehte er den Kopf zur Seite.

Die Gebäude standen in Flammen. In Böen wehte mir scharfer Rauch in die Augen. Jenseits der Mauern, auf den riesigen Opiumfeldern, wüteten gewaltige Brände, die den großartigen Himmel dunkelrot und schwarz färbten. Die Sonne war eine fahle Scheibe, die zwischen den dicken, wabernden Rauchwolken gefangen war. Aus allen Richtungen hörte ich entsetzte Rufe und Schreie. Und in diesem Moment wusste ich, dass Nacht diesem Inferno nicht lebend hatte entkommen können.

Die ägyptischen Soldaten liefen selbstbewusst und zügig über das zerstörte Gelände. Ich sah, wie sie weinende Kinder vom Boden hoben, und die Frauen, die diese Kinder an sich pressten, und sie an den Armen oder Beinen in die brennenden Feuer schleuderten, wo sie schrien und kleine Explosionen aus hellen Funken und ein Anschwellen der knisternden Flammen verursachten. Es kam mir vor, als sei der Gott Seth tatsächlich auf die Erde zurückgekehrt und zerstöre alles in seiner Wut.

Haremhab schritt inmitten des Horrors umher, erteilte Befehle und begutachtete in aller Seelenruhe, wie weit das Massaker inzwischen gediehen war. Er wandte sich einigen von Inannas Männern zu, die man nebeneinander aufgereiht hatte, und erschlug einen nach dem anderen wie ein König, indem er ihnen jeweils den Hinterkopf zertrümmerte. Ihre Leichen wurden ebenfalls in die Feuer geworfen. Hocherhobenen Hauptes beobachtete Inanna die Hinrichtung ihrer Armee und die Zerstörung ihres Königreiches. Auf ihren Zügen lag ein Ausdruck vornehmer Wehmut, der mich anrührte. Und als alles vorüber war, befahl Haremhab seinen Männern, sie an den Haaren hochzuziehen. Ihr Gesicht wurde vom Licht der Feuer erhellt. Sie schaute auf ihre Welt und wusste, dass das hier das Ende ihres Lebens war. Schließlich sah sie mich an, mit einem Blick, den ich nie vergessen werde. Mitleid und Niederlage lagen in diesem Blick. Und dann schnitt Haremhab ihr mit seinem Schwert die Kehle durch. Blut strömte über ihre nackten Brüste, und langsam sackte ihr Kopf nach vorn. Und im nächsten Moment, noch bevor sie tot war, schlug ihr ein Offizier in einem letzten Akt erbarmungslosen Triumphes den Kopf vom Nacken, spießte ihn auf einem Pfahl auf und stieß den in den Boden. Die Soldaten jubelten gehorsam.

Dann wandte Haremhab uns seine Aufmerksamkeit zu. Sein blauschwarzes Haar hatte er sich akkurat aus der herrischen Stirn gekämmt. Er trug einen Kürass, der aus vielen überlappenden, schwarzen Lederschuppen gefertigt und den gefederten Schwingen eines Falken nachempfunden war. Der Schild, den er über der Schulter trug, war mit Gepardenfell bespannt, an den Rändern vergoldet und in der Mitte mit einer goldenen Platte versehen, in die sein Name und sein Rang eingraviert waren. Das waren die selbstbewussten Insignien eines

Königs, und er trug sie mit äußerster Selbstsicherheit und ebensolcher Zuversicht.

Sein Blick war vor Verachtung wie versteinert, als er uns drei anschaute. Er nickte einem seiner Männer zu, der Simut und dem Prinzen Zannanza daraufhin rasch die Knebel abnahm. Hustend und prustend schnappten sie nach der verrauchten Luft.

»Der Prinz Zannanza, überflüssiger Sohn unserer großen Feinde, der Hethiter. Der Kommandeur der Palastwache, Simut. Und Rahotep, der Wahrheitssucher«, tönte er. »Ich erinnere mich gut an dich. Du bist der getreue Diener der Königin. Und genau deshalb bist du natürlich hier.«

»Ich bin hier, weil sie es so befohlen hat«, sagte ich. »Leben, Wohlstand und Gesundheit seien ihr beschieden. Ich bin wahrhaftig ihr getreuer Diener.«

»Das wird dir jetzt sehr von Nutzen sein. Denn mit diesen nichtigen Worten hast du dich gerade selbst zum Tode verurteilt. Und da wir gerade von getreuen Dienern sprechen: Wo ist der Königliche Gesandte Nacht?«, wollte er wissen.

Keiner von uns antwortete.

»Ich weiß, dass er mit euch hier war. Geflohen kann er nicht sein. Meine Soldaten haben dieses Tal erobert und die erbärmliche Bruchbude hier umstellt. Sie haben Befehl, ihn lebend zu mir zu bringen. Er wird verhört und anschließend hingerichtet werden. Steh auf, Prinz Zannanza, Sohn der Hethiter.«

Zannanza gehorchte und musste all seinen Mut zusammennehmen, um dem General gegenüberzutreten.

»Das ist also das schwächliche Knäblein, von dem sie meinten, er solle die Königin von Ägypten heiraten«, sagte er. »Sie haben sich eingebildet, mit diesem nichtssagenden Jüngling meinen großen Sieg verhindern zu können.«

Er schwieg einen Moment und schaute auf seine Männer.

Sie lachten, unterwürfig und frostig. Haremhab lachte jedoch nicht.

»Was soll ich nur mit dir machen?«, fragte er und hielt sein Gesicht dabei sehr dicht vor das des Prinzen.

»Lasst mich nach Hause gehen«, wisperte der Prinz. »Lasst mich nach Hause gehen ...«

Haremhab hielt sich die Hand hinter das Ohr, als habe er das nicht richtig verstanden.

»Sprich lauter! Wisper nicht herum wie ein Mädchen.«

»Lasst mich nach Hause gehen!«, wimmerte Zannanza.

»Der Hethiterprinz möchte gern nach Hause!«

Haremhabs Männer kicherten. Haremhab machte eine überspitzt einladende Geste in Richtung des Prinzen.

»Dann geht. Bitte, Hoheit. Ihr seid frei! Wisst Ihr, in welcher Richtung Euer Zuhause ist? Ich denke, es ist ein weiter Weg, also geht Ihr besser sofort los.«

Prinz Zannanzas Gesicht nahm immer verzweifeltere Züge an.

»Geh!«, brüllte Haremhab und schlug ihm mit Wucht auf den Hinterkopf. Der Prinz schlurfte los, mit winzigen, panischen Schritten, denn seine Hände und Füße waren nach wie vor gefesselt. Haremhabs Männer bildeten schweigend ein Spalier für ihn, damit er in Richtung Tor gehen konnte. Einmal fiel er hin, wurde aber auf die Füße gehievt und weitergeschoben. Schließlich verließen ihn seine Kräfte, und er sank verzweifelt und langsam auf die Knie. Haremhab baute sich vor ihm auf.

»Bist du immer noch hier, Prinz?«, fragte er höhnisch.

Der Prinz hob sein Gesicht. Bedächtig zog Haremhab sein Schwert. Es war lang und scharf.

»Was machen wir denn jetzt mit dir?«, fragte er, als spreche er mit einem aufsässigen Kind.

»Er ist unschuldig. Tötet ihn nicht. Lasst ihn frei und zu seinem Volk gehen!«, rief ich.

Haremhab drehte sich zu mir um.

»Keiner von euch wird freigelassen. Ihr seid alle Verräter.«

Und dann wandte er sich wieder dem Prinzen zu.

»Deine Zeit ist gekommen. Bete jetzt zu deinen Göttern.«

In seiner Muttersprache stammelte Prinz Zannanza ein paar Worte eines Gebetes, dann sirrte das Schwert durch die Luft und hieb ihm den Kopf vom Körper mit einem Blutschwall, der sich über den Boden ergoss und den versammelten Soldaten grimme und freudlose Jubelschreie entlockte.

Haremhab hob Zannanzas Kopf bei den Haaren vom Boden.

»Schick das seinem Vater Schuppiluliuma, dem König der Hethiter. Und sag ihm, dass es keine Ehe zwischen Ägypten und Hatti geben wird. Sag ihm, dass es niemals Frieden geben wird. Sag ihm, dass ich, Haremhab, den königlichen Krummstab und die Geißel der Beiden Länder in den Händen halte und Ägypten seines schwächlichen Söhnchens nicht bedarf!«

Der Offizier verneigte sich knapp, rannte zu einem Pferd und galoppierte hurtig hinaus, wobei Zannanzas einstmals so schöner Kopf an seiner Hand baumelte und blind vor sich hinstarrte, als wolle er mir etwas sagen. Mir stellten sich die Nackenhaare auf. Plötzlich erinnerte ich mich an Khetis schreienden Kopf in meinem Opiumtraum, und da hatte ich plötzlich eine Idee.

Haremhab wandte sich Simut und mir zu. Das Opium fiel mir wieder mal in den Rücken. Ich fühlte mich äußerst verdrießlich in meiner Haut. Irgendetwas krabbelte über meinen Körper – es fühlte sich an wie Spinnen oder Ameisen. Ich musste mich unbedingt kratzen, aber meine Hände waren gefesselt.

»Und hier haben wir die Restposten. Tötet sie, und dann verbrennt alles. Lasst nichts als Asche übrig«, tönte der General und wandte sich ab. Seine Männer kamen auf uns zu und zogen ruhig ihre Schwerter, um noch mehr Blut zu vergießen.

»Wenn Ihr uns tötet, werdet Ihr nie erfahren, was wir wissen«, rief ich ihm nach.

Haremhab drehte sich wieder zu mir um.

»Was ist mit dir passiert, Rahotep? Du bist opiumsüchtig – schau dich an, du zitterst wie ein Wahnsinniger. Du bist eine Schande für Ägypten«, sagte er.

Dann wollte er mir erneut den Rücken zukehren.

»Eine Einheit der ägyptischen Armee schmuggelt Opium nach Theben«, rief ich.

Für den Bruchteil einer Sekunde glitt echtes Erstaunen über sein hochmütiges Gesicht.

»Was hast du da gerade gesagt?«

»Hätte ihn eine seiner Einheiten betrogen, würde der General der Heere der Beiden Länder das doch sicher wissen wollen«, sagte ich.

»Du lügst, um deine Haut zu retten«, spottete er. »Außerdem habe ich diese Geschichte schon einmal gehört. Sie war damals nicht wahr und ist es auch jetzt nicht.«

»Ich lüge nicht. Es handelt sich um eine Einheit, die zur Seth-Division gehört«, sagte ich.

»Du wagst es, die Seth-Division einer solchen Schandtat zu beschuldigen?«, fragte er gedehnt.

»Lasst mich frei, und ich werde Euch erzählen, warum«, erwiderte ich.

Er schlug mir ins Gesicht.

»Feilsche nicht mit mir.«

Langsam fühlte ich mich wieder wach. Ich bekam wieder einen klaren Kopf.

»Das Opium wird nicht in flüssiger Form in Krügen transportiert. Sie haben eine Methode entwickelt, es zu destillieren und Ziegel daraus zu fertigen, die ans Südende des Tals transportiert werden, wo man sie abholt und bezahlt. Diese Opiumziegel werden dann bis nach Theben geschmuggelt, wo eine neue Bande den alten Banden das ganze Geschäft abgenommen hat.«

»Woher weißt du das?«, wollte er wissen.

»Es fing mit einem scheinbar simplen Mord an, in Theben. Nur eine Hinrichtung von fünf weiteren Straßenkindern, die für die Kartelle gearbeitet hatten. Wie immer waren sie enthauptet worden. Ich sah aber, dass das fachmännisch gemacht worden war. Dann wurde ein Kollege, ein enger Freund von mir, ebenfalls ermordet, von der gleichen Bande. Von dem gleichen Mörder. Und überall haben sie ihr Zeichen hinterlassen. Ich habe es auf einem Stück Papyrus in meinem Gewand. Lasst mich frei, und ich werde es Euch zeigen.«

Er starrte mich eine ganze Weile an. Dann durchschnitt er das Seil, mit dem meine Hände gefesselt waren, und ich holte den mittlerweile zerfledderten Papyrus mit dem schwarzen Stern hervor.

»Das ist das Zeichen der Armee des Chaos. Das Kartell in Theben geht aber mit ähnlich skrupelloser Effizienz und Geschicklichkeit vor. Sie hinterlassen das Zeichen auch auf den Leichen ihrer Opfer«, sagte ich.

Haremhab starrte mich an.

»Dann hat die Armee des Chaos eine feste Basis in Theben. Das ist unmöglich.«

»Unmöglich. Es gibt aber eine andere Erklärung ...«

»Sprich weiter«, sagte er.

»Bis vor Kurzem konnten nur relativ kleine, schwankende Mengen Opium durch die Wüste oder über den Fluss geschmuggelt werden, halt die üblichen kleinen Schwarzmarkt-Operationen. Aber plötzlich ist das alles anders geworden«, erklärte ich ihm.

»Wenn du etwas zu sagen hast, sag es jetzt«, fiel er mir ins Wort und schaute nach oben in die Sonne, als müsse er noch irgendwohin.

»Eine kriminelle Einheit der Seth-Division schmuggelt das Opium. Sie kaufen es hier ein. Sie transportieren es selbst runter nach Ägypten. Sie kontrollieren ebenfalls den Weitervertrieb in Theben.«

Eine ganze Weile sagte er nichts.

»Tötet ihn«, befahl er dann und wollte mir neuerlich den Rücken zudrehen.

»Sie schmuggeln das Opium in den Leichen toter Offiziere, die in den Kriegen gefallen sind und für das Begräbnis wieder in ihre Heimat zurückgebracht werden …«, rief ich.

Haremhab blieb wie angewurzelt stehen. Mein Leben hing an einem seidenen Faden. Er konnte lachen und mir im nächsten Moment den Kopf vom Nacken schlagen. Aber das tat er nicht.

»Welche Beweise hast du für so eine groteske, verrückte Anschuldigung?«, fragte er.

»Ich weiß, dass das, was ich sage, stimmt«, erwiderte ich. »Beweise lassen sich finden. Ich weiß, wo ich danach suchen kann.«

»Wo?«, wollte er wissen.

»In Bubastis. In Memphis. Und in Theben«, antwortete ich.

»Du hast nichts weiter als eine Reihe von Unterstellungen und Mutmaßungen.«

»Mir liegen Informationen vor. Die ich interpretiere. Das ist meine Arbeit. Ich bin ein Wahrheitssucher. Und ich weiß, dass ich recht habe«, blieb ich hartnäckig.

Haremhab nahm mich aufmerksam in Augenschein.

»Ich hasse, wie das Opium alles verdirbt«, sagte er. »Es verursacht Schwäche und untergräbt die Ordnung. Falls es innerhalb meiner Armee irgendein Anzeichen für diese Verderbtheit gibt, muss sie zunichtegemacht werden. Dafür werde ich sorgen.«

Plötzlich sah ich meine Felle davonschwimmen.

»Die Lieferkette zu zerstören bringt nichts! Ihr müsst das Problem bei der Wurzel packen. Ihr müsst die Schuldigen ausfindig machen. Es gibt da einen Mann, in Theben. Der hat das Ganze unter sich. Sie nennen ihn ›Obsidian‹. Lasst mich gehen, ich werde Euch Beweise liefern. Und dann könnt Ihr das gesamte Kartell vernichten. Wenn ich versage, tötet mich«, sagte ich.

Er sah mich mit seinen eisigen grauen Augen an.

»Ich gebe dir zehn Tage. Wenn du mir diese Beweise lieferst, werde ich handeln, und dein Leben bleibt verschont. Wenn nicht, werde ich deine Familie verhaften lassen, und du wirst sie in diesem Leben niemals wiedersehen, weil ich sie nach Nubien schicken werde, damit sie dort in den Goldminen arbeiten während der kurzen Zeit, die ihnen bleibt, bis die Hitze und die Seuchen sie töten.«

Er trat dichter an mich heran.

»Es steht viel auf dem Spiel in diesen letzten Tagen der verderbten und aussterbenden Dynastie der Königin Anchesenamun, und nichts wird sich meinem Triumph in den Weg stellen«, sagte er.

»Ich brauche die Hilfe meines Kollegen Simut«, warf ich rasch ein.

»Er ist ein Kriegsgefangener, man wird ihn nach Theben

zurückschaffen, um ihn dort als Verräter der neuen Ordnung vor Gericht zu stellen«, erwiderte er brüsk.

»Er ist für meine Ermittlungen unentbehrlich. Er hat königliche Befugnisse. Ohne ihn wird es mir nicht möglich sein, die Schiffe der Armee zu untersuchen, mir Zutritt zu Lagerhäusern zu verschaffen, Zeugen zu befragen ...«

»Ich werde dir diese Befugnisse geben«, sagte er.

»Bei diesen Ermittlungen darf nichts darauf hindeuten, dass zwischen Euch und mir eine Verbindung besteht. Falls man mich schnappt, würde das zu viel enthüllen. Das hier muss alles ganz heimlich geschehen. Ich muss unsichtbar bleiben, und sämtliche Verbindungen, die zwischen uns bestehen, müssen ein Geheimnis bleiben«, sagte ich und versuchte dabei, nicht flehentlich zu klingen.

»Strapazier nicht meine Geduld. Ich werde ihn nicht freilassen. Er wird sich trotzdem vor Gericht verantworten müssen. Er ist ein Verräter. Genau wie du.«

»Schenkt mir sein Leben, wenn ich erfolgreich bin«, sagte ich.

»Ägypten wird eine neue Ordnung bekommen, und ich werde mich nicht beschwatzen lassen, wie ich wen behandeln soll. Es wird keine Vergebung geben. Es wird nur Vergeltung geben. Und den Anfang machen wir mit denen, die diese verräterische Mission unternommen haben, die Königin mit einem Hethiter zu verheiraten und den auf den Thron von Ägypten zu setzen.«

Und im nächsten Moment war er verschwunden.

FÜNFTER TEIL

Mein Mund ist mir gegeben,
auf dass ich damit spreche in Gegenwart
des Großen Gottes, des Herrn des Totenreiches.

Das Totenbuch
Spruch 22

35

Es war früher Abend. Wie eine Glocke lag die drückende Hitze des Tages über Auaris, der ägyptischen Hafenstadt gleich hinter der Grenze.

Zu Fuß war ich auf dem letzten Stück des Horusweges dem Militärkonvoi gefolgt, der einen weiteren Leichentransport vornahm. Ich steckte aber in Schwierigkeiten: Nachts Tod verfolgte mich; ich war wie besessen davon. Geschickt hatte man mich auf diese Mission, damit ich ihn beschützte, aber ich hatte an ihm ebenso versagt, wie ich an Kheti versagt hatte. Jetzt waren meine beiden lieben Freunde tot. Hätte Nacht überlebt, hätte er der Königin bei ihrem Kampf gegen Haremhabs Besatzung zur Seite stehen können. Jetzt war sie jedoch allein. Immer wieder erinnerte ich mich an den seltsamen Ausdruck auf Nachts Gesicht, als er das Schwert geschwungen hatte und dann in den Rauch und die Flammen gerannt war. Ich war unablässig in Bewegung, spielte mit meinem Dolch herum, wieder und wieder. Fortwährend schlotterte ich, am ganzen Körper; meine Beine folterte ein unkontrollierbares Zittern, und die Haut auf meinen Armen und Beinen blutete, weil ich unentwegt daran kratzte. Seit Tagen war ich nicht in der Lage gewesen, zu schlafen oder auch nur Ruhe zu finden. Ich wusste, was nicht stimmte mit mir. Ich lechzte nach der goldenen Glückseligkeit des Opiumrausches. Ich war einer der Süchtigen geworden, die ich einstmals verurteilt hatte.

Ich erwartete, dass man die Särge sofort auf ein Militärschiff mit Ziel Bubastis laden würde; stattdessen machte sich der Konvoi jedoch auf den Weg zu einem Heereslager und wurde dabei von Soldaten eskortiert, die gebieterisch den Weg durch die Menschenmassen frei machten. Sie passierten eine lange Reihe nebeneinanderstehender Lagerhäuser und bogen dann um eine Ecke, als wollten sie zur riesigen Zeltstadt des Heerlagers; das füllte jede freie Stelle zwischen den Lagerhallen und Getreidespeichern des Hafens, den soliden neuen Kasernenanlagen, die noch im Bau befindlich waren, und den Ruinen der alten Zitadelle, die sich dahinter erhoben. Trotz der Hitze brannten überall Feuer im flirrenden Licht des frühen Abends, und schwitzende rotgesichtige Köche rackerten sich an Lehmöfen ab, um die Soldaten abzufüttern, die Schlange standen und auf ihr Essen warteten.

Auf das Gelände des Lagers begaben sich die Soldaten mit den Karren aber auch nicht; stattdessen liefen sie auf den Friedhof und die Mauerruinen der Zitadelle zu, die sich vor ihnen erhob. Ich hielt mich in den immer länger werdenden Schatten und folgte ihnen. Auch den Friedhof passierten die Soldaten und Karren und verschwanden durch das zertrümmerte Eingangstor der Burg, deren alte Holztüren sich quietschend hinter ihnen schlossen. Dann tauchten diskret zwei Soldaten auf, um Wache zu halten.

Wie ein Schakal hielt ich mich in den Schatten und suchte mit den Augen die Mauer ab, bis ich in einiger Entfernung einen anderen Zugang zur Zitadelle entdeckte: Ein Abschnitt der Mauer war eingestürzt und zu einer aus zerbröckelnden Steinen und Lehmziegeln bestehenden Böschung zerfallen. Ich zog mich an der Außenmauer der Zitadelle hoch, indem ich mir mit den Fingern und Zehen in den Spalten zwischen den Steinblöcken Halt verschaffte, bis ich oben den Rand zu fassen bekam. Nachdem ich mich darübergehievt hatte, kletterte ich die Böschung aus zusammengestürzten Steinen hinunter und war in der Zitadelle.

Schwitzend kauerte ich mich gegen die Wand. Meine Eingeweide fühlten sich an, als würde sich alles darin verschlingen und verknoten. Das Innere der Festung war ein unheimliches Schattenreich, überall hatten Tiere ihre Markierungen und ihren Kot hinterlassen. Vögel kreischten oder schliefen in den Mauerritzen. Aus der Ferne vernahm ich den Klang von Stimmen, die kurze Befehle riefen. Vorsichtig kroch ich durch die Dunkelheit, ertastete mir den Weg über den rissigen Boden, bis ich auf einmal hinter einer Ecke in einen großen Innenhof schauen konnte. Die Karren mit den Särgen standen in der Mitte, und an einer Wand hatte man hochkant leere Särge nebeneinander aufgereiht, als warteten sie darauf, wiederverwendet zu werden. Die Fußsoldaten luden gerade die letzten Särge von den Karren und trugen sie in einen Lagerraum. Als das erledigt war, beluden sie die Karren mit den leeren Särgen, salutierten und zogen in Begleitung berittener Offiziere davon. Ächzend schlossen sich die großen Eingangstore hinter ihnen. Die beiden Soldaten, die am Tor Wache gestanden hatten, blieben zurück. Die Sonne war inzwischen unter den Horizont gesunken und tauchte das Himmelszelt in das letzte goldene Licht des Abends; bald würde es jedoch dunkel sein. Die beiden Soldaten zündeten eine Öllampe an und suchten sich ein Plätzchen, auf dem sie einerseits bequem sitzen und sich ausruhen konnten, andererseits das Eingangstor perfekt im Blick hatten.

Ich hielt mich in den Schatten und bewegte mich lautlos an der Außenmauer des Lagerraums entlang, der sich hinter ihnen befand, und schlich mich hinein. Im Inneren war nichts als Finsternis. Es war zwar kühl darin, aber trotzdem war der Gestank von verwesendem Fleisch überwältigend. Die Särge – zwanzig an der Zahl – waren nebeneinander aufgereiht. Auf jeden war die gleiche Hieroglyphe gemalt – Seth, Gott des Chaos, der Stürme, der Finsternis und der Wüste, mit seiner gebogenen Schnauze, seinem gespaltenen Schwanz und der Gestalt eines Hundes. Wie ich so dastand in der Unterwelt der verlassenen Zitadelle, vor den markierten Särgen der Toten, erschauderte ich. Ich konnte die unheimliche Präsenz des Gottes und seinen stinkenden Atem beinahe in meinem Nacken spüren.

Rasch schwand das letzte Licht des Abends. Ich stemmte den primitiven Deckel eines der Särge auf. Augenblicklich legte sich der süßliche Gestank des Todes auf meine Haut und meine Haare. Ich zwang mich, in den Sarg hineinzuschauen: Der Leichnam war mit einer dünnen Lage weißer Leinenverbände umwickelt, die schmutzig waren und gelbe Flecken aufwiesen. Ich drehte den Leichnam auf die Seite, schob meinen Dolch zwischen die Lagen und schnitt die Binden so leise wie möglich auf. Vorsichtig hob ich sie herunter, aber an den Stellen, an denen die Haut des Toten an den Verbänden festgeklebt war, löste auch sie sich vom Körper. Man hatte dem Offizier einen Schnitt beigebracht, der unter seiner Achselhöhle begann, bis hinunter zu seiner Hüfte reichte und hinterher primitiv wieder zusammengenäht worden war. Die Wunde war gelb und blau. Rasch trennte ich die Stiche auf, und die Körperhöhle öffnete sich. Ein paar grobe Handlungen hatte man vorgenommen, um den Leichnam für die Reise zu konservieren: Alle inneren Organe waren entfernt worden; dadurch, dass man das Gewebe mit Natronsalzen ausgetrocknet hatte, war es grau und grün verfärbt; und man hatte den Körper völlig ausbluten lassen. Ich zwang mich, nicht zu würgen, und griff in die Körperhöhle hinein. Zu meiner großen Erleichterung ertasteten meine Finger schnell mehrere einzeln verpackte Päckchen. Eines zog ich heraus und schnitt die Verpackung mit der Klinge meines Dolches auf. Und da war es, endlich: ein Ziegel des klebrigen, braunen Opiums. Ein Indiz, der Beweis, dass meine Behauptung stimmte, und der Schlüssel zu allem, was noch vor mir lag. Ich spürte, wie mir alberne Tränen der Erleichterung in die Augen schossen. Mit dem hier konnte ich zu Haremhab zurückkehren und mich und meine Familie retten.

Aber trotz all der Erleichterung, die mit meiner Entdeckung einherging, war ich auch noch von etwas anderem besessen: einem überwältigenden Bedürfnis, mich wieder der goldenen Seligkeit des Opiums zu ergeben. Meine Hände, die den Ziegel hielten, zitterten. Hastig griff ich in die Leiche und zog noch drei weitere Päckchen heraus. Wenn jeder Leichnam vier Riegel enthielt, lieferte allein dieser eine Sargtransport achtzig Päckchen Opium; eine Menge, die auf den Straßen Thebens enorm viel Geld wert war. Wie gerissen und schlau sie gewesen waren, sich diese groteske Transportmethode einfallen zu lassen! Da die Körperhöhle jetzt leer war, konnte ich sehen, was für einen effizienten Stauraum die Wirbelsäule, Rippen und der Brustkorb des Soldaten schufen. Die Bauchmuskeln sahen aus wie altes Leder.

Und dann fiel mir plötzlich ein, dass ich mich vielleicht mal fragen sollte, wie dieser Offizier denn überhaupt gestorben war. An den anderen Binden an seinem Körper schienen keine Blutflecken zu sein. Ich wickelte die Bandagen von seinem Kopf ab. Am Hinterkopf waren sie hart und mit verkrustetem Blut durchsetzt, und es war schwierig, sie herunterzuschälen, ohne gleichzeitig Haar und Haut mit abzulösen. Das Gesicht des Mannes war dunkelblau und schwarz verfärbt; es sah aus wie ein einziger Bluterguss. Seine Lippen waren geschrumpft, sodass ich seine schlechten Zähne sah. Seine Augen waren nicht mehr weiß, sondern welke schwarze Äpfel in den Augenhöhlen, die nichts mehr sahen. Trotzdem ließ sich auch jetzt noch mit Sicherheit sagen, dass er jung, vielleicht achtzehn Jahre alt gewesen war – und eindeutig kein Offizier. Das hier war ein zwangsweise einberufener Fußsoldat, und es bestand absolut kein Grund, seinen Leichnam für ein teures Begräbnis zurück nach Ägypten zu transportieren. Normalerweise hätte man ihn dort beerdigt, wo er gefallen war. Diese Einheit schmuggelte also nicht nur Opium; sie benutzte auch die Leichen einfacher Soldaten als Transportbehälter. Ich schaute auf das, was von seinem Gesicht noch übrig war, und versuchte mir vorzustellen, wie er ausgesehen hatte, als er noch am Leben gewesen war: ein Junge ohne Zukunftsperspektive, der sich für eine Laufbahn als Soldat entschieden hatte, obwohl die dafür bekannt war, elendig und ausweglos zu sein, weil das für ihn der beste, vielleicht einzige Weg gewesen war, überhaupt etwas aus seinem Leben zu machen. Es gelang mir, seinen Kopf weit genug anzuheben, um einen genaueren Blick auf seinen Hinterkopf werfen zu können. Sofort sah ich, dass man ihm mit einem einzigen Hieb den Schädel eingeschlagen hatte. Das war keine Kriegsverletzung, sondern eine standrechtliche Exekution. Und damit kannte ich jetzt das Geheimnis, das sich hinter dem Geheimnis verbarg. Die Einheit ermordete ihre eigenen Leute, um Transportmittel für das Opium zu beschaffen.

Plötzlich konnte ich den Gestank des Todes und das schreckliche Verlangen nach dem Opium nicht mehr ertragen. Ich krümmte mich, würgte, tat, was ich konnte, damit meine Därme sich nicht entleerten, und war dabei verzweifelt bemüht, nur ja kein Geräusch zu verursachen. Die Wachen mussten aber irgendetwas gehört haben. Gemeinsam standen sie plötzlich am Eingang, hielten ihre Lampen hoch und horchten angestrengt.

»Du bildest dir was ein«, hörte ich einen der beiden wispern.

»Nein, ich habe etwas gehört«, erwiderte der andere.

»Vielleicht sind die nicht alle tot. Vielleicht werden die gerade wieder lebendig ...«

Er gab einen Laut von sich, als sei er ein Gespenst, und umklammerte den Hals seines Freundes mit beiden Händen. Lachend schob sein Kumpel ihn weg und trat dann weiter in die Dunkelheit.

»Wir sehen uns besser mal um.«

»Ohne mich!«, meinte der andere. »Dieser Ort hier ängstigt mich zu Tode. Hier geht nichts vor. Komm hier weg ...«

Der Misstrauische, der die Lampe hielt, spähte ein letztes Mal in die Dunkelheit. Dann schüttelte er den Kopf und murmelte: »Je eher wir diese Ladung zurück nach Memphis schaffen, desto froher werde ich sein. Ich habe genug. Ich will raus aus der Sache. Ich will nach Hause.«

»Bist du erst mal zum Militär gegangen, kommst du nur noch im Sarg aus der Sache raus«, erwiderte sein Freund. »Den Spruch kennst du doch sicher.« »Obsidian hat uns alle fest im Griff«, sagte der mit der Lampe. »Wer immer er auch sein mag ...«

»Sie behaupten, er sei gar kein Mensch, sondern Seth, der auf die Erde zurückgekehrt ist. Sie sagen, dass er jeden tötet, der sich ihm widersetzt oder ihm den Gehorsam verweigert, indem er sie bei lebendigem Leibe zerstückelt. Er hat eine Waffe, einen schwarzen Krummsäbel, der so fein und so scharf ist, dass er damit sogar die Luft zerschlitzen kann. Es heißt, er könne damit sogar durch die Zeit schneiden, und dadurch betritt er immer wieder unsere Welt, wo immer und wann immer es ihm beliebt ... Er hört alles, er kennt unsere Gedanken, und er könnte sogar hier, jetzt, in diesem Moment, genau hinter uns stehen ...«

»Hör auf!«, rief der andere. »Ich weiß nur eines: Er verlangt Loyalität, und wer ihn enttäuscht, verschwindet, und man hört nie wieder ein Wort von diesen Leuten.«

Für einen Moment schwiegen die Männer.

»Komm«, meinte der Misstrauische schließlich. »Wir machen uns hier selber Angst. Tun wir lieber unsere Arbeit, dann brauchen wir uns wegen nichts Sorgen zu machen.«

Ich erstarrte in den Schatten, als ich neuerlich den Namen Obsidian vernahm, ganz so, als habe man ihn vor meinen Augen heraufbeschworen. Ich wusste, dass er kein Gott war, der auf die Erde zurückgekehrt war. Er war ein Mensch, und er war Khetis Mörder, und ich würde nach Theben zurückkehren und ihn vernichten, selbst wenn mich das mein eigenes Leben kostete.

Ich legte drei der vier Ziegel zurück und wickelte den Leichnam wieder ein. Dann schlich ich mich aus dem Lagerraum heraus, bahnte mir meinen Weg durch die dunklen Gänge der Zitadelle und kraxelte mit vor Entzugserscheinungen zitternden Beinen über die aus zertrümmerten Steinen bestehende Böschung zur Mauer hinauf. Ein beinahe voller Mond stand am Himmel; die Nacht war sternenklar, und von der Stelle, an der ich stand, konnte ich über den dunklen Friedhof hinweg bis zu den Feuern und den dahinter entzündeten Fackeln im Heerlager blicken und in der Ferne auf die dunklen Umrisse der Schiffe, die im Hafen vor Anker lagen und auf ihre geheime Ladung warteten. Einen der kostbaren Opiumziegel hielt ich in meinen zitternden Händen. Ich wusste, dass ich meine Mission niemals zu Ende bringen konnte, wenn ich versuchte, ohne ihn zu überleben. Ich redete mir ein, ich hätte gar keine andere Wahl.

36

Am nächsten Morgen kehrten die Soldaten zur Zitadelle zurück, luden die Särge auf die bereitstehenden Karren und eskortierten sie zu einem Militärschiff. Ich sah mit an, wie jeder einzelne der Särge mit militärischen Ehren empfangen und über den Landungssteg an Bord geschafft wurde. Keine einzige Aufsichtsperson, weder Militär- noch Hafenaufseher, untersuchte die Särge oder befragte die Offiziere. Ich kannte ihr Ziel: *Memphis*. Ich musste vor ihnen dort eintreffen.

Ich bestieg das erste Passagierschiff, das ich finden konnte; es war bereits gerammelt voll mit Händlern, Kaufleuten und ihren Waren, und kaum dass ich an Bord gekommen war und der Oberste des Flusses unsere Papiere überprüft hatte, legten wir ab und fuhren auf den Großen Fluss hinaus, über uns inmitten eines Gespinstes aus gestrafften Seilen das große Segel, das sich vollsaugte mit der Nachmittagsbrise und uns gegen die starke Strömung nach Süden trug.

Ich setzte mich hin, lauschte meinen Mitpassagieren auf dem Oberdeck und erlebte, wie sie sich alle in Gerüchten und Spekulationen ergingen: Eje war tot, Anchesenamun war einsam und verzweifelt, das Ende aller Tage war nah, sagten manche; andere behaupteten, Eje sei noch am Leben. Keiner nahm Haremhabs Namen in den Mund, obwohl er sicher jedem auf der Seele lag.

Ich fand eine Stelle, an der ich ganz für mich war; ich wollte allein sein, nachdenken und mehr von dem Opium nehmen, ohne dass mich jemand dabei beobachtete. Immerzu tastete ich nach dem kleinen Bündel in meinem Beutel, um mich zu vergewissern, dass es noch da war. Aber dann erblickte mich ein schon älterer, schmerbäuchiger Kaufmann, der mit Holz für den Schiffbau handelte, trat zu mir, stellte sich vor und begann auf der Stelle zu reden.

»Die jüngsten Berichte aus Theben sind übel, ganz übel«, erklärte er mit dem seltsamen Vergnügen, das Männer empfinden, wenn sie sich über unmittelbar bevorstehende Katastrophen austauschen.

Ich entgegnete, ich selbst hätte lediglich Gerüchte gehört. Ich sei schon monatelang nicht mehr in den Beiden Ländern gewesen.

»Nun ja, wegzubleiben wäre unter Umständen besser für Euch gewesen. Es heißt, König Eje sei gestorben, dass der Palast die Wahrheit aber nicht enthüllen würde aus Furcht vor dem, was die Unsicherheit über die Nachfolge beim Volk auslösen könnte. Meiner Meinung nach löst der Palast jedoch mit der Entscheidung, *gar nichts* verlautbaren zu lassen, eine noch sehr viel *größere* Unsicherheit aus.«

»Aber ganz egal, ob das nun wahr ist oder nicht«, wandte ich ein, »Königin Anchesenamun ist doch immer noch an der Macht.«

»Wie kann sie denn an der Macht sein, junger Mann? Sie ist doch bloß ein Mädchen! Ich meine, ja, – ich wünschte, es wäre so, um ihretwillen. Und dass die Dynastie ein trauriges Ende gefunden hat, ist bedauerlich. Es begann mit den ruhmreichen Zeiten von Amenophis dem Prächtigen – an den ich mich noch lebhaft erinnern kann, denn ich war ein Kind, als er regierte – und all den großen Monumenten, die unter seiner

Herrschaft entstanden sind. Die Memnonskolosse, der gewaltige Pylon von Karnak und natürlich der Königspalast Malqata, von dem behauptet wird, er sei ein wahres Wunderwerk; das hat alles er gebaut. Aber seither? Wir hatten diese verheerenden Zeiten unter der Regentschaft seines Sohnes, dessen Name mir niemals wieder über die Lippen kommen möge, mit all diesem Blödsinn einer neuen Religion, und dem Wahnsinn, dass man die Priester aus ihren Tempeln gejagt hat. Alles wurde in die Luft geworfen, und nichts fiel wieder richtig herunter.«

Er beugte sich näher an mich heran und hob den rechten Zeigefinger wie ein Lehrer.

»Und unter seinem Sohn wurde es dann sogar noch schlimmer – Tutanchamun. Ihr könnt mir nicht erzählen, dass das kein Zeichen der Götter war. Ich meine, es tut mir leid, dass er so jung gestorben ist, und das war natürlich eine Riesentragödie; ich glaube allerdings nicht, dass er jemals einen überzeugenden König abgegeben hätte. Er war schwach wie Wasser. Könnt Ihr Euch vorstellen, dass er Feinde totgeschlagen hätte? Sie in Schlachten vernichtet hätte? Den Mumm besessen hätte, jene hinzurichten, die sich ihm in den Weg stellten?«

»Vielleicht wäre es an der Zeit, dass wir einen König bekommen, der diese Dinge nicht tut. Vielleicht wäre es an der Zeit, dass wir einen König bekommen, der andere Wertvorstellungen hat«, sagte ich und spielte dabei nervös mit meinem Dolch, um gegen die innere Unruhe anzugehen, die mehr und mehr in mir aufkeimte.

»Was für andere Wertvorstellungen?«

»Die Beseitigung des Filzes in der Verwaltung. Eine zivile Ordnung, um Machtmissbrauch zu verhindern. Gerechtigkeit.«

Herablassend wedelte der alte Mann mit den Händen.

»In was für einer Welt lebt Ihr? Das hier ist *Ägypten*. Gerechtigkeit ist etwas für Kinder. Im Endeffekt hat das Gold das Sagen«, sagte er und rieb dabei seine Finger gegeneinander. »Wir brauchen jetzt einen starken König, kein hübsches Mädelchen. Versteht mich nicht falsch. Die Königin hat mein Mitgefühl, das meine ich ehrlich – stellt Euch vor, wie das ist, den Thron und das Bett mit einem Eje zu teilen, der noch älter ist als ich! Ein Vergnügen kann das nicht gewesen sein, stimmt's? Obwohl ich Frauen kenne, die einen mächtigen älteren Mann respektieren ...«

Er stupste die grantig dreinblickende Frau an, die neben ihm saß, und daraufhin einwarf: »Tun sie das wirklich? Nun, ich bin die Ehefrau von diesem Exemplar hier, und ich kann Euch versichern, dass es kein Vergnügen ist, den Thron und das Bett mit *ihm* zu teilen. Wenn er nicht redet, hält er mich mit seinem Schnarchen vom Schlafen ab. Das ist der langen Rede über *seine* Macht kurzer Sinn.«

Der alte Mann schüttelte den Kopf.

»Nun ja, lasst es Euch gesagt sein«, meinte er. »Wir werden sehr bald die Krönung eines neuen Königs feiern. Der General ist ein Mann von Welt. Der weiß mit einem Schwert umzugehen. Er hat Kriege geführt. Er hat den Feind besiegt. Der wird wieder für Ordnung sorgen.«

»Die Königin tut mir leid«, sagte die Ehefrau traurig. »Sie ist nichts weiter als eine junge Frau, die ganz auf sich gestellt ist, allein in einer Welt böser Männer. Ich darf gar nicht darüber nachdenken, was sie ihr jetzt antun werden. Ich möchte nicht in ihrer Haut stecken, nicht für alles Gold Nubiens.«

Nachdem ich etwas von dem Opium genommen und seine goldene Glückseligkeit mich beruhigt hatte, saß ich da und ließ die Felder an mir vorübergleiten, die aussahen, als hätte die schreckliche Vergangenheit von Königen und Generalen niemals eine Rolle für sie gespielt, denn die Ernten waren immer die gleichen, und die Männer und Frauen, die sich dort abrackerten, gingen unverändert ihrer endlosen Schwerstarbeit nach. Ich horchte, und auf einmal war mir, als riefen die Kinder am Ufer etwas in die goldene Abenddämmerung einer anderen Welt. Ich drehte mich um und blickte auf den Fluss, Richtung Norden. Im Moment lagen nur Fischerboote und ein paar Frachtschiffe auf seinen schimmernden, trägen Wassern. Doch schon in wenigen Tagen würden Haremhabs Schiffe mit Tausenden Soldaten der verschiedenen Divisionen nach Memphis segeln, um sich auf die Einnahme von Theben vorzubereiten. Ich dachte an Anchesenamun, die allein in ihrem Palast war, und fragte mich, was ich, ein Opiumsüchtiger und ein in Ungnade gefallener Mann, tun konnte, um sie vor der Rache des Generals zu bewahren.

37

Mehrere hundert Schiffe lagen dicht an dicht im großen Hafen von Memphis vor Anker; ganze Regimenter von Soldaten marschierten über die Landungsstege der Transportschiffe und sammelten sich auf dem Pier, wo sie sich in langen Reihen aufstellten und auf ihre weiteren Befehle warteten. Pferde und Streitwagen wurden aus ihren Ställen und Schuppen geholt, und die Docker entluden die reiche Kriegsbeute, die dann geschwind von den Stauern zu den Armeedepots transportiert wurde. Gewaltige Getreidelieferungen wurden von den Wägern unter den wachsamen Augen ihrer Aufseher gewogen, während Schreiber die Ergebnisse schriftlich festhielten.

Ich lief zum nördlichsten Punkt der Hafenanlage, ließ mich dort mit einem frischen Brötchen und einem Krug Bier nieder und wartete. Dank der beruhigenden Wirkung von weiterem Opium hatte das Zittern in meinen Beinen inzwischen ebenso nachgelassen wie das Gefühl, dass mir unsichtbare Spinnen durch meine Haare und über meine Haut krabbelten. In der Mitte des Nachmittags sichtete ich das Militärschiff, das die Särge durch den geschäftigen Verkehr auf dem Fluss transportierte. Das Schiff sicherte sich an einem abseits gelegenen Kai einen Platz und machte fest. Ich beobachtete, wie man den Landungssteg herunterließ und sofort eine kleine Militäreskorte mit Karren auftauchte. Wieder fand eine militärische

Zeremonie statt. Der Hafenmeister und sein Schreiber neigten lediglich ihre Häupter und unterzeichneten einen Papyrus, der die gesamte Aktion als legitim auswies, dann wurden die Särge ausgeladen und auf den Karren fortgeschafft.

Als sie schnellen Schrittes die Hafentore erreichten, sah ich, wie einer der Offiziere die Hafenwachen wegwedelte, die sich daraufhin verneigten und sie passieren ließen, ohne zu überprüfen, ob sie über die entsprechende Genehmigung verfügten. Alsdann machte der Konvoi sich auf den Weg durch die gepflasterten Straßen der Stadt. Ich winkte ein vorüberfahrendes Fuhrwerk herbei, das mit Gemüse beladen war, und schmierte den Fahrer, einen erstaunten Jüngling, damit er ihnen hinterherfuhr.

»Wohin, Herr?«, hakte er begeistert nach.

»Stell keine Fragen«, erwiderte ich. »Fahr einfach nur diesen Karren da nach.«

Er grinste. »Jawohl, Chef!«

Wir folgten ihnen in die Innenstadt von Memphis und von dort aus weiter in Richtung der Tempelanlage des Ptah, deren Pylone, Außenmauern und gewaltige Statuen über den Dächern der Häuser aufragten. Sie überquerten jedoch nicht den offenen Vorplatz vor der Westhalle, sondern wählten einen anderen Weg, der durch mehrere Seitenstraßen mit kleinen Geschäften aus dem Stadtkern hinausführte. Auf diesen Sträßchen liefen sie weiter, bis sie schließlich kurz vor der Stadtgrenze des großen Memphis vor einem gepflegten Betrieb Halt machten, der sich hinter hohen Mauern verbarg. Rasch wurden die Tore geöffnet, und sie verschwanden dahinter.

»Nun redet schon«, meinte der Junge. »Sagt mir, was das Ganze hier zu bedeuten hat.«

»Es tut mir leid«, erwiderte ich, »aber das geht nicht. Eines solltest du aber wissen: dass du deinem Reich heute gute Dienste geleistet hast.«

Er strahlte über das ganze Gesicht. Ich bezahlte ihn, und er fuhr davon. Die Gegend, in die es mich verschlagen hatte, war auf unauffällige Weise durchschnittlich; hie und da gab es noch andere Werkstätten, unbefestigte Straßen führten in unterschiedliche Richtungen, den Schatten belagerten schlafende Hunde und arbeitslose Männer, und auf den staubigen, verwahrlosten Grundstücken zwischen den Gebäuden flirrte die Luft vor Hitze.

Ich lief zur Eingangstür des Einbalsamierers und entdeckte die Hieroglyphe des Anubis, des Schakals, des Einen am Ort der Einbalsamierung, die man über dem Türsturz ins Holz geschnitzt hatte. Aus dem Innenraum vernahm ich das laute Weinen von Frauen. Trotz der hohen Mauer konnte ich den Tod riechen. Ich klopfte an die Tür.

Der Geschäftsraum war lang und hatte eine niedrige Decke. Die Trauernden standen in Gruppen beieinander. Einige warteten auf die Übergabe ihrer Angehörigen, die jetzt, nach den langen Ritualen der Mumifizierung, so weit waren, dass sie bestattet werden konnten, während andere Hinterbliebene wehklagten und weinten und hergekommen waren, um mit dem Einbalsamierer zu verhandeln. Zwei adrett gekleidete junge Männer liefen von einem Grüppchen zum anderen, nahmen Aufträge entgegen, notierten sich Einzelheiten, erörterten, welche Auswahl im Hinblick auf die Särge bestand, und äußerten mit geübter Finesse Trostworte und Beileidsbekundungen. Einer der beiden nickte mir respektvoll zu und bedeutete mir, er würde sich baldmöglichst um mich kümmern.

An einer Wand hatte man verschiedene Särge in unterschiedlichen Preislagen zur Ansicht aufgestellt: billige, einfache Kisten aus grob behauenem Holz, die mit weißer Tünche übermalt waren; und teurere in der Form eines Menschen, die hauchdünn vergoldet und mit aufgemalten Inschriften verziert waren, und auf deren Deckeln die Göttin Nut schützend ihre Flügel ausbreitete. Und dann waren da all die anderen erforderlichen Utensilien: Kanopenkrüge und Truhen unterschiedlicher Qualität; mit Blattgold überzogene Augen und Zungen; goldene Fingerhüte; Masken; viel Begräbnisschmuck; Herzskarabäen und Halsketten aus Skarabäen; schützende Horusaugen, *udjats*; Amulette, die Isis darstellten, wie sie den kleinen Horus stillte, den Schakal Anubis sowie Bes, die hässliche kleine Gottheit, die Dämonen vertreibt; und winzige glasierte Hände, Beine, Füße und Herzen.

Die beiden Männer – die wie Brüder aussahen – waren intensiv mit ihrer Kundschaft beschäftigt, und als sie mir beide für einen Moment den Rücken zukehrten, schlich ich mich durch die Hintertür. Im Gegensatz zu der peniblen Ordnung im Verkaufsraum herrschte hier ein einziges Chaos aus Holzbrettern und stapelweise Zubehör und Material. Vor mir tat sich ein düsterer Gang auf. Vorsichtig lief ich an einer kleinen, leerstehenden Schreibstube vorüber, in der überall höchst unordentlich Papyrusrollen verstreut lagen. Der nächste Raum war die Werkstatt der Zimmerleute; für einen kurzen Moment übertünchte der süße Geruch der Holzspäne den Gestank toter Leiber. Ich sah Särge in verschiedenen Stadien der Fertigstellung. Ein alter Mann war ganz auf seine Arbeit konzentriert, hämmerte und schnitzte.

Ich ging weiter den Gang hinunter, der auf einen offenen Hof hinausführte. Auf der gegenüberliegenden Seite arbeiteten zwei Bandagierer. Sie unterhielten sich, während sie mit flinken Fingern die Füße eines ausgetrockneten Leichnams umwickelten, der das Ende der Einbalsamierungsprozedur erreicht hatte. Andere, verdorrte und geschwärzte Leichen lagen nebeneinander auf einer Karre und warteten darauf, dass die Männer ihnen Aufmerksamkeit schenkten. Einer der Arbeiter nieste, ohne sich dabei die Mühe zu machen, den Leichnam zu schützen, und der andere lachte – eine Chance, die ich nutzte, um an ihnen und weiteren Lagergebäuden dahinter vorbeizulaufen und von dort in einen anderen Innenhof zu gucken. Hier wurde der Gestank penetranter, denn das hier war der Ort, an dem der Einbalsamierer den ersten Teil seiner Arbeit verrichtete. Etwa zehn Leichen lagen auf schrägen Brettern im Schatten; man hatte sie an der Seite aufgeschnitten, ihre inneren Organe aber noch nicht entfernt. Andere, die man bereits ausgeweidet hatte, lagen unter Haufen aus Natronsalz begraben. Und einige Neuankömmlinge lagen einfach nur da, würdelos, nackt und tot, unter freiem Himmel, und warteten darauf, dass man sich mit ihnen befasste. Da war auch ein großer Wachhund. Man hatte ihn in der Ecke angekettet, und er lag wartend da und beobachtete alles, den Kopf auf den Pfoten.

Ich konnte riechen, dass Harz erhitzt wurde; und im nächsten Moment tauchte ein Mann auf. Er trug in der einen Hand einen großen Topf mit Harz, in dem ein Pinsel steckte, und in der anderen ein Flintmesser sowie ein scharfes, spitzes Instrument. Sofort setzte der Wachhund sich auf. Als würde er den widerwärtigen Gestank überhaupt nicht wahrnehmen, stellte der Mann den Topf ab, legte das Messer neben den nackten Leichnam eines fetten Mannes mittleren Alters, und dann – als sei es die normalste Sache der Welt – schob er die Spitze des Instruments in die Nase des Mannes und stieß mit Wucht zu. Ich hörte das Geräusch brechender Knochen. Vor sich hin pfeifend zog er das Instrument wieder heraus, führte einen langen, dünnen Löffel in die Nasenhöhle ein und begann, achtlos im Schädel des toten Mannes herumzukratzen und die

Hirnmasse herauszulöffeln; die warf er achtlos dem wachsamen Hund zu, der die Gabe begierig verschlang. Als seine Arbeit vollendet war, schnitt er die Seite des Leichnams auf, und sofort klaffte das fette gelbe Fleisch auseinander. Er wühlte mit seinem Messer in der Körperhöhle herum, zerrte hier, schnitt da und zog dann Organe heraus, die er mit der gleichen Nonchalance in einen Topf am Ende des Tisches warf. Dann machte er sich daran, das Gesicht des Mannes mit dem warmen Harz zu bestreichen.

Als der Wachhund mit seinem Hirn-Imbiss beschäftigt war, huschte ich quer über den Hof auf eine weitere Türöffnung zu, die sich auf der gegenüberliegenden Seite befand. Hastig lief ich in einen finsteren Gang, versteckte mich aber gleich wieder in einer Türfüllung, denn plötzlich luden nur wenige Meter von mir entfernt Soldaten die Särge aus einem Hinterhof in einen Lagerraum. Ich horchte auf das Kommen und Gehen ihrer Füße und darauf, wie sie bei der Arbeit, die schweren Lasten zu tragen und abzusetzen, stöhnten. Und ich hörte die Stimmen zweier Männer, die sich leise miteinander unterhielten. Was sie sagten, konnte ich nicht verstehen. Es gab aber eindeutig ein Problem. Und dann, als sie zurück auf den Hof gingen, verklangen ihre Stimmen. Zentimeterweise arbeitete ich mich an der Wand entlang und lugte in den Lagerraum; dort hatte man die Särge, die mit dem Zeichen des Seth markiert waren, auf den Boden gestellt und die Deckel heruntergenommen. Die zwanzig toten Soldaten starrten blind an die Decke. Und aufgestapelt vor der einen Wand standen, wie ich wusste, neunundsiebzig Päckchen Opium. Eines fehlte, weil es in meinem Beutel steckte. Das hatten sie jetzt zweifellos gemerkt.

So schnell ich konnte, lief ich zurück. Aber der Wachhund erspähte mich und begann, zornig zu bellen. Der Einbalsamierer schaute auf. Ich entbot ihm einen selbstsicheren Gruß und ging weiter auf den Verkaufsraum zu. Plötzlich eilten mir Schritte entgegen, und die beiden Brüder standen aufgebracht vor mir. Auch der Einbalsamierer kam näher, das Messer in der Hand. Ich hob beide Hände.

»Ich habe nach einem stillen Örtchen gesucht, weil ich pinkeln musste. Ich habe mich verlaufen. Wenn Ihr jetzt Zeit dafür habt, würde ich gern die Arrangements für meinen Bruder besprechen. Ginge das?«

Der Mann mit dem Messer und die beiden Brüder umzingelten mich, und lauthals wurde ich befragt. Ich fuhr damit fort, meine Unschuld zu beteuern und über meinen toten Bruder zu reden. Dann kam ein großer, schwergewichtiger Mann schnellen Schrittes aus dem Gang auf uns zu, offensichtlich der Vater der Brüder. Er hatte ein Gesicht, das für den Umgang mit Toten wie gemacht war – kalt, gottesfürchtig und hart.

»Was geht hier vor?« Ich erkannte die Stimme sofort wieder. Er war einer der beiden Männer vom Hinterhof.

»Er behauptet, er sei wegen des Leichnams seines Bruders hier«, erklärte einer der Brüder.

»Er behauptet, er hätte pinkeln müssen«, fügte der andere hinzu.

»Das hier ist der nichtöffentliche Bereich. Warum habt Ihr nicht wie jeder andere Kunde gefragt?«, wollte der Vater wissen.

»Die beiden Herren waren mit anderen Kunden beschäftigt – ich sehe, wie ungemein viel Ihr zu tun habt – bei den Göttern, der Tod hat dieser Tage viele auf dem Gewissen, nicht wahr?«

Sie starrten mich an. Ich erlaubte meinem Zittern, sich in einen Anfall von akuter Trauer zu verwandeln. »Verzeiht mir.

Die Wahrheit ist – ich weiß nicht, was passiert ist –, ich fühlte mich plötzlich überwältigt und wollte meine Trauer in der Öffentlichkeit nicht zeigen. Ich bin überzeugt, dass Ihr das versteht. Wir wurden davon in Kenntnis gesetzt, dass mein geliebter Bruder ehrenhaft in der Schlacht den Tod gefunden hat und sein Sarg hierher zurückgebracht wird. Ich bin gekommen, um seinen Leichnam abzuholen.«

Ich starrte auf den Boden, schüttelte bekümmert den Kopf und trocknete mir die Augen. Der Vater sah mich an.

»Mein Beileid. Euer Bruder hat sein Leben für das Wohl Ägyptens gegeben. Wenn Ihr jetzt einfach mit meinen Söhnen in den Verkaufsraum zurückgehen würdet! Sie werden sich die Details notieren und Euch gern bei den erforderlichen Arrangements behilflich sein.«

38

Ich stand vor Haremhab, in seiner Dienststube auf dem Militärgelände von Memphis. Zunächst zeigte sein so gutaussehendes, gefühlskaltes Gesicht keine Regung, und er starrte aus dem Fenster. »Man wird diese Männer auf der Stelle verhaften! Ich werde sie persönlich verhören, und dann wird man sie hinrichten! Sie haben Schande über die Armee und die Beiden Länder gebracht.«

Damit war mir nur überhaupt nicht geholfen.

»Überdenkt das bitte noch einmal, Herr. Nur zwei Menschen wissen von der Sache: Ihr und ich. Diese Männer haben keine Ahnung, dass wir wissen, was sie treiben. Sie sind aber nicht die entscheidenden Leute. Sie sind nur die Arme und Beine, nicht der Kopf. Wir müssen dem Opium nach Theben folgen, um zu sehen, wohin es geliefert wird – um zu sehen, an wen es geliefert wird. Um zu sehen, wer der Drahtzieher der Organisation ist, die das Opium auf den Straßen verkauft. Das sind die Schlüsselfiguren. Die Mörder.«

Misstrauisch starrte er mich an. Ich musste ihn erst noch überzeugen.

»Es geht aber noch um mehr«, sprach ich deshalb weiter. »Die Organisation hat einen Anführer, der das Ganze unter sich hat. Er hat einen Decknamen. *Obsidian.* Ich glaube, dass es sich dabei um einen *Eurer* Männer handelt. Er ist extrem gefährlich. Er hat die ganze Organisation aufgebaut, und zwar in der ägyptischen Armee, in der Seth-Division, zu seinem persönlichen Nutzen. Ein solcher Mann kann Euch extrem gefährlich werden. Stellt Euch vor, wie viel Macht er besitzt. Führt Euch vor Augen, was für katastrophale Auswirkungen seine Arbeit hat. Stellt Euch vor, was passieren könnte, wenn er Macht in Theben hätte, *vor allem in diesem für die Beiden Länder so äußerst prekären Moment ...*«, sagte ich.

Er konnte seine eigenen Schlüsse daraus ziehen; denn wenn Obsidian nicht geschnappt wurde, schränkte das Haremhab in gravierendem Maße in seinen Möglichkeiten ein, die Stadt zu kontrollieren. Was noch schlimmer war: Wenn die Verbrechen seiner Soldaten ans Licht kamen, hatte das hochgradig schädliche Folgen für seinen Anspruch, die Thronfolge anzutreten, gleichgültig, wie viele Divisionen er anforderte, um Theben einzunehmen, gleichgültig, wie brutal gründlich das Kriegsrecht war, das er möglicherweise verhängte. Haremhab bezwang seinen Zorn über diese unerwartete Schwachstelle seines hochfliegenden Plans, aber seine Gesichtszüge waren entsprechend starr.

»*Finde diesen Obsidian.* Ich will ihn aber lebend haben. Halte mich ständig auf dem Laufenden, und wenn der Augenblick gekommen ist, werde ich selbst das Kommando über die Soldaten führen, die gegen diese Verräter vorgehen, und ich werde sie und ihren schmutzigen Handel vernichten. Im neuen Ägypten wird jede Verderbtheit ausgemerzt; in dieser Hinsicht wird es null Toleranz geben. Und ich werde diesen Obsidian persönlich zum Schweigen bringen. Bring ihn also unbedingt zu mir. Du kennst den Preis, den du für dein Scheitern zahlen würdest«, sagte er.

Ich nickte und wandte mich zum Gehen. Er hatte mir gegeben, was ich wollte: die Erlaubnis, Obsidian aufzuspüren.

Aber der gehörte *mir*, und ich würde die Befriedigung meiner Rachegelüste wegen Khetis Tod nicht abtreten, weder an Haremhab noch an sonst jemanden.

Als ich den Raum gerade verlassen wollte, rief er mir nach: »Und vergiss nicht, Rahotep: Ich traue dir nicht. Ich würde nicht zögern, dich zu töten, solltest du auch nur einen falschen Schritt machen. Dir bleiben drei Tage, um alles zu erledigen. Eje ist tot. Jetzt zieht ein Sturm nach Ägypten, ein Sturm, der die Zersetzung und das Chaos im Land reinigen und läutern wird, in die wir aufgrund der selbstsüchtigen Dekadenz der sogenannten königlichen Familie und dieser fetten, selbstgefälligen Priester gestürzt sind. Ihre Zeit ist vorbei. Jetzt schlägt meine Stunde.«

39

Als die Pylone und gewaltigen Mauern der Tempel Thebens endlich vor mir auftauchten, sich über den Wassern des Flusses und den Feldern am Ufer erhoben, lief mir das Herz nach der langen Zeit, die ich fort gewesen war, förmlich über – so überwältigend war das Gefühl heimzukehren. Hell strahlte Re auf die Stadt, in der meine Frau und meine Familie lebten, hernieder.

Ich räume allerdings auch ein, dass das herrliche Licht eine schmerzliche Illusion zu sein schien. Die Bewohner dieser großartigen Stadt ahnten nicht einmal, dass ein finsterer Sturm bald alles verändern würde. Haremhab und seine Divisionen waren auf dem Weg, um Straßen, Paläste und Amtsstuben der Stadt zu besetzen und Verhaftungen und Hinrichtungen vorzunehmen und eine massive Verwüstung anzurichten, die dem mit Sicherheit folgen würde, während der General die Macht ergriff, die Doppelkrone nahm, die Namen und Gesichter der alten Dynastie aus den Steinen meißeln ließ und sich selbst zu einer neuen Dynastie erklärte. Sogar noch schmerzlicher als das war die Tatsache, dass ich der Einzige von uns war, der lebend zurückkehrte: Nacht war in Inannas Festung umgekommen; Simut lag in Ketten, zum Tode verurteilt; Zannanza war brutal ermordet worden. Und jetzt war Anchesenamun dem Untergang geweiht.

Und ich selbst, ich war opiumsüchtig, und deshalb durfte ich meiner Familie erst wieder unter die Augen treten, wenn mich das Verlangen nach der Droge nicht mehr in seinen Klauen hielt. Noch schlimmer war: Wie konnte ich den Mut aufbringen, meiner Frau zu gestehen, was ich getan hatte? Bevor ich durch das Hoftor und zurück in mein Zuhause und mein altes Leben gehen konnte, würde ich irgendwie für die bittere Wahrheit büßen müssen, die sich hinter dem verbarg, was ich getan hatte. Und deshalb fühlte ich mich in dem Moment, in dem ich neuerlich den Fuß auf die Steine meiner Geburtsstadt setzte, eher wie ein Schatten und nicht wie ein Mensch aus Fleisch und Blut: wie eine dünne, schwarze Silhouette, wie losgelöst von meinem alten Selbst und meinem alten Leben.

Die Nachrichten von Haremhabs bevorstehendem Einmarsch und Ejes Tod mussten bereits die Runde gemacht haben, denn in der Stadt herrschte eine neuartige, seltsam nervöse Stimmung. Viele kleinere Schiffe wurden mit Truhen beladen, die persönliche Habe enthielten, weil die Reichen versuchten, ihre Familien und weltlichen Güter zu retten, indem sie diese aus der Stadt heraus und in ihre Häuser auf dem Land schafften. Pulks von Kaufleuten schrien danach, Getreidelieferungen aufzukaufen, als seien es die letzten, die es jemals geben würde. Die Furcht hielt die Stadt bereits im Griff. Wie Götter hatten wir von geliehener Zeit gelebt, und jetzt war dieser Traum zu Ende.

In Memphis hatte ich drei Tage zuvor in den frühen Morgenstunden beobachtet, wie man die Opiumpäckchen aus dem Hinterhof des Einbalsamierers geholt und auf ein neues, kleineres Handelsschiff verladen hatte. Ich hatte mitangesehen, wie der Hafenmeister die Frachtpapiere unterschrieb und einem Mann zurückgab, der eine Militäruniform trug. Ich hatte ihn nicht erkannt. Er und mehrere seiner Komplizen hatten dann das Schiff bestiegen, um es nach Theben zu begleiten.

Ich war zur Mittagszeit eingetroffen. Ich stellte mich in den Schatten und hielt Ausschau. Bis die Sonne unterging, tat sich nichts. Dann, im Dunkel der Nacht, tauchten weitere Männer auf und schleppten zehn Holzkisten über den Landungssteg zu einem bereitstehenden Fuhrwerk. Ich folgte ihnen in die Stadt. Der Mond war voll, und sein aschfahles Licht erleuchtete die Straßen. Das einsame Fuhrwerk wurde von bewaffneten Wachen eskortiert, die schweigend vor und hinter ihm herrannten. Einen weiten Weg legten sie nicht zurück. Sie bogen hinter dem Südtempel ab und folgten seiner Ostmauer, bevor sie sich in die schmalen Seitenstraßen des verzweigten Labyrinths der östlichen Vorstadt begaben. Ich kannte diese Sträßchen und Gässchen gut, denn ich hatte hier mein Leben lang gelebt und als Medjai gearbeitet. Einige waren Durchgangsstraßen mit Geschäften und Märkten, andere beherbergten Betriebe, deren Werkstätten zur Straße hin offen waren, und wieder andere waren nur niedrige Gänge, die gerade mal breit genug waren, dass ein einzelner Mensch hindurchpasste. Also rannte ich ihnen hinterher, wobei ich der Landkarte in meinem Kopf folgte, und behielt dabei die ganze Zeit im Auge, wie das Fuhrwerk durch die finsteren Gassen und Nebenstraßen vorankam.

Endlich blieb es vor der hohen Mauer des Lagerhauses eines Kaufmannes stehen. Die großen Holztüren wurden auf der Stelle geöffnet, und es fuhr hinein. Außer Atem wartete ich, lauschte den Geräuschen der nächtlichen Stadt, die ich so deutlich zu hören schien, so ganz im Detail – das Bellen der Hunde in den verschiedenen Bezirken, das Kreischen der

Nachtvögel und die unheimliche Stille der Straßen. Vorsichtig wagte ich mich vor. Das Haus sah nicht anders aus als jedes andere, wenn man davon absah, dass es hohe Wände hatte, nicht an andere Gebäude angrenzte, sondern frei stand und nur über einen Eingang verfügte. Enttäuscht suchte ich mir einen Eingang, der versteckt im Dunkeln lag, und machte mich daran zu warten. Das Fuhrwerk tauchte nicht wieder auf, aber die ganze Nacht über kamen Männer, nie allein, immer in Gruppen, schweigende Männer – insgesamt vielleicht zwanzig. Leise klopften sie und wurden eingelassen. Es kam jedoch keiner von ihnen wieder heraus.

Während ich in der Dunkelheit wartete, verfolgte mich plötzlich Anchesenamuns Gesicht. Ich erinnerte mich daran, wie herzlich sie mich begrüßt hatte, damals, vor langer Zeit, bevor wir uns auf unsere Reise gen Norden gemacht hatten. Ich erinnerte mich an die Angst in ihren Augen und an ihren vornehmen Appell an meine Loyalität ihr gegenüber. Sie war allein in diesem verwaisten Palast. Vielleicht lagen ihr geheime Informationen über Haremhabs unmittelbar bevorstehende Ankunft in der Stadt vor; vielleicht bereitete sie ihre Flucht vor. Vielleicht saß sie aber auch nichtsahnend da, mitten in der Falle. Ohne die Unterstützung von Nacht und ohne Simut, der sie hätte schützen können, war ich der einzige Mensch auf der Welt, der ihr helfen konnte, sie vor dem kommenden Sturm zu bewahren.

Und so traf ich eine Entscheidung, als der Nachthimmel sich blau zu färben begann, die ersten Arbeiter hustend, sich räuspernd und Schleim spuckend die dunklen Straßen bevölkerten und immer noch niemand aus dem Haus des Kaufmanns gekommen war. Ich spekulierte darauf, dass Obsidian sich bei Tageslicht nicht sehen lassen würde. Mir blieb nur sehr wenig Zeit.

40

Auf den Palastkorridoren drängten sich Männer und Priester mit ihrem Gefolge aus Dienern und Gehilfen, die stapelweise Papyrusrollen schleppten, und alle gingen sie ihren Pflichten mit einer verzweifelten Zielstrebigkeit nach, die vermitteln sollte, dass sich die bevorstehende Katastrophe möglicherweise auch jetzt noch durch Besprechungen und Entscheidungen auf höchster Ebene abwenden ließe. Wahrscheinlich lieferten sie einander Machtproben, fielen einander in den Rücken und heckten aus, wie sie sich glaubwürdig beim General einschmeicheln konnten, wenn er die Stadt erst mal besetzt hatte.

Ich lief durch die Menschentrauben, ohne angesprochen zu werden, und niemand hielt mich auf, bis ich die Prunktüren erreichte, durch die man in die königlichen Privatgemächer gelangte. Dort sahen die Wachen mich nur kurz an, versperrten mir sofort den Weg und riefen ihren Kollegen zu, sie sollten nach Offizieren schicken, damit man mich wegen unbefugten Betretens verhaftete. Ich versuchte es mit Nachts Namen, und ich berief mich auf Simuts Amtsgewalt, aber sie sahen nur flüchtig zu mir hin. Sie zwangen mich auf den Boden und drückten mir die Knie ins Kreuz, bis ich flach auf dem Bauch lag und noch nicht einmal mehr sprechen konnte.

»Was geht hier vor?« Plötzlich hörte ich eine überheblich und autoritär klingende Stimme. »Wer ist dieser Mann?«

Ich erkannte die Stimme. Sie gehörte Khay, dem Obersten Schreiber des Palasts.

Die Wachen drehten mich um, bis er mein Gesicht sehen konnte.

»*Rahotep?* Ist das die Möglichkeit ...?«

In gebieterischem Ton übernahm Khay auf einmal das Kommando.

»Dieser Mann hat Wichtiges mit der Königin zu besprechen!«, erklärte er den Wachen. Drohend schwenkte er seinen Amtsstab über ihren Köpfen.

Er führte mich in ein Vestibül der großen Audienzhalle.

»Uns wurde die Nachricht überbracht, Ihr seiet zu Tode gekommen. Wie ist es da möglich, dass Ihr am Leben seid und hier vor mir steht?«

»Ich muss mit der Königin sprechen. Ich werde nur mit der Königin reden.«

Er sah mich an, und schließlich nickte er.

»Kommt.«

Und so wurde ich angekündigt und in die Audienzhalle und einmal mehr zu Anchesenamun geführt. Ich ging auf sie zu, zwischen den Säulen hindurch und neuerlich vorüber an den Wänden, die mit farbigen Mosaiken geschmückt waren, auf denen Darstellungen der großen Siege Ägyptens über seine gefangen genommenen Feinde zu sehen waren.

Die Königin saß auf ihrem Thron, der auf dem erhöhten Podest stand, und sie trug die Blaue Krone mit den vielen kleinen Scheiben und dem goldenen Kobrakopf auf der Stirn. Sie hielt den Krummstab und die Geißel, denn jetzt war sie tatsächlich die Herrscherin über Ägypten. Sie war umringt von ihren Beratern und Höflingen, die ihre Amtsinsignien trugen, einander entweder vertraulich zuwisperten oder ihr verzweifelte Ratschläge erteilten – allesamt bemüht, ihre eigene Haut zu retten. Doch als sie mich erblickte, stand sie plötzlich auf. Alle starrten mich an wie einen Geist, der aus dem Totenreich zurückgekehrt war. Ich warf mich vor Anchesenamun nieder.

»Leben, Wohlstand und Gesundheit.«

Noch nie zuvor hatten diese Worte eine so nachhaltige Bedeutung für mich gehabt.

Mit einer einzigen Geste ihrer mit Juwelen geschmückten Hand entließ die Königin ihre Berater. Murmelnd entfernten sie sich, liefen dabei rückwärts und verneigten sich, immer und immer wieder, und das über die gesamte Länge der Säulenhalle. Als sie alle draußen waren und man die Türen geschlossen hatte, waren wir endlich allein.

»Steh auf, Rahotep. Tritt vor den Thron.«

Ich tat es. Zu meiner Verwunderung umarmte sie mich plötzlich. Vorsichtig hielt ich den schlanken Leib der Königin, unseres lebendigen Gottes, in meinen Armen. Zorn und Verzweiflung hatten mich durch all diese Tage gerettet. Und jetzt berührte mich ihre außerordentliche Geste so sehr, dass ich um Haaresbreite zusammengebrochen wäre und geweint hätte. Als sie aufschaute, war ihr Gesicht nass und ihre Augen glänzten. Eine Locke ihres schwarzen Haares, die unter der Krone versteckt gewesen war, fiel ihr über das Ohr.

»Ich wusste, dass ihr sicher in Hattuscha angekommen wart. Doch als keine weiteren Nachrichten kamen, mir weder gemeldet wurde, dass die Mission erfolgreich war, noch, dass ihr zurückgekehrt seid, die Boten immer nur schwiegen, da glaubte ich, das Schlimmste sei geschehen …«

Plötzlich schossen mir wieder die Geschehnisse auf der Reise in einer wilden Aneinanderreihung von Eindrücken und Gefühlen durch den Kopf. Etwas sehr Schmerzhaftes wallte in meinem Inneren auf, und ich stellte fest, dass ich nicht sprechen konnte. Sie bedeutete mir, mich auf einen der Stühle zu setzen. Den Kelch mit Wein, den sie mir anbot, umklammerte ich mit beiden Händen, um zu verhindern, dass das Zittern, das mich ereilte, unübersehbar wurde.

»Aber du bist am Leben, Rahotep, und jetzt kannst du mir erzählen, was alles passiert ist und wie es dir gelungen ist zurückzukehren, endlich ...«, sprach sie weiter.

Ich wollte ihr von Prinz Zannanza erzählen, von Aziru und von Nacht, aber zuerst sagte ich in eindringlichem Ton: »Ich bin gekommen, um Euch zu warnen. Haremhab zieht seine Streitkräfte zusammen. Er wird schon bald in Theben einmarschieren ...«

»Ich weiß«, erwiderte sie. »Ich weiß das schon geraume Zeit. Seine Stellvertreter sind ihm treu ergeben. Die Divisionen werden ihn unterstützen.«

»Also müsst Ihr Vorbereitungen treffen ... Noch ist Zeit dazu ... Andernfalls müsst Ihr irgendwo Zuflucht finden. Oder Ägypten verlassen und an einen geheimen Ort gehen ...«

Sie hob die Hand, damit ich nicht weitersprach.

»Nein, Rahotep. Du hast gesehen, wie die Dinge stehen. Meine Verbündeten sind in Auflösung begriffen. Meine Palastwache hat ihren besten Mann verloren, da Simut sie jetzt nicht mehr kommandieren kann. Alles ist verloren. Aber ich bin immer noch die Königin von Ägypten. Ich werde nicht davonlaufen und mich verstecken«, erklärte sie stolz. »Ich werde mich meinem Schicksal mit Würde stellen.«

»Und Eje?«, fragte ich.

»Eje ist kurz nach eurer Abreise gestorben. Wir haben es geheim gehalten, solange wir eben konnten. Seine Grabkammer ist schon vor langer Zeit fertiggestellt worden, und sein Leichnam wird jetzt für die Ewigkeit vorbereitet. Und

Haremhab wird bald hier sein. Ich weiß, dass er mich nicht am Leben lassen wird.«

Obwohl sie einen starken und gefassten Eindruck zu vermitteln versuchte, sah ich auf einmal Angst über ihre Züge huschen.

»Dir, Rahotep, kann ich die Wahrheit sagen. Du bist der Einzige, dem ich die Wahrheit sagen kann. Ich habe Angst. Zumindest habe ich dich aber noch einmal gesehen ...«, sagte sie.

Alberne Tränen traten mir in die Augen. Und einmal mehr spürte ich, dass das unkontrollierbare Zittern mich zu überwältigen drohte.

»Es ist nicht alles verloren«, widersprach ich ihr. »Ich werde das Kommando über Eure Wachen übernehmen. Wir werden kämpfen. Ihr müsst zum Volk sprechen; es gibt nach wie vor viele in der Stadt, die sich dem General widersetzen werden ...«

Sie griff nach meiner Hand und hielt sie ganz fest.

»Du bist ein treuer und loyaler Mensch, Rahotep. Aber hör mir jetzt gut zu. Ich habe keine Soldaten. Ich habe keine Streitkräfte, mit denen ich gegen den General angehen könnte. Ich habe genug gelernt, um eines genau zu wissen: In dem Moment, in dem die Macht einem zu entgleiten beginnt, hat man sie sehr bald ganz verloren. Diejenigen, die so treu gewesen sind, so loyal, müssen sich jetzt entscheiden – nicht zu meinen Gunsten, sondern um ihre Familien zu retten, um zu überleben. Du hast mir große Dienste erwiesen, und ich wünschte, ich könnte dich besser dafür entlohnen. Aber auch du musst zu deiner Familie gehen und bei ihnen sein. Sie brauchen dich jetzt«, sagte sie.

»Ich werde Euch nicht im Stich lassen!«, sagte ich.

»Ich befehle es dir. Du musst gehen!«, erklärte sie mit

fester Stimme. »Wenn du es nicht tust, werde ich die Wachen rufen.«

»*Ich werde nicht gehen*«, brüllte ich. »Es gibt noch eine letzte Chance. Hört mir zu!« Plötzlich fiel mir auf, dass ich die Königin bei den Schultern gepackt hatte und beinahe schüttelte.

»Es hatte einen Grund, dass Haremhab mich freigelassen hat. Es gibt in der Armee eine Einheit, die kriminell ist. Sie haben unter aller Augen Opium nach Ägypten geschmuggelt. Haremhab, der berühmte General, hatte keine Ahnung! Aber ich weiß, wo und wie sie operieren. Ich weiß, wo sie das Opium lagern, und zweifellos auch das Gold, das sie mit dem Handel verdienen. Ihr könnt diese Information gegen ihn verwenden. Das wird seinen Anspruch auf die Macht auf fatale Weise unterminieren ...«, sagte ich.

Mit trauriger Miene sah sie mich an, als sei ich irrsinnig.

»Aber Rahotep, das ist doch eine alte Geschichte, und außerdem ist sie nicht wahr.«

»Sie ist wahr. Die Einheit ist hier, in Theben. Sie hat einen Anführer, sein Deckname ist Obsidian, um ihn rankt sich das ganze Mysterium ...«, tönte ich.

»Was ist mit dir passiert, Rahotep? Du hast dich verändert. Ich erkenne den Mann, den ich mal kannte, kaum wieder.«

Jetzt weinte sie leise. Das konnte ich nicht ertragen.

»Ich werde nicht aufgeben! Ich werde es beweisen, und dann werden wir Haremhab zur Rede stellen. Genau das hätte Nacht getan«, brüllte ich.

»Nacht?«, flüsterte sie.

»Er ist für Euch gestorben. Haremhabs Männer haben ihn getötet. Und ich werde nicht zulassen, dass sein Tod umsonst war.«

Sie sah mich mit einem ganz eigentümlichen Gesichtsausdruck an.

»Aber es war Nacht, der mir von deinem Tod berichtet hat, und vom Tod Simuts und Zannanzas«, sagte sie langsam. »Er hat mir erzählt, du seiest gestorben, weil du ihm das Leben gerettet hast. Er ist derjenige, der mir gesagt hat, es gäbe keine Hoffnung mehr.«

Als ich diese Worte hörte, rastete tief in meinem Inneren etwas Dunkles ein, und damit herrschte in meinem Herzen jetzt völlige Schwärze.

41

Ich beobachtete Nachts Stadthaus, stand da wie ein Schatten in den Schatten. Die einmalige Kraft des Opiums pulsierte durch meine Adern. Mit zitternden Händen hatte ich den letzten Rest genommen. Jetzt war alles wieder lebendig und gestochen scharf, mein Verstand hellwach und mein Herz frei. Der Gott der Rache ergriff in all seiner Vollkommenheit Besitz von mir, und ich hieß ihn willkommen. Jetzt schlug meine Stunde.

Vor dem Tor standen Wachen. Auf der Straße drängten sich Fuhrwerke und Streitwagen und die für die Nachmittagsstunden typischen Menschenmassen. Ich wartete darauf, meine Kinder zu Gesicht zu bekommen. Nicht lange, und ich sah, wie sie in Begleitung bewaffneter Wachmänner auf das Haus zukamen. Sie hielten einander bei den Händen, aber sie lächelten nicht; ihre Mienen waren bedrückt, und sie sprachen nicht. Die Lebhaftigkeit, die sie stets ausgezeichnet hatte, war gänzlich verschwunden. Im nächsten Moment trat Tanefert plötzlich in den Rahmen der großen Eingangstür, um sie dort in Empfang zu nehmen. Das Gewand, das sie trug, hatte die fahlblaue Farbe der Trauer. Sie hatte eine steife Körperhaltung, ganz so, als sei etwas zerbrochen und sie müsse nun die Teile zusammenhalten. Sie war dünn geworden und wirkte erschöpft. Als die Mädchen zu ihr stießen, schlang sie ihre Arme um sie, küsste ihre Köpfe und schob sie alsdann hastig ins Haus, als seien der Lärm und das Leben der Welt zu viel für sie. Ich hätte unendlich gern nach ihnen gerufen und mich gezeigt, wäre so gern über die Straße gerannt, um sie an meine Brust zu reißen. Aber plötzlich trat Nacht in den Türrahmen; sein ebenmäßiges Gesicht, seine makellosen Gewänder, seine wachen Falkenaugen verrieten mir nichts. Er blickte auf die Straße, schaute nach rechts und nach links, und dann verschwand er wieder im Haus.

Ich richtete mich auf eine lange Wartezeit ein. Die Dunkelheit würde die Wahrheit enthüllen. Ich hatte inzwischen seit mehreren Nächten nicht mehr geschlafen, doch das Opium schenkte mir eine Wachheit und animalische Kraft, wie ich sie in dieser Intensität noch nie erlebt hatte. Irgendwann wurde ich für mein langes Wachen belohnt. In den späten Nachtstunden öffnete sich die großartige Haustür für einen kurzen Moment, und eine dunkle Gestalt, deren Kopf verhüllt war, schlich in Begleitung zweier Leibwächter nach draußen und überquerte raschen Schrittes die menschenleere Straße. Die Leibwächter waren bestens ausgerüstet; aber das war ich jetzt auch, und zwar mit Waffen, die ich mir aus der Waffenkammer des Palasts ausgeborgt hatte. Die Gestalten verschwanden in einer Seitengasse. Nun war der Jagdinstinkt in mir erwacht, und ich ahnte auch bereits, wohin sie gingen. Ich folgte ihnen und beobachtete dabei aus dem finsteren Labyrinth der Stadt, wie sie vorankamen. Ich traf rechtzeitig vor dem Haus des Kaufmanns ein, um mit eigenen Augen zu sehen, wie die Gestalten hinter den gewaltigen Holztüren verschwanden.

Ich stand in den Schatten und horchte angestrengt auf irgendein Geräusch aus dem Haus. Ich sah dem Vollmond dabei zu, wie er gemächlich über den dunklen Ozean der Nacht glitt und die großartigen Sterne ihn umkreisten. Irgendwann, in der dunkelsten Stunde der Nacht, kurz bevor der Mond hinter dem Horizont versank, öffneten sich die Türen wieder, und die verhüllte Gestalt trat in Begleitung ihrer beiden Leibwächter nach draußen. Lautlos wie der Mond rannte ich durch die finsteren Gassen der Stadt und fand die Stelle, für die ich mich entschieden hatte und an der mehrere Wege auf einen kleinen, offenen Platz mündeten. Dort wartete ich. Ich war bereit.

Als die drei Gestalten auftauchten, schleuderte ich mit voller Kraft eine Axt durch die Dunkelheit. Mit einem dröhnenden Krachen grub sie sich mitten in die Stirn des ersten Leibwächters, und er sackte auf dem Boden zusammen. Die verhüllten Gestalten von Nacht und dem anderen Leibwächter blieben wie angewurzelt stehen, versuchten ihren Angreifer zu erkennen. Der zweite Wächter bewegte sich flink und hochkonzentriert auf mich zu, wobei er sein gekrümmtes Schwert durch den Schatten vor mir zog. Ich täuschte ihn, indem ich Steinchen gegen die Mauer zu seiner Rechten warf. Er drehte sich in die Richtung um, und da stieß ich ihm meinen Krummsäbel tief in den Unterleib und drückte die Klinge mit einer ruckartigen Bewegung zur Seite, bis ihm seine Eingeweide herausquollen und er die warme, glitschige Masse mit den Händen festzuhalten versuchte. Er ließ den Kopf in den Nacken fallen und starrte empor zu den Sternen. Der Mann war Nachts persönlicher Diener, Minmose. Vielleicht erkannte er mich, denn er murmelte irgendetwas; er erstickte jedoch an dem Blut in seinem Mund und starb. Ich ließ seinen Leichnam zu Boden sinken.

Die vermummte Gestalt war bereits lautlos in den engen Gassen verschwunden. Nacht wusste allerdings nicht, dass ich es gewesen war, der ihn überfallen hatte; ebenso wenig wusste er, dass ich ganz genau wusste, wohin er ging. Und vor allem wusste ich, wie ich schneller dort ankam als er. Die Allmacht des Opiums durchströmte mich, und ich rannte wie ein Schakal. Als er dann lautlos und außer Atem vor seinem Stadthaus ankam, erwartete ich ihn dort in den Schatten vor der Eingangstür. Es war so weit. In dem Moment, als er die Tür zu seinem Haus und seiner Sicherheit erreichte, trat ich auf die Straße und gab mich zu erkennen. Er starrte mich an.

»Zeige dich«, sagte ich.

»Warum?«, entgegnete er. »Weißt du denn nicht, wer ich bin?«

»Ich will in das Gesicht von Obsidian blicken.«

»Obsidian hat kein Gesicht«, gab er zur Antwort.

»Dann haben wir das gemein; ich bin auch nur ein Schatten, der aus dem Totenreich zurückgekehrt ist, um seinen Rachedurst zu stillen. Zeig dich also. Oder fürchtet sich der große Obsidian?«

Langsam zog er seine Kapuze vom Kopf. Im Licht des Mondes war mir das Gesicht vertraut, und dennoch schien es jetzt einem Fremden zu gehören. Ich kannte ihn, und ich kannte ihn nicht. Seine Augen waren schwarze Steine.

»Namen haben Macht. Du solltest sie mit Vorsicht benutzen, mit Respekt«, erwiderte er. »Mit ihnen erweckt man in dieser Welt die Kräfte der Ewigkeit zum Leben.«

»Du hast mich belogen. Du hast mich einfach im Stich gelassen, damit ich verreckte.«

Von Obsidians Zügen war keinerlei Regung abzulesen.

»Bist du denn nicht dahintergekommen, dass du so sehr viel mehr in dir vereinst, als du je gedacht hättest? Und ist dieses Mehr nicht sehr viel verderbter, als du dir jemals hättest vorstellen können?«, meinte er.

Ich trat einen weiteren Schritt auf ihn zu. Seine Haut verriet mir, dass er leicht schwitzte. In der rechten Hand hielt er versteckt eine Waffe. Selbstsicher stand er da, wie ein völlig anderer Mann.

»Ich habe meine Familie verloren«, sagte ich.

»Alle irdischen Dinge sind endlich. Was vor dir liegt, ruft dich jetzt jedoch zu etwas wesentlich Größerem …«

»Erzähl mir hier doch nicht diesen Unsinn«, schimpfte ich. »Ich kenne dich zu gut.«

»Du kennst mich überhaupt nicht.«

»Ich will mein Leben zurück«, fauchte ich ihn an.

Fast lächelte Obsidian.

»Dein altes Leben ist vorbei. Es ist zu Ende. Es gibt aber einen Platz für dich, in der Zukunft einer neuen Welt, ohne Dynastien – so du dich mir jetzt anschließt.«

Ich umklammerte meinen Krummsäbel noch fester.

»Was für eine Zukunft? Anchesenamun kann nicht mehr siegen. Haremhab wird Theben besetzen. Nichts von dem, was du getan hast, wird dieses Unheil verhindern. Du hast es schlichtweg erst möglich gemacht«, sagte ich.

»Die königliche Dynastie ist am Ende. General Haremhab ist ein Soldat ohne Fantasie. Er bildet sich ein, er würde im Land ›Ordnung‹ schaffen. Das ist ein oberflächliches Bestreben. Er würde die Priesterschaft unterdrücken und Ägypten seine eigene Dynastie aufzwingen. Ägypten ist das bedeutendste Reich der Welt. Aber es ist viel zu lange von Königen und Dynastien regiert worden, die von Eitelkeit und Eifersüchteleien geprägt waren. Damit ist jetzt Schluss. Es wird keine weiteren Könige mehr geben. Und das ist nicht alles. Die Götterverehrung wird aufhören, denn die haben ebenfalls versagt. Nur Osiris, der Herr der Toten, ist auf ewig unzerstörbar, er wird sich in der dunkelsten Stunde der Nacht neuerlich erheben und in mir zu neuem Leben erwachen. Wenn Re morgen früh die Himmel erklimmt, wird die Zeit selbst von vorn beginnen, ein neues Zeitalter und eine neue Welt«, tönte Obsidian. »Ich bin es, der siegen wird.«

Irgendwo in der Ferne heulte ein Hund und erwiderte ein anderer das Heulen. Schon bald würde der Morgen grauen.

Ich trat einen weiteren Schritt vor. Mit dem nächsten käme ich ihm nah genug, um ihn töten zu können. Er selbst bereitete sich aber ebenfalls vor. Aufmerksam beobachtete er mich. Die Stadt um uns her war totenstill. Ich schaute empor zum ewigen Ozean der Nacht, in dem die Sterne glitzerten. Ein qualvoller Schmerz erfasste mein Herz.

»Ich habe eine letzte Frage«, sagte ich.

»Natürlich hast du die«, erwiderte er.

»Warum hat Obsidian Kheti ermordet?«

»Du kennst die Antwort auf diese Frage doch schon«, gab er einfach zurück. »Weil *du* mir von ihm erzählt hast. Deine Worte haben ihn zum Tode verurteilt. Und jetzt sind wir hier.«

Er hätte mir ebenso gut mit seinem Messer das Herz aus dem Leib schneiden können. Auf dem Boot hatte ich Nacht zum ersten Mal von Kheti erzählt, auf dem Weg zum Palast. Ich hatte ihm vertraut.

Er trat einen weiteren Schritt auf mich zu.

»Du hast in den schwarzen Spiegel der Wahrheit geschaut, also begreifst du jetzt.«

Er griff sich mit der Hand ans Herz. Und als er dann auch noch zu lächeln begann, ging ich auf ihn los.

Unsere Schwerter durchschnitten das Licht des Mondes. Seines war aus Obsidian gefertigt; eine lange, schwarze, tödliche, glänzende Klinge, die man zu höchster Schärfe geschliffen hatte. Das war die Klinge, die meinem Freund den Kopf vom Leib getrennt hatte. Das war die Klinge, die ihn bei lebendigem Leibe zerstückelt hatte.

Hochkonzentriert kämpften wir miteinander, kamen uns dabei so nah, dass unsere Gesichter sich beinahe berührten und unsere Atemzüge in der kalten Luft zu einer einzigen kleinen Wolke verschmolzen, während unsere Schwerter verzweifelt das Herz des anderen zu treffen versuchten.

Das Schwert aus Obsidian sirrte durch die Stille, und ich wand mich aus seiner dunklen Flugbahn, parierte jeden brillanten Stoß und jedes Zustechen mit meinem eigenen Krummsäbel, unablässig bemüht, mir meine Schwungkraft zu erhalten. Plötzlich traf seine Klinge den Muskel meines rechten Oberarms. Mein Säbel fiel klappernd auf die Steine, und aus dem mustergültigen Schnitt strömte Blut.

Er sprang nach hinten, leichtfüßig wie eine Katze, und verschwand hinter einer dunklen Straßenecke. Ich riss mir ein Stück Stoff aus meinem Gewand, um die Wunde damit zu verbinden, und stand regungslos da, horchte in die Stille. Dann hob ich mit der linken Hand meinen Säbel auf und ging langsamen Schrittes um die Ecke. Die im Dunkeln liegenden Hauseingänge schienen leer zu sein. Vor mir, genau zwischen zwei Gebäuden, war ein verfallenes Grundstück. Dort wurde ein großes Haus umgebaut. Ich wusste, dass er da drin sein musste. Ich wusste, dass er mich von seinem Stadthaus weglockte.

Als ich in die Dunkelheit trat, knirschten der Sand und der Schotter leise unter meinen Sandalen. Angestrengt schaute ich in die Finsternis. Hie und da stachen dünne Strahlen des Mondlichts durch die hölzernen Dachplanken. Und dann hörte ich etwas, ein ganz zartes Säuseln – die Obsidianklinge, die durch die Luft sirrte. Gerade noch rechtzeitig warf ich mich auf den Boden, und als sie über mir aufblitzte und vom Licht des Mondes erfasst wurde, drehte ich mich auf den Rücken, zog meinen alten Dolch aus seiner Halterung auf meiner Brust und warf ihn mit der linken Hand und aller Kraft, die ich hatte. Für einen Moment war es totenstill. Dann tauchte Obsidians Gesicht dräuend aus dem Schatten auf. Der Dolch steckte in seiner Brust. Neugierig schaute er auf den Flecken aus schwarzem Blut, der sein leinenes Gewand färbte und im Mondlicht zu leuchten begann. Und dann streckte er mir zu meiner Verwunderung sein Obsidianschwert entgegen.

»Nimm es. Töte mich. Für Kheti. Für die toten Jungen. Nimm Rache. *Tu es jetzt …*«, sagte er, ruhig und mit einer Stimme, in der eine seltsame Reue mitschwang.

Ich zögerte. War er jetzt wieder er selbst? Doch im nächsten Moment verzog Obsidian das Gesicht zu dem falschen Lächeln. Er fing an, den Dolch aus seiner Brust zu ziehen. Blut floss nach. Er stieß einen zischenden Laut aus, als versetze ihn das in eine Art von finsterem Rausch. Dann zeigte er mit der Schwertspitze, von der das Blut tropfte, auf mich.

»Ich wusste es … du bist sogar zu schwach, um die Rache zu nehmen, nach der du so lange getrachtet hast«, meinte er. »Aber ich bin vollkommen.«

In dem einen kurzen Moment, den es dauerte, bis er lächelte, ergriff ich das Obsidianschwert mit beiden Händen, und mit einem völlig geräuschlosen Hieb durchschnitt die Klinge nicht nur die Dunkelheit, sondern auch sein Fleisch und seine Knochen, als seien sie substanzlos wie die eines Geistes. Sein Körper blieb aufrecht stehen, und seine Arme ergingen sich in entschuldigenden, vielleicht aber auch verwirrten Gebärden. Das Blut schoss aus seinem Halsstumpf, in einem rhythmischen Schwall, der aber schnell schwächer wurde, und dann kippte sein Körper nach vorn und fiel auf den Boden. Er zuckte noch einige Male, alsdann lag er reglos da.

Sein Kopf war weggerollt; ich kroch auf dem Boden umher,

bis ich ihn fand. Er war noch warm, immer noch voller Geheimnisse. Ich nahm ihn in beide Hände, rannte damit auf die Straße und hielt ihn an den Haaren hoch, wo er im letzten Licht des Mondes vor sich hin tropfte. Seine Augen standen weit offen, starrten, als hätte er etwas gesehen, was ihn wirklich und wahrhaftig überrascht hatte.

»Was siehst du jetzt?«, schrie ich. *»Siehst du die Wahrheit und das Licht? Oder nichts als Finsternis?«*

Aber seine Züge veränderten sich erneut. Ganz allmählich konnte ich in seinem toten Gesicht nicht mehr Obsidian erkennen, sondern Nacht, den Mann, den ich fast mein ganzes Leben lang meinen Freund genannt hatte.

Ich lief zum Großen Fluss. Schwarz ruhten seine gewaltigen Wasser unter dem nächtlichen Himmel. Ich setzte mich nieder und sah mir den Kopf genauer an: In diesem schlichten Schädel mit dem einstmals so wandlungsfähigen, lebendigen Gesicht hatten Geheimnisse gesteckt und Sprachen und Ideen und Kenntnisse über die Sterne und die Götter; er hatte Scharfsinn beherbergt und Unbarmherzigkeit, Frevel und Grausamkeiten, und irgendwo, irgendwie sogar Liebe. Aber das war jetzt alles verschwunden. Mit letzter Kraft warf ich den Kopf so weit von mir, wie ich eben konnte. Er landete mit einem schwach platschenden Geräusch im Wasser und ging unter.

Ich blieb sitzen, wo ich saß, und beobachtete die großen Mysterien der ewigen Wasser, die in der letzten Dunkelheit der Nacht an mir vorüberflossen. Ich hatte wieder unkontrolliert zu zittern begonnen. Hungrig sang das Opium in meinem Blut, verlangte danach, gesättigt zu werden. Ich würde es jedoch niemals wieder nehmen. Bevor ich nach Hause zurückkehren konnte, musste ich mit mir selbst ins Reine kommen.

Ich fühlte mich unrein. Also stellte ich mich in den Großen Fluss und schüttete Wasser über meinen Körper, immer und immer wieder; ich schrubbte an der Qual herum, die in meinem Leib tobte, und hörte, wie ich laut zu schreien anfing.

42

Haremhabs Divisionen besetzten die Stadt am darauffolgenden Tag. Noch vor Morgengrauen segelten seine Schiffe lautlos in den Hafen. Während Re auf einem neuen Tag die Himmel erklomm, nahmen sich Haremhabs Regimenter leise und gründlich die stillen Straßen vor. Es gab keinen Widerstand. Es gab kein Chaos. Die Geschäfte blieben geschlossen, und die Menschen blieben zu Hause, warteten ängstlich ab, was passieren würde, und hofften, der Sturm würde sich auflösen und in einen neuen Frieden übergehen. Die Medjai unterwarf sich gehorsam. Mein alter Widersacher Nebamun behielt seine Stellung als Leiter der Polizeieinheit und wartete nur darauf, dem General seine persönlichen Glückwünsche zu übermitteln. Haremhabs Offiziere marschierten in die Ministerien und in die Tempel, und neue Männer, die der Armee Loyalität geschworen hatten, wurden in Machtpositionen eingesetzt. Die Männer, die dem alten Regime gedient hatten, wurden am helllichten Tag abgeführt und unter Arrest gestellt, um in den Gefängnissen der Stadt darauf zu warten, dass ihnen der Prozess gemacht wurde. Es verschwand indes niemand im Dunkel der Nacht. Es kam zu keinerlei Gewalt. Es gab keine standrechtlichen Hinrichtungen. Die Männer der Elite versteckten sich in ihren Villen und warteten ab, was geschehen würde. Haremhabs Herrschaft begann so, wie er es vorausgesagt hatte: mit der Wiederherstellung der öffentlichen Ordnung. Und am nächsten Tag öffneten die Geschäfte, und die Menschen kehrten an ihre Arbeit zurück.

Ich suchte den General auf und gab ihm die Adresse des Lagerhauses des Kaufmannes. In jener Nacht, nach Inkrafttreten der neuen Ausgangssperre, kommandierte er seine beste Eliteeinheit. Bewaffnet mit Äxten, Knüppeln, Schwertern oder Speeren bezogen sie im Licht des Mondes Stellung, auf jeder Straße und in jeder Gasse. Auf den Hausdächern waren Bogenschützen postiert, die mucksmäuschenstill und schussbereit auf ihren Einsatz warteten. Aber statt die großartigen Holztüren mit einem Rammbock aufzubrechen, befahl Haremhab seinen Bogenschützen, Pfeile, die zuvor in brennendes Pech getaucht worden waren, auf das Gelände des Lagerhauses zu feuern. Fauchend erhoben sie sich in den Nachthimmel, erstrahlten wie Sternschnuppen und schossen dann in steilem Bogen nieder auf die unsichtbare Anlage hinter der Mauer. Es dauerte nur einen Moment, und aus dem Inneren erschallten Rufe, weil dort Feuer ausbrachen. Daraufhin ging eine zweite Pfeilsalve in den Himmel und nieder auf das Lagerhaus. Als die Feuer zu lodern anfingen, stieg erster Rauch auf, und das Innere des Hauses begann, rot zu glühen. Die Rufe der Männer, die versuchten, ihre Leute zusammenzutrommeln, schallten laut und klar über die hohen Mauern. Eine dritte Pfeilsalve illuminierte den Himmel, und jetzt krallten sich wilde rote Flammen an das Lagerhaus und züngelten an seinen Wänden empor.

Haremhab nickte, und seine Fußsoldaten sammelten sich vor der Eingangstür. Da kletterte plötzlich eine Gestalt auf die hohe Mauer. Ihre Tunika und ihr Haar standen in Flammen, und sie zuckte im Todeskampf wie wild hin und her, bevor sie auf die Straße stürzte. Sofort schlugen Haremhabs Männer ihr den Schädel ein. Noch mehr Schreie gellten aus dem Inneren der Anlage, und dann wurden die gewaltigen Holztüren von innen plötzlich aufgedrückt. Dicker Rauch quoll heraus und eine Woge aus Hitze und Flammen und taumelnde Männer, die nichts sehen konnten, und viele von ihnen brannten lichterloh. Schreiend rannten sie auf Haremhabs Soldaten zu, die sie einen nach dem anderen umbrachten, indem sie ihnen die Köpfe einschlugen. Nicht lange, und auf der Straße lag ordentlich nebeneinander eine lange Reihe toter Leiber, während das Feuer weitertobte und den Nachthimmel in helles Licht tauchte. Haremhab hatte jedoch eine Ausgangssperre verhängt, und so wagte es niemand, nach draußen zu kommen, um nachzusehen, was dort vorging.

Als der neue Tag anbrach, brannte das Feuer allmählich aus. Das Lagerhaus war komplett abgebrannt. Haremhab schritt durch die Ruinen, und ich folgte ihm, ließ das Gemetzel und Chaos um mich her auf mich wirken. Noch mehr Leichen lagen überall verstreut, waren zu verdrehten, gar nicht mehr menschlich aussehenden Gestalten verkohlt. Wir blickten auf die nahezu zu Asche zerfallenen Überreste von Käfigen und Zellen, in denen man offenbar Entführungsopfer gefangen gehalten hatte. Wir fanden den Lagerraum, in dem vermutlich das Opium aufbewahrt worden war. Schließlich standen wir in der Schatzkammer, auf deren Fußboden sich die gewaltigen goldenen Profite von Nachts Opiumhandel stapelten, die von der Hitze des Feuers angelaufen waren. Es lag so viel Gold dort herum, dass man eine ganze Armee davon hätte kaufen können. Verächtlich trat Haremhab mit den Füßen dagegen.

»Und sie haben geglaubt, mich mit dem hier vernichten zu können?«

Ich schwieg.

Mit einem Mal ging er regelrecht auf mich los. »Wo ist Obsidian?«, wollte er plötzlich wissen. »Ich werde das Gefühl nicht los, dass er nicht hier ist, du aber weißt, wo er ist. Lüg mich nicht an.«

»Er ist tot. Ich habe ihn umgebracht.«

Auf einmal drückte sich die scharfe, kalte Klinge von Haremhabs Schwert gegen meine Kehle.

»Ich habe den klaren Befehl erteilt, ihn gefangen zu nehmen«, tönte er.

»Er hat meinen besten Freund ermordet. Er hat mich betrogen und verraten. Er hat mich einfach im Stich gelassen, damit ich verreckte. Und er hatte meine Familie, die lebte in seinem Haus«, erwiderte ich. »Er gehörte mir, und er wollte mich umbringen. Ich bereue nicht, was ich getan habe.«

»Wer war er? Nenn mir seinen Namen …«, verlangte er.

Aus irgendeinem Grund – vielleicht waren das die letzten Relikte meiner Loyalität gegenüber der Reputation eines alten Freundes – zögerte ich einen Moment. Ich wollte jedoch, dass die Welt die Wahrheit erfuhr.

»Sein wirklicher Name war Nacht.«

Die grausame Ironie des Ganzen ließ Haremhab kurz lachen wie ein Schakal.

»Wie virtuos. Der Königliche Gesandte Ihrer Majestät entpuppt sich als die Spinne im Herzen des verderbten Netzes aus Geheimnissen. Ich schätze mal, er hätte mich bloßgestellt und blamiert und sich dann selbst als Staatsoberhaupt vorgeschlagen, als der Erneuerer der Ordnung nach der Zeit des Chaos.«

»Er wollte ein neues Zeitalter einläuten. Ohne Könige, ohne Götter … die Fehler der Vergangenheit alle beseitigen. Er dachte, er könnte die Welt nach seinem Ebenbild vollkommen machen. Er hielt sich für charakterstark. Aber das war er nicht. Er kam dahinter, dass das Töten ihm gefiel …« Einen Moment standen wir schweigend da. »All seine Geheimnisse sind mit ihm gestorben«, sagte ich. »Niemand weiß die Wahrheit über Obsidian und den Opiumschmuggel in der Seth-Division.«

»Außer dir«, entgegnete er.

»Ja.«

Ich nahm an, dass er mich jetzt verhaften lassen und gefesselt wie einen Gefangenen in sein finsterstes Verlies werfen würde, aus dem ich niemals wieder herauskam. Stattdessen griff er jedoch in einen Lederbeutel und zog einen sehr schönen goldenen Ring heraus.

»Hier«, meinte er. »Dein Lohn.«

Ich hielt den Ring in meiner Hand. »Ich will ihn nicht haben«, sagte ich und warf ihn achtlos auf den großen Haufen Gold, der sich vor uns auftürmte.

Haremhab wirkte ehrlich überrascht.

»Was willst du dann?«

»Ich will, dass Ihr Simut freilasst. Ich will, dass Ihr der Königin gestattet, irgendwo als Privatperson weiterzuleben. Und dann will ich nach Hause.«

Er ließ sich das Ganze kurz durch den Kopf gehen.

»Selbst jetzt, da du nach deiner Belohnung greifen könntest, selbst jetzt bleibst du dieser unseligen Dynastie treu ergeben ...«

»Ich bin *ihr* treuergeben.«

Er starrte mich an.

»Deine Loyalität ist anerkennenswert und löblich. Aber ich fürchte, dass du um sie trauern musst. Sie ist tot. Sie hat sich das Leben genommen. Mit Gift. Das ihr, wie ich aus zuverlässiger Quelle erfahren habe, von deinem alten Freund Nacht gegeben wurde.«

Ich wandte Haremhab den Rücken zu.

»Dass es so enden würde, war nicht zu vermeiden. Werden

wir also nicht sentimental! Hier ging es ausschließlich ums Geschäft. Und jetzt wird es endlich möglich sein, Ägypten neu aufzubauen. Die Namen ihrer Dynastie werde ich selbstverständlich tilgen, und auch ihre Monumente werde ich usurpieren. Die Steine ihrer Tempel werden zerstört, in meinem Namen und im Namen meiner Dynastie werden neue Tempel errichtet. Ich bin jetzt der König, aber auf die Welt gekommen bin ich als ein gewöhnlicher Mann. Das vergesse ich nicht. Ich werde ein neues Edikt mit exzellenten Maßnahmen erlassen. Ich werde neue Richter ernennen, neue Minister und neue Tribune, die in den jeweiligen Gebieten die Verbesserung der Rechtslage überwachen. Rechtsverletzungen werden nicht mehr toleriert. Diebstahl wird schwer bestraft. Korruption innerhalb des Justizapparats wird schwer bestraft. Verbrechen gegen die Justiz werden schwer bestraft.«

»Und was wird aus denen, die sich Euch widersetzen?«, hakte ich nach. »Was wird aus Männern wie Simut, guten Männern, ehrbaren Männern? Werdet Ihr die foltern und hinrichten? Werden diejenigen, die der alten Regierung angehört haben, bei Nacht und Nebel in finsteren Verliesen verschwinden, und man sieht sie nie wieder? Werdet Ihr Eure Feinde ins Visier nehmen und hinterrücks ermorden?«

»Es wird öffentliche Prozesse geben, und wer sich mir widersetzt hat, wird sich für seine Missetaten vor einem Richter verantworten müssen und notfalls mit dem Leben dafür bezahlen. Wer bereut und Buße tut, könnte freikommen, allerdings nur unter der Bedingung absoluter Loyalität«, erwiderte er.

Er trat dichter an mich heran.

»Ich habe viele Jahre Zeit gehabt, um darüber nachzudenken, was ich tun werde, wenn ich König bin. Ich habe kein Interesse an persönlicher Bereicherung. Für Gold konnte ich mich noch nie begeistern. Mich interessiert ausschließlich Ägypten. Es gibt hier so viel zu tun. Ich brauche zuverlässige Männer. Männer, deren Liebe nicht dem Gold gilt. Deine Loyalität gegenüber der Königin hat mich beeindruckt. Ich weiß sehr wohl, dass die thebanische Medjai unter einer jämmerlichen Leitung steht. Diese Stadt braucht eine neue Hand, um den Glauben an die Gesetze und die Sicherheit auf den Straßen wiederherzustellen.«

»Nebamun hat Euch mit offenen Armen empfangen«, sagte ich.

»Nebamun ist kein Dummkopf. Er ist ein erfahrener Mann und weiß, dass seine Zeit vorbei ist. Er wird eine anständige Abfindung in Form des Goldes, auf das er immer schon so versessen war, annehmen und den Status, den er immer haben wollte. Damit wird er sich dann in sein Landhaus zurückziehen und seinen letzten Verstand versaufen«, sagte er. »Mithin wird dort eine Stelle frei. Für dieses Amt bräuchte ich einen zuverlässigen Mann ...«

Er bot mir den Hauptgewinn. Ich starrte auf die Berge von Gold zu meinen Füßen. Wegen dieser entsetzlichen Pracht hatten wir so vieles verloren.

»Ich bin nicht zuverlässig«, antwortete ich.

»Und das ist vielleicht der Grund, warum ich Respekt vor dir habe. Das sind die Tage der Abrechnung, Rahotep. Es ist an der Zeit, Entscheidungen zu treffen und zügig Veränderungen vorzunehmen. Lass es dir gründlich durch den Kopf gehen«, sagte er.

Zögernd stand ich vor der wunderschönen hölzernen Eingangstür zu Nachts Stadthaus. Und dann klopfte ich, dreimal. Ich hörte Schritte. Stückchenweise öffnete sich die Tür.

Tanefert starrte mich an. Ich brachte kein Wort über die Lippen. Langsam hob sie die Hand und berührte zaghaft meine Wange, als wage sie noch gar nicht zu glauben, dass ich am Leben war. Im nächsten Moment schlug sie mit den Fäusten auf mich ein, voller Rage und Trauer; dann sackte sie plötzlich in sich zusammen. Gerade noch rechtzeitig fing ich sie auf und hielt sie in meinen Armen.

43

Für Khetis Bestattungsrituale überquerten wir im Licht der Sonne den Großen Fluss: Khetis Ehefrau Kija, ihre Tochter und sein jüngerer Bruder Intef sowie meine Familie. Alle trugen wir weiße Leinengewänder. Kijas Leib war inzwischen geschwollen; das Baby wurde immer größer. Die Mädchen saßen beieinander, banden Khetis Tochter, die mit aufmerksamer Miene den sonderbaren Ernst des Rituals verfolgte, selbstlos in ihre Gemeinschaft ein. Tanefert versuchte, Kija zu trösten; doch für sie war der starke Verkehr auf dem Fluss um uns her einfach unwirklich.

Ich ertappte mich dabei, dass ich abseits saß und wie hypnotisiert auf die schillernden Lichtspiele auf dem Wasser blickte. Seit meiner Rückkehr nach Hause – und von den Toten – vor nunmehr drei Wochen hielt ich Abstand. Die grauenvollen Qualen, die ich gelitten hatte, um mich von der Sucht zu befreien, waren endlich vorüber. Trotzdem fühlte ich mich innerlich leer und allein. In mir herrschte nach wie vor Finsternis. Gleich an meinem ersten Abend zu Hause hatte ich Tanefert alles erzählt. Und ihr Schweigen hatte sich des Hauses ebenso bemächtigt, wie Haremhabs Soldaten sich der Stadt bemächtigt hatten. Wir schliefen wie Fremde, und tagsüber vermied sie es, mich anzusehen. Jetzt auf dem Boot bestand mein Sohn plötzlich darauf, neben mir zu sitzen, und hielt meine Hand, als habe er Angst, mich noch einmal zu verlieren. Er schaute auf und sah mir ins Gesicht und suchte dabei vielleicht nach dem Vater, an den er sich zwar erinnern, den er aber nicht mehr erkennen konnte.

Am Westufer erwarteten uns in der Werkstatt des Einbalsamierers Khetis Sarkophag und das aus Priestern und Klageweibern bestehende Gefolge, das ihn bei der Trauerprozession begleiten würde. Der Sarkophag wurde auf einen abgedeckten Schlitten gestellt, der mit Blumenbouquets geschmückt war, und von Angestellten des Einbalsamierers zum Friedhof gezogen. Ich bestand darauf, ihnen bei dieser beschwerlichen Arbeit zu helfen. Ich wollte körperlich spüren, wie schwer Khetis Tod wog, indem ich den Sarg meines Freundes zu seiner Grabkammer schleifte. Die professionellen Klageweiber liefen in ihren blauen Gewändern vor uns her, rauften sich die Haare und schlugen sich auf die Brüste. Ich hasste ihr schrilles Geheul und Wehklagen, das war so einstudiert und unecht. Andere Angestellte des Einbalsamierers zogen den Schlitten, auf dem die Truhe mit den Kanopenkrügen stand. Der Priester, der sich ein Leopardenfell über die Schulter geworfen hatte, schritt vor dem Sarg her, besprengte den Boden mit Milch und ließ Weihrauch in die helle Morgenluft steigen. Dahinter kamen die Bestattungsdiener, die die Servierbretter, die Speisen und die Blumen trugen sowie Krüge mit Wein und Krüge mit Bier und all die anderen Dinge, die für einen Leichenschmaus unerlässlich waren. Und denen folgten wiederum andere, die die wenigen Dinge aus Khetis Leben trugen, die man ihm als Grabbeigaben mitgeben wollte.

Wir erreichten den Friedhof und die Grabkammer. Der Vorlesepriester erwartete uns und sang Gebete und Sprüche, deren Texte er von der Papyrusrolle ablas, die er in den Händen hielt. Khetis Mumie wurde senkrecht aufgestellt, und der Priester machte sich daran, die Instrumente auszulegen, die er für die Mundöffnungszeremonie benötigte. Der Vorlesepriester begann mit dem Verlesen der Anweisungen, und der Priester stellte sich vor Khetis Sarkophagstatue. Ich versuchte, das Gesicht meines Freundes in den stark verallgemeinerten Zügen zu entdecken, die der Einbalsamierer ihm gegeben hatte, doch es gelang mir nicht. Er war jetzt eins mit unzählig vielen Toten. Nach den vorgeschriebenen Gesten, Sprüchen und Trankopfern nahm der Priester nacheinander seine Instrumente von der Alabastertafel und berührte das Gesicht der Statue zunächst mit dem gezackten *peschkef*-Messer, dann mit dem Meißel, dem Dechsel, der Krummaxt und zuletzt mit dem mit einem Schlangenkopf bekrönten Stab – und stellte damit die Sinne des toten Mannes wieder her, auf dass er im Totenreich neuerlich leben, essen und seinen Namen nennen möge. Der Priester brachte Opfergaben dar, die aus Weihrauch und Natron bestanden, aus Speisen und Wein und aus den traditionellen Fleischstücken – dem Vorderlauf und dem Herzen. All das sollte dafür sorgen, dass Leib und Seele wieder miteinander vereint wurden. Ich konnte nur hoffen, dass der Zauber imstande war, wahre Wunder zu vollbringen, und sich die zerstückelten Einzelteile von Khetis Körper im wunderbaren Licht des Totenreiches zu seinem neuen, wieder ganzen Ich zusammenfügten.

Es war heiß. Die Kinder, die zu Anfang von Ehrfurcht erfüllt und fasziniert gewesen waren, fingen an, leicht verwirrt und gelangweilt in die Runde zu schauen. Tanefert gab jedem von ihnen etwas Wasser zu trinken. Intef wirkte wie benommen. Kija schaute mit starrem Blick und hielt dabei die Hand ihrer Tochter. Das Kind mussten die komplizierten Rituale ebenso verwirren wie die Tatsache, dass ihr Vater verschwunden war und sich in diese anonyme Holzfigur verwandelt hatte.

Endlich waren die Rituale beendet. Khetis Sarkophag wurde über eine kleine Treppe in die Grabkammer getragen. Die Truhe mit den Kanopenkrügen stellte man in die dafür vorgesehene Nische. Ich lief nach unten in die enge Kammer; dort legte ich neben die Mumie das *Senet*-Brett, an dem wir so viele Stunden miteinander gespielt hatten, sowie seinen Amtsstab und sein Messer, das ich, dem Ritual gehorchend, zerbrach, damit es im Leben nach dem Tod nicht gegen ihn zum Einsatz kommen konnte. Und dann legte ich vor Kheti die Papyrusrolle des Totenbuches hin, das ich speziell für ihn in Auftrag gegeben hatte, sodass sein Name überall darin vermerkt war, und sprach leise ein sehr ernstes und ehrliches Gebet für sein Leben nach dem Tod. Ich betete dafür, dass er das Totengericht bestand und in den Gefilden der Binsen eintraf, und ihm dort all die Wonnen und all der Frieden zuteilwurden, von denen er immer geträumt hatte, sodass er mir, sofern er das konnte, eines Tages vielleicht vergab, dass ich als Freund versagt hatte.

Kija und Intef küssten sein Kopfkissen und reichten es mir dann, damit ich es vorsichtig neben den Sarg legte. Als die Kleine mir jedoch seine alten Lieblingssandalen reichte, fing Kija plötzlich an, schrecklich zu weinen und hemmungslos zu schluchzen. Ihre Tochter umarmte sie, und Tanefert eilte zu ihr und stützte sie. Dann weinten alle Mädchen im Chor.

Schnell war der Leichenschmaus vorbereitet; als wir wieder oben waren, im Licht des Tages, standen sie zusammen vor dem Eingang zur Grabkammer, aßen und weinten, weinten und aßen. Ich konnte weder das eine noch das andere.

Die Priester und Einbalsamierer bedachten uns im Flüsterton mit ihren Beileidsbekundungen, verabschiedeten sich und machten sich mit all den rituellen Werkzeugen und Utensilien auf den Rückweg zum Fluss. Die professionellen Klageweiber waren bereits zu einem anderen Termin entschwunden, einer weiteren Bestattung. Der Tod war natürlich überall.

Es gab nichts mehr zu tun. Da war nichts mehr, was noch erreicht oder geschafft werden musste. Tanefert stellte sich neben mich. Wir sprachen kein Wort. Sehr zaghaft nahm ich ihre Hand, und dieses Mal erlaubte sie es mir. So blieben wir ein paar entscheidende Augenblicke stehen. Dann drückte sie meine Hand kurz, zog ihre wieder weg, rief die Kinder zusammen und führte sie davon.

Kija blieb zurück, sie war nicht bereit zu gehen. Zusammen standen wir in der Hitze. Sie sah mich an.

»Ich habe ihn geliebt«, sagte ich.

Sie nickte.

»Das wusste er.«

Sie berührte ihren Leib. Ihre Worte und der Schmerz auf ihren Zügen und die Traurigkeit des ungeborenen Kindes in ihr, das seinen Vater niemals kennenlernen würde, strömten plötzlich in mich hinein, trafen mich mitten in mein totes, verderbtes Herz. Und im nächsten Moment schossen mir bittere Tränen in die Augen, ohne dass ich es hätte verhindern können; mit der Wort- und Hilflosigkeit eines Kindes schrie ich meine Trauer heraus. Ich weinte um das, was ich riskiert hatte, und um das, was ich verloren hatte, und für den, der ich geworden war. Ich brach völlig zusammen, und Kija hielt mich fest, so gut sie eben konnte.

Als wir Arm in Arm zum Großen Fluss zurückgingen, schwiegen wir. Doch kurz bevor wir zum Boot kamen, blieb sie stehen und sah mich an.

»Wenn das Kind auf der Welt ist, und wenn es ein Junge wird, werde ich ihn nach seinem Vater nennen.«

»Ein schöner Name, um ihn durch sein Leben zu tragen«, erwiderte ich.

»Er wird für seinen Vater leben. Auch er wird ein guter Mensch sein. Du wirst dich um ihn kümmern«, sagte sie einfach nur. »Du wirst ihm seinen Vater ersetzen.«

EPILOG

Jahr 1 der Herrschaft von König Haremhab,
Horus im Fest

Theben, Ägypten

Unser Ruderboot lag am Ufer des Großen Flusses im von der Sonne gesprenkelten Schatten des Röhrichts, ein kleines Stück südlich der Stadt. Es war ein ruhiger Nachmittag. Amenmose und ich saßen zurückgelehnt da und hielten unsere Angelruten in der Hand. Thot hatte sich in den Bug gekauert und rümpfte misstrauisch die Nase über uns, schaute aber sofort zur Seite, wenn das Wasser sich kräuselte, weil die Fische nach Insekten schnappten. Er hasste das offene Wasser. Enten zankten sich, und unsichtbare Vögel sangen in den dicht wachsenden Papyrusstauden; über das Wasser schallten die Rufe anderer Fischer und von den Feldern dahinter die der dort arbeitenden Bauern und ihrer Kinder. Ich gab meinem Sohn ein Stück Brot, und er nahm es und kaute mit nachdenklicher Miene daran.

»Vater?«, meinte er in dem Ton, den er stets anzuschlagen pflegte, wenn er mich in langwierige Debatten über philosophische Fragen verwickeln wollte.

»Sohn …«

»Was passiert, wenn wir sterben?«

»Nun ja, das ist eine lange Geschichte. Zuerst müssen unsere Herzen in Gegenwart von Osiris und den zweiundvierzig Totenrichtern beurteilt werden.«

»Warum?«

»Um herauszufinden, ob wir ein gutes Leben geführt haben«, antwortete ich.

»Und woran können sie das feststellen?«

Er blinzelte im grellen Licht der Sonne zu mir auf.

»Unser Herz wird auf der Waage gegen die Feder der Wahrheit aufgewogen, die der Göttin Maat gehört, und man muss sagen, dass man ein sündenfreies Leben geführt hat«, sagte ich.

»Und was dann?«, bohrte er weiter.

»Wenn dein Herz schwer ist, weil du Böses getan oder Missetaten begangen hast, ist es schwerer als die Feder und die Waagschale senkt sich, und dann wird dein Herz von Ammit gefressen, die neben der Waage lauert; sie ist ein Ungeheuer mit dem Kopf eines Krokodils und dem Hinterteil eines Nilpferds. Aber wenn du gescheit und schnell bist, kannst du auch um Vergebung bitten, bevor sie es sich schnappen kann«, sagte ich.

»Wie?«, fragte er neugierig.

»Du musst Osiris ein Angebot machen, weil er der Gott der Wahrheit ist. Du musst sagen: ›Oh, Herr der Gerechtigkeit, nimm all das Böse, das in mir ist, von mir. Hab Gnade mit mir und verbanne allen Zorn, den du gegen mich hegst, aus deinem Herzen.‹«

»Können wir das auch zu dir sagen, wenn du das nächste Mal wütend auf mich oder irgendjemand von uns bist?«

»Das könnt ihr versuchen …«, erwiderte ich grinsend.

Eine ganze Weile schwieg er.

»Wie ist es denn eigentlich im Totenreich?«, wollte er dann wissen.

Ich sah mich um, blickte in den weiten Himmel und auf das glänzende Wasser und die Stadt in der Ferne mit ihren Tempelpylonen und Steinpalästen und Armenvierteln. Ich schaute nach Osten und auf das Mysterium von Res Wiedergeburt, und ich schaute nach Westen und auf die große Wüste, in der Re jede Nacht am Ort der Toten unterging. Ich blickte nach oben auf die dunklen und makellosen Umrisse eines Falken, der lautlos über das Antlitz der Sonne schwebte. Ich dachte an die Zukunft, in der mein Sohn sein Leben leben würde, unter einem neuen König und unter einer neuen Dynastie. Ich schaute nach unten in die ewig fließenden grünen Wasser des Großen Flusses und gedachte meiner Toten. Ich erinnerte mich an meinen Vater und an die toten nubischen Jungen und an Kheti und an Anchesenamun. Aber nun verfolgten mich ihre Gesichter nicht. Ich konnte ihnen in die Augen sehen. Ich dachte an Haremhabs Angebot. Vielleicht konnte ich am Ende doch noch etwas Positives in der Welt bewirken, in der meine Kinder aufwachsen würden.

Ich schaute auf meinen kleinen Sohn, der mich anstarrte und auf eine gute Antwort wartete.

»Dort ist es wie hier«, sagte ich zu ihm. »Genau wie in diesem Augenblick.«

Da schrie er plötzlich aufgeregt auf. Ein Fisch zurrte an seiner Angelschnur. Und bereits im nächsten Moment zog er ihn zu meinem Erstaunen und seiner Freude mit einer Fingerfertigkeit ins Boot, die sein Großvater ihm beigebracht haben musste an diesen langen Tagen, an denen sie gefischt hatten, ohne mich. Und dann stand er auf – hielt den silbernen Fisch hoch, der sich zappelnd an der Schnur wand – und grinste, lachte, strahlte stolz über das ganze Gesicht.

NACHBEMERKUNG DES AUTORS

Von der Gemahlin des ägyptischen Königs
an den hethitischen Großkönig Schuppiluliuma

»Mein Gemahl ist gestorben! Einen Sohn habe ich nicht!
Niemals werde ich einen meiner Untertanen nehmen
und zu meinem Gemahl machen.
Ich habe an kein anderes Land geschrieben,
ich schreibe nur Dir! Dir sagt man viele Söhne nach.
Gib mir einen Deiner Söhne. Er wird mein Gemahl sein,
und er wird König von Ägypten sein!«

Auszug aus der siebten Tontafel der Mannestaten
Schuppiluliumas, wie sie von seinem Sohn Murschili II.
überliefert wurden

Dieser Brief (genau genommen eine Tontafel in akkadischer Keilschrift, der damaligen Verkehrssprache der internationalen Diplomatie) von einer ägyptischen Königin an Schuppiluliuma I., Großkönig der Hethiter, wurde in den hethitischen Tontafel-Archiven aufgefunden und ist ein äußerst interessanter Hinweis auf eines der geheimnisumwobendsten und fesselndsten ungelösten Rätsel des Altertums.

Es ist ein in jeder Hinsicht außerordentliches und verwegenes Schriftstück – nicht zuletzt, weil die Ägypter und die Hethiter seit Jahrzehnten Kriege gegeneinander führten, in denen es um die Kontrolle über die syrischen Hoheitsgebiete und Königreiche zwischen den Grenzen ihrer Großreiche ging, sodass man einen derartigen Brief als Verrat hätte werten können. Noch bedeutungsvoller ist jedoch die Tatsache, dass kein Mitglied des ägyptischen Königshauses jemals mit einer derartigen Bitte an einen Ausländer herangetreten war, schon gar nicht an einen Feind; der Handel mit internationalen Königsbräuten war eine strikt einseitige Angelegenheit. Und dennoch haben wir hier eine ägyptische Königin, die ihren Feind um einen seiner Söhne bittet, damit er neben ihr auf dem Thron regiert. Das ist ein außerordentliches Rätsel, vergleichbar mit dem, das den Tod von Tutanchamun umrankt.

In dem Brief wird die ägyptische Königin »Dahamunzu« genannt, was ein Übersetzungsversuch des ägyptischen Titels *Ta-hemet-nesu* (die Gemahlin des Königs) sein könnte. Aus einer Vielzahl von Gründen, die sowohl mit der ägyptischen Zeitrechnung zusammenhängen als auch mit der Unklarheit im Hinblick auf die Übersetzung der hethitischen Wiedergabe der ägyptischen Namen, kann keine zuverlässige Zuordnung erfolgen. Einige Wissenschaftler gehen von einer chronologischen Abfolge aus, nach der die »Gemahlin des Königs« Nofretete sein könnte. Andere sind indes der Ansicht, die Verfasserin des Briefes sei Anchesenamun, die Witwe Tutanchamuns und Tochter von Echnaton und Nofretete. Die letztgenannte Zuordnung bildet die historische Grundlage für diesen Roman.

Anchesenamun wurde zur letzten Überlebenden ihrer Dynastie, der achtzehnten, als ihr Gemahl Tutanchamun im Alter von etwa neunzehn Jahren starb. Es wird vermutet, dass sie selbst zu diesem Zeitpunkt gerade mal einundzwanzig Jahre alt war, und sie hatte keine Nachkommen. Man geht davon aus, dass sie dann mit Eje vermählt wurde, dem mächtigen Höfling, der seit der Amarna-Zeit enge Beziehungen zur königlichen Familie unterhalten hatte – er könnte sogar ihr Großonkel gewesen sein. Eje, der zum Zeitpunkt der Eheschließung bereits ein alter Mann war, regierte nur noch vier oder fünf Jahre lang. Durch seinen Tod sah sich Anchesenamun, die zu der Zeit etwa fünfundzwanzig, sechsundzwanzig Jahre alt war, mit gleich mehreren Dilemmata konfrontiert, von denen eines schwerwiegender war als das andere. Wie konnte sie allein regieren? Wie konnte sie den Fortbestand ihrer Dynastie sichern? Wie konnte sie die Stabilität ihrer eigenen Stellung gewährleisten und die Ägyptens, im Inland ebenso wie auf internationaler Ebene? Wem konnte sie vertrauen? Die zur Aristokratie und zur Priesterschaft gehörenden Männer der Elite wurden von einer jungen und relativ unerfahrenen Königin sicher eher als Bedrohung denn als mögliche Stütze empfunden. Vor allem aber: Wie konnte sie sich gegen das ehrgeizige Bestreben Haremhabs zur Wehr setzen, des Generals der ägyptischen Armee, der die Krone für sich selbst beanspruchen wollte? Kein Wunder also, dass sie in einem der Hethiterbriefe schrieb: »Ich habe Angst!«

Andere Frauen königlichen Geblüts hatten in der achtzehnten Dynastie große Macht erlangt, unter anderem Königin Hatschepsut (1473–1458 v. Chr.), die sich mit der uneingeschränkten Unterstützung der Amun-Priesterschaft selbst zum Pharao krönte; Königin Teje, die Große Königliche Gemahlin von Ägyptens ureigenem Sonnenkönig, Amenophis III.; und die berühmteste von allen: Nofretete (ca. 1380–1340 v. Chr.), Hauptgemahlin von Echnaton, deren Geschichte in *Nofretete: Das Buch der Toten* erzählt wird. Es kann aber sein, dass Anchesenamuns Position zu diesem Zeitpunkt aufgrund ihrer Jugend und relativen Unerfahrenheit mit der Macht und aufgrund der Tatsache, dass es ihr an einer stabilen königlichen Ehe und Nachkommenschaft fehlte, erheblich schwächer war.

Ägypten in der achtzehnten Dynastie war die größte Macht des antiken Nahen Ostens, und die Hethiter waren ihr kriegerischster Feind. Nach dem späteren Zusammenbruch ihres

Reiches verschwanden die Hethiter jedoch aus der Geschichte und wurden erst im späten zwanzigsten Jahrhundert zu einem Schwerpunkt archäologischer und historischer Forschung. Der Königstitel war erblich, und der König, den man mit »Meine Sonne« anredete, agierte zugleich als Hohepriester für das Königreich. Zu seinen Pflichten gehörten die Aufsicht über die jährlichen Feste und die Verwaltung der Heiligtümer und Tempel.

Hattuscha, die befestigte Hauptstadt des hethitischen Großreiches, lag in Zentralanatolien (der heutigen Türkei); dank der Stärke ihrer Heere (einer Mischung aus Berufssoldaten, Männern, die dem Aufruf zum Lehnsdienst folgten, und Söldnertruppen) und aufgrund der Tatsache, dass sie die Kontrolle über Vasallenstaaten und besetzte Gebiete hatten, eroberten die Hethiter Nordsyrien und dehnten ihr Großreich aus, sodass es sich von der ägäischen Küste Anatoliens bis nach Babylon erstreckte. Zu der Zeit, in der dieser Roman angesiedelt ist, hatten sie sich bereits als eine der Schlüsselmächte auf der internationalen Bühne etabliert. König Schuppiluliuma (ca. 1380–1346 v. Chr.) war einer der großen Kriegerkönige und korrespondierte als gleichberechtigter Partner mit den anderen Königen des antiken Nahen Ostens. Der frappierende Erfolg seiner Expansionspolitik brachte das Hethiterreich jedoch in einen direkten Konflikt mit Ägypten.

Zu der Zeit, da dieser Roman spielt, hatten Ägypter und Hethiter seit Jahren Krieg gegeneinander geführt. Auf dem Spiel stand die Herrschaft über Syrien, dem Handelsknotenpunkt des Nahen Ostens in jener Zeit. Im großen Hafen von Ugarit trafen Waren aus dem gesamten östlichen Mittelmeerraum ein – Zedernholz, Getreide, Gold, Silber, Lapislazuli, Zinn, Pferde etc. – und wurden über ein Netzwerk aus Handelsstraßen verkauft und vertrieben, die in südlicher Richtung bis nach Ägypten führten, in östlicher nach Babylon und in nordöstlicher nach Mitanni. Syrien war für den Handel also von alles entscheidender Bedeutung, zudem aber auch aus strategischen Gründen unverzichtbar, und so führten die Großreiche Kriege und Verhandlungen, um Einfluss und Dominanz in diesem Gebiet zu bekommen.

Ägypten hatte die südlichen und zentralen syrischen Territorien lange kontrolliert, was mit großen finanziellen Profiten und politischem Prestige einherging. Doch mittels einer Reihe von Kriegszügen, bei denen es sich um militärisch dreiste Aktionen gehandelt haben muss, übernahm Schuppiluliuma bald vom Großkönigtum Mitanni die Kontrolle über die nördlichen Königreiche und die Städte der Region. Der Status quo geriet in Gefahr, und die Region wurde politisch instabil. (Es fällt nicht schwer, Parallelen zum heutigen Mittleren Osten zu erkennen.) Wie historisch belegt ist, ergriffen Personen wie Aziru von Amurru die Gelegenheit, zum eigenen Nutzen Bündnisse zu schmieden, die ihre eigenen Hoheitsgebiete erweiterten.

So etwas wie Anchesenamuns Brief an Schuppiluliuma, in dem sie ihn bat, ihr einen Sohn zu schicken, den sie heiraten konnte, hatte es also noch nie gegeben, und er kam zu einer Zeit, da der Konflikt zwischen den beiden Supermächten eskalierte. Schuppiluliuma begegnete ihrer Bitte, verständlicherweise, mit Argwohn. Laut seiner Annalen schickte er einen hohen Beamten nach Ägypten, um der Sache auf den Grund zu gehen. Und im folgenden Frühjahr kehrte dieser hohe Beamte (in diesem Roman der Botschafter Hattusa) mit einem Vertreter des ägyptischen Königshofes (Nacht) mit einem weiteren Brief zurück:

Warum hast du gesagt: »Man könnte mich betrügen«? Hätte ich einem fremden Land über meine eigene und die Schande meines Landes geschrieben, wenn ich einen Sohn hätte? Du hast mir nicht geglaubt und hast mir das gesagt. Mein Gemahl ist gestorben! Einen Sohn habe ich nicht! Niemals werde ich einen meiner Untertanen nehmen und ihn zu meinem Gemahl machen. Ich habe keinem anderen Land geschrieben, nur Dir habe ich geschrieben! Dir sagt man viele Söhne nach: Also gib mir einen Deiner Söhne. Mir wird er mein Gemahl sein, aber in Ägypten wird er König sein.

Laut der Annalen blieb Schuppiluliuma misstrauisch:

Du bittest mich immer wieder um einen meiner Söhne, als sei es meine Pflicht, Dir einen zu geben. Irgendwie wird er zu einer Geisel werden, aber zum König wirst Du ihn nicht machen.

Wir wissen aber, dass man sich nach weiteren Verhandlungen auf einen Handel einigen konnte und sein Sohn Zannanza nach Ägypten geschickt wurde. Doch dann kam es zur Katastrophe, denn Zannanza wurde auf der Reise ermordet. Die Hethiter gaben natürlich den Ägyptern die Schuld:

Als Schuppiluliuma von der Ermordung Zannanzas hörte, begann er, Zannanzas Tod zu beklagen, und zu den Göttern sprach er: »Oh, Götter! Ich habe nichts Böses getan, und dennoch hat das Volk Ägyptens mir das hier angetan, und sie haben auch die Grenze meines Landes angegriffen.«

Und so kam es, dass der Schritt, mit dem Anchesenamun vermutlich das Problem ihrer Thronfolge auf radikale Weise hatte lösen wollen und mit dem sie den Versuch unternahm, mittels einer Ehe einen Friedensvertrag zwischen den beiden Großreichen zu erwirken, den Konflikt am Ende nur noch weiter verschärfte, was irgendwann zu einer der berühmtesten Konfrontationen der antiken Weltgeschichte führte, der Schlacht bei Kadesch im Jahre 1274 v. Chr.

Die dramatische geopolitische Lage der Region – und die ausgeklügelten diplomatischen Methoden der Zeit – bildet die historische Kulisse dieses Romans. Und ich hoffe, dass das, was in dieser Geschichte für unsere moderne Welt mitschwingt, in der die Großmächte der heutigen Zeit aus wirtschaftlichen und politischen Gründen um Einfluss im Mittleren Osten ringen, einen Teil des Unterhaltungswertes ausmachen wird. Ich habe mich der besten historischen und archäologischen Zeugnisse und Belege bedient, die verfügbar waren, um sowohl die Alltagswelt als auch das Drama um die hohe Politik in Ägypten, Syrien und Hatti zu rekonstruieren; und mit den Augen und mit dem Verstand von Rahotep, dem Wahrheitssucher, habe ich mir die Ereignisse so vorgestellt, wie die Schlüsselfiguren sie hätten erleben können. Vor allen Dingen habe ich versucht, die Geschichte hinter Anchesenamuns mysteriösen Briefen zu erzählen und die beiden großen Rätsel zu lösen: was sie veranlasst haben mag, zu derart verzweifelten Maßnahmen zu greifen, und wer Zannanza ermordet hat, und wie und warum.

Abgesehen von den hethitischen Annalen gibt es keine Hinweise darauf, was auf der Rückreise nach Ägypten passiert ist. Die Apiru (oder in manchen Übersetzungen auch Habiru) sind in ägyptischen, hethitischen und mitannischen Quellen belegt. Inanna (in der akkadischen Sprache unter dem Namen Ischtar bekannt) war die mesopotamische Göttin des sexuellen Begehrens, der Fruchtbarkeit und des Krieges. Im Britischen Museum gibt es eine atemberaubende Darstellung von ihr. Das

Königin-der-Nacht-Relief (auch bekannt unter der Bezeichnung Burney-Relief) zeigt sie als eine geflügelte Figur mit Krallenfüßen und einem aus Hörnern bestehenden Kopfschmuck, die ihre Hände so hält, dass der Betrachter ihre Handflächen sehen kann. (Man erkennt die Lebens-, Kopf- und Herzlinien.) Sie hält Stab-und-Ring-Symbole in den Händen. (Diese tauchen häufig auf; was sie symbolisieren, ist unklar, aber sie wurden immer nur von Göttern gehalten.) Flankiert wird sie von Eulen, und sie steht auf Löwen auf einem stilisierten Bergmassiv. Ihr Symbol war ein achtzackiger Stern, der im Roman das Zeichen der Armee des Chaos wird. »Sie rührt Verwirrung und Chaos gegen diejenigen auf, die ihr ungehorsam sind, sie beschleunigt das Gemetzel und stiftet das verheerende Hochwasser an, in erschreckenden Glanz gekleidet«, heißt es in der »Hymne an Inanna«.

Meine Romanfigur hat sich den Namen und die Macht von ihrer Göttin entliehen. Für sie ist Opium sowohl eine Handelsware wie auch etwas Heiliges. Psychopharmaka, insbesondere Halluzinogene, wurden natürlich schon in prähistorischen Zeiten für religiöse und schamanische Zwecke benutzt. »Soma« war ein Ritualgetränk, das unter den frühen Indo-Iranern, für die es den Status eines Gottes hatte, von enormer Bedeutung war. Es gibt hinreichende Beweise dafür, dass Opium in der gesamten Welt der Antike angebaut und rituell verwendet wurde – in jungsteinzeitlichen Siedlungen in Westeuropa und dann in Mesopotamien, wo die Sumerer es die »Pflanze der Freude« nannten. Die Assyrer und Babylonier sammelten ebenfalls »Mohnsaft«. Die Alten Ägypter benutzten Alraune (eine Pflanze mit Frucht) und Lotus (blaue Wasserlilie) für betäubende Zwecke in der Medizin, obwohl gesagt werden muss, dass eine exakte Identifikation von Opium mittels der Papyri, die Aufschluss über Heilkräuter und Medizin geben, problematisch ist. Ein wahrscheinlicher Hinweis findet sich im Papyrus Ebers als ein »Heilmittel, um das Schreien auszutreiben (bei Kindern)«. Base-Ring-Kannen, die so geformt waren, dass sie die Form von auf den Kopf gestellten Mohnkapseln hatten, wurden vermutlich benutzt, um Opiumsaft von Zypern zu schmuggeln. Es wurde ebenfalls vorgeschlagen, dass Opium und Lotusblumen sowohl zum Zwecke der Entspannung als auch für religiöse Rituale mit Wein vermischt wurden, weil die wirksamen Alkaloide alkohollöslich waren. Im Roman befindet sich das »Verlorene Tal« der Armee des Chaos in der Bekaa-Ebene, wo der Anbau von Wein und Opium heute noch ebenso intensiv betrieben wird und die Stammesmilizen mit der gleichen Härte regieren, wie es in der Späten Bronzezeit der Fall war.

Leider gibt es zum Zeitpunkt der Fertigstellung dieses Romans noch keine weiteren Beweise für das, was Anchesenamun nach der Ermordung Zannanzas zugestoßen sein könnte. Haremhab (1323–1295 v. Chr.) wurde Ejes Nachfolger auf Ägyptens Thron, und sie verschwindet vollkommen aus allen historischen Aufzeichnungen. Und mit ihrem Verschwinden fand auch die große achtzehnte Dynastie von Echnaton und Nofretete und von Tutanchamun und Anchesenamun ihr Ende. Wie es sich aus ikonoklastischer Sicht für einen neuen König gehörte, ließ Haremhab ihre Tempel niederreißen und usurpierte ihre Monumente. Und dann adoptierte er als seinen Erben einen Militäroffizier aus dem Delta (Haremhabs eigener Heimat), der eine neue Dynastie gründen sollte: die Ramessiden, die elf Herrscher umfassende neunzehnte und zwanzigste Dynastie.

Anchesenamuns Grabkammer und Mumie sind nie gefunden worden. Sie war in Tutanchamuns Grabkammer weder namentlich genannt noch dargestellt, und obwohl es Sitte war, persönliche Gegenstände der Großen Königlichen Gemahlin als Grabbeigaben mitzugeben, wurde dort nichts gefunden, was ihr gehört hatte. Bereits das Fehlen derartiger Dinge ist bedeutsam. Ähnlich bedeutsam ist, dass sie als Ejes Große Königliche Gemahlin in dessen Grabkammer hätte dargestellt sein müssen; aber deren Wände zieren die Bildnisse einer anderen Gemahlin, Teje. KV63 (die dreiundsechzigste Grabkammer, die im Tal der Könige entdeckt wurde) befindet sich unweit des Grabes von Tutanchamun, und einige Tonscherben deuten auf eine mögliche Verbindung zu Anchesenamun hin. Eine weitere Ausgrabungsstätte in der Nähe wurde unlängst ebenfalls als eine mögliche Grabkammer identifiziert; im Februar 2010 leisteten DNA-Tests der Spekulation Vorschub, eine der zwei weiblichen Mumien aus der späten achtzehnten Dynastie aus dem Tal der Könige könne Anchesenamun sein. Zum gegenwärtigen Zeitpunkt gilt sie aber nach wie vor als vermisst. Das Einzige, was wir haben, sind fragmentarische Beweise, ein paar prächtige Bilder von ihr wie das auf Tutanchamuns goldenem Thron und das große Mysterium der Hethiterbriefe. »Ich habe Angst«, schrieb sie darin. Diese Angst war berechtigt.

LITERATURVERZEICHNIS

Andrews, Carol, *Egyptian Mummies*, British Museum Press, 1998
Bryce, Trevor, *Hittite Warrior*, Osprey Publishing, 2007
–, *The Kingdom of the Hittites*, Oxford University Press, 2005
–, *Life and Society in the Hittite World*, Oxford University Press, 2002
Cohen, Raymond and Westbrook, Raymond (Hg.), *Amarna Diplomacy*, The John Hopkins University Press, 2000
Collins, Paul, *From Egypt to Babylon*, British Museum Press, 2008
David, Rosalie, *Religion and Magic in Ancient Egypt*, Penguin, 2002
Faulkner, R. O. (hg. v. Carol Andrews), *The Ancient Egyptian Book of the Dead*, The British Museum Press, 1985
Jones, Dilwyn, *Boats*, British Museum Press, 1995
Kemp, Barry J., 100 *Hieroglyphs*, Granta, 2005
–, *Ancient Egypt, Anatomy of a Civilization*, Routledge, 2006
Manley, Bill, *The Penguin Historical Atlas of Ancient Egypt*, Penguin, 1996
Meskell, Lynn, *Private Life in Ancient Egypt*, Princeton University Trust, 2002
Nossov, Konstantin, *Hittite Fortifications*, Osprey Publishing, 2008

Nunn, John F., *Ancient Egyptian Medicine*, British Museum Press, 1997
Pinch, Geraldine, *Egyptian Myth, A Very Short Introduction*, Oxford University Press, 2004
–, *Magic in Ancient Egypt*, British Museum Press, 1994
Redford, Donald B., *Egypt, Canaan, and Israel in Ancient Times*, Princeton University Press, 1992
Reeves, Nick, *The Complete Tutankhamun*, Thames and Hudson, 1990
Shaw, Ian, and Nicholson, Paul, *The British Museum Dictionary of Ancient Egypt*, British Museum Press, 1995
Vernus, Pascal (übers. v. David Lorton), *Affairs and Scandals in Ancient Egypt*, Cornell University Press, 2003
Wilson, Penelope, *Hieroglyphs, A Very Short Introduction*, Oxford University Press, 2003

DANKSAGUNG

Howard Belgard inspirierte mich in vielerlei Hinsicht dazu, diese Geschichte zu schreiben, und geleitete mich mit Geduld und Großzügigkeit bis zum Ende. Ich kann ihm nicht genug danken.

Carol Andrews, BA, PADipEG, studierte auch dieses Mal wieder eingehend sämtliche Arbeitsfassungen, korrigierte meine Verfehlungen mit akribischer Genauigkeit und stritt mit mir über einige meiner Ideen und Entscheidungen. Für sämtliche Freiheiten, die ich mir mit den bekannten Fakten erlaubt habe, bin allein ich verantwortlich.

Ein Dankeschön auch an Bill Scott-Kerr und an Sarah Adams – meine weise, geduldige und aufmunternde Lektorin; und an Alison Barrow, Vivien Garrett, Lucy Pinney, Ben Willis (Oberster Reiseleiter), Matt Johnson und Neil Gower von Transworld.

Ich danke außerdem meinem Agenten Peter Straus und Jenny Hewson; ferner Laurence Laluyaux und Stephen Edwards von Rogers, Coleridge and White, sowie Julia Kreitman von The Agency.

Walter Donohue und Iain Cox lasen einzelne Fassungen des Romans, und ihre Reaktionen haben mir geholfen, meinen Weg zu finden.

Und vielen Dank an Cara, Grainne und Siofra, die wunderbaren Mädchen, an Dominic Dromgoole und Sasha Hails und an Broo Doherty, Paul Sussman und Jackie Kay.

Und Dir, meinem Partner Edward Gonzalez Gomez, danke ich von ganzem Herzen.

ÜBER DEN AUTOR

Nick Drake hat zwei von der Kritik hochgelobte Romane geschrieben: NOFRETETE: DAS BUCH DER TOTEN, das in der Kategorie Bester Historischer Kriminalroman für den Preis der britischen Crime Writers' Association nominiert war, und TUTANCHAMUN: DAS BUCH DER ZEICHEN. Überdies ist er ein preisgekrönter Lyriker und als Drehbuchautor tätig. Er schrieb das Drehbuch zu dem Kinofilm UNTER DER SONNE AUSTRALIENS, in dem Eric Bana die Hauptrolle spielte, der bei den Australian Film Institute Awards 2007 als bester Film ausgezeichnet wurde.

Weitere Titel des Autors:

Nofretete – Das Buch der Toten
Tutanchamun – Das Buch der Schatten

Titel in der Regel auch als E-Book erhältlich

Über den Autor:

Nick Drake wurde 1961 in London geboren. Schon immer haben ihn Wörter fasziniert, weshalb er nicht nur Kriminalromane schreibt, sondern ebenfalls als Dichter und Drehbuchautor arbeitet – mit großem Erfolg. NOFRETETE – DAS BUCH DER TOTEN, der 1. Band um den ägyptischen Wahrheitssucher Rai Rahotep, war einer der Nominierten für den besten Historischen Kriminalroman 2006 und wurde von der Presse gefeiert.

BASTEI
LÜBBE
TASCHENBUCH